湖南省重点学科建设项目资助

湖南省重点建设学科资助

湖南省船山学研究基地资助

国家社科基金"桃源·田园·荒原——改革开放三十年农村题材小说创作研究"结项成果
（结项批号20131960）

桃源 田园 荒原

改革开放三十年农村现实题材小说创作主题研究

唐红卫　阳海燕◎著

中国社会科学出版社

图书在版编目(CIP)数据

桃源 田园 荒原:改革开放三十年农村现实题材小说创作主题
研究/唐红卫,阳海燕著. —北京:中国社会科学出版社,2016.8
ISBN 978 - 7 - 5161 - 7686 - 3

Ⅰ.①桃… Ⅱ.①唐…②阳… Ⅲ.①乡土小说—小说创作—文学
创作研究—中国—当代 Ⅳ.①I207.42

中国版本图书馆 CIP 数据核字(2016)第 037590 号

出 版 人	赵剑英	
责任编辑	郭晓鸿	
特约编辑	席建海	
责任校对	刘 娟	
责任印制	戴 宽	

出 版	中国社会科学出版社	
社 址	北京鼓楼西大街甲 158 号	
邮 编	100720	
网 址	http://www.csspw.cn	
发 行 部	010 - 84083685	
门 市 部	010 - 84029450	
经 销	新华书店及其他书店	

印 刷	北京君升印刷有限公司	
装 订	廊坊市广阳区广增装订厂	
版 次	2016 年 8 月第 1 版	
印 次	2016 年 8 月第 1 次印刷	

开 本	710×1000 1/16	
印 张	16.5	
插 页	2	
字 数	248 千字	
定 价	62.00 元	

目　录

引言　改革开放三十年农村现实
题材小说创作概论

第一节　改革开放的第一个十年(1978—1988)
农村现实题材小说创作概论

在改革开放的第一个十年，由于"改革"旗号的确立和"理想主义"的鼓舞，在追求的目标上，可以说包括作家在内的广大人民群众基本上与国家政权保持了一种大方向上的"团结一致向前看"；同时改革开放初期连续出台的五个中央一号文件（1982—1986）的政策松绑又确实给农村带来了一系列令人鼓舞的成就，因为从农村的现实来看，农民确实成为改革开放初期的获益者——尤其是家庭联产承包责任制的推行，给农业带来了勃勃生机，给农村带来了巨大的变化。文艺界也加强了对农村题材小说创作的倡导和鼓励①，仅以历年文学年鉴附录的文学纪事中记载的各种农村题材小说座谈会为例：

时间	地点	举办单位	会议主题	资料来源
1980 年 1 月5—10 日	河南郑州	河南作协、《奔流》编辑部	农村题材短篇小说创作	1981 年文学年鉴·文学纪事
1980 年 7 月10—20 日	陕西太白	《延河》编辑部	农村题材短篇小说创作	1981 年文学年鉴·文学纪事

---

①　关于新时期以来农村题材小说/农村小说、乡土小说/新乡土小说、乡村小说的命名与范畴的争议，相关研究成果很多，本课题仅根据约定俗成的"以农村生活为题材的小说"即为农村题材小说，且研究的是农村现实题材，以便展现改革开放三个十年现实乡村的变化对农村现实题材小说创作与接受的影响。

时间	地点	举办单位	会议主题	资料来源
1980 年 10 月 15—22 日	山西太原	《汾水》编辑部	农村题材短篇小说创作	1982 年文学年鉴·文学纪事
1981 年 3 月 19 日	湖北襄樊	湖北省作协、《长江文艺》编辑部	农村题材创作	1982 年文学年鉴·文学纪事
1981 年 7 月 1—3 日	山西太原	山西作协和文化部《文艺研究》编辑部	农村题材短篇小说创作	1982 年文学年鉴·文学纪事
1981 年 7 月 6—15 日	江苏常州	江苏作协	农村题材短篇小说创作	1982 年文学年鉴·文学纪事
1981 年 10 月 9—10 日	湖南长沙	《文艺报》编辑部	农村题材小说创作	1982 年文学年鉴·文学纪事
1982 年 1 月 14 日	河南郑州	河南省当代文学研究会	农村题材短篇小说创作	1983 年文学年鉴·文学纪事
1982 年 5 月 28 日—6 月 1 日	云南昆明	云南省作协、《边疆文艺》编辑部	农村题材创作	1983 年文学年鉴·文学纪事
1983 年 7 月 28 日—8 月 7 日	山东青岛	中共中央书记处农村政策研究室委托《丑小鸭》编辑部	农村题材文学创作	1984 年文学年鉴·文学纪事
1984 年 3 月 1—7 日	河北涿县	《文艺报》和《人民文学》编辑部	农村题材小说创作	1985 年文学年鉴·文学纪事

对当时富有争议的作品，不再像过去一样进行制度化的批判，对作者的态度不再像过去那样使之反复检查，接受群众批判，触及灵魂甚至肉体，最后再给予严肃的组织处理；而是采取柔性处理的办法开展正确的、有说服力的文艺批评，反对简单地扣帽子、打棍子，酝酿形成了松动的政治环境和自由的学术氛围①。另外文学期刊从改革开放初期《人民文学》《诗刊》《解放军文艺》等寥寥数种发展到1982年时仅省级以上的文学刊物便超过200种。不但各省、市、自治区都有文学月刊，而且大多数省区还创办了大型文学丛刊，发行量大多高达数十万份，拥有广泛的读者②。多种利好因素必然导致改革开放第一个十年农村现实题材小说创作上的大丰收。仅以改革开放第一个十年政府部门评定的三大小说奖为例：

---

① 例如，改革开放初期的最严重的反资产阶级自由化中对作家白桦、刘宾雁的文学作品的严厉批判，远逊于"反右"到"文化大革命"中的批判，白桦、刘宾雁的个人生活与文学创作均未受到太大的冲击。

② 详情参看李明德《当代中国文化语境中的文学期刊研究》（博士学位论文，兰州大学，2006年，第106页）。

1. 1978—1988 年的三届茅盾文学奖

文学奖名称	获奖小说数目	获奖农村题材小说及其排名
第一届茅盾文学奖 （1977—1981）	6 部（其中 1978 年后的只有 4 部）	2 部：《许茂和他的女儿们》（排名第 1）、《芙蓉镇》（排名第 5）
第二届茅盾文学奖 （1982—1984）	3 部	1 部：《黄河东流去》（排名第 1、农村历史题材）
第三届茅盾文学奖 （1985—1989）	7 部（包含荣誉奖 2 部，1989 年 1 部）	1 部：《平凡的世界》（排名第 1）

2. 1978—1986 年的四届全国优秀中篇小说奖

文学奖名称	获奖小说数目	获奖农村题材小说及其排名
第一届全国优秀 中篇小说奖 （1977—1980）	15 篇	4 篇：《在没有航标的河流上》（排名第 2）、《犯人李铜钟的故事》（排名第 4）、《蒲柳人家》（排名第 10，农村历史题材）、《甜甜的刺莓》（排名第 14）
第二届全国优秀 中篇小说奖 （1981—1982）	20 篇	6 篇：《人生》（排名第 4）、《黑骏马》（排名第 5）、《太子村的秘密》（排名第 9）、《张铁匠的罗曼史》（排名第 15）、《驼峰上的爱》（排名第 16）、《山道弯弯》（排名第 20）
第三届全国优秀 中篇小说奖 （1983—1984）	20 篇	8 篇：《迷人的海》（排名第 3）、《远村》（排名第 7）、《拂晓前的葬礼》（排名第 8）、《燕赵悲歌》（排名第 13）、《绿化树》（排名第 14）、《春妞儿和她的小嘎斯》（排名第 15）、《腊月·正月》（排名第 19）、《老人仓》（排名第 20）
第四届全国优秀 中篇小说奖 （1985—1986）	12 篇	4 篇：《桑树坪纪事》（排名第 1）、《小鲍庄》（排名第 4）、《红高粱》（排名第 5，农村历史题材）、《镶神小传》（排名第 9）

3. 1978—1986 年[①]的七届全国优秀短篇小说奖

文学奖名称	获奖小说数目	获奖农村题材小说及其排名
第二届全国优秀短篇 小说奖（1979）	25 篇	6 篇：《剪辑错了的故事》（排名第 3）、《李顺大造屋》（排名第 5）、《信任》（排名第 13）、《蓝蓝的木兰溪》（排名第 14）、《空谷兰》（排名第 22）、《努尔曼老汉和猎狗巴力斯》（排名第 25）
第三届全国优秀短篇 小说奖（1980）	30 篇	13 篇：《乡场上》（排名第 2）、《月食》（排名第 3）、《笨人王老大》（排名第 5）、《陈奂生上城》（排名第 7）、《灵与肉》（排名第 8）、《结婚现场会》（排名第 15）、《被爱情遗忘的角落》（排名第 20）、《活佛的故事》（排名第 21）、《镢柄韩宝山》（排名第 22）、《心香》（排名第 23）、《勿忘草》（排名第 24）、《美与丑》（排名第 28）、《卖蟹》（排名第 30）

---

① 1978 年 12 月 18—22 日召开的中共十一届三中全会作出了实行改革开放的重大决策，正式开始实施则是 1979 年；因此改革开放的正式开始时间实际是 1979 年，故第一届（1978 年）全国优秀短篇小说奖获奖作品没有纳入本统计。

续表

文学奖名称	获奖小说数目	获奖农村题材小说及其排名
第四届全国优秀短篇小说奖（1981）	20篇	9篇；《内当家》（排名第1）、《卖驴》（排名第2）、《一个猎人的恳求》（排名第3）、《山月不知心里事》（排名第9）、《大淖记事》（排名第11，农村历史题材）、《峨眉》（排名第13）、《黑娃照相》（排名第14）、《爬满青藤的木屋》（排名第15）、《最后一篓春茶》（排名第20）
第五届全国优秀短篇小说奖（1982）	20篇	9篇；《这是一片神奇的土地》（排名第2）、《哦，香雪》（排名第5）、《不仅仅是留恋》（排名第6）、《种苞谷的老人》（排名第7）、《赔你一只金凤凰》（排名第11）、《七岔犄角的公鹿》（排名第13）、《声音》（排名第17）、《老霜的苦闷》（排名第19）、《远处的伐木声》（排名第20）
第六届全国优秀短篇小说奖（1983）	20篇	9篇；《我的遥远的清平湾》（排名第2）、《抢劫即将发生》（排名第3）、《琥珀色的篝火》（排名第7）、《那山那人那狗》（排名第8）、《亲戚之间》（排名第9）、《公路从门前过》（排名第10）、《沙灶遗风》（排名第13）、《逍遥之乐》（排名第16）、《船过青浪滩》（排名第20）
第七届全国优秀短篇小说奖（1984）	18篇	9篇；《干草》（排名第1）、《麦客》（排名第3）、《蓝幽幽的峡谷》（排名第4）、《同船过渡》（排名第10）、《姐姐》（排名第11）、《野狼出没的山谷》（排名第12）、《一潭清水》（排名第15）、《白色鸟》（排名第17）、《惊涛》（排名第18）
第八届全国优秀短篇小说奖（1985—1986）	19篇	13篇；《五月》（排名第1）、《满票》（排名第3）、《窑谷》（排名第5）、《远行》（排名第6）、《支书下台唱大戏》（排名第8）、《甜苣儿》（排名第9）、《合坟》（排名第10）、《洞天》（排名第12）、《夫妻粉》（排名第13）、《狗日的粮食》（排名第15）、《汉家女》（排名第16）、《焦大轮子》（排名第17）、《这一片大海滩》（排名第19）

由上可知，改革开放第一个十年的农村现实题材小说创作在长篇、中篇、短篇上均取得了显著的成绩，几代作家同堂献艺：解放区时期成长起来的作家茹志鹃、马烽、李準等；十七年时期成长起来的作家浩然、刘绍棠、乔典运、高晓声、张贤亮、张一弓、周克芹、叶蔚林、古华、何士光、陈忠实、王润滋等；"文化大革命"后期成长起来的作家张抗抗、梁晓声、铁凝、贾平凹、路遥、韩少功、李锐、陈世旭、矫健、金河、乌热尔图等；改革开放初期成长起来的作家张承志、莫言、周大新、刘震云、赵本夫、刘恒、杨争光、李佩甫、楚良、何立伟等。

第二节　改革开放的第二个十年(1988—1998)
农村现实题材小说创作概论

　　到了八十年代后期和九十年代，由于包括政治在内的一系列原因，知识分子与国家政治意识形态之间产生了裂缝和间离，作家们开始认真思考文学创作的真正源动力；同时随着改革开放的进一步深入，改革开放的各种负面效应开始出现，而负面结果又大多由农民作为承担者，因此，农村社会现实所引发的变化，也给了作家们深入思考的契机。加上1992年邓小平南方谈话后改革开放的加速，整个社会迅速以经济建设为中心：文艺界在改革开放第一个十年召开十余次座谈会强调的农村题材小说创作，在改革开放第二个十年据笔者统计仅召开两次座谈会——1992年4月2日《文艺报》和《山西文学》编辑部在京联合举办农村题材小说座谈会；1995年8月23日由中共中央宣传部文艺局、《人民日报》、中国作协创作联络部、吉林省委宣传部、吉林省作协在长春联合主办农村题材文艺创作会议。文学在社会风气的影响下失去了改革开放第一个十年的骄子地位，文学刊物基本上从改革开放第一个十年动辄数十万册甚至上百万册的发行量跌落到几万、几千甚至几百册[①]；文学的内容亦由八十年代和八十年代之前"十七年"的泛政治化转化为泛商品化，此前被强令承担庄严的社会责任感和沉重的使命感转向90年代文学的娱乐性空前膨胀，不少作家逐渐按照市场运作原则来"制造"文学，使文学创作"资本化"。而农村现实题材小说创作在随泛商品化而兴起的世俗化、痞子化、私语化、消费化写作浪潮中滑入边缘（即使创作农村现实题材小说，许多作家也是选择农村历史题材长篇小说，一方面可以逃避不太理想的现实环境，避免作品的虚假、矫情和犯规；另一方面可以在农村历史题材长篇小说中自由自在地构建理想人物，随意表达自己对农村问题的思考），直至90年代中期"现实主义冲击波"创作的出现，才使得农村现实题材小说创作渐趋恢复一定的

---

　　① 详情参看李明德《当代中国文化语境中的文学期刊研究》（博士学位论文，兰州大学，2006年，第120页）。

文坛声势。改革开放的第二个十年坚持农村现实题材小说创作的作家对社会历史的探索更加注重具有个性特点的思考，他们笔下"不是削足适履地演绎既成的理论，而是从各种欲望出发的人们，面对生活的苦难与苦斗，希望与绝望扭结在一起的亦歌亦泣的长歌"①。同上一个十年有别，改革开放的第二个十年农村现实题材小说创作基本上失去了轰动性效应，多了一种人文关怀和知难而上的勇气和信心，他们的创作在数量上和质量上依然取得了不俗的成绩，其体现的乡土情结、平民关怀、忧患意识和悲剧精神等也获得了社会各界首肯。仅以改革开放第二个十年政府部门评定的两大小说奖为例：

1. 1988—1998 年的二届茅盾文学奖

文学奖名称	获奖小说	获奖农村现实题材小说及其排名
第四届茅盾文学奖 （1990—1994）	4 部	2 部：《白鹿原》（修订本）（排名第 2，农村历史题材）、《骚动之秋》（排名第 4）
第五届茅盾文学奖 （1995—1998）	4 部	1 部：《尘埃落定》（排名第 2，农村历史题材）

2. 1988—1998 年的二届鲁迅文学奖

文学奖名称	获奖小说	获奖农村现实题材小说及其排名
第一届鲁迅文学奖 （1995—1996）	10 篇	4 篇：《挑担茶叶上北京》（排名第 3）、《年前年后》（排名第 4）、《没有语言的生活》（排名第 7）、《黄金洞》（排名第 8）
第二届鲁迅文学奖 （1997—2000）	5 篇（其中发表于 1999 年前的只有 2 篇）	2 篇：《被雨淋湿的河》（排名第 2）、《年月日》（排名第 5）

3. 1988—1998 年的二届鲁迅文学奖

文学奖名称	获奖小说	获奖农村现实题材小说及其排名
第一届鲁迅文学奖 （1995—1996）	6 篇	3 篇：《雾月牛栏》（排名第 2）、《镇长之死》（排名第 4）、《哺乳期的女人》（排名第 5）
第二届鲁迅文学奖 （1997—2000）	5 篇（其中发表于 1999 年前的只有 4 篇）	3 篇：《鞋》（排名第 1）、《清水里的刀子》（排名第 2）、《清水洗尘》（排名第 5）

---

① 孙荪：《中原精神·文学豫军论》，河南大学出版社 2002 年版，第 61 页。

由上可知，改革开放第二个十年的农村现实题材小说创作在中篇、短篇上均取得了比较显著的成绩，在长篇上有些不足。这一时期解放区时期成长起来的作家和十七年时期成长起来的作家在农村现实题材小说领域大多停止了创作，"文化大革命"后期成长起来的作家梁晓声、贾平凹、铁凝、张炜、李锐、韩少功、乌热尔图等在农村现实题材小说领域依然创作力旺盛；改革开放初期成长起来的作家莫言、周大新、阎连科、李佩甫、赵本夫、杨争光、迟子建、刘庆邦、刘醒龙、何申、向本贵、关仁山、毕飞宇、张继等逐渐成为农村现实题材小说创作的主力军；九十年代成长起来的作家石舒清、王方晨等亦开始在农村现实题材小说创作中崭露头角。

第三节　改革开放的第三个十年(1998—2008)
农村现实题材小说创作概论

20世纪90年代末期和21世纪初的改革开放第三个十年，农村的物质环境、文化环境、自然与人文生态都发生了巨大变化，作为弱势产业的农业、弱势群体的农民、作为现代化进程需要彻底改造的农村，在遭遇快速现代化发展的今天，问题与矛盾日益集中暴露出来：农村基层组织政权的瘫痪，农村教育面临的困境，农村文化的日益凋落，农村阶层的严重分化，不同地域农村发展的严重不平衡，农民离土进城打工即巨大的农民工潮现象出现……"三农"问题亦由知识界上升到国家关注，成为执政党工作的重中之重，中央再次连续出台五个一号文件（2004—2008）照顾、倾斜"三农"，并明确提出加强社会主义新农村建设，文艺界亦多次召开与农村题材小说创作相关的会议，据笔者不完全统计有以下相关会议：

时间	地点	举办单位	会议主题	资料来源
2005年8月15日	湖南常德	湖南省文艺评论家协会、常德市文联	农村题材文学创作	《理论与创作》2005年5期
2005年11月26—27日	广东深圳	深圳文联等	打工文学	2006年文学年鉴·文学纪事
2006年5月13—16日	山西长治	中国现代文学研究会、山西长治学院	赵树理与三农文学	2007年文学年鉴·文学纪事

时间	地点	举办单位	会议主题	资料来源
2006 年 5 月 22 日	江苏江阴	中国作协、江苏省委宣传部、江苏作协	全国农村题材文学创作	2007 年文学年鉴·文学纪事
2006 年 8 月 24—27 日	湖南益阳	中国新文学学会、湖南师范大学、湖南城市学院	周立波创作与当代中国乡土小说学术研讨会	《理论与创作》2006 年第 6 期
2006 年 10 月 24 日	四川郫县	四川省作家协会创作研究室、四川省社会科学院文学研究所	四川乡土小说的现状与缺失	中国作家网
2006 年 11 月 29 日	广东深圳	深圳文联等	打工文学	2007 年文学年鉴·文学纪事
2007 年 4 月 14—15 日	江苏扬州	扬州大学、现代文学馆、文学评论、文艺争鸣、文艺报、中国现代文学研究会	乡下人进城：现代化背景下的城乡迁移文学	2008 年文学年鉴·文学纪事
2007 年 12 月 1—2 日	广东深圳	深圳文联等	打工文学	2008 年文学年鉴·文学纪事
2008 年 12 月 1—2 日	广东深圳	深圳文联等	打工文学	2009 年文学年鉴·文学纪事

改革开放第三个十年的我国整个农村社会是处在前现代文明、现代文明、后现代文明三种文明形态交锋并存的特殊文化背景中，由此造成人们的物质生活、精神生活，尤其是在价值观、世界观的确立上出现某种程度的混乱与迷茫；农民及其身上所携带的农业文化难以应付这突如其来的现代化，他们向往、追求、努力，结果却是受到肉体和心灵的双重伤害。关注当下农民生存境遇与精神世界，关注农民的困惑与矛盾，农民的梦想与追求，关注乡村城市化进程中的结构性变化，从乡村政治、经济、文化的变化到乡村人的全面变化的展现，是改革开放第三个十年农村现实题材小说创作中持续的热点与焦点。虽然作家们并不缺乏介入当下现实抑或建构当代乡村历史的勇气；但是他们意欲展现乡村生活"全部"的、"整体"的史诗性建构的愿望总是被碎片化的、分裂性的现实所打破，写作者难以在情感与理性的徘徊中处理好与乡村、城市的关系，这些犹疑、徘徊在创作中都有鲜明体现。同时我们又发现，乡村叙事的内涵在扩大，表现领域在拓宽；创作数量在上升，质量在提高；作家群体数量在增加，个人艺术

风格得到张扬，创作中的"瓶颈"也随之增多。仅以改革开放第三个十年政府部门评定的两大小说奖为例。

1. 1998—2008 年的二届①茅盾文学奖获奖长篇小说

文学奖名称	获奖小说	获奖农村题材小说及其排名
第六届茅盾文学奖 （1999—2002）	5 部	无
第七届茅盾文学奖 （2003—2006）	4 部	3 部：《秦腔》（排名第 1）、《额尔古纳河右岸》（排名第 2）、《湖光山色》（排名第 3）

2. 1998—2008 年的四届鲁迅文学奖获奖中篇小说

文学奖名称	获奖小说	获奖农村题材小说及其排名
第二届鲁迅文学奖 （1997—2000）	5 篇（其中发表于 1998 年后的只有 3 篇）	无
第三届鲁迅文学奖 （2001—2003）	4 篇	4 篇：《玉米》（排名第 1）、《松鸦为什么鸣叫》（排名第 2）、《好大一对羊》（排名第 3）、《歇马山庄的两个女人》（排名第 4）
第四届鲁迅文学奖 （2004—2006）	5 篇	1 篇：《喊山》（排名第 3）
第五届鲁迅文学奖 （2007—2009）	5 篇（其中发表于 2009 年前的只有 4 篇）	3 篇：《最慢的是活着》（排名第 1）、《手铐上的蓝花花》（排名第 3）、《前面就是麦季》（排名第 4）

3. 1998—2008 年的四届鲁迅文学奖获奖短篇小说

文学奖名称	获奖小说	获奖农村题材小说及其排名
第二届鲁迅文学奖 （1997—2000）	5 篇（其中发表于 1999 年后的只有 1 篇）	1 篇：《吹牛》（排名第 3）
第三届鲁迅文学奖 （2001—2003）	4 篇	2 篇：《上边》（排名第 1）、《大老郑的女人》（排名第 3）
第四届鲁迅文学奖 （2004—2006）	5 篇	3 篇：《城乡简史》（排名第 1）、《吉祥如意》（排名第 2）、《明惠的圣诞》（排名第 5）
第五届鲁迅文学奖 （2007—2009）	5 篇（其中发表于 2009 年前的只有 2 篇）	2 篇：《老弟的盛宴》（排名第 2）、《茨菰》（排名第 4）

---

① 第八届茅盾文学奖五部获奖作品中仅毕飞宇的描写都市盲人推拿师的《推拿》是 2009 年前出版的，故该届不计入本统计数据

由上可知，改革开放第三个十年的农村现实题材小说创作在长篇、中篇、短篇上均取得了显著的成绩。这一时期解放区时期成长起来的作家和十七年时期成长起来的作家在农村现实题材小说领域基本上停止了创作，"文化大革命"后期成长起来的作家梁晓声、贾平凹、铁凝、张炜、李锐、韩少功等在农村现实题材小说领域依然创作力旺盛；改革开放初期成长起来的作家莫言、周大新、阎连科、李佩甫、赵本夫、杨争光、迟子建、刘庆邦、刘醒龙、何申、向本贵、关仁山、毕飞宇、张继、孙惠芬等成为农村现实题材小说创作的主力军；九十年代成长起来的作家王方晨、石舒清、郭文斌、胡学文、罗伟章、乔叶等亦在农村现实题材小说创作中显示雄厚实力。21 世纪初成长起来的作家葛水平、鲁敏、尉然、徐则臣、盛可以、李骏虎等开始在农村现实题材小说创作中崭露头角。

上　篇

桃源:温情与
诗意造就的浪漫

改革开放后的中国农村发生了翻天覆地的变化：突破了一大二公的人民公社体制，实行了多劳多得的家庭承包责任制；突破了单一的种植业农业结构，形成了农、林、牧、副、渔全面发展的农村经济结构；突破了国家对农村的直接控制，以村民自治为核心的治理已基本成型；突破了传统农村社会"超稳定结构"，农村社会由"先赋型"（社会身份主要由先天的出身决定）向"后致型"（社会身份主要由后天的努力决定）转变……农民的生活日益丰富多彩、日益开心幸福：改革开放三十年农民的人均纯收入从 1978 年的 133.6 元增加到 2008 年的 4760.6 元①，生活消费水平从 1978 年的 116.1 元增加到 2008 年的 3660.7 元②，恩格尔系数③从 1978 年的 67.7% 降低到 2008 年的 43.7%④。也因此改革开放三十年里陆续有很多作家创作了很多作品来反映改革开放三十年里中国农民的幸福生活与追求。

---

① 国家统计局农村社会经济调查司编：《中国农村统计年鉴 2009》，中国统计出版社 2009 年版，第 259 页。

② 同上书，第 260 页。

③ 恩格尔系数（Engel's Coefficient）是食品支出总额占个人消费支出总额的比重。19 世纪德国统计学家恩格尔根据统计资料，对消费结构的变化得出一个规律：一个家庭收入越少，家庭收入中（或总支出中）用来购买食物的支出所占的比例就越大，随着家庭收入的增加，家庭收入中（或总支出中）用来购买食物的支出比例则会下降。推而广之，一个国家越穷，每个国民的平均收入中（或平均支出中）用于购买食物的支出所占比例就越大，随着国家的富裕，这个比例呈下降趋势。一般认为恩格尔系数在 59% 以上为贫困，50%—59% 为温饱，40%—50% 为小康，30%—40% 为富裕。

④ 国家统计局农村社会经济调查司编：《中国农村统计年鉴 2009》，中国统计出版社 2009 年版，第 260 页。

第一章　传统美德的温暖馨香

　　与高速发展的城市相比，乡村社会由于流动性小，人与人之间的关系固定，农民大多是有缺点的好人，他们无权无势，生活中有喜有悲，靠着乡里乡情相互扶持克服困难，相处久了人与人之间没有了大善大恶，变得宽容厚道了。在今天的消费社会、物欲时代，乡村生活与城市相比，浓厚的风土人情、淳朴的人际关系还依稀可见，当人们在时代的重压下透不过气来时，乡土家园成了人们心中向往的地方，作家笔下世外桃源的乡村社会、真诚质朴的乡里乡情，以丰富的质感、强力的当下意识冲撞着人们的心灵，遥远的乡村是人们心里一抹诗意的渴盼。

第一节　家庭美德的温暖

　　家庭是人类社会的基石，推崇"家国同构"的中国儒家文化历来重视家庭问题："孝弟也者，其为仁之本"；[①] "父子笃，兄弟睦，夫妇和，家之肥也"[②] ……在主要以家庭为单位从事生产的农村，家庭的和谐更是重中之重——2001 年 11 月 20 日中共中央颁布了《公民道德建设实施纲要》，指出新时期的家庭美德"尊老爱幼，男女平等，夫妻和睦，勤俭持家"，把家庭美德与社会公德、职业道德并列为我国公民道德建设的三大领域；随后中共十六届五中全会把扎实建设社会主义新农村确定为 21 世纪新阶段的重大历史任务以后，农村家庭美德建设的问题日益受到社会的关注。农村的家庭美

---

① 杨伯峻：《四书译注·论语》，中华书局 1980 年版，第 2 页。
② 郑玄注，孔颖达疏：《礼记正义·礼运》，北京大学出版社 1999 年版，第 711 页。

德主要表现个人品德高尚、大爱撑家和家人互帮互助、家庭和睦。

改革开放第一个十年有不少表现家庭美德的温暖的作品,代表作如谭谈《山道弯弯》① 中的黑水溪的金竹在煤矿工人、丈夫大猛生日那天做了充分的准备,等到的却是大猛牺牲的噩耗和汽车上抬下来的棺材。金竹虽然十分伤心,却没有刁难煤矿,而是在村里的乡亲们的帮助下顺利办完了丧事。按照矿里的规定,可以去一个亲人顶职。金竹觉得丈夫的弟弟二猛如果能顶职,二猛的对象凤月就会很愿意嫁过来,于是坚持让二猛去顶职当工人。在金竹的再三要求下,二猛到矿上当了工人。二猛常回来,并把大部分工资交给嫂嫂金竹;金竹却把钱存起来,让二猛和凤月办婚事用。凤月嫌弃二猛是矿井下的工作,金竹鼓励二猛好好干,要胜过哥哥。金竹的女儿欢欢病了,金竹带她去医院,二猛跑回来接她并向金竹表白了爱意,紧张慌乱中二人产生误会,二猛跑回煤矿。由于凤月的过失,代销点起火了,在救火中二猛摔成了粉碎性骨折。凤月怕二猛残废,很少来照顾二猛,并另嫁他人。面对二猛的不幸遭遇,金竹流下了眼泪,经过矛盾和痛苦的思索,毅然带着女儿欢欢去医院照顾二猛。其他具有一定代表性的作品还有邹志安《喜悦》② 中的公公婆婆在八月十五即将到来的农闲时,将家里的十五元余钱全部拿出来,给大儿媳淑芳和小儿媳巧巧去买新衣服。淑芳和巧巧兴高采烈地抽空去了集镇上,选好两件衣服付款时,发现十五元连一件衣服也买不上;两人又去看布料,买两个人的衣服布料也不够;最后两人买了公公婆婆的绒裤带回家。被感动的公公婆婆发誓明年庄稼丰收后,一定要给两个好媳妇买上新衣服。彭见明《四妯娌》③ 中的河背大屋的四妯娌的丈夫们均在外工作学习——大哥在工厂上班,二哥进了省美术进修班,三哥进了医学院,四弟进了省农艺学习班,她们留守在家,以二嫂为核心,团结一心、含辛茹苦地操持这个大家庭,支持在"前

---

① 谭谈:《山道弯弯》,原载《芙蓉》1981 年第 1 期,《小说月报》1981 年第 6 期转载,《中篇小说选刊》1981 年第 3 期转载,获 1981 年《芙蓉》文学奖,获第二届(1981—1982)全国优秀中篇小说奖。

② 邹志安:《喜悦》,原载《延河》1981 年第 1 期,《小说月报》1981 年第 5 期转载。

③ 彭见明:《四妯娌》,原载《萌芽》1981 年第 4 期,《小说月报》1981 年第 7 期转载,获《萌芽》1981 年文学创作荣誉奖。

方"学习工作的丈夫们。四妯娌集体劳动,相互体贴关心,感情胜过亲姐妹,生活艰难却又开心快乐。韦一凡《姆姥韦黄氏》① 中的金鸡寨韦黄氏十八岁嫁给丈夫韦木山,韦木山参加了革命后杳无音信,韦黄氏带着遗腹子阿望孝敬公婆。十多年后,公婆死了,盼回的在革命队伍中高升的韦木山已再次结婚生子,韦黄氏不愿别人家庭拆散,依然独自生活。阿望长大后参军、结婚,与妻子一起牺牲在自卫反击战前线,韦黄氏又独力将孙子亚宝抚养大。姚文泰《乡土》② 中的阿香嫁给桃花村的汉文,勤劳能干、善良宽厚的阿香操持家务、出工赚钱、抚养幼儿、赡养公公,在外工作的汉文却嫌弃阿香而离婚另找对象。八年后,阿香赡养的公公去世,汉文在城里找的对象也因病去世,汉文带着幼女回家奔丧,阿香不顾别人的教唆,依然将汉文当作贵客接待,汉文忏悔以前的过错,两人准备相互再次适应后重续姻缘。史铁生《遥远的清平湾》③ 中的清平湾的白老汉独自带着七八岁的孙女"留小儿"过,对孙女"留小儿"十分宠爱,卖鸡蛋的几个钱全都给"留小儿"买褂褂儿。白老汉明明和后沟里的一个寡妇情投意合,只因为双方家的小孩都养得娇气,白老汉害怕"留小儿"遭受欺负,硬是坚持独身一人过日子。长大后的"留小儿"对白老汉也十分孝顺,从北京买回一把白老汉喜欢的新二胡。彭见明《那山那人那狗》④ 中的儿子在领导的安排下顶替了已经年老的父亲的乡邮员公职,父亲陪儿子开始儿子的首次送报送信的旅途,一路上父亲再三叮嘱儿子要注意的各种事项:小心山路别失脚,路要匀走别贪快,沿途村庄的情况,路上溪河的深浅……儿子则再三提醒父亲要注意的各种事项:头一要多去老更叔公处

---

① 韦一凡:《姆姥韦黄氏》,原载《民族文学》1982 年第 1 期,入选《中国新文艺大系 1976—1982》,获第二届少数民族文学奖。

② 姚文泰:《乡土》,原载《福建文学》1982 年第 5 期,《作品与争鸣》1983 年第 4 期转载,《小说选刊》1982 年第 7 期转载,入选《中国新文艺大系 1976—1982》。

③ 史铁生:《遥远的清平湾》,原载《青年文学》1983 年第 1 期,《小说月报》1983 年第 3 期转载,《小说选刊》1983 年第 3 期转载,《新华文摘》1983 年第 6 期转载,入选人民文学出版社编选的《1983 年短篇小说选》,获首届(1982—1983)青年文学创作奖,获 1983 年全国优秀短篇小说奖,入选中国新文学大系(1976—2000)。

④ 彭见明:《那山那人那狗》,原载《萌芽》1983 年第 5 期,《小说选刊》1984 年第 7 期转载,《小说月报》1983 年第 8 期转载,《新华文摘》1984 年第 4 期转载,入选人民文学出版社编选的《1983 年短篇小说选》,获《萌芽》1983 年文学创作荣誉奖,获 1983 年全国优秀短篇小说奖。

坐坐以表感谢，大队长是个厉害角色可不要得罪，水田已委托好友可不要下水使腿病复发……父子情深尽在琐碎的言谈中。李杭育《沙灶遗风》①中的沙灶镇六里桥画屋匠耀鑫和儿子庆海在盖房上发生了分歧：儿子想盖的房屋是新流行的两层楼水泥板样式，占地少功能多；父亲想盖的旧式房屋已经跟不上形式，但它可以让画屋匠施展自己的绝活。新老两代在盖房问题的较量上，最终以父辈的让步、子辈的胜出结束；儿子与儿媳妇为了安慰画屋匠耀鑫和弥补以前的过失，主动找媒婆来撮合公爹和寡妇桂凤的婚姻。林元春《亲戚之间》②中的农村妇女铜佛寺嫂子独自一人抚养着四个孩子，多年来在亲戚家相继举办的各种宴会上，铜佛寺嫂子因为拿不出像样的礼物而受到一些人的嘲笑；但是铜佛寺嫂子以自己的勤劳善良赢得大多数人的尊敬，并以自己的勤俭供养几个孩子上学，最终孩子有了出息且很孝顺，铜佛寺嫂子苦尽甜来。张平《姐姐》③中的姐姐曾经是大学教授的女儿，天资聪颖，被父母百般娇宠。反"右"后家庭破落，被迫委身于一个山村的农家。面对姐夫全家，姐姐很快走出绝望，敬爱公婆，关心爱护丈夫和小叔子，并以她的灵巧和智慧，让全家人穿得齐齐整整，吃得热热乎乎，还帮助几个小叔子娶上媳妇、走上小康——即使后来父亲掌权，几次安排姐姐回城工作，姐姐均毅然拒绝。叶尔克西《额尔齐斯河小调》④中的额尔齐斯河边的哈萨克族老奶奶含辛茹苦培养儿子长大后，儿子在他父亲的支持下去遥远的城里闯荡；老奶奶又把所有精力和心血花在培养小盲孙。然而在城里站稳脚跟后的儿子，要把小盲孙接到城里上学。老奶奶的心乱了：她原来幻想着把盲孙培养成"草原上众星捧月的阿肯和

① 李杭育：《沙灶遗风》，原载《北京文学》1983 年第 5 期，《小说选刊》1984 年第 4 期转载，《新华文摘》1984 年第 4 期转载，获 1983 年全国优秀短篇小说奖。

② 林元春：《亲戚之间》，原载《民族文学》1983 年第 9 期，《小说选刊》1984 年第 2 期转载，《新华文摘》1984 年第 4 期转载，入选人民文学出版社编选的《1983 年短篇小说选》，获 1983 年全国优秀短篇小说奖。

③ 张平：《姐姐》，原载《青春》1984 年第 6 期，《小说选刊》1984 年第 8 期转载，《新华文摘》1984 年第 8 期转载，入选人民文学出版社编选的《1984 年短篇小说选》，获 1984 年全国优秀短篇小说奖，入选中国新文学大系（1976—2000）。

④ 叶尔克西：《额尔齐斯河小调》，原载《民族文学》1985 年第 4 期，获新疆第二届儿童文学优秀作品奖，获新疆新时期优秀文学作品奖，入选《新中国成立六十周年少数民族文学作品选》。

冬布拉琴手","她还要给孙子娶个最善良、最贤惠的媳妇"。然而为了小盲孙能有更好的发展前途,老奶奶最终依依不舍地送走了心爱的小盲孙。阎连科《雪天里》① 中的秋林的爹在抗美援朝战争中牺牲在朝鲜,被就地埋在朝鲜;秋林的娘在村里熬寡独自抚养秋林长大。长大的秋林又入伍参加了对越自卫反击战,回来探亲时,秋林的娘坚决要趁秋林在身边时找一块风水宝地修一个很好的砖墓。秋林以为母亲是为她自己百年后着想,毫不犹豫地答应了。砖墓修好后,秋林又上战场了,秋林的娘告诉秋林媳妇这个砖墓是为了辟邪,只留给秋林。

　　改革开放第二个十年也有不少表现家庭美德的温暖的作品,代表作如楚良《清明过后是谷雨》② 中的村妇女主任清明利用父亲是老村长、哥哥是区干部的娘家势力,帮助丈夫立夏一家从公司建立到公司发展保驾护航。然而清明不能生育,夫妻把寡妇弟媳春分的女儿小满当作全家族财产的继承人。不料清明待如妹妹的采茶女工谷雨与立夏"通奸"并怀孕生子;翌年谷雨抱着儿子回来,全家为此争吵不已、四分五裂,弟媳更是强烈要求分财产再嫁。清明只好委曲求全,四面安抚;十三岁的侄女小满为了维护自己的利益和地位,偷偷把婴儿扔进古井中,清明紧急跳入井中救出孩子而牺牲了自己。其他具有一定代表性的作品还有周大新《香魂塘畔的香油坊》③ 中的郜家营郜二嫂九岁那年就由于家穷被父母卖到郜家做童养媳,十三岁那年就被迫圆了房。多年来她独立撑家——尤其在商品经济大潮的冲击下,她办起了闻名全国、产品畅销国内外的香油坊,成了人见人敬的大财神。郜家的遗传病使她生了天生患癫痫病的儿子,儿子成年后郜二嫂用钱买了漂亮、善良、贤惠的环环做媳妇;但不久后不忍心环环像自己一样不开心地过一辈子,还了环环以自由,让环环去追求幸福。陈怀国《毛雪》④

<hr>

①　阎连科:《雪天里》,原载《解放军文艺》1988 年第 12 期,《小说选刊》1989 年第 2 期转载,入选人民文学出版社编选的《1988 年短篇小说选》。

②　楚良:《清明过后是谷雨》,原载《芳草》1997 年第 5 期,《作品与争鸣》1998 年第 3 期转载,《小说月报》1997 年第 7 期转载,获第八届《小说月报》百花奖。

③　周大新:《香魂塘畔的香油坊》,《长城》1990 年第 2 期。

④　陈怀国:《毛雪》,原载《人民文学》1990 年第 3 期,《小说月报》1990 年第 7 期转载,获《人民文学》创刊 45 周年小说新人奖。

中的农村少年"我"高考落榜后不愿从事劳苦工作的行业，全家为了"我"能当上兵而拼尽全力：爹常进山砍柴卖点钱给我四处活动，结果爹因砍柴时蹚冷水太多且劳累过度而病倒，腿肿胀不消，爹病未好而寒冬夜里又帮"我"到大队各位领导家偷偷摸摸送礼，白天到队里挨家挨户说情；妈为了"我"招兵不被别人挤下来，主动帮民兵连长家长期带小孩，卖掉家里半大的猪，甚至跑到城里去卖血；哥瘸着腿在"我"检兵的前后到处奔波，为"我"出谋划策，托人拉关系，慌忙中把腿摔出血。最终我顺利当上了兵。李佩甫《黑蜻蜓》① 中的二姐九岁因耳聋辍学，开始担负起养家的重任。十二岁就是劳力了，挣的工分可以抵得上两个壮汉；成年后不要礼金嫁入画匠王村一家贫穷农户，不知疲倦地拼命干活，靠着一双手扣土坯给三个儿子准备了三所瓦房，为这个困顿的家庭撑起了一片天。抚养二姐长大的奶奶去世时，虽然二姐家里经济依然困难，却毅然重金请来两个乐器班子为奶奶送葬。二姐的儿子牺牲在保家卫国的战场上，二姐对国家无所求；最后喂猪时猝死在猪圈里。邓宏顺《奇爱》② 中的农民继父为了让天资聪颖的养子顺儿不再是农民，能够端上铁饭碗，给了养子顺儿尽一切可能的爱：在送顺儿拜师求学的路上，独斗金钱豹，瞎了右眼；在断缆散排、顺儿落水的危急关头，奋力抢救，断了左腿；顺儿考上大专，没有钱交学费，继父竟然做贼偷猪卖钱；顺儿要自费进修本科，继父为此超标砍树、又坐了一年牢……李贯通《庸常岁月》③ 中的九里湾德宽生得人高马大、力大无比，在兄弟德玉与母亲因贫病交加而相继去世后，德宽发誓要依靠自己的双手，通过辛勤劳动，自己独力盖一栋房子，延续自家人气。在德宽二十二岁那年，勤劳节俭的德宽果然盖起了两间草房；接着一个以前相救的农村妇女丧夫后主动找到德宽，二人相濡以沫度过各种艰难困苦的日子，在生了八个女儿后终于生了一个儿子。儿女大了后，德宽又相继嫁女娶媳——尤其为小儿子的婚事和生活操碎了心，得知儿媳

---

① 李佩甫：《黑蜻蜓》，《中国作家》1990 年第 5 期。
② 邓宏顺：《奇爱》，《萌芽》1991 年第 3 期。
③ 李贯通：《庸常岁月》，原载《山西文学》1991 年第 10 期，《小说月报》1992 年第 1 期转载。

终于怀了孙子后猝然去世。冯德富《妹心》① 中的钻沟河少女萍萍的父亲喝醉了酒时，和酒肉朋友包老汉定下亲家，考上大学的哥哥怎么都不愿意娶包老汉的黄毛丫头，包家死缠烂打，萍萍为了哥哥和父母，同意自己嫁给包家的儿子"傻金刚"。然而萍萍一次好心陪来采药的小伙子进山采药，劳动中产生了感情，怀了私生子；"傻金刚"经常对萍萍又是骂又是打。哥哥答应工作了每个月寄三十元钱给父母也没有寄，并以自己娶妻不慎而没有分文欺骗萍萍，萍萍替哥哥打掩护，在采药中摔成重伤，死前叮嘱母亲卖药换钱寄给哥哥。马介文《糯米酒飘香》② 中壮乡的身体强壮、勤俭善良的特方年纪轻轻就突然病逝，留下年老的穆三伯夫妇和刚二十岁的彩囊及其遗腹子小牛。彩囊伤心欲绝，却强忍悲痛，干活更勤快、说话更温顺、对公公婆婆更孝顺。当特葵再三追求彩囊，彩囊与其约法三章，强调特葵必须像儿子一样照顾穆三伯夫妇，最终又一个美满家庭产生。迟子建《日落碗窑》③ 中的农村少年关小明一次看了马戏团的狗顶碗杂技后，试图也让自家的狗顶碗，结果连续打了许多碗，狗也没有练出来。为了节省买碗的开支和增加狗顶碗杂技的安全，关小明的爷爷试图用村里的废窑自己烧一批泥碗给孙子的狗练杂技，几经周折，爷爷的泥碗终于烧成功了。迟子建《雾月牛栏》④ 中的农村少年宝坠的生父打草时遭毒蛇咬死后，母亲带着他又嫁了人。继父原本很喜欢他，不料一次失手把七岁的宝坠打傻，愧疚的继父把全部的爱和钱用来给宝坠治病，对宝坠比对亲生的女儿还好，但却依然换不回宝坠的康复，继父愿意用自己的一切唤回宝坠的正常，强烈的道德审判让继父身心疲惫，在抑郁中死去。毓新《羊腥》⑤ 中的出身农村而研究生毕业后留校工作的"我"，与出身城市的大学恋人红美新在婚后的寒假，特意去遥远的草场石砚子羊点看望曾多年供养"我"

---

① 冯德富：《妹心》，《全国乡土文学大奖赛获奖作品集》，北岳文艺出版社1993年版。

② 马介文：《糯米酒飘香》，原载《三月三》1993年第11期，《民族文学》1994年第10期转载。

③ 迟子建：《日落碗窑》，原载《中国作家》1996年第4期，《小说月报》1996年第10期转载，《小说选刊》1996年第10期转载。

④ 迟子建：《雾月牛栏》，原载《收获》1996年第5期，获1995—1996年第一届鲁迅文学奖。

⑤ 毓新：《羊腥》，原载《飞天》1997年第8期，《小说月报》1997年第10期转载。

上学的哥嫂，到了石砚子羊点后，"我"和红美分别陪忙个不停的嫂子护理母羊产羔，又一起陪忙个不停的哥去遥远的鬼嚎沟驮甜水，红美还硬是在白天去山上放了一次羊，腊月里暂时休息的哥嫂与"我"和红美过了一个开心快乐的年。

改革开放第三个十年同样有不少表现家庭美德的温暖的作品，代表作如李西岳《农民父亲》① 中的父亲为了尽长子之责，毫不犹豫地放弃数年以勤劳忠厚打拼出的天津市民的身份和美好的前程，让叔叔顶替，自己回到父母身边顶门立户。病入膏肓的爷爷错把"父亲"当作忘恩负义的叔叔，强令他喝尿而不忍心揭穿；偏心眼的奶奶把家里好房的继承权让给对家庭没有任何贡献的叔叔，父亲亦顺从而不发作；眼看侄女要饿死，他用母亲的金耳环作抵押、以自己的人格和一生的声誉作赌注，从生产队仓库中拿回救命粮；当穷困潦倒的家庭最需要劳力时，父亲把儿子送到军营；当家庭遭到重大变故时，父亲依然以病弱之躯独力支撑来换取儿子的安心军营。即使自私狭隘的叔叔多次伤害父亲，父亲也包容原谅了他，致电请其回家团聚归宗，世纪末里家族欢聚一堂。其他具有一定代表性的作品还有王新军《大草滩》② 中的疏勒河边的许三管不喜欢圈在方格子地里干活，在儿子出生半年后，他以老婆和儿子太瘦为理由买了五只羊放起来。十余年后，许三管当初放养的五只羊已经繁衍成了可以卖掉后买回五台四轮车的一大群羊；羊贩子再三找到许三管及其媳妇与孩子，承诺愿意高价一次性付款买断羊群，徐三管坚决不卖。后来在媳妇与儿子的再三恳求下，为了家人生活的安逸幸福，徐三管带着媳妇放了最后一次羊后，将羊交给媳妇卖掉。焦雷《鳝鱼阿四》③ 中的武侯簇桥阿四初中毕业后，跟随鱼市赫赫有名的"黄鳝鱼"学习杀鳝鱼卖，因为与"黄鳝鱼"的女儿自由恋爱而师徒关系破裂。阿四知道岳父一直极端讨厌自己这个没文化的农民"撬"走了他的女儿，于是阿四给四岁的孩子买了一万多元的昂贵电脑，要不惜

---

① 李西岳：《农民父亲》，原载《清明》1999 年第 4 期，《小说月报》1999 年第 10 期转载，获第九届《小说月报》百花奖。

② 王新军：《大草滩》，原载《小说界》2000 年第 2 期，《小说月报》2000 年第 6 期转载，《小说选刊》2000 年第 6 期转载，获首届（2000—2003）"甘肃黄河文学奖"。

③ 焦雷：《鳝鱼阿四》，原载《中国作家》2001 年第 12 期，《小说选刊》2002 年第 2 期转载。

代价培养女儿成为有文化的人。尉然《李大筐的脚和李小筐的爱情》① 中的李庄的李大筐初春里去给麦田追肥时，发现一只羊在吃自家的麦苗，李大筐追赶吃麦苗的羊到了刘庄刘奎山家——刘奎山的女儿刘凤梅和自己儿子李小筐正在约会谈恋爱中，结果砸伤了自己的脚。在村长故意评歪理的情况下，李大筐为了儿子李小筐的爱情不受影响，大度地把羊吃麦苗和自己伤脚的事不了了之。王祥夫《上边》② 中的上边村里的刘子瑞夫妇没有生养孩子，抱养了一个六岁的流浪的孩子。刘子瑞夫妇含辛茹苦抚养孩子长大，孩子很听话很好学，考上了大学后在太原工作，成了城里人，每隔一段时间就回来看望住在已经凋敝的村里的刘子瑞夫妇。每次孩子回来，刘子瑞夫妇都像过节一样欢喜，孩子走后是久久的惆怅。刘玉栋的《火色马》③ 中的"女人"的丈夫勤劳能干，却在农活劳累中死于心肌梗死，留给了"女人"对生活的独自承担。本来该进城工作的大儿子不愿母亲这么劳累，他不顾母亲反对，坚决留下来分担地里的农活；同样母亲为了儿子的前程，甘愿自己承受一切。母子二人为此争吵、斗气，最后相互妥协，儿子应允了母亲进城，母亲答应保重身体。刘庆邦《灯》④ 中的农民国庄与女儿小连相依为命，自小连失明后，国庄细心呵护着小连，生怕自己的疏忽会触动小连心里的那道细密的弦。正月十五十三岁的小连主动对父亲说自己大了，可以在节日里不玩灯笼了，而根据民俗改做的灯碗子却没人偷——偷了就眼睛亮，国庄只好自己将小连做的全部灯碗子偷走。父亲为小连所做的，小连虽然看不见，但心亮的她全部知晓，要父亲将偷的灯碗子拿回家来，热一热再吃。孙惠芬《狗皮袖筒》⑤ 中的歇马山庄的长期在

---

　① 尉然:《李大筐的脚和李小筐的爱情》，原载《北京文学》2002 年第 5 期，《小说选刊》2002 年第 7 期转载，入选多家年度小说选，入选《北京文学·中篇小说月报》2002 年上半年中国当代文学最新作品排行榜，获 21 世纪首届《北京文学》奖、第二届河南省文学奖、获第三届老舍文学奖新人佳作奖。

　② 王祥夫:《上边》，原载《花城》2002 年第 4 期，《小说选刊》2002 年第 10 期转载，《新华文摘》2005 年第 6 期转载，入选洪治纲编选的《2002 年中国短篇小说年选》，获第三届鲁迅文学奖。

　③ 刘玉栋:《火色马》，原载《春风》2002 年第 5 期，《小说月报》2002 年第 7 期转载，《短篇小说选刊》2002 年第 7 期转载，入选多家年度小说选。

　④ 刘庆邦:《灯》，原载《北京文学》2002 年第 12 期，《小说月报》2003 年第 2 期转载。

　⑤ 孙惠芬:《狗皮袖筒》，原载《山花》2004 年第 7 期，《小说月报》2004 年第 9 期转载，《小说选刊》2004 年第 9 期下半月转载。

外打工的吉久杀死了毫无人情味的包工头后，在一个大雪之夜逃回故乡。哥哥吉宽得知像女孩子一样胆小懦弱的弟弟杀人后，希望帮助弟弟逃走，并带领弟弟去乡村小酒馆找小姐，让弟弟做一次男人。但是弟弟并没有听从哥哥的劝告，而是选择了投案自首，临行前只带走了母亲留下来的那双狗皮袖筒。吉久告诉探监的兄长吉宽，他最想要的就是"像妈那样的温暖"，是哥哥用狗皮袖筒给了弟弟冰冷的身心久违的温暖。温亚军《成人礼》①中的小镇上的"男人"和"女人"的儿子即将到了割包皮举行成人礼的年纪，这时区长请来了附近手艺最好的师傅给区长儿子割包皮举行成人礼。"男人"不愿意沾惹名声不好的区长，"女人"劝说"男人"趁机让自己儿子也割包皮举行成人礼，夫妻虽有多次小争吵，不过还是给儿子圆满地割包皮举行成人礼。做了手术的儿子独睡一床，"女人"想陪却不敢；"男人"自己却半夜跑到儿子小床上陪儿子睡。高君《流逝》②中的"一拍脑瓜屁股冒灰的土包子"的"父亲"，在城里有头有脸的人家的孩子都不一定能够考上大学的情况下，不顾别人的劝解和嘲笑，咬牙要供养"我"端上铁饭碗。然而"我"却不听"父亲"的安排，自作主张填了电子计算机这个热门专业而落榜。"父亲"十分生气，咆哮再也不供"我"读书，让"我"放了一段时间的牛；开学时间到了后，"父亲"却四处借钱和找关系，让"我"转到更好的学校去复读。姚鄂梅《索道》③中的湖北大溪村的村民因为三峡水库的修建而被要求移民安徽，蛮子家也在移民的范围；全村人先去安徽参观了已经修建好的移民点，大家都很满意，兴高采烈回来准备移民。然而蛮子的妈却不愿意移民，蛮子经过偷偷调查，原来蛮子的妈和后山不要搬迁的昌福的青梅竹马的感情因故中断几十年后旧情重燃，两人在崎岖的山路偷偷约会中均受伤；于是蛮子私人花钱请来工人，假借长江管理委员会的名义修建了索道，让孤苦的妈妈与情人约会

---

① 温亚军：《成人礼》，原载《大家》2006 年第 2 期，《小说选刊》2006 年第 4 期转载，《新华文摘》2006 年第 11 期转载，《北京文学·中篇小说月报》2007 年第 2 期转载，入选多个年度读本，入选 2006 年中国小说学会排行榜，获《小说选刊》2003—2006 年度贞丰杯优秀作品奖。

② 高君：《流逝》，原载《山花》2006 年第 4 期，入选多家小说年选。

③ 姚鄂梅：《索道》，原载《山花》2007 年第 1 期，《小说选刊》2007 年第 10 期转载，《新华文摘》2007 年第 8 期转载，入选洪治纲编选的《2007 年中国短篇小说年选》。

安全方便。红柯《大漠人家》① 中的老汉带着孙子住在离乡镇一百多里外的大漠里,儿子与儿媳在乡镇上做生意很少回家,爷孙两人相依为命。儿媳在孙子六岁时想接回乡镇上读学前班,老汉不愿意,让孙子在大漠里跟他搞劳动的学前教育。第二年孙子不得不离开老汉去乡镇上读书,虽然在离开村庄时孙子流泪了,但是即将到乡镇上读书的孙子跟随爷爷已经变成了一个谁也不能轻视的真正的男子汉。

第二节 乡村美德的馨香

中国传统的农业生产对土地有极大的依附性,靠农业谋生的人被捆绑在土地上,形成了终老是乡、世代定居的生活常态。因此,人们在熟悉的环境和人群中成长,人与人之间建立起了"从时间里、多方面、经常的接触中所发生的亲密的感觉"②,讲究"亲帮亲、邻帮邻";"远亲不如近邻、近邻不如对门";"亲不亲,故乡人";"老吾老以及人之老,幼吾幼以及人之幼"……乡村美德主要表现在亲朋乡邻互帮互助和帮助外人与对手上。

改革开放第一个十年有不少表现乡村美德的馨香的作品,代表作如王安忆《小鲍庄》③ 中的小鲍庄鲍五爷早先死了儿子、儿媳,后来相依为命的小孙子社会子也死了;然而小鲍庄的人们面对孤寡没有劳动力的鲍五爷从来没有让他少一顿,"小鲍庄谁家锅里有,就少不了你老碗里的",没有谁觉得鲍五爷是这个村子的累赘。鲍秉德有一个疯了十几年的妻子,而且这个疯妻子没有给他生下一男半女,但鲍秉德依然守着他的疯妻,人们都劝他让妻子到城里的疯人院去,他却怕她在疯人院受苦。在他丧失理智的

---

① 红柯:《大漠人家》,原载《山花》2007 年第 4 期,《小说选刊》2007 年第 5 期转载,《小说月报》2007 年第 6 期转载,入选《〈小说月报〉三十年作品选》,入选中国作家协会《小说选刊》编选的《2007 年中国年度短篇小说》,入选 2007 年中国小说学会排行榜。

② 费孝通:《乡土中国生育制度》,北京大学出版社 1998 年版,第 10 页。

③ 王安忆:《小鲍庄》,原载《中国作家》1985 年第 2 期,《小说选刊》1985 年第 9 期转载,《中篇小说选刊》1985 年第 6 期转载,获 1986—1987 年《中篇小说选刊》优秀中篇小说奖,获 1985—1986 年全国优秀中篇小说奖,获"蜂花杯"上海 40 年优秀小说奖。

疯妻那里，"仁义"依然固守在她的灵魂深处，为了不拖累丈夫，也为了让他另娶妻生子，她以自杀来了却生命。捞渣更是传统美德的象征——勤劳能干、礼让同伴、照顾五爷……当捞渣因救鲍五爷死后，"送葬的队伍，足有二百多人，二百多个大人，送一个孩子上路了。小鲍庄是个重仁义的庄子，祖祖辈辈，不敬富，不畏势，就是敬重个仁义"。其他具有一定代表性的作品还有京夫《手杖》① 中的京城革命老干部"我"在"文化大革命"中被下放到一个山区小县的干休所，没有柴烧时，买了一个老汉的柴，老汉见"我"身体不好，一边帮"我"把烧柴长的截短、粗的划细，一边劝解"我"注意养护身体；"我"多给钱却拒收。烧柴快用完时，老汉又及时送来烧柴，并送给"我"一个扎实的羊奶木手杖。以后每隔十天如此，自己病了则派儿子来。当后来回到京城的"我"真诚地寄给老汉钱物，老汉原款原物寄回。王润滋《卖蟹》② 中的小姑娘两顿饭没吃，跟随爹出远海漂了一宿，捕了蟹清早回来卖，一大堆等在早市的顾客蜂拥而来，挤在最前面的过滤嘴嫌五角五一斤的蟹太贵而故意杀价，其他顾客同情小姑娘的辛劳，纷纷抢着付钱买了。过滤嘴害怕卖光而将七八只蟹紧紧抓住，另一位老农的得了癌病的没几天活头的媳妇想尝蟹，老农没抢上蟹，过滤嘴却不肯匀两只，小姑娘许诺三角五低价卖船上的蟹给过滤嘴，将过滤嘴手头的蟹全部免费送给老农。张秋华《东湖洼之晨》③ 中的东湖洼的芦生在责任制前是老超支户，责任制后芦生与妻子菊儿一个种黄花菜、一个编草篮，很快就脱贫致富，并买了一台手扶拖拉机开回来。精明能干的捕鱼贩鱼的四叔立即找到芦生，提议两人合作做鱼生意，一个出力、一个运输，利润均分。芦生想到军属岳琴家的地还没有耕，于是不顾妻子的反对而拒绝了四叔的邀请，清晨开着

① 京夫：《手杖》，原载《延河》1980 年第 1 期，《小说月报》1980 年第 7 期转载，获 1980 年全国短篇小说奖。

② 王润滋：《卖蟹》，原载《山东文学》1980 年第 10 期，《小说选刊》1981 年第 1 期转载，入选《中国新文艺大系 1976—1982》，获《山东文学》1980 年优秀短篇小说奖，获 1980 年全国优秀短篇小说奖。

③ 张秋华：《东湖洼之晨》，原载《新港》1981 年第 11 期，《小说月报》1982 年第 1 期转载，《小说选刊》1981 年第 12 期转载。

拖拉机帮岳琴家耕地。金河《大车店一夜》① 中的马车夫"大辕马"外形鲁莽,言语粗俗,然而却有侠肝义胆和乐于助人的热心肠,在大车店偶遇因治腿病而无钱交店钱的杨老汉和其子福根,他给福根让铺、耍魔术似的偷酒、学大夫般地按摩、哄逼同伴一块儿解囊相助……在"大辕马"的行为的感动下,车店主、"车轴"、郝经理、"我"均纷纷向杨老汉和其子福根伸出援手,使福根的腿病得到了及时的治疗而大有希望。毕四海《白云上的红樱桃》② 中的零九公路七曲八拐盘旋在险山峻岭之间,是运输车队的克星。一次货车队一辆货车闯入毛驴儿车队,压伤一个毛驴儿车队青年的腿,从此两个车队结了仇,影响到零九公路的运输业务。"红樱桃"小凤姑娘危急关头挺身而出,怀着"咱山里人不兴坏心报坏心"的民间信仰,主动承担起照顾瘸腿青年的重任,在她的感召下,瘸腿青年释然了心中的仇愤,在零九公路免费供茶,使出门在外的奔波者有了家的呵护。毛驴儿车队和货车队在小凤姑娘的潜心经营下,最终也和谐相处,相互帮衬,杜绝了悲剧的重演。史铁生《遥远的清平湾》③ 中的清平湾的知青"我"腰腿疼得厉害,队长和社员怕"我"腰腿坐下病,一致同意让"我"跟随白老汉干轻松点的活——喂牛。白老汉则经常在"我"晚上瞌睡的时候,让"我"去睡觉,独自一人给牛喂二次料。平时碰上要饭的、耍艺的,白老汉常常尽力招待。"我"去北京治病,白老汉不顾自家的困难,卖掉十斤优质小米给"我"换来十斤陕西粮票,托人带给"我",以便"我"送礼后找个好大夫。乌热尔图《琥珀色的篝火》④ 中的猎人尼库带着儿子、牵着驯鹿,送生病的妻子塔列去医院,路上发现有三个迷路人

_____

① 金河:《大车店一夜》,原载《人民文学》1981 年第 12 期,《小说选刊》1982 年第 1 期转载,《新华文摘》1982 年第 2 期转载,入选人民文学出版社编选的《1981 年短篇小说选》,入选中国新文学大系（1976—2000）。

② 毕四海:《白云上的红樱桃》,原载《山东文学》1982 年第 7 期,《小说月报》1982 年第 10 期转载,获《山东文学》1982 年优秀短篇小说奖。

③ 史铁生:《遥远的清平湾》,原载《青年文学》1983 年第 1 期,《小说月报》1983 年第 3 期转载,《小说选刊》1983 年第 3 期转载,《新华文摘》1983 年第 6 期转载,获首届（1982—1983）青年文学创作奖,获 1983 年全国优秀短篇小说奖,入选中国新文学大系（1976—2000）。

④ 乌热尔图:《琥珀色的篝火》,原载《民族文学》1983 年第 10 期,《小说选刊》1983 年第 12 期转载,《新华文摘》1984 年第 1 期转载,入选人民文学出版社编选的《1983 年短篇小说选》,获 1981 年全国优秀短篇小说奖,入选中国新文学大系（1976—2000）。

的足迹。尼库在妻子的支持下，安排儿子继续带队前行，自己则根据足迹找到了三个冻僵了的穿着野外作业服的迷路人，生火将他们的身体烤暖，打来狍子作为他们的食物，还应迷路人的请求，送迷路人到他们的帐篷附近，然后才去找自己生病的妻子。邓刚《迷人的海》① 中的渔民老海碰子谙熟水性，远近百里的海域，无论底流还是暗礁他都了如指掌。初冬时节老海碰子最喜欢火石湾，每次在那里拖着碰海的家什捕获各种海珍，心里感到有种说不出的充实。小海碰子装备上新式的碰海的家什也来初冬的火石湾捕获海珍，结果经验不足而受伤，在水里差点冻死，老海碰子冒险救起小海碰子。陈世旭《惊涛·烽火》② 中的杨桥圩的秋霞爱上了县里派下来参加防汛的干事李欣，在生活上多方面照顾李欣；一心往上爬的李欣不爱秋霞，只是利用她的勤劳善良。当堤坝发现险情时，李欣一瞬间被吓得逃跑，秋霞独自一人冒险点亮了烽火；逃离堤坝的李欣在组织群众转移中表现英勇。第二天秋霞看望医院里的李欣，满足了李欣占用点亮烽火的大功，却拒绝了爱情的交换。铁凝《麦秸垛》③ 中的端村大芝娘对下乡知青的生活与劳动十分照顾和关心，知道下乡知青沈小凤不慎闹出绯闻后，又给予沈小凤特别的关心、照顾。村里的富农子弟小池高价买了四川逃难来的已怀有身孕的花儿做媳妇，大芝娘对花儿也不乏照顾；当花儿四川的丈夫在公安局的支持下把花儿领回四川时，大芝娘又帮忙照顾花儿留下的孩子五星。海涛《香岛》④ 中的岛上的鹅女以养鹅为生，渔村里的孤儿海仔则通过贩卖渔民的鱼和鹅女的鹅为生。原本善良纯洁的海仔在生意场里钻营久了，日益精明狡诈，经常以广州贩来的廉价物品欺骗朋友鹅女，低价

---

① 邓刚：《迷人的海》，原载《上海文学》1983 年第 5 期，《作品与争鸣》1983 年第 10 期转载，《小说月报》1983 年第 9 期转载，《新华文摘》1983 年第 8 期转载，获首届（1982—1983）《上海文学》奖，获辽宁 1983 年优秀文艺作品奖，获第三届（1983—1984）全国优秀中篇小说奖，入选中国新文学大系（1976—2000）。

② 陈世旭：《惊涛·烽火》，原载《人民文学》1984 年第 3 期，《小说选刊》1984 年第 5 期转载，《小说月报》1984 年第 5 期转载，获 1983 年全国优秀短篇小说奖。

③ 铁凝：《麦秸垛》，原载《收获》1986 年第 5 期，《作品与争鸣》1987 年第 11 期转载，《小说选刊》1986 年第 12 期转载，《中篇小说选刊》1986 年第 6 期转载，获《中篇小说选刊》1986—1987 年优秀中篇小说奖。

④ 海涛：《香岛》，原载《民族文学》1986 年第 9 期，入选《新中国成立六十周年少数民族文学作品选》。

换得鹅女的鹅。一次海仔的船出了事，身无分文的受伤的海仔得到鹅女充满爱心的无微不至的照顾，鹅女还许诺把卖鹅的钱送一半给海仔。良心受到冲击的海仔帮鹅女实价卖了鹅，给鹅女买回真正的精品，向鹅女坦白了自己曾经的龌龊，鹅女毫无芥蒂地原谅了海仔。田雁宁《牛贩子山道》①中的板栗坡浩成因承包过多别人落荒的田地而导致耕牛死亡，无奈中踏上艰险的出外贩牛之路。首次贩牛的浩成看中的黄牯子被老牛贩子瘸腿老汉买走，浩成另买了一头水牯子和黄牯子，两人结伴而行。一路上在老牛贩子瘸腿老汉的照顾下，浩成有惊无险地走过各种险道，得到热情招待。快到家时，浩成买的黄牯子病牛发病，老牛贩子瘸腿老汉突然不要分文将自己的黄牯子好牛送给浩成，叮嘱浩成好好种田，不要再做艰险的牛贩子生意。

改革开放第二个十年也有不少表现乡村美德的馨香的作品，代表作如张宇的《乡村情感》②中的张家湾的张树声与郑家疙瘩的郑麦生冒死一起参加革命，革命胜利后一起放弃城市优越的生活条件，毅然回到乡村种田，凭借自己的劳动来养活自己。当得知郑麦生患上了癌症，他们没有绝望，没有悲伤，而是在小酒店痛快地喝上两杯；在郑麦生卧病在床时，他们又拉弦歌唱，面对死亡毫不畏惧。此时郑麦生的儿子郑小龙与张树声的女儿张秀春一般大小，刚好20出头。儿女未成年时，两位好朋友就曾经有过亲上加亲的安排，加上现在双方孩子青梅竹马的感情；于是在郑麦生一家正忙于准备丧事时，张树声却不顾当地风俗、毅然做出用红喜事来冲白喜事的大胆决定——即在郑麦生死之前让郑小龙与张秀春结婚，以抚慰老朋友之心灵，使他没有任何遗憾地走完人生的最后历程。在乡亲们的帮助下，张树声热热闹闹地把女儿嫁到郑麦生家，让麦生在死前享受了一下儿媳的孝敬，含笑而逝。其他具有一定代表性的作品还有刘绍振《信天游不断头》③中的砖瓦匠赵六合被寺仙村开拖拉机的杨根宝请去烧三万砖、五

---

① 田雁宁：《牛贩子山道》，原载《人民文学》1987年第3期，《小说选刊》1987年第6期转载，《新华文摘》1989年第10期转载，获《小说选刊》1987年"黎明铝窗杯"优秀短篇小说奖。

② 张宇：《乡村情感》，原载《人民文学》1990年第5期，《作品与争鸣》1991年第7期转载，《小说月报》1990年第9期转载，获第四届《小说月报》百花奖。

③ 刘绍振：《信天游不断头》，原载《延河》1989年第3期，《作品与争鸣》1989年第12期转载，获1991年全国乡土文学大奖赛一等奖。

千瓦箍砖瓦窑，结果杨根宝被穆柯寨饭铺的穆裙子迷住而不回家，赚的钱也全被穆裙子一家忽悠用了，撇下自己的老父亲全福和怀孕的媳妇柳枝儿在家做苦力而不闻不问，导致全福劳累得生病气死、柳枝儿早产。没拿到分文工钱的砖瓦匠赵六合先是主动出手相助全福和柳枝抢收庄稼，全福生病气死后又当孝子主持安葬老人。赵德发《通腿儿》① 中的野槐村楸头媳妇和狗屎媳妇同一天结婚，为了抢彩头而结仇。后来狗屎、楸头在共产党的宣传下一起参军抗日，狗屎早早光荣战死，楸头成了南下干部进了大城市并以"革命需要"为由另立家室；于是被遗弃的楸头媳妇就和孀居的狗屎媳妇亦由相互对立到逐渐和解、互帮互助、相濡以沫，直到老死。陈怀国《毛雪》② 中的农村少年"我"高考落榜后憋闷得大病一场，爹找到吴麻子要让我跟全大队唯一的剃头匠吴麻子学剃头的手艺，以便将来接手吴麻子的生意，在农村活得轻松点，吴麻子同意了而"我"却不愿意。好不容易等到招兵，全家为了"我"能当上兵而拼尽全力，却依然结局难料；吴麻子主动利用他帮全大队的人都剃过头而因此与全大队人都熟悉的长处，挨家挨户帮"我"说情却连烟钱都不要"我"家的；在全大队最后举手投票三选二时，吴麻子又主动跳出来为"我"说情。在"我"当兵要走而没有零花钱和请大队干部、亲友而没有菜钱时，吴麻子又借给"我"家一百元。铁凝《埋人》③ 中的骑下村的离村五十余年的遗训媳妇，死前叮嘱女儿晖晖要把自己的骨灰从城里带回村里认祖归宗，晖晖写信到骑下村求助，彼得爷和复查等大力相助，为了这项"埋人"之事办得很圆满，周旋于各类村民之间，排除异见，统筹安排。最后在村民的集体配合下，他们办成了骑下村十年八年都没有的丧事的规模。傅太平《小村》④ 中的吴家村里人们和睦友善，富贵均享，知足守常，抑欲克己，重义轻利。一个

---

① 赵德发：《通腿儿》，原载《山东文学》1990 年第 1 期，《小说月报》1990 年第 4 期转载，入选人民文学出版社编选的《1990 年短篇小说选》，获《山东文学》1993 "景阳春"杯优秀小说奖，获《山东文学》创刊 40 周年优秀作品奖，获山东省新时期农村现实题材优秀作品一等奖。

② 陈怀国：《毛雪》，原载《人民文学》1990 年第 3 期，《小说月报》1990 年第 7 期转载，获《人民文学》创刊 45 周年小说新人奖。

③ 铁凝：《埋人》，原载《小说家》1991 年第 5 期，《小说月报》1991 年第 11 期转载。

④ 傅太平：《小村》，原载《十月》1991 年第 6 期，《新华文摘》1992 年第 3 期转载，获第五届（1991—1994）《十月》冰熊文学奖。

外来的疯子不但在吴家村人的关心和帮助下养好了身体,而且治疗了心灵的创伤,完全恢复了理智,终于不好意思再继续成为村民的累赘,恋恋不舍地走出了这个"桃花源"。阎连科的《寻找土地》①中的20岁的农村士兵佚祥因救人而牺牲,因为其所救之人是未来的岳母,加之他离开部队前未请假;因此部队干部要寻找一个地方把他埋掉。最终他儿时曾短暂生活过的马家峪村,慷慨地收留了"他",并为他举办了葬礼、配了骨亲。村里的男女老少,像享受一次难得的欢聚一样,认真且郑重地为一个他们并不十分熟悉的年轻人办丧事兼"婚事"。蔡测海《留贼》②中的湘、鄂、川、黔交界地民风淳朴,家不是店却常免费待客。"我"家一次来了一对衣衫褴褛的过路父女,父母拿出好吃的食物热心招待,并安排他们睡在客房,盖着母亲陪嫁的五色真丝的珍品被子。第二天早上那对父女不辞而别,还卷走了被子;不料在用被子换粮食时碰巧碰见我舅舅,被我舅舅发现而扭送到我家。父母却为那对父女掩饰说被子是送给他们的,多年以后那对父女跑来感恩。黄佩华《涉过红水》③中的壮族乡村老人巴桑住在红水河边,对从红水河上游漂下来的溺死者,巴桑总是一一捞起来入殓下葬。后来红水河下游建起了水电站,河水上涨淹没了大半个河谷,巴桑又忙着把溺死者的骸骨迁到河水没有淹到的高处,忙碌中忘了自身安危的巴桑被持续上涨的河水淹没在溶洞中。迟子建《逝川》④中的阿甲渔村的孤身一人的吉喜因帮人接生,没赶上去河边捕泪鱼,按阿甲村人习俗,如果哪家没有捕到这种会哭的鱼,那后来的日子可能遭遇不幸。然而当吉喜怀着沉重的心情回到家里后,却发现自家盛着清水的木盆里游动着十几条村人送的美丽的泪鱼。李境《天籁》⑤中的三队唯一一个因城里没有亲人而一直没有回城的孤儿知青王华东,留在村里帮村人放了二十年的羊。一次

①　阎连科:《寻找土地》,原载《收获》1992年第4期,《小说月报》1990年第10期转载。

②　蔡测海:《留贼》,原载《湖南文学》1992年第6期,《小说月报》1992年第9期转载,《新华文摘》1993年第3期转载。

③　黄佩华:《涉过红水》,原载《当代》1993年第3期,获广西1993年度优秀文学作品奖。

④　迟子建:《逝川》,原载《收获》1994年第5期,《新华文摘》1995年第2期转载,入选人民文学出版社编选的《1994年短篇小说选》,入选中国新文学大系(1976—2000)。

⑤　李境:《天籁》,原载《飞天》1995年第10期,《小说月报》1996年第1期转载。

王华东爬沙枣树摘沙枣花时不小心摔死了，三队的全体男女一起出力使王华东得到体体面面的安葬，并把王华东的死用电报告知了王华东生前遗物中唯一有地址的人。几个月后一个漂亮的天津女人来了，带走了王华东的遗物。一年后曾来过的天津女人将当年知青的事迹写成了剧本，剧组来三队拍戏，三队人很高兴、很自豪、很配合。迟子建《日落碗窑》① 中的人到中年的乡村教师王张罗的老婆刘玉香有些痴呆，多次怀孕都因为情绪极不稳定、喜欢到处疯跑而导致流产。当村民得知刘玉香又怀了孩子后，大家对刘玉香表现出极大的关爱和关照；最终在全村人的帮助与关怀下，刘玉香平安生下一个七斤半的白白胖胖的男婴。察森敖拉《山民之子》② 中的牧人丹巴放牧砍柴时，发现一个自称姓吕、普查草药的、遭到打劫的汉子倒在草滩里，丹巴用马车将其救回家，并送了一件自己最喜欢的价值不菲的羊羔子皮袍。自称姓吕的汉子走后不久遭到狼攻击，正在寻牛的丹巴碰见后，再次救了自称姓吕的汉子。自称姓吕的汉子跟随到丹巴家后，发现丹巴的大儿子就是自己抢劫打伤的人，立即跪下忏悔，道出自己逃犯的身份，请求丹巴送他回劳改农场，丹巴宽恕了他，并答应了他的请求。

改革开放第三个十年同样有不少表现乡村美德的馨香的作品，代表作如鲁敏《颠倒的时光》③ 中的东坝的木丹幼年失怙，母又早亡，是东坝乡邻们的照应让木丹的生活里充满了温暖。即便是木丹成家立业了，但"东坝的老人们仍是不大放心，他们总还记着木丹父母活着时的样子呢，木丹的事，他们会一直放在心上"。开了钱窍的木丹种起了大棚西瓜，当木丹盖起东坝最大规模的大棚时，"木丹的大棚成了整个东坝最热闹最离奇的处所"。东坝的男女老少被伊老师分成几拨到木丹的大棚去洗澡。有的人

---

① 迟子建：《日落碗窑》，原载《中国作家》1996 年第 4 期，《小说月报》1996 年第 10 期转载，《小说选刊》1996 年第 10 期转载。

② 察森敖拉：《山民之子》，原载《民族文学》1998 年第 2 期，《小说选刊》1998 年第 3 期转载。

③ 鲁敏：《颠倒的时光》，原载《中国作家》2007 年第 2 期，《小说选刊》2007 年第 3 期转载，《新华文摘》2007 年第 10 期转载，获首届（2007 年度）中国作家鄂尔多斯文学奖，获《小说选刊》2006—2007 年度"东陵浑河杯"全国读者最喜爱小说奖。

会提前到大棚帮木丹忙大棚里的活计,另一些帮不上忙的乡邻见木丹夫妻忙着打理大棚、没顾上置办年货,就从家里找些吃食带来。木丹却不过大家的情意,拿出新买的香皂、洗发水供大家洗澡时使用。木丹的大棚在一天夜里遭受到风雪无情的袭击,是乡邻们自发地聚集起来解除了大棚的险情。清明时节,在颠倒时光的大棚里,木丹与妻子风子收获了能卖上好价钱的头道瓜。三个多月来没日没夜的忙碌终于可以有一个丰硕的回报了。但木丹看着堆成小山似的西瓜忽然想起:"东坝有谁这么早吃过西瓜呀。"于是他决定挨家挨户给乡邻们送头道瓜尝鲜。其他具有一定代表性的作品还有红柯《吹牛》① 中的住在小镇上的"他"和相隔几十公里的牧场上放牧的马杰龙是好朋友,喜欢聚在一起吃吃喝喝吹吹牛。一次马杰龙的几百头牛卖了,看着空空的牛圈,马杰龙心里十分伤感,怀念被卖的牛,捎信让"他"去吹牛排解情绪。"他"为了安慰老友,立即推谢正在吃喝的酒席,骑上马,买上吃喝的东西,跑到马杰龙的牧场,两人一边吃喝一边吹牛,喝醉了后两人还相互当牛用脑袋斗了起来。石舒清《旱年》② 中的村里萨利哈婆姨因为丈夫有本事在外跑运输赚钱,置了很大的院子、建了漂亮的房子,种了许多果树,孩子也上的好学校。心满意足的她特意嘱咐丈夫换回许多崭新的零钱,以备今年这个大旱年里散贴。一次一个要贴的老妇人在她家虔诚地做了礼拜,她后悔先前散贴给老妇人太少;另一次一个要贴的青年妇人在她家虔诚地做了礼拜,她硬要把一套新衣服送给她。李西岳《人活在世》③ 中的柳条庄刘家和白家因为历史恩怨而结仇:白家的老二被日军毒打时做了叛徒,刘家的老二因此牺牲;一九五七年反"右"时刘家的刘爷处心积虑要把白家的顶梁柱"我父亲"打成右派;"文化大革命"时刘爷带领红卫兵揪斗白家的"我父亲"、挖刘家老二的坟;白家的"我"当兵时刘爷使绊子……然而刘爷去世后,"我父亲"严禁早已辉

---

　　① 红柯:《吹牛》,原载《时代文学》1999 年第 1 期,《小说选刊》1999 年第 6 期转载,《中华文学选刊》2001 年第 11 期转载,《新华文摘》2001 年第 11 期转载,获第二届鲁迅文学奖(1997—2000) 全国优秀短篇小说奖,入选中国新文学大系 (1976—2000)。
　　② 石舒清:《旱年》,原载《民族文学》2000 年第 4 期,《小说选刊》2000 年第 11 期转载。
　　③ 李西岳:《人活在世》,原载《清明》2000 年第 5 期,《小说月报》2000 年第 12 期转载,《作品与争鸣》2001 年第 4 期转载。

煌显赫的白家报复，尽力办好刘爷的丧事。刘庆邦《遍地白花》① 中的村子收秋以后来了一位女画家，村里人先是为女画家错过了丰收的情景而遗憾；当女画家住了几天还不走，而是将村里各种各样的东西都画到画上，村人叽叽喳喳议论女画家画的好坏；而经过太平车车主老汉的大力赞扬，村人对女画家日益热情钦佩，让女画家画他们认为美丽的一切景物，送各种各样的东西感谢女画家。陈忠实《腊月的故事》② 中的郊区农民秤砣家关在后院牛圈里的牛被偷了，父亲让秤砣去找派出所的朋友查查，秤砣按照往年过年前的惯例，杀了一只后院的羊，送到好友派出所的铁蛋家和工厂倒闭的小卫家。几天后铁蛋找到秤砣，告知小卫偷了秤砣家的牛等被抓，不仅要按市场价赔偿，还要罚款一万；秤砣放弃索赔，并把家里唯一的一千元借给小卫媳妇。漠月《夜走十三道梁》③ 中的放骆驼的三十出头的光棍汉旺才一次追寻快要下羔的小母驼而到了十三道梁，找到小母驼并帮它产下小羔后却遇到沙尘暴；无处可去的旺才及其骆驼被十三道梁放羊的寡妇秀秀收留，当晚饱吃了一顿秀秀做的晚餐，秀秀还允许他留住，旺才却坚决走了。走了的旺才以为秀秀对他有好感，两人有希望续起一段美好姻缘，两个月后旺才卖了驼毛带着积蓄去找秀秀，秀秀却明确拒绝了——当初收留他只是见他可怜，旺才再次离去。张学东《扑向黑暗中的雪》④ 中的农民"爸爸"在即将过年时，得知好朋友江大为借钱去买寒尾羊的路上翻船淹死的消息后，考虑到朋友的孤儿寡母日子不好过，立即带上自己的孩子，冒着严寒远道出行。"爸爸"到了朋友家，发现朋友妻子早已走了，屋里一屋子债主，"爸爸"把自己身上所有的钱赔给债主，把朋友的孤儿带回自家抚养，并多次出外寻找朋友的妻子。迟子建《蒲草灯》⑤ 中的镇

---

① 刘庆邦：《遍地白花》，原载《钟山》2001 年第 2 期，《新华文摘》2001 年第 6 期转载，入选 2001 年度中国小说学会排行榜。

② 陈忠实：《腊月的故事》，原载《中国作家》2002 年第 5 期，《短篇小说选刊》2002 年第 6 期转载，入选何向阳编选的《21 世纪中国文学大系 2002 年短篇小说》。

③ 漠月：《夜走十三道梁》，原载《朔方》2003 年第 5—6 期，《小说月报》2003 年第 8 期转载。

④ 张学东：《扑向黑暗中的雪》，原载《朔方》2003 年第 10 期，《小说选刊》2004 年第 1 期转载。

⑤ 迟子建：《蒲草灯》，原载《山花》2004 年第 3 期，《香港文学》2004 年第 3 期转载，《小说月报》2004 年第 5 期转载，《小说选刊》2004 年第 4 期下半月转载，入选多个年度小说选。

上最边缘的、独门独户的骆驼家收养了第二次世界大战时的日本军人的遗孤雅子，在艰难的岁月里抚养雅子长大；成年后的雅子与对自己关爱有加的骆驼结婚生子。随着改革开放的到来，有日本访问团帮雅子在日本找到了亲人，骆驼心平气和地让雅子回了日本——甚至为了两个女儿的前途，两个女儿也去了日本。后来一个为了女人与人通奸而杀人的"我"逃到小镇，没钱买鸭子吃，骆驼杀了自己的鸭子给"我"吃，讲自己的事给"我"听，最终感化了逃难的杀人犯"我"。葛水平《喊山》① 中的岸山坪村民韩冲下的捕猎套子炸死了外来的腊宏，村干部和村里老人一起按照山里的老规矩主持公道，隆重安葬腊宏，对韩冲赔偿腊宏的妻子哑巴一事进行几次三番的协调，让韩冲承担起对哑巴母女的照顾——不仅没有因哑巴是外来户没有靠山就让哑巴吃亏，而且在哑巴不要一分钱赔偿的情况下，再三劝说哑巴，叮嘱韩冲一定要照顾好哑巴母女。最后使装哑的哑巴被感动得终于开口说话。鲁敏《逝者的恩泽》② 中的小镇的陈寅冬在新疆修铁路的十几年里，与一个叫古丽的新疆姑娘生活在一起，并生了一个儿子。当陈寅冬在事故中死去，古丽母子找到小镇，陈寅冬的遗孀红嫂和女儿青青收留了古丽母子。敦厚善良的红嫂每天带着古丽包饺子、做汤圆，走街串巷做小生意养家；朴实清纯的青青每天带达吾提上街，哄达吾提睡觉。当得知达吾提眼睛很可能看不见时，红嫂和青青又想着用陈寅冬留下的抚恤金给达吾提治疗眼睛。傒晗《温暖的平原》③ 中的农村妇女秀玉死了丈夫和孩子后，在大队的厕所里发现一个女婴，于是捡回家当作亲生的抚养；从此不是背着捡来的女儿在田里忙，就是抱着捡来的女儿在家里忙。

---

① 葛水平：《喊山》，原载《人民文学》2004 年第 11 期，《作品与争鸣》2005 年第 6 期转载，《小说月报》2005 年第 1 转载，《小说选刊》2005 年第 1 期转载，获 2005 年度第三届"茅台杯"人民文学奖，获《小说选刊》2003—2006 年度贞丰杯优秀作品奖，获第四届鲁迅文学奖（2004—2006）。

② 鲁敏：《逝者的恩泽》，原载《芳草》2007 年第 2 期，《小说选刊》2007 年第 7 期转载，《北京文学·中篇小说月报》2007 年第 4 期转载，《中篇小说选刊》2007 年第 3 期转载，《小说月报》2007 年增刊第 2 辑转载，入选多家小说年选，获第三届《北京文学·中篇小说月报奖》，获首届中国小说双年奖。

③ 傒晗：《温暖的平原》，原载《芳草》2007 年第 3 期，《中篇小说选刊》2007 年第 6 期转载，《小说月报》2007 年增刊第 3 辑转载。

孩子上中学后，种田已无法承担，已不年轻的秀玉不惜得矽肺病，进水泥厂干活。早已没有来往的第三任丈夫的三弟郑光龙承包工程讨债时被打成植物人，妻女都离他而去，秀玉满怀爱心的照顾使他苏醒和顽强活下来。白雪林《霍林河歌谣》① 中的海利斯泰村的诺日玛婚后没几年就死了丈夫做了寡妇，独自一人将女儿拉扯大。诺日玛在丈夫死后第三年与单身汉达瓦产生了感情；达瓦却自认为单身汉更自由，还可以与多个女人有私情，所以两人关系冷却、一直没有结婚。后来达瓦突然半身不遂，诺日玛毫无怨言主动将达瓦接回家，每天不辞辛苦地照顾他。

小　结

　　改革开放第一个十年家庭联产承包责任制的推行，使得家庭成为独立的经济实体；生产单位变成家庭后，引起生产单位内部的多种产权关系发生改变，如劳动者个人产权与家庭产权的结合紧密程度提高、劳动者以及其他成员的收益与家庭更密切相关、家庭成员的协同合作更加重要、以血缘和地缘关系为基础的家庭与家庭之间的关系日益重要……加上家庭联产承包责任制实行后，农民很快过上了温饱的生活，"仓廪实而知礼节，衣食足而知荣辱"，党和政府及时宣扬"五讲四美三热爱"，整个社会风气算得上良好——根据 1983 年全国性的相关调查，88.4% 农村青年认为赡养父母是每个子女的义务和社会的美德，69.1% 农村青年把孝敬父母作为自己选择对象的重要条件，在 15 个备选条件中排列第一；50.9% 农村青年认为孤寡老人的生活问题"我有义务帮助"。② 1986 年的 14 个省市的相关调查显示，农民对家庭关系很不满意的比例只有 3.0%、不太满意的只有 2.9%，而很满意的比例达到 21.3%、比较满意的达到 41.7%；对邻里关系很不满意的比例只有 2.3%、不太满意的只有 1.9%，而很满意的比例达

---

　　① 白雪林：《霍林河歌谣》，原载《人民文学》2007 年第 9 期，《小说选刊》2007 年第 10 期转载，《新华文摘》2008 年第 2 期转载。

　　② 中国社科院青少年研究所 1983 年在全国性的九省 243 个村两万多名农村青年的调研，中国社会科学院青少年研究所《1983 年中国农村青年调查资料》（内部资料），第 5—6 页。

到 19.4%、比较满意的达到 41.5%。① 在生产经营中遇到困难而求助亲属的比例达到 67.8%、求助邻居的比例达到 9.3%，在生活中遇到困难而求助亲属的比例达到 70%、求助邻居的比例达到 7.8%②……于是作家创作了许多表现有关农村传统美德的温暖馨香的作品，而且此类作品在饱受极"左"政策摧残后的当时，被刚过上安乐生活、人情温暖的人们大加赞赏，影响很大。

改革开放第二个十年随着改革开放的加速和市场经济的迅猛发展，新一代农民人际交往日益扩大，农民越来越成为社会各个圈子的一部分，而不再只是宗族、村庄圈子的一员。乡村社会人员的频繁流动，人们交往范围的扩大，也导致人与人之间的关系不再淳朴、深厚，更多具有明显的"工具理性"——"人际关系与经济利益越来越紧密的挂上钩，人际关系变得越来越理性化了"。③ 与此同时，我国对失信行为缺少必要的规范，致使失信的成本很低；加上大量农村青壮年的外流，乡村的半熟人社会，乡村社会的灰色化等，导致乡村社会的信任危机逐渐浮现。不过，农村的传统美德尚未完全破坏——1997 年的调查显示，农村的关系网依次是配偶（21.9%）、同事（16.2%）、朋友（14.3%）、邻居（11.7%）④；对目前人与人之间关系的基本看法是"尽管有些不尽如人意，但总体是好的"占 44%、"互帮互助，真诚相待"占 29%；而当有困难时，有 71% 的人首先选择亲戚或本家本姓的人帮忙，有 34% 的人首先选择邻居⑤。因此改革开放第二个十年作家创作的有关农村传统美德的温暖馨香的作品数量不是很多，而且影响也不是很大。

改革开放第三个十年因为大量农村青壮年的外流，一方面留守农村的老人、妇女、儿童在解决物质生活的贫乏后，日常生活中由于相互需要和

---

① 中国农村家庭调查组：《当代中国农村家庭 14 省市农村家庭协作调查资料汇编》，社会科学文献出版社 1993 年版，第 365 页。

② 沉石、米有录：《中国农村家庭的变迁》，农村读物出版社 1989 年版，第 230 页。

③ 贺雪峰：《新乡土中国》，广西师范大学出版社 2003 年版，第 35 页。

④ 张文宏：《天津农村居民的社会网》，《社会学研究》1999 年第 2 期。这个调查结果与湖北省孝感县按"国情调查数据库"统一问卷于 1991 年进行的农民家庭抽样调查的结果接近。

⑤ 曹卫秋：《欠发达地区青年农民素质的调查》，《青年研究》2000 年第 2 期。

相互帮助，日益珍重乡村的淳朴情感；另一方面外流的农村青壮年大多无法融入工作所在的地方，思想上日益把故乡的农村老家当作根基所在，行为上日益亲近故乡的农村老家的亲朋好友。加上新农村建设和《公民道德建设实施纲要》对农村农民的道德方面的要求，导致农村的人际关系某种程度上、某些方面得到强化和改善——2006 年的相关调查显示，93.5% 的农民对自己的家庭关系满意，92.0% 的农民对自己的人际关系满意①。74.8% 村庄有集体文化活动（经常有集体文化活动的占 25%）。② 2010 年的相关调查显示，农民在被问及遇到困难时，首先寻求帮助的对象，有55.38% 选择"家庭成员"；有 19.49% 选择"亲戚"；有 23.08% 选择"好朋友"。被问及与邻居的关系，有 42.56% 人选择"大多数邻居都很关心您"；有 33.85% 人选择"有些邻居很关心您"。③ 因此改革开放第三个十年作家创作了许多有关农村传统美德的温暖馨香的作品，而且此类作品在当前的人情冷漠的情感消费时代影响较大。

---

① 陆益龙：《农民中国：后乡土社会与新农村建设研究》，中国人民大学出版社 2010 年版，第 234 页。

② 甄硕主编：《中国农村妇女状况调查》，社会科学文献出版社 2008 年版，第 5 页。

③ 郑境辉：《乡村信任与社会发展研究》，博士学位论文，福建农林大学，2011 年，第 63页。童志锋：《信任的差序格局——对乡村社会人际信任的一种解释》（《甘肃理论学刊》2006 年第 5 期）调查得出的结果类似。

第二章 爱情婚姻的甜蜜幸福

关于爱情婚姻是一个仁者见仁、智者见智的问题，爱情从广义上讲是指人与人之间相互爱慕的感情，从狭义上讲是指男人与女人之间的为了建立婚姻关系、组建家庭而相互爱慕的感情。婚姻则指男人与女人为了生活与生育而组建的合法的家庭关系。爱情与婚姻的正确关系应当是爱情是婚姻的前提，婚姻是爱情的结果——即没有爱情的婚姻是不道德的，没有婚姻的爱情是不现实的。

第一节 恋爱的甜蜜

爱情作为人类独特而美好的情感，深深激荡着每一个普普通通的生命；青春期的萌动与期待，热恋中的狂热与痴迷，远离中的眷念与忧思都深深镌刻在人们的心坎上[1]。改革开放后阶级斗争为纲的废除、新经济政策的实行、整个社会文化包容性的扩大、女性独立意识与独立能力的增强等，均有利于提高新时期以来农村男女的恋爱自由度。[2]

改革开放第一个十年有不少表现恋爱的甜蜜的作品，代表作如陈朝璐《赶场》[3] 中的毓青山十八岁的单身汉蒲庆春采了家里的杏子去龙溪场卖

---

① 此节谈论的爱情、恋爱均为结婚前，与下一节的婚姻并列。

② 详情可以参看雷洁琼编《改革以来中国农村婚姻家庭的新变化：转型期中国农村婚姻家庭的变化》（北京大学出版社 1994 年版）、陶春芳等编《中国妇女社会地位概观》（中国妇女出版社 1993 年版）和甄硕主编《中国农村妇女状况调查》（社会科学文献出版社 2008 年版）。

③ 陈朝璐：《赶场》，原载《四川文学》1980 年第 12 期，《小说月报》1981 年第 2 期转载，《小说选刊》1982 年第 2 期转载，获 1979—1980 年优秀短篇小说奖。

钱，被市管人员追赶，蒲庆春巧计拿走了市管人员的翻毛皮鞋。路上蒲庆春碰见因鸡蛋被市管人员追赶打烂而伤心的青年姑娘刘德芬，蒲庆春便把皮鞋送给刘德芬以抵销其损失，两人从此有了来往。不甘心过贫困生活的蒲庆春想办法被选上当了兵，走时渴望与刘德芬见面，捎信给刘德芬，刘德芬却没有来；然而蒲庆春被人告黑状，从部队里遣散回乡时，刘德芬早早等在路口迎接蒲庆春，并细心安慰蒲庆春。很快农村新经济政策实行了，刘德芬主动托姑姑上门做媒，两人最终结为良缘。其他具有一定代表性的作品还有解俊山《绿叶成丝》① 中的喜欢耍滑头的青年农民山宝爱上了本生产队放蚕的小兰，总是喜欢往蚕房里跑，分管放蚕的女队长肖素芳有点烦他，但小兰觉得山宝还不错。刚好桑园里桑叶不够，队里要拨几个男劳力去深山里采山桑叶，山宝主动报名，肖素芳怕山宝耍滑头而不同意，但小兰支持山宝去。山宝每次采回来的桑叶都比别人多，小兰陪他一起去采桑叶时又说服了他耍滑头的小毛病，二人和和美美采回桑叶，让蚕吐丝、爱情成功。王兆军《在水煎包子铺里》② 中的桑树屯勤劳能干的春生二十年前是镇上窑厂的厂长，与窑厂的计数员秋烟自由恋爱；不料春生后来走上歪道，成了以瞎编数字练嘴皮子为主业的"革命干部"，两人的婚事告吹。二十年后的新时期，死了媳妇的以瞎编数字练嘴皮子为主业的春生的官位被选掉了，死了丈夫的秋霞开了水煎包子铺，在老区长的撮合下，改头换面、重新踏实做人的春生与秋霞再次走到一起来。王振武《最后一篓春茶》③ 中的绿山窝的湘元姑娘暗中爱上了大学生评茶员，一次聊天中谈好评茶员用一双皮鞋换一双湘元手工做的布鞋。当湘元开始手工做布鞋时，发现没有评茶员的鞋样子，但又不好意思去找评茶员要，偷偷跑去茶园量划评茶员的脚印。布鞋做好后，湘元又不好意思交给评茶员，放

① 解俊山：《绿叶成丝》，原载《山东文学》1980 年第 10 期，《小说月报》1981 年第 1 期转载。

② 王兆军：《在水煎包子铺里》，原载《柳泉》1981 年第 2 期，《小说月报》1981 年第 4 期转载。

③ 王振武：《最后一篓春茶》，原载《芳草》1981 年第 3 期，《小说月报》1981 年第 5 期转载，《新华文摘》1981 年第 8 期转载，获 1981 年《芳草》文学奖，获 1981 年全国优秀短篇小说奖。

在茶篓里藏藏掖掖，在同伴金姐、美云的鼓励、帮助、打闹下，评茶员与湘元互送鞋子、情意相投。蒲峻《爱听的都来听吧》① 中的南架村的三子一个雪天到镇上卖完几样山货后，匆忙赶路回家，山路上碰见一个提着大包的姑娘，姑娘主动相邀一起走，三子见姑娘走得慢而主动帮姑娘提包，两人边走边聊，逐渐情投意合。到了姑娘所在的玉泉村时，姑娘主动邀请三子去家里做客，三子害羞而拒绝了。来年春天多个做媒的人给三子说媳妇，三子一听不是玉泉村的就立即拒绝了，但三子又不好意思找媒人去玉泉村说对象。终于一天有介绍玉泉村姑娘的媒人来了，三子怀着侥幸心理去了玉泉村相亲，结果发现媒人就是上次那个姑娘久等他不来而特意找来的。黄瀚《花王招亲》② 中的公社干部老柳看中了九汀村花农的女儿"花公主"阿兰，亲自上门给当农技员的儿子阿槐说亲，不料阿兰和阿槐都不同意父母包办婚姻。后来花农家的金鱼得了病，花农去农技站请来不认识的阿槐，阿槐用药治好了金鱼的病；恰巧回家来的阿兰认出了阿槐就是在电影院门口曾经挺身而出赶跑纠缠自己的浪荡少年的人。由于敬佩阿槐的人品和技术，阿兰和阿槐来往日益密切，最终两人相恋。姜滇《阿鸽与船》③ 中的石榴村的小宝和阿鸽原本经常一起摇着船玩、劳动，不料小宝在上大学的姨哥的鼓励支持下，通过努力考上了大学。小宝与姨哥相互爱慕，计划大学毕业后回家乡县城教书。阿鸽在小宝的鼓励支持下，考上了民办小学教师，且工作不久就成了模范教师；爱慕阿鸽的勤劳能干、好学不倦的技术员昌根通过自己的努力，最终得到阿鸽的芳心。叶蔚林《遍地月光》④ 中的柳桥金寡妇的独生子金昌明与美美的姐姐青梅竹马，然而美美的父亲收了别人三百元给妻子治病，美美的姐姐被嫁到二百里外的小镇。美美在姐姐嫁走后，用自己的爱安抚受伤的金昌明，金昌明考上了大

---

① 蒲峻：《爱听的都来听吧》，原载《汾水》1981 年第 5 期，《小说选刊》1981 年第 7 期转载，获 1981 年度《汾水》优秀小说奖。

② 黄瀚：《花王招亲》，原载《福建文学》1981 年第 9 期，《小说选刊》1981 年第 11 期转载，获 1981 年《福建文学》优秀短篇小说奖。

③ 姜滇：《阿鸽与船》，原载《青年文学》1982 年第 2 期，《小说月报》1982 年第 6 期转载，入选人民文学出版社编选的《1982 年短篇小说选》，获首届（1982—1983）青年文学创作奖。

④ 叶蔚林：《遍地月光》，原载《人民文学》1983 年第 3 期，《小说月报》1983 年第 5 期转载。

学。读了一年大学后回来的金昌明得到大家的热情招待，美美高兴之余决定通过自己的勤劳劳动，做一个能够与金昌明般配的人。吴雪恼《山里葡萄甜蜜蜜》① 中的乌里寨岩哥和玛江场桑尼自由恋爱，然而岩哥因责任田的农活忙碌，两次约会均抽不出空，请好朋友拿亮捎去歌。拿亮却故意造谣岩哥另有相好，欺骗抢夺了桑尼的爱。岩哥得知真相后很伤心，但又不愿撕破脸皮。一次岩哥偶遇桑尼时，痴情的桑尼问起岩哥与拿亮的情况，岩哥说了拿亮的好话，与桑尼约做兄妹。不料奸诈多疑的拿亮起了疑心，岩哥与桑尼最终得以重续前缘。高沛长《酸枣》② 中的酸枣和"我"青梅竹马，一次酸枣穿着自做的花鞋上县城赶集时，遇到工艺美术公司专门研究插花描云的春冰，春冰高度赞扬酸枣的插花描云技术，在酸枣家看过更多样品后，春冰代表工艺美术公司签订了合同。在合作构图选样时，春冰爱上了酸枣，"我"对酸枣产生误会，而春冰醉酒时纠缠酸枣被酸枣打了一个耳光；但春冰被毒蛇咬伤时，酸枣又毫不犹豫地用嘴立即帮春冰吸出毒。"我"偶然偷听到酸枣告知春冰她爱的人永远是"我"后，在"我"的相送下春冰带着酸枣进城参赛。于涤心《江那岸，是繁华的都市》③ 中的江岸边的"他"接替父亲当摆渡人，每天准六点到渡口。"她"半年来每天起大早过江卖鸡蛋，总是第一个来到江边。"他"开玩笑要"她"一个人付十个人的钱才送过河；但每次依然只收了一个人的钱，还经常给"她"出谋划策。"她"的生意越来越大，"他"日益自卑；不料"她"得到城里农业大学畜牧家禽系专修班自费学习两年的资格后，给"他"送来为"他"量身织的毛衣和"她"的辫子，以之定情。田雁宁《女人·男人·舢板船》④ 中的大巴山青山绿水间的水手罗顺成在行船中救济了因度春荒而离家的安安，两人在劳动中产生了爱情，安安为了给罗顺成挣买一条新船的钱，轻信了外人而上当被拐卖。当安安历尽千辛万苦逃回后，误以

① 吴雪恼：《山里葡萄甜蜜蜜》，原载《新创作》1983年第3期，《小说选刊》1983年第5期转载。
② 高沛长：《酸枣》，原载《牡丹》1984年第1期，《小说选刊》1984年第5期转载。
③ 于涤心：《江那岸，是繁华的都市》，原载《萌芽》1985年第10期，《小说月报》1986年第1期转载。
④ 田雁宁：《女人·男人·舢板船》，《现代作家》1987年第2期。

为安安跑走了的罗顺成为摆脱失恋的痛苦,已与春阳镇的寡妇有了感情;安安跑回山里拼命干活,赚了能够买一条新船的两千元后来春阳镇,找人转交给罗顺成,罗顺成得知真相后与安安重续前缘。

改革开放第二个十年也有不少表现恋爱的甜蜜的作品,代表作如俞进军《小香》① 中的农村青年徐小庆高考落榜后,跟随村里的伐木队到玉凰山伐木,住在山下的村落里。该村最漂亮的姑娘小香喜欢徐小庆的帅气、书生气,经常偷偷帮徐小庆洗衣服;徐小庆也喜欢小香的美丽单纯。一次徐小庆的劳动伙伴生病了,小香代替徐小庆的伙伴,与徐小庆在一起劳动,二人劳动中配合很好,徐小庆打听到小香只上过小学二年级,心里颇感遗憾。中餐时二人都喝了山里人自酿的美酒,喝得晕乎乎后小香躺在已在地上睡熟了的徐小庆摊开的手臂上。醒来后二人有点不自然,下午干活时徐小庆有了心事;收工下山时小香让徐小庆采一朵花给她插在长发上,徐小庆采了花却不愿亲手给小香戴上、反而故意丢到地上,惹小香生气了。于是徐小庆离开伐木队当了兵,当营长给他介绍女朋友时,他突然强烈地想念小香,立即请假去找小香。其他具有一定代表性的作品还有廉声《采玉》② 中的玉生、月桂、冬林三个农村青年既同岁又是同学,玉生和冬林都喜欢月桂,后来月桂嫁给了冬林,冬林采玉时被炸死了,玉生的媳妇翠凤过不惯穷苦的日子而跟人跑了。月桂每天挑腊石挣点微薄的辛苦钱,玉生的采玉也颇费周折,两人相互照顾、相互支持、相依为命,最终玉生采到了宝玉,二人的爱情瓜熟蒂落。赵熙《野樱桃的气息》③ 中的漆河的"她"的男人承包了林场,雇了一些四川人干活,并请了一个四川人"他"做包工头。然而"她"的男人突然去世,并拖欠了雇请的四川人许多工钱,"她"卖了两间房才付清大部分。"他"被拖欠的钱最多,却从不索要,依然像以前一样帮"她"干活。一次村长诈骗了"她"一头牛,"他"硬是想方设法帮"她"找回来。长久的彼此的真心相待,二人终于

---

① 俞进军:《小香》,原载《解放军文艺》1998 年第 4 期,《小说月报》1998 年第 7 期转载。
② 廉声:《采玉》,《人民文学》1990 年第 2 期。
③ 赵熙:《野樱桃的气息》,《人民文学》1990 年第 5 期。

燃起爱的火焰。孙爱勋《小牧人的故事》① 中的囡子和小伙子是相邻村的两个年轻人，因一起放牛而相识、相知、相爱。囡子为了让爹妈同意自己和小伙子的婚事，囡子自导自演了一场溺水而被小伙子救起的事件，从而以知恩不报非君子说服父母，最终顺利跟小伙子"有情人终成眷属"。山海《择偶》② 中的村里的青年猎手喜富喜欢本村的玉玉，给玉玉买了各种各样的东西，然而玉玉只是贪图他的东西，实际上不喜欢他，没有对他说出一句他中意的话；村里的召召暗地里一直喜欢喜富，喜富虽然知道却有些犹豫。一次喜富打狼时受了伤、局部毁了容，玉玉毫不关心，召召却十分心痛，喜富终于知道爱谁、娶谁了。傅太平《小村》③ 中的吴家村的寡妇玉莲在丈夫死后，与村里的贫困年长的光棍侄子汝生在相互照顾中，产生了深厚的感情。根据吴家村的规矩，寡妇必须清清白白两年后，方能嫁人；且汝生与玉莲的儿子汝土在辈分上是兄弟，结婚后汝生与儿子只能兄弟相称。玉莲与汝生誓死约定，彼此都坚定信心等玉莲回娘家过两年清白日子后就回来结婚。李均龙《水思》④ 中的孟定坝子傣族少女玉静一次挑着一担水到大青树下时，一个赶马的小伙子赶着一匹掉队的骡子路过，渴极了的骡子将玉静的一担水全喝了；赶马的小伙子道歉后帮玉静挑了几担水作为赔偿，由于骡子病了，赶马的小伙子当晚住在玉静家的牛厩楼上，相处的几天里二人互生情愫，暗定终身。王福海《风流姐的风流韵事》⑤ 中的柳家镇村委会把全村十几个贫困户承包给专业户，趁改革开放的大好时机种桑养蚕发家致富的"风流姐"柳琴承包了"懒汉王"李春，柳琴先是借李春损伤桑树之机，让其帮忙采摘桑叶以功抵过，使其接触养蚕技术；接着买了日常生活用品感化李春；当李春的坏毛病逐渐改正时，柳琴又花钱送他去镇蚕茧收购站举办的养蚕技术培训班学习。李春学成归来后

---

① 孙爱勋：《小牧人的故事》，《短篇小说》1990 年第 11 期。
② 山海：《择偶》，《人民文学》1990 年第 11 期。
③ 傅太平：《小村》，《十月》1991 年第 6 期。
④ 李均龙：《水思》，原载《边疆文学》1992 年第 5 期，《小说月报》1992 年第 8 期转载。
⑤ 王福海：《风流姐的风流韵事》，《全国乡土文学大奖赛获奖作品集》，北岳文艺出版社1993 年版。

迅速帮柳琴治好了蚕病,共同劳动中两人日益情投意合。李平《男殇》①中的胡大拿和本村的女子凤相爱,由于出身不好,家庭又穷,凤的父母不同意,两人私奔时被捉住,胡大拿的生殖器官遭到故意损害,凤被嫁到蜗牛坡。后来胡大拿流浪在外以劁鸡猪等赚钱为生,并收养了孤儿土根;而凤亦成了寡妇,胡大拿默默地将自己省下的钱都交给了心爱的凤,帮助凤抚养女儿小凤,死前还叮嘱徒弟土根继续保护这个家庭。阿提凯姆·翟米尔《草原歌声》②中的阔柯提克山脚下的古丽帕尔和艾则麦提是青梅竹马,双方的父母米尔扎和笛干是几十年的好朋友,两家约定做亲家。不料古丽帕尔考上了中专,毕业后成了一位吃国家粮的工人;米尔扎反对古丽帕尔和艾则麦提成亲,要求古丽帕尔与一位城里吃国家粮的亲戚成亲。古丽帕尔坚决和艾则麦提走到一起。施放《少年不识愁滋味》③中的城市少女娜莎去乡下姨妈家过暑假,每天与表哥同哥一起劳动生活,渐渐暗生情愫,喜欢上了勤劳、能干、聪明、帅气的同哥。然而同哥的本村的同学阿雅与同哥是青梅竹马,于是三个单纯的年轻人在乡村的暑假里度过了一段既相互关心帮助,又相互争吵拆台的美好时光。刘庆邦《春天的仪式》④中的柳镇的少女星采去年秋天与张庄的一个小伙子订了婚,订婚后半年多了,一直没有相见过。到了乡村里的男男女女、老老少少全都会去参加的十分古老也十分热闹的三月三庙会,星采拒绝与人结队去庙会,在认真打扮后,一个人去了庙会,经过努力寻找,终于见到了订婚的对象。

改革开放第三个十年同样有不少表现恋爱的甜蜜的作品,代表作如刘庆邦《夜色》⑤中的刚刚订了婚的农村青年周文兴很想替未婚妻高玉华家去和泥脱坯,以减轻高玉华的劳累,托人带话却被高玉华拒绝了。忌惮于已订婚而尚未结婚的青年不能见面的村规民俗,情急之中的周文兴突然想

---

① 李平:《男殇》,《全国乡土文学大奖赛获奖作品集》,北岳文艺出版社1993年版。

② 阿提凯姆·翟米尔:《草原歌声》,《民族文学》1994年第10期。

③ 施放:《少年不识愁滋味》,原载《上海文学》1997年第12期,《小说月报》1998年第2期转载。

④ 刘庆邦:《春天的仪式》,原载《人民文学》1998年第4期,《小说月报》1998年第6期转载。

⑤ 刘庆邦:《夜色》,原载《作家》1999年第10期,入选中国作家协会创研部选编的《1999年中国短篇小说精选》。

到自己可以在晚上去帮未婚妻高玉华脱坯、翻坯、和泥而不让别人知道。
于是周文兴等白天高玉华脱好了坯后，趁着夜色在连续几个夜里悄悄去帮
高玉华翻坯。一次夜里正在翻坯的周文兴遇到躲藏在麦秸垛边查看的高玉
华，深重的夜色中，两个黑黑的人影形成了无言而有心的对峙局面。其他
具有一定代表性的作品还有薛媛媛《德山大伯》① 中的死了老伴的老农民
德山大伯一直暗恋着本村的寡妇来二娘，拒绝与已搬家到城里的大儿子居
住在一起，而宁愿住在乡下。德山大伯每天没事就到来二娘家，一边帮来
二娘干些力所能及的事情，一边聚集一些人聊天；快回家时，来二娘给德
山大伯做好吃的。一次下大雨，德山大伯担心来二娘的房子出问题，跑去
查看时摔伤，送到城里医治一段时间后去世。正在娘家伺候病母的来二娘
突然感到心慌，赶回家正碰上德山大伯办丧事。漠月《湖道》② 中的湖道
的亮子和罗罗两小无猜，青梅竹马；但父辈的怨恨阻隔了他们。为了得到
过冬的牧草，在大漠深处湖道里两人相遇。连续不断的湖道割草，亮子对
罗罗的温情、尊重和怜爱，使他们的爱情复苏，在干旱后的秋雨中，他们
的心终于再次走到了一起。陈启文《仿佛有风》③ 中的湖乡大柳庄少女柳
叶儿原本在媒人剃头老汉与父亲的撮合下，与青梅竹马的松林订了婚事。
然而长大的柳叶儿突然被一个来湖乡调研的城里年轻人吸引住了，并失身
于这个来湖乡调研的城里年轻人而怀孕。不料这个来湖乡调研的城里年轻
人为了救一只鸟而溺水牺牲了，当病了的柳叶儿被送到医院时，松林坚决
不同意心爱的柳叶儿做流产手术，毅然让柳叶儿把孩子生下来。傅爱毛
《小豆馆的情书》④ 中的十七岁的小豆馆卖了三年豆腐，在卖豆腐中，结识
了家在双井村老槐树旁的叶儿。由于叶儿长得漂亮、说话声音好听、性格
温柔，小豆馆暗中爱上了叶儿。然而害羞的小豆馆不知道怎么表达自己的

① 薛媛媛：《德山大伯》，原载《钟山》1999 年第 3 期，《小说月报》1999 年第 8 期转载。
② 漠月：《湖道》，原载《雨花》2001 年第 3 期，《小说选刊》2001 年第 5 期转载，获《小说选刊》新世纪"仰韶杯"优秀小说奖，入选 2001 年度中国小说学会排行榜。
③ 陈启文：《仿佛有风》，原载《十月》2002 年第 5 期，《小说选刊》2002 年第 11 期转载，《新华文摘》2003 年第 1 期转载，入选《小说选刊》选编《2002 中国最佳中篇小说》。
④ 傅爱毛：《小豆馆的情书》，原载《天涯》2003 年第 2 期，入选人民文学出版社编选的《21 世纪年度小说选·2003 年短篇小说》。

爱;于是辗转反侧后,绞尽脑汁给叶儿写了一封求爱信,特意跑到镇上的邮局投寄。寄了信后的小豆倌害怕见到叶儿,就一直等待叶儿的回信,不再去叶儿所在的双井村卖豆腐。郭昕《乡村故事二题·说媒》① 中的果园主人、漂亮的小伙子莫玉凡因为家里穷而早早就不读书了,辍学后的莫玉凡很快学会了各样的农活和果树栽培技术,漂亮能干的莫玉凡自然而然成了前村后庄好几个姑娘的心上人。镇上开酒馆的陈老师的女儿陈秀上学时路过莫玉凡的果园时,也迷上了正在给梨树剪枝的莫玉凡;多次接触后彼此产生了感情,为了打消莫玉凡的顾虑,陈秀借口家里两个姐姐上大学的开支太大,她要帮娘料理饭店而辍学。过年镇里演戏时,莫玉凡请来陈老师的好友说媒成功。曾哲《美丽日斑》② 中的牦牛滩的牧民寡妇美丽日斑因为婚后一直没有生娃娃,也不愿离开牦牛滩转场;于是离婚后独自操持一个毡房,养了二十二只羊、三头牦牛、一匹马和一只狗。山那边的男人艾米提每个月来一次,送些麦粉给美丽日斑,劝说美丽日斑嫁给他,跟他到县城去开烤馕店。年龄大一轮的那孜勒别克也爱上了美丽日斑,愿意陪伴美丽日斑在牦牛滩。最终美丽日斑同意了那孜勒别克的求婚,二人开心地生活在一起。刘庆邦《怎么还是你》③ 中的虚岁十七的喜泉被娘家是雪家桥村的大娘看中了,大娘要把喜泉介绍给雪家桥村村长的三儿子雪星堂。见面的事情初步定在三月初三赶庙会的镇上,喜泉却无故坚决反对,娘和大娘协商后改在三月初六的河北边的北湾。见面后喜泉对星堂的谈话总是顶板儿,回家后大娘问喜泉和星堂对彼此的印象,结果均不如意;于是亲事缓了下来。两年后,喜泉和星堂在镇上相遇,彼此有意,大娘再次做媒,一举成功。郭雪波《苦荞》④ 中的跟随哥哥养蜂以求自己赚取读书费用的小伙子杨乐到了北方沙地某村的荞麦地采蜜。一次杨乐牵着毛驴去

①　郭昕:《乡村故事二题·说媒》,原载《延安文学》2003 年第 5 期,《小说月报》2004 年第 2 期转载。

②　曾哲:《美丽日斑》,原载《北京文学·精彩阅读》2005 年第 3 期,《小说选刊》2005 年第 5 期转载。

③　刘庆邦:《怎么还是你》,原载《中国作家》2006 年第 3 期,《小说月报》2006 年第 5 期转载。

④　郭雪波:《苦荞》,原载《红岩》2006 年第 5 期,《小说月报》2006 年第 11 期转载,获首届《红岩》文学奖。

河里驮水时踩坏了水桶，只好向旁边的寡妇田一苇紧急借桶。用完桶的杨乐到田一苇家还桶时主动帮其检查坏了的压水井，承诺田一苇买好配件后帮她修好。由此杨乐却受到对田一苇不怀好意的村长的警告与毒打。出院后即将离开沙地的杨乐再次找到田一苇，将自己剩下的全部柴火送到田一苇家的荞麦地边，帮其烧火驱赶霜降以保庄稼丰收，二人产生爱情的火花。宋剑挺《杏花奶》① 中的村里五保户、聋哑人老杏花奶有一天见到了当年的熟人，现在的流浪卖艺的老瞎子，杏花奶邀请老瞎子住到自己家，以便相互照顾。于是老瞎子每天唱坠子书给聋哑人老杏花奶听，老杏花奶病了后还每天伺候老杏花奶。当老杏花奶死了，老瞎子在灵前不吃不喝唱了三天三夜，接着在坟前又唱了三七，直到自己淋雨病死。

第二节　婚姻的幸福

婚姻是两个个人、家族的结合，因此，婚姻在以家庭和家族为主要社会关系基础的条件下，它被赋予了重要的意义，形成一种复杂的文化丛。婚姻关系是一种持久的社会关系，受到经济、政治、文化和道德等多种社会因素的制约。一定的婚姻形态，必定要和一定的社会发展阶段、经济制度、政治制度和民族文化水平等相适应。改革开放后农村新经济政策的实行、整个社会文化包容性的扩大、女性独立意识与独立能力的增强等，均有利于提高新时期以来农村男女的婚姻幸福度②。

改革开放第一个十年有不少表现婚姻幸福的作品，代表作如黄一峰《小年之夜》③ 中的胶河岸边杨庄的柳春帮队里去平度县买马，柳春去了五天，媳妇春嫂在家等得心焦。腊月小年这天从吃完早饭到黄昏，春嫂已到庄西头的大杨树前看了八次，每次都是满怀希望而去，十几分钟后满载失

---

① 宋剑挺：《杏花奶》，原载《阳光》2008 年第 6 期，《小说选刊》2008 年第 7 期转载。

② 详情可以参看雷洁琼编《改革以来中国农村婚姻家庭的新变化：转型期中国农村婚姻家庭的变化》（北京大学出版社 1994 年版）和中国农村家庭调查组编《当代中国农村家庭：14 省市农村家庭协作调查资料汇编》（社会科学文献出版社 1993 年版）。

③ 黄一峰：《小年之夜》，原载《山东文学》1980 年第 8 期，《小说月报》1980 年第 11 期转载。

望而归。天黑时秋嫂串门时捎来柳春牵着买来的马到了队里饲养室的口信，春嫂听到后，立即跑去看望丈夫柳春，催促丈夫柳春一起回家吃早已准备好的过小年的丰盛的饭菜。其他具有一定代表性的作品还有张贤亮《灵与肉》① 中的农村女人秀芝在"文化大革命"中从四川逃难到甘肃的草原上，被人介绍后嫁给下放到草原放牧的右派许灵均做老婆，秀芝勤劳能干、温柔体贴，用自己的全部心血给许灵均营造一个温馨的家；许灵均温和善良、知书达理，与秀芝恩恩爱爱——改革开放后，早年逃亡到外国的发了大财的父亲来接许灵均到国外，被爱国爱家的许灵均毅然拒绝。张晓成《在三湾村小道上》② 中的一个大雪纷飞的夜晚，通往三湾村工地的小道全部被雪覆盖了，两个农村女人曲嫂和杨洪芬一前一后跌跌撞撞地走来，她们各自给自己在工地上工作的丈夫送来了夜宵和衣服。胖乎乎的曲嫂不小心摔了一跤，素不相识的杨洪芬急忙上前扶起她，两人于是结伴而行，一边走一边谈论各自幸福的夫妻家庭生活，笑声回荡在三湾村小道的上空。毛守仁《第十二夜》③ 中的煤矿"新长征突击手"春明回农村老家探亲，转眼十二天探亲假就要满了，春明感觉家里还有很多事没有帮媳妇月秀做好，想在家多待一两天；月秀请人捎回肉给春明做饺子吃，也希望丈夫能够在家再多待点日子陪自己和孩子。经过一个晚上的抉择，为了不拖丈夫的后腿，到了第二天早上，春秀早早煮好饺子，送丈夫返程。沙石《甜》④ 中的徐家庄七老汉的儿子强强去年冬天承包了村里的桃园，现在开园收获第一料果了，强强清早上集市卖桃子，强强的媳妇黄昏时提上饭盒和热水瓶去果园等强强。果园里的秀菊等得心焦，终于见到强强骑着自行车回来了，秀菊立即一边安顿丈夫吃东西，一边责问丈夫晚归的原因，然后夫妻商量着安排劳动事务、人情往来。夜深了秀菊还舍不得回家睡觉，

---

① 张贤亮：《灵与肉》，原载《朔方》1980 年第 9 期，《小说选刊》1980 年第 2 期转载，获1980 年全国优秀短篇小说奖。

② 张晓成：《在三湾村小道上》，原载《希望》1981 年第 8 期，《小说月报》1981 年第 11 期转载。

③ 毛守仁：《第十二夜》，原载《汾水》1981 年第 4 期，《小说月报》1981 年第 7 期转载。

④ 沙石：《甜》，原载《延河》1981 年第 9 期，《小说月报》1981 年第 11 期转载。

幸福地思索着日子的过法。胡柯《乡娘》① 中的山寨里的农业技术员龙贵一心扑在工作上，妻子李乡娘主动一个人整地、筛田、插秧、割谷，从不拖丈夫的后腿，夫妻十分恩爱。一次岳母做生日时，李乡娘在家等了三天三夜，龙贵才赶到家，乡娘十分生气，哭闹一场。龙贵告诉乡娘是路上被人拦去推广科技种田，并立即上山砍柴，帮妻子铺晒谷榻、修仓；当有人来请龙贵去解决庄稼问题时，乡娘给龙贵做了好东西吃、带上新手表后，立即催促龙贵上路。孙台《田野一片金黄》② 中的家兴和桂芝是青梅竹马，家兴在城里当木匠工人，桂芝在农村种田。在农业社大集体时，桂芝忙活一天也不过二三角钱，年年要家兴寄钱回家买粮维生；家兴心疼妻子桂芝，于是干脆让桂芝进了城，全家依靠家兴的工资生活，虽然经济不宽裕，但一家亦其乐融融。责任制后农村发生了巨大的变化，桂芝立即回到农村老家，依靠自己的勤劳能干，很快使自己的收入远远超越了家兴，桂芝心疼丈夫家兴，于是干脆让家兴请了一个月长假在家休养。姜滇《挑担鱼苗走湖湾》③ 中的湖湾搞联产计酬和承包责任制后，炳兴在妻子双扣的支持和协助下，利用祖传的养鱼育苗技术，全家辛苦一年包下九亩水塘，孵鱼苗十五万尾，赚了六千多元。赚了钱的炳兴一方面说服妻子双扣，计划来年搞更大规模的科学养鱼；另一方面在妻子双扣的同意下，帮助柴塘的大顺和巧巧夫妻搞了土炕孵鸡，使他们很快也经济翻了身，并准备两家来年合作养鸭。浩然《新婚》④ 中的"男人"在电厂上班，住集体宿舍的他每隔两三天就半夜三更跑回家陪新婚的妻子"女人"。新婚的"女人"总是一个人待在农村的家，觉得生活很孤单无聊，不是她想象的婚姻生活，于是不准"男人"碰她，和"男人"吵闹着离婚。气不过的"男人"与"女人"第二天跑去离婚，在去政府办离婚证的路上，"男人"的宽容、

---

① 胡柯：《乡娘》，原载《人民文学》1982 年第 9 期，入选《湖南新时期十年优秀文艺作品选》。
② 孙台：《田野一片金黄》，原载《安徽文学》1983 年第 4 期，《小说选刊》1983 年第 6 期转载。
③ 姜滇：《挑担鱼苗走湖湾》，原载《雨花》1983 年第 4 期，《小说月报》1983 年第 6 期转载。
④ 浩然：《新婚》，原载《鸭绿江》1986 年第 2 期，《小说月报》1986 年第 4 期转载，入选人民文学出版社编选的《1986 年短篇小说选》。

大气、爱心感动了"女人",两人一起返回家过日子。汪润林《古塬》①中古塬的玉枝主动支持丈夫参加工作、上大学,自己独自一人辛勤持家,既要照顾瘫痪的婆婆,又要抚育孩子,还要干许多农活。几年下来,玉枝给婆婆养老送终,没给丈夫丢脸;顺利拉扯三个孩子健康成长。已经大学毕业的丈夫经过一段时间心无旁骛的努力,写出了著名的小说,领了奖金立即买了给媳妇的礼物,急匆匆赶回家看望媳妇。钱玉亮《红草湖的秋天》② 中的小镇上的人们历来靠红草湖的草为生:用红草湖的草织帘子卖,用红草湖的草煮饭菜。刚嫁过来的新媳妇太平子因为丈夫连成不愿意让她刚过门就受罪,不知道镇上规矩,仓促之间得知消息后,立即下湖割草。丈夫连成给太平子送饭,太平子因为第一次割草,割草不多,不愿意丈夫挑着小捆草寒碜,全部自己挑。谢友鄞《马嘶·秋诉》③ 中的农村新婚夫妇在新婚岁月里极尽缠绵后,为了家里的兴旺发达,先是一起去牧场上买马来配一辆车,女主人知道丈夫不懂马、不会骑马,于是英勇地骑马、套马、挑马,被自己选中的骑着的雪青马摔下来。买回马配好车后,夫妻二人驾着马车一起干自家的活,还一起到外面揽活。

改革开放第二个十年也有不少表现婚姻幸福的作品,代表作如迟子建《亲亲土豆》④ 中的礼镇种土豆的大户秦山、李爱杰夫妇,辛勤地经营着南坡自家的三亩土豆地,享受着相亲相爱的幸福。不幸的是秦山突然咳嗽吐血,在县医院查出是肺叶上长了三个肿瘤。秦山不愿意再检查,李爱杰坚持带丈夫到哈尔滨的大医院去复查,结果被确诊为晚期肺癌。李爱杰独自一人扛着而不愿意让丈夫知道。秦山得知自己得了不治之症,不想再浪费钱而留下亏空,影响媳妇与女儿的生活,凌晨偷偷从医院跑回家,顺路还买了妻子喜欢的宝石蓝色的软缎旗袍。李爱杰发现丈夫秦山失踪后,疯了

① 汪润林:《古塬》,原载《长安》1986 年第 8 期,《作品与争鸣》1987 年第 7 期转载。

② 钱玉亮:《红草湖的秋天》,原载《上海文学》1987 年第 4 期,《小说月报》1987 年第 7 期转载。

③ 谢友鄞:《马嘶·秋诉》,原载《上海文学》1987 年第 5 期,入选人民文学出版社编选的《1987 年短篇小说选》,获 1987—1988 年优秀短篇小说奖。

④ 迟子建:《亲亲土豆》,原载《作家》1995 年第 6 期,《小说月报》1995 年第 8 期转载,获第七届《小说月报》百花奖,入选中国新文学大系(1976—2000)。

一样地到处寻找，后来在自家的土豆地里找到了猫腰干活的秦山。在秦山生命的最后几个月，夫妻相濡以沫。在给秦山守灵时，李爱杰在屋里穿着丈夫死前买给她的那条宝石蓝色的软缎旗袍，守着温暖的炉火和丈夫。埋葬丈夫秦山时，李爱杰又将丈夫最心爱的土豆埋在他的身上，"使整座坟洋溢着一股温馨的丰收气息"，希望来年春天土豆开花，好让丈夫闻到土豆花的香味。其他具有一定代表性的作品还有艾斯别克·奥汗《没有睡意的夜晚》①中的年轻牧马人夫妻放牧着一大群马，为了照顾年老的父母，一家三代七口人挤在一个毡房里，也因此夫妻生活颇有一些不方便。一个黄昏，牧马人放牧归来，在家等待他吃晚饭的妻子立即张开双臂抱住丈夫，然而一家人都在毡房里，夫妻强忍爱意，第二天清早夫妻二人借口劳动而跑到院子后边的草垛里。夏荫祖《渔九》②中的周家第九代渔郎渔九每天在宽阔湖面抑或于碧绿柳荫下撒网、打鱼、割肉沽酒，然后带着满足与欢愉进入梦乡；然而因为不肯离开渔船生孩子的愚昧和陋俗使他失去了爱妻，从此，渔九少了笑声而多了叹息。无私地爱上了渔九的芦花，嫁给渔九后全心全意关爱渔九，于是又听到渔九嘻嘻的欢乐笑声了。李森祥《荷花》③中的农村少女荷花被母亲许给樟树子，荷花因为眼睛有一点斜视，被孩子编歌谣嘲笑，被村里其他男人取笑，樟树子却要荷花答应家里的事都由她做主，就是不能对他三心二意。荷花以前当过民办教师、嫁过来后隔一段时间就想上课教孩子，樟树子就去求人让荷花临时代课过过瘾。后来村里孩子多了，村长找到荷花代课，荷花却一定要等到樟树子回来定夺。马占云《秋夜》④中的在地质队与三喜住隔壁的关狗，对三喜的老婆三嫂有好感，越发觉得自家病妻秀梅比不上三嫂，甚至对她说"他（三喜）要对你不好，你别再嫁给别人"。在对三嫂倾心诉说了自己的不易及与秀梅的夫妻生活不和后，三嫂详细分析关狗对秀梅的过错，关狗发现自己错了，对不住秀梅，心乱了，想秀梅、想家了，于是提着三嫂为他备

---

① 艾斯别克·奥汗：《没有睡意的夜晚》，《民族作家》1989 年第 4 期，入选《新疆文学作品大系 1949—2009》

② 夏荫祖：《渔九》，《小说界》1990 年第 5 期。

③ 李森祥：《荷花》，《人民文学》1991 年第 2 期。

④ 马占云：《秋夜》，《短篇小说》1992 年第 9 期。

好的行囊踏上了回家的路。刘书康《疯恋》① 中的"他"和姑姑村里的玉很小就认识,长大后"他"爱上了玉,请姑姑做媒后,顺利娶上了玉。婚后夫妻二人恩恩爱爱,同甘共苦。然而很久玉没有怀上孩子,玉认为是自己的问题,吃了很多中药依然不见效,玉不愿意让"他"没有后代,哭闹着要和"他"离婚。"他"以自己曾在医院化验的谎言欺骗玉是"他"的问题;二人彼此许诺同生共死。不料玉生病去世,"他"久久守着玉的尸体。崔胜利《醉雪》② 中的死了媳妇的老姚和死了丈夫的马寡妇在媒人的撮合下,结合在一起;成了亲后,老姚在马寡妇的要求下,财产全部留给子女,光身进入马寡妇家,与马寡妇一起上山放羊,二人勤劳致富、幸福生活。当马寡妇的大儿子结婚、小儿子对象上门时,老姚大方地出钱、杀羊。老姚在马寡妇的大儿子的婚礼上忙活得摔伤;马寡妇的小儿子恋爱失败,老姚主动出谋划策。老姚的儿女来拜年,马寡妇主动提出每家送十只羊。尚志《女人》③ 中的"女人"一次干完农活回来,又饿又累,想起姐妹比自己过得轻松多了的日子,便发起牢骚。"男人"不愿听"女人"的牢骚,从家里的钱包拿了500元让"女人"上街买东西。下午"女人"回来时,买回家的却是全家人的小东西,总共花了三十元。第二天被"女人"批准在家休息的"男人"偷偷上城给"女人"买回了二百一十元的一身衣裳,"女人"很感动,接下来天天拼命劳动,要把"男人"给她买衣裳的钱快快挣回来,让家里生活快快好起来。迟子建《清水洗尘》④ 中的年三十小镇上的天灶全家轮流"洗尘"之际,母亲因为父亲为风流的蛇寡妇修理澡盆而生气,天灶为了解救父亲,急忙安排父亲进屋洗澡,同时,编了"爸爸在叫你"的谎话,鼓励母亲前去搓背,母亲很不甘愿地嘟哝了一句"真是前世欠他的",然后怀着甜蜜的心情走向澡房。

---

① 刘书康:《疯恋》,《佛山文艺》1994 年第 4 期(上)。
② 崔胜利:《醉雪》,《绿洲》1995 年第 1 期,入选《新疆兵团新时期文学作品选》。
③ 尚志:《女人》,《天津日报》1995 年 5 月 20 日。
④ 迟子建:《清水洗尘》,原载《青年文学》1998 年第 8 期,《小说月报》1998 年第 10 期转载,《中华文学选刊》1998 年第 6 期转载,获第二届鲁迅文学奖(1997—2000)全国优秀短篇小说奖。

　　改革开放第三个十年同样有不少表现婚姻幸福的作品，代表作如迟子建《河柳图》① 中的林源镇掌握大棚栽培技术、经济富裕的裴绍发的老婆病死了，独自带着女儿裴莺莺；镇上学校的初三语文教师程锦蓝与丈夫离婚了，独自带着儿子李程爱。裴绍发与程锦蓝经人介绍后，逐步交往中产生感情而结婚。婚后先是裴莺莺再三刁难继母程锦蓝，接着裴绍发与程锦蓝均试图按照自己的意图改造对方而发生多次争吵；最后是裴绍发想将继子李程爱改名为裴程爱。在夫妻二人的相互协商、尊重、体谅的情况下，彼此用最大的爱意使各种事情最后均得到圆满解决，夫妻感情也因此日益深厚。其他具有一定代表性的作品还有凌可新《雪境》② 中的村里七十多岁的老人对瘫痪在床十八九年的老伴儿不但没有丝毫厌倦，反倒是情感更为浓烈，相依为命地携手走过没有儿女的清寂生活。老伴儿腊月二十九的时候离他而去，老人依然为老伴儿包水饺、换新装、堆雪人……老人若无其事的背后正是包含了他不愿接受老伴儿去世的事实，五十多年前的迎亲情景浮现在他的脑海中，让他更加怀想起与老伴儿相处的时光。于心亮《六月初六的喜事》③ 中的农民老栓在老伴去世后，与死了丈夫的"女人"发生黄昏恋，遭到双方子女的坚决反对，不惜与子女决裂，毅然在旧房子里结成夫妻。六月初六，老栓的儿子结婚，老栓参加了半截子儿子的婚礼，偷偷拿了一个鸡腿，立即跑回旧房子，送给"女人"吃，谎言是儿子特意叫他送来的。漠月《锁阳》④ 中的牧业大队的新婚不久的大嫂因为丈夫在盐湖小镇打工而心里空落落的，她在寂寞中想着丈夫，盼望丈夫回来，并把自己的心事讲给小叔子闰子听。当丈夫终于回来了，并说自己打定主意不再去盐湖小镇打工，大嫂十分高兴，过上了所有已婚女人的平静

---

　　① 迟子建：《河柳图》，原载《作家》2000 年第 10 期，《小说月报》2000 年第 11 期转载，《新华文摘》2001 年第 1 期转载。

　　② 凌可新：《雪境》，原载《当代》1999 年第 3 期，《小说选刊》1999 年第 9 期转载，《中华文学选刊》1999 年第 3 期，入选作协创研部编《1999 年中国短篇小说精选》，获第一届 1999—2001 齐鲁文学奖。

　　③ 于心亮：《六月初六的喜事》，原载《短篇小说》1999 年第 12 期，《小说选刊》2000 年第 3 期转载。

　　④ 漠月：《锁阳》，原载《朔方》2001 年第 5—6 期，《小说选刊》2001 年第 8 期转载，《小说月报》2001 年第 7 期转载。

而充实的生活。漠月《放羊的女人》① 中的村里"女人"怕丈夫在镇上被那些"狐狸精"勾引了，想方设法迫使丈夫卖了心爱的车回家，换来一群羊。"女人"满心欢喜地把丈夫养着，天天忙里忙外，放羊做饭。羊群喂肥了，丈夫也胖了，自己也怀孕了。然而当"女人"从娘家回来，丈夫和羊都不见了。不过"女人"理解丈夫，相信丈夫会很快回来，仍然为怀孕而欣喜，而满怀希望。王祥夫《怀孕》② 中的青年农民二店和小柔夫妻二人结婚七年了还没有生孩子；而别人一见面又总是问他们有喜了没有。无奈之下，夫妻二人商量许久，决定小柔假装怀孕，然后到医院捡一个别人生下的不要的健康孩子。小柔和二店一起配合着假装怀孕，让大家都知道小柔真的怀孕了；当快到假的临产期时，也到医院捡到了一个别人刚生下的不要的健康女孩，这时小柔却真正怀孕了。尉然《屋顶上的风景》③ 中的苇坑的乡村汉子任卜柱与老婆白大米这一对欢喜冤家天天斗嘴吵架，这是他们习惯了的生活的一部分。偶然一天被老婆撵上屋顶垒烟囱的任卜柱被屋顶上的风景迷住了，再也不想下来，尽管这个名叫苇坑的村庄连一棵苇都没有，更没有什么迷人的风景，但任卜柱却感到自己看到了另一个新的世界。为了能够让丈夫下来，白大米绞尽脑汁想了无数招数，最后竟然是假装自己出去偷汉子赢了这场战斗。文清丽《逛庙会》④ 中的村里八十多岁的老头子和七十多岁的老太太结婚已经近六十年，儿女长大后都像鸟儿一样飞到城里安家去了，留下老头子和老太太两人在农村相依为命。老头子腿脚不便了，常常发些小脾气或使性子；老太太耐着烦对老头子又哄又劝，有时也生气地教训老头子。一次老头子忽然要去逛庙会，老太太嫌外面天气不好、两人均容易生病而拒绝。老头子却趁老太太出门帮别人忙时，一个人坐轮椅溜出去了；老太太回来后到处找，后来在外面的油菜地

---

① 漠月:《放羊的女人》，原载《青年文学》2001 年第 7 期，《小说月报》2001 年第 9 期转载，入选《北京文学·中篇小说月报》2001 年下半年中国当代文学最新作品排行榜。
② 王祥夫:《怀孕》，原载《花城》2002 年第 1 期，《小说月报》2002 年第 3 期转载。
③ 尉然:《屋顶上的风景》，原载《巷报》2003 年 3 月 27 日，《小说选刊》2004 年第 7 期转载。
④ 文清丽:《逛庙会》，原载《广州文艺》2006 年第 7 期，《小说选刊》2006 年第 8 期转载，《小说月报》2006 年第 9 期转载。

里找到了老头子。两人一起回来梳妆打扮后，再一起去逛庙会，老头子含笑死在逛庙会的路上。郭雪波《暖岸》① 中的下杨村的老铁宝在妻子的支持下，很难得地去了一次镇上卖了一头猪仔。老铁宝手里有了几个活钱，想去吃一次多年以来与媳妇均爱不释手的老朋友"切糕张"的切糕；最终找到已改卖馄饨包子的"切糕张"，受到款待而喝醉了。在家的老铁宝的妻子等待了大半天，老铁宝还没回，妻子在雪地里找到喝醉了的老铁宝。回家路上的冰河过不去时，妻子千方百计拖着老铁宝过冰河；清醒一点的老铁宝把怀里的红花拿给妻子带上，把胸怀里焐着的特意留给妻子的切糕送给妻子吃。于怀岸《让你打我一回》② 中的村里一对老夫妻中老女人比老男人大两岁，十八岁嫁过来，几十年把老男人管得服服帖帖；既避免了男人在青壮年时变坏闯祸，也避免了家庭破碎瓦解。老女人过完八十大寿，与老男人闲聊时提出自己打了老男人一辈子，也该让老男人打她一回出出气。老男人在老女人的再三鼓励下狠心打了老女人一顿，打完后却没勇气再见老女人而逃到女儿家，两人在彼此思念时一起落气死去。王建平《大过年》③ 中的乔家庄的杜惠梅等到快到年底了，丈夫乔大庚还没回来，心里很着急。一天杜惠梅接到丈夫打到村长家的电话，原来乔大庚在城里为之打工的包工头跑了，没钱、没脸回家过年了，杜惠梅立即对着电话呼喊丈夫无论如何都要回家过年。接下来杜惠梅把省吃俭用的钱全部拿出来缴每年例行的税费、还债等，给丈夫和家里增添脸面。大年三十晚上乔大庚终于偷偷到家了，杜惠梅用自己的身体和柔情安慰了痛苦、惶恐的丈夫。

小 结

新中国成立初期，我国农村因为土地改革而使亿万农民对中国共产党感恩涕零，中国共产党的男女平等、婚姻自由等口号曾经深入人心，使包

---

① 郭雪波：《暖岸》，原载《民族文学》2006 年第 12 期，《小说选刊》2007 年第 1 期转载。

② 于怀岸：《让你打我一回》，原载《百花洲》2007 年第 6 期，《小说选刊》2007 年第 12 期转载，入选中国作家协会《小说选刊》编选的《2007 年中国年度短篇小说》。

③ 王建平：《大过年》，原载《山东文学》2008 年第 10—11 期，《小说选刊》2008 年第 12 期转载。

办婚姻、买卖婚姻很大程度上绝迹。然而"大跃进"以后接二连三的极"左"政策的实行，使农民的生活再次陷入艰难，包办婚姻、变相买卖婚姻再次大幅度出现——甚至并不是很贫苦的广东有的地方包办买卖婚姻、变相买卖婚姻竟然达到75%，有些地方包办买卖婚姻、变相买卖婚姻更是几乎达到了百分之百①。

改革开放第一个十年里束缚农民身心自由的人民公社很快解体、阶级成分废除，加上新经济政策实施后，农民既很快解决了温饱问题，又有了更多的空闲时间；于是农村无论未婚的年轻男女还是已婚的成年夫妻，在政府大力宣扬的男女平等、婚姻自由、物质文明与精神文明两手抓等口号的鼓励下，恋爱的自由度大幅度上升——1983 年的相关调查显示，81.1%的农村青年认为最好的婚姻是自由恋爱而后结合、对当事人的主婚权只有4.6%认为完全由父母做主，实际婚姻中主要由当事人自己决定的占62.8%、完全由父母包办的婚姻只占 5.7%②。1987 年的相关调查显示，农村青年找对象的第一位要求"与自己门当户对"占47.5%，第二位"家庭关系好处"占41.3%，第四位"有知识才能"占21.7%，而"经济富裕"（24.6%）"有权势或门路"（0.7%）"有海外关系"（0.1%）所占比例不高③。婚姻的幸福指数大幅度上升——1986 年的 14 个省市的相关调查显示，农村夫妻对夫妻生活的满意程度调查结果是孝敬老人、相互尊重、身体健康、家务劳动、持家能力、子女教育、感情交流、生活习惯、经济关系、性格脾气、交往能力、性生活、工作能力与文化水平等 14 项指标每一项明确表示满意的比例都超过50%、满意度最高的是达到 72.8%的持家能力，很不满意、不太满意合起来超过 5%的只有性格脾气（6.9%）、文化水平（12.6%）。④ 因此改革开放第一个十年许多作家创作了农村爱情婚

---

① 李秉奎：《婚介、择偶与彩礼——人民公社时期农村青年的婚姻观念及行为》，《当代中国史研究》2012 年第 4 期。

② 中国社科院青少年研究所 1983 年在全国性的九省 243 个村两万多名农村青年的调研，中国社会科学院青少年研究所《1983 年中国农村青年调查资料》（内部资料），第 13 页。

③ 王义豪等：《近年来农村婚姻家庭关系状况和发展趋势——河北省情况的调查》，《河北学刊》1989 年第 3 期。

④ 中国农村家庭调查组：《当代中国农村家庭 14 省市农村家庭协作调查资料汇编》，社会科学文献出版社 1993 年版，第 368 页。

姻的甜蜜幸福的作品，且作品的影响很大。

改革开放第二个十年虽然农村女性的地位随着农村工业化、现代化的提高而日益提高①；但是因为农村收入增长缓慢、乡村税收繁重、大量农民进城打工而留下妻子在家种田、大量年轻农村女性离乡和钱权观念盛行等原因，农家的婚恋观又有一定的变化——1991 年六省市的抽样调查显示，农村女性自主初婚者（包含父母反对也能自主决定）的比例达到70.88%，由父母决定初婚者（自己同意）的比例达到 28.98%，农村男性自主初婚者的比例达到 78.97%；在家庭的收入管理权、收入支配使用权、消费（购物）决定权与生育决策权等多方面基本上都是很大比例上夫妻共同决定②。1996 年"中国城乡婚姻家庭调查"的数据显示，农村夫妻认为感情"很深"和"较深"的比例占 59%。③ 不过钱权对婚恋的影响加大了——1990 年人口普查 10%抽样资料统计显示，内地欠发达地区云南、贵州等地因婚姻迁出的人口占迁出总人口比例的 50%以上，沿海发达地区江苏、浙江等地因婚姻迁出的人口占迁出总人口比例的 20%以上④。对"干得好不如嫁得好"居然有 37.3%的女性赞同。⑤ 对"是否希望获得（丈夫或他人）更多的爱情"，83.7%的农村妇女选择"不，他能赚回更多的钱更好"；对"是否希望丈夫更多的陪伴自己"，91%的农村妇女选择"不，只有窝囊的男人才待在家里陪老婆"。⑥ 因此作家创作的农村爱情婚姻的甜蜜幸福的作品数量大幅度减少、大多数作品影响也不大。

改革开放第三个十年因为农村女性的地位随着农村工业化、现代化的提高而继续提高——2006 年的调查显示，60.1%的农村夫妻共同挣钱，农村妇女的年收入占家庭收入的 49.1%；56.8%的农村夫妻共同管理家庭经

---

① 详情可以参看雷洁琼编《改革以来中国农村婚姻家庭的新变化：转型期中国农村婚姻家庭的变化》（北京大学出版社 1994 年版）、陶春芳等编《中国妇女社会地位概观》（中国妇女出版社 1993 年版）和甄硕主编《中国农村妇女状况调查》（社会科学文献出版社 2008 年版）。

② 沙吉才：《当代中国妇女地位》，北京大学出版社 1995 年版，第 7—9 页。

③ 邵夏珍：《转型期我国农村妇女婚姻的新变化》，《中国社会科学院院报》2003 年 3 月 6 日。

④ 龚平等：《现代化与农村家庭道德建设》，西南财经大学出版社 2001 年版，第 59 页。

⑤ 第二期中国妇女社会地位调查课题组：《第二期中国妇女社会地位抽样调查主要数据报告》，《妇女研究论丛》2001 年第 5 期。

⑥ 罗静：《农村妇女问题调查》，世界图书出版公司 1998 年版，第 112 页。

济，25.6%的农村夫妻中妻子单独管理家庭经济；40.4%农村夫妻共同承担家务劳动①；加上农村男女比例日益失调、年轻女性日益稀少而导致的尊贵，出现"依附性支配"② ——闲适在家并在经济上依附于男性的农村妇女却获得支配性的家庭地位，导致农村原本强势的男人不得不日益尊重女性，农村的爱情婚姻的幸福指数因此进一步提高——24.5%农村妇女觉得非常幸福，38.2%农村妇女觉得比较幸福，只有3.9%农村妇女觉得不太幸福、1.3%农村妇女觉得很不幸福；80.1%农村妇女对未来生活有信心。③ 另外改革开放第三个十年里大量的因为与子女分家或子女进城打工而导致的农村空巢老人在温饱问题很容易得到解决的情况下，迫切需要爱的关怀；这时农村的社会舆论也远比以前开放，出现了不少"黄昏恋"，敏锐的作家发现了这个问题，创作了不少反映农村老人相依为命的真挚情感和"黄昏恋"的作品。

---

① 详情参看甄硕主编《中国农村妇女状况调查》（社会科学文献出版社2008年版）的2006年全国妇女全国性的十省100个村的万名农村妇女的调研。

② 陈锋：《依附性支配：农村妇女家庭地位变迁的一种解释框架——基于辽东地区幸福村的实地调查》，《西北人口》2011年第1期。亦有不少其他相关研究成果和调查数据证明该观点。

③ 甄硕主编：《中国农村妇女状况调查》，社会科学文献出版社2008年版，第6页。

第三章　日常生活的诗情画意

对"日常生活"，A.赫勒是这样定义的，日常生活即"为那些同时使社会再生产成为可能的个体再生产的要素的集合。"[1] 具体而言，它"是以个人的家庭、天然共同体等直接环境为基本寓所，旨在维持个体生存和再生产的日常消费活动、日常交往活动和日常观念活动的总称。它是一个以重复性思维和重复性实践为基本存在方式，凭借传统、习惯、经验以及血缘关系和天然情感等文化因素而加以维系的自在的类本质对象化领域。……日常生活一方面包括从远古以来历史积淀起来的集体意象、经验、行为准则、道德戒律、自发的习惯、习俗和礼仪等，如常存在人们日常生活中的衣食住行、饮食男女、婚丧嫁娶和生老病死等日常行为；另一方面包括常识化、自在化、模式化的精神成果或人类的知识，如简单化、普及化、常识化的知识、艺术成果和哲学思维"。[2] 简言之，作品中的"日常生活"就是作家把个人、家庭、团体等中的衣食、起居、习俗、日常交往、情感生发转移等写进作品中。乡村的文化是自然的、传统的，并因循着习惯和风俗而保持自身的连续性和稳定性，乡村是继承传统日常生活最理想之地。人们在这相对封闭的环境中繁衍生存，保留下许多传统的生活方式。

第一节　民俗节庆的诗情画意

"风俗是特定社会文化区域内历代共同遵守的行为模式或规范。人们

---

① A. 赫勒：《日常叙事》，重庆出版社 1990 年版，第 3 页。
② 衣俊卿：《现代化和日常生活批判》，黑龙江教育出版社 1994 年版，第 9—33 页。

习惯上将由自然条件的不同而造成的行为规范差异，称之为'风'，而将由社会文化的差异所造成的行为规则之不同，称之为'俗'。"① 一个地方的风俗不是短时间内形成的，是历史、文化、地域等多种因素积淀而成的，一旦形成也有着很强的稳定性，"人类普遍的文化传承，无论从历史的纵的发展来看，还是从共时的横的流布来看，它都呈现为一种相应稳定成'型'的定势，或曰惯式"。② 新时期以来的作家日益不再武断地鄙视这些依然存在的民风民俗现象，它们能存在几千年，自有其能存在下来的理由。作家改变了先前的认识维度、改变了二维空间的思维模式，更加理性地看待乡土世界的风俗文化，客观尊重这些风俗。

改革开放第一个十年有不少表现民俗节庆的诗情画意的作品，代表作如田雁宁《绿水伊人》③ 中的碧溪镇的端阳节每家门前挂菖蒲和苦艾，人们还用它熬汤洗澡；正午时刻山上牛号角一响，家家点燃硫黄熏筒；镇里请剧团唱永不变换的节目《白蛇传》；高潮是上午十点的河湾里的龙舟竞赛和抢水鸭。中秋节则各家自备月饼、酒水、茶水、瓜果菜蔬，自己一家人或邀请亲朋好友齐聚一堂赏月。重阳节则人们穿上新花亮色的衣裳，采集大把的菊花或插在头上或做成花环戴在脖子上，喝着重阳酒登高望远。元宵节则每家门上挂出一盏灯笼，上午十点聚餐后倾家而出上街闹元宵，在川祖宫门前的彩台上比谁的灯扎得漂亮、比谁的舞跳得精彩、比谁和老车公对歌巧妙，夺得魁首的就披红挂彩，走马游街。其他具有一定代表性的作品还有罗国凡《三月三》④ 中的布依族的三月三是盛大的节日，这一天不生烟火，人们全体穿上节日盛装，扶老携幼，笑笑闹闹地离开寨子，用精美的四方形竹盒装着糯米团粑，斑竹筒灌汤灌水，芭蕉叶包着熟鸡酥鱼，背着酒葫芦，到山林里去吃冷食聚会、吹箫、对歌、玩表、认老庚。卡哈尔·吉力里《骑手》⑤ 中的麦苏木大叔年轻的时候是一位出名的叼羊

---

① 丁帆:《中国乡土小说史》，北京大学出版社 2007 年版，第 23 页。
② 曲金良:《民俗美学发生论》，《文艺研究》1989 年第 2 期。
③ 田雁宁:《绿水伊人》，《四川文学》1986 年第 6 期。
④ 罗国凡:《三月三》，原载《山花》1981 年第 10 期，入选《贵州少数民族短篇小说选》。
⑤ 卡哈尔·吉力里:《骑手》，《民族文学》1982 年第 6 期，入选《新疆文学作品大系 1949—2009》。

骑手，叼羊亦是村里世代相袭的传统体育活动。大队实行生产责任制后，停了多年的村民喜爱的叼羊活动又要恢复，已经年老的麦苏木大叔天天到村北头的平地上细心教导儿子阿卜杜瓦里一整套叼羊的技艺，后来如期举行的叼羊活动非常精彩，阿卜杜瓦里表现很好。李世勋《托乎达森和拜格图尔》[①] 中的"天马"故乡特克斯河畔举行赛马大会，外来的欧洲嘉宾、养马专家安德逊有点瞧不起赛马大会上的赛马。历年的赛马大会冠军、驯烈马拜格图尔摔断了腿的托乎达森毅然再次骑上拜格图尔参加比赛，托乎达森的惊人骑技和拜格图尔的惊人速度震服了欧洲嘉宾、养马专家安德逊。阿城《树桩》[②] 中的坝子里的街上最得意的、最有名的歌手，每年三月有一次对歌盛会，各乡歌手齐聚在四面山上，通过比赛赛出一个对歌高手，然后各个山寨盛情将高手请到自己寨子里一起通宵达旦对歌。"文化大革命"中对歌曾被当作"四旧"禁止过，改革开放后，对歌又恢复了，树桩大爹这个曾经的对歌高手立即再次受到人们的敬仰，坝子里再次经常歌声一片。张涛《滚单鼓的老人》[③] 中的甜水屯的太爷会一手好单鼓，每年除夕之夜，甜水屯的男女老少都挤到太爷家，太爷抽好烟、凝了神后，猛地将单鼓胸前敲、背后敲、头上敲、胯下敲、腋下敲，敲得一时间不见太爷的身影，只见单鼓上上下下左左右右旋成一个大圆球，全甜水屯的人在鼓声中获得了一种被融化的感觉。铁凝《灯之旅》[④] 中的傅家峪的正月十五的灯会搞得十分隆重，天一黑就点起了天灯，灯场上更是要来十八道闹灯的各路花会。随着鞭炮声、唢呐声，各路花会到了傅家峪村的灯场前的十字路口，在路口先接受大家的点名表演考验。考验完了后，十八道闹灯的各路花会聚集灯场，随着一声"上——灯"的号令，灯场顿时成了灯的世界、灯的海洋。李芳苓《喜丧》[⑤] 中的活了八十八岁的玉面老太去世

---

① 李世勋：《托乎达森和拜格图尔》，原载《希望》1984 年第 3 期，《小说月报》1984 年第 6 期转载。

② 阿城：《树桩》，《人民文学》1984 年第 10 期。

③ 张涛：《滚单鼓的老人》，原载《青年文学》1985 年第 11 期，《小说月报》1986 年第 2 期转载。

④ 铁凝：《灯之旅》，《人民日报》1986 年 2 月 21 日。

⑤ 李芳苓：《喜丧》，原载《山东文学》1987 年第 3 期，《小说月报》1987 年第 7 期转载，入选人民文学出版社编的《1987 年短篇小说选》。

了,儿孙们呜呜咽咽的哭声先给她的魂灵指路,然后全家族人坐下来商议丧仪的程序和规格,玉面老太的曾长孙坚决要求丧仪尽量办高规格一点,并表示个人雇请人吹吹打打、热热闹闹。于是丧仪依序展开,先是请来戏团唱戏,然后全家人给全村人"谢庄",最后出殡。毛守仁《死舞》①中的老生蛮以在丧事上甩铭旌的大把式出名,几十年来,谁家发丧能请到老生蛮,远近二三十里的人都会来观看。年老的老生蛮在大病一场后,原本不再甩铭旌;不料在搭档赵狗小的丧事上,大家的极力撺掇、熟悉音乐的吸引、赵狗小的多年交情……看到没有自己掌舵的丧事仪队的冷清,最终老生蛮忍不住又出场,以生命的代价甩出了最后一场非常璀璨动人的铭旌舞。

改革开放第二个十年也有不少表现民俗节庆的诗情画意的作品,代表作如航鹰《老喜丧》②中的台儿村的家族兴旺发达、子孙众多的九十五岁的老奶奶去世了,在后代子孙的要求下、在村民的舆论下和在"常执事"的指挥下,按照乡俗的老规矩,大家齐心协力搞了一场热闹非凡的老喜丧:吊唁的时候老奶奶的长子、七十多岁的天赏带领众多子孙磕孝子头;院子里用清一色的白纸糊了门、影壁,扎了仙鹤、梅花鹿和松树等装点灵堂,撕扯大量白布做孝袍、孝帽、孝鞋、孝带,灵前的供桌上烧两根大红蜡烛,正中摆了盛满米、放了喜字红绒花、插了香的老福寿海碗;三个姑奶奶按老规矩回娘家闹丧;到土地祠摆供品、烧纸钱、磕头给死人报户口;因为老奶奶去世第三天又赶上诞辰,于是按照老规矩换上过寿辰的东西给老奶奶过冥寿,并请来乐团搞起歌星演唱会;出殡前刺血点主,打着灯笼、举着火把、一路哭号、一路扔小馒头和钢镚"送路";出殡时浩浩荡荡的队伍、热热闹闹送到坟地。其他具有一定代表性的作品还有陈晨《纸钱》③中的钱家屯的早年丧妻、苦了大半辈子的钱串子死了,开着"土银行"发了大财的钱串子的儿子钱灿,委托村里年龄最大的乌龙七

---

① 毛守仁:《死舞》,原载《山西文学》1988 年第 5 期,《小说选刊》1988 年第 8 期转载,入选人民文学出版社编选的《1988 年短篇小说选》。

② 航鹰:《老喜丧》,原载《中国作家》1990 年第 1 期,《中篇小说选刊》1990 年第 3 期转载。

③ 陈晨:《纸钱》,《十月》1989 年第 1 期。

公和跑过很多地方的邱阿明帮忙主持丧事，同时用新旧两套丧事仪式：吹鼓手吹悲曲，喇叭里放哀乐；锡箔纸做的"金银财宝"和纸钱，挽幛挽联花圈花篮……最终把钱串子的丧事办成钱家屯有史以来最隆重、最排场的丧事。张秉毅《黄土高坡·开锁》[1] 中的农村少年王牛在七月初三就要十二岁生日"开锁"了，根据当地风俗，谁家一生下孩子就要请人给孩子戴锁——用红线穿一把长命锁挂在脖子上，一直戴到十二岁生日。七月初三清早，王牛的爹就扫院子，王牛的妈给王牛洗头、剪了脑上的"梳子背"和"大胆毛"，半前晌王牛的姥爷姥娘等至亲来了，给王牛戴锁的外婆，根据风俗程序给王牛开锁，开完锁，王牛就是一个大人了。苏华《踩台》[2] 中的村子里新搭建了一个戏台，根据民俗进行踩台：首先敲起锣鼓，然后让人扮演钟馗，"钟馗"在锣鼓声中左手握青龙宝剑，右手端青花海碗上台，念咒语，甩酒、杀公鸡、喝血酒、摔碗。不料碗没摔碎，于是杀狗、淋狗血，"钟馗"在锣鼓声中重新上台念咒语，甩酒、杀公鸡、喝血酒、摔碗，碗摔碎了，大家皆大欢喜看戏。黄佩华《回家过年》[3] 中的省城的小干部"我"带着妻子和孩子，辛辛苦苦挤车赶回农村老家陪母亲过年，农村老家的过年气氛很浓：先是杀年猪，然后是写春联、剃头理发、洗发洗澡、缝制新衣、清扫房子、祭祀祖宗，接着守岁，再接着初一本家人团聚、初二初三相互拜访请客，吃吃喝喝、嘻嘻哈哈与高高兴兴中过年的高潮和热火就过去了。白天光《七月鼓》[4] 中的国舅村远到前清、延至今日均以会做鼓和会打鼓出名，每到七月头，就有县城或省城的人来定做鼓。今年七月，从县城卖鼓回来的村里会计带来省里即将召开的民族运动会的开幕式使用的鼓要在国舅村定做的消息，全村人激情澎湃，计划做一个九尺九寸九的超级大鼓。为了得到做鼓需要的别村孟家的大牛皮，村里人特意为孟家儿子和本村一位姑娘牵线做媒。最终做成的鼓大出风

---

① 张秉毅：《黄土高坡·开锁》，原载《草原》1989 年第 7 期，《小说选刊》1989 年第 9 期转载。

② 苏华：《踩台》，《人民文学》1989 年第 7 期。

③ 黄佩华：《回家过年》，《清明》1992 年第 3 期，获广西首届独秀文学奖。

④ 白天光：《七月鼓》，原载《春风》1992 年第 6 期，《小说月报》1992 年第 9 期转载。

头，全村出了名。李立泰《抻炕》① 中的村里习俗是结婚时找女全人（夫妻双全、家庭和谐美满、能说能干的女性）抻炕，三婶儿的儿子玉华结婚入洞房时，嫂子被请去抻炕。新媳妇给嫂子拿了喜糖后，准备往外走，嫂子命令新郎新娘站在旁边，自己根据习俗喊出抻炕的与多子多福相关的吉利话的上半句，每当唱和的孩子喊出下半句时，嫂子又及时插入优生优育、传统美德的教育话语，使抻炕妙趣横生。迟子建《逝川》② 中的阿甲渔村有个初冬第一场雪的晚上到逝川捕捞泪鱼，听泪鱼的哭声求福的习俗，如果哪家没有捕到这种会哭的鱼，那后来的日子可能遭遇不幸。于是每当初冬第一场雪的傍晚，全村的男人、媳妇、孩子和狗纷纷来到逝川的岸边，燃起一堆堆篝火，捕捞泪鱼，求福后再在早上放掉泪鱼。石舒清《旱船》③ 中的"我"爷爷突然遭遇车祸去世了，"我"的整个家族为爷爷的丧事开始忙碌：先是把爷爷的尸体陈放在院子里的一块门板上；然后孝子跪在院子里哭着，等待众多的亲朋好友来吊唁；每有一批新的乡亲到来，孝子又集中在灵房门前，跪着接受摸手仪式……最后陈放爷爷尸体的门板被一些人高举着送到坟墓，孝子等人跟着边哭边跑到坟墓边，丧事走向尾声。刘庆邦《春天的仪式》④ 中的柳镇的三月三的庙会十分古老也十分热闹，不仅乡村里的男男女女、老老少少全都去参加，连乡村里的牛马猪羊、鸡鸭猫狗也都被带去参加。镇上小学的腰鼓队，镇上中学的花棍队……卖咸牛肉的、卖卤猪肉的……耍猴套圈的、练功卖药的……唢呐班子比赛的、各种唱小戏的……热火朝天、千奇百怪、花样百出、应有尽有。冯积歧《去年今日》⑤ 中的农村少妇列列婚后几年还没有生育，于是在婆婆的陪同下去庙会求子：先是跪在庙里祈祷，烧黄表纸；然后把庙里娘娘婆怀中所抱的泥塑童子的麦面捏的生殖器吃掉；再到庙会的供桌

①　李立泰:《抻炕》，原载《农村大报》1992 年 10 月 6 日，《小说月报》1993 年第 1 期转载。

②　迟子建:《逝川》，原载《收获》1994 年第 5 期，《新华文摘》1995 年第 2 期转载，入选人民文学出版社编选的《1994 年短篇小说选》，入选中国新文学大系（1976—2000）。

③　石舒清:《旱船》，《民族文学》1995 年第 12 期。

④　刘庆邦:《春天的仪式》，原载《人民文学》1998 年第 4 期，《小说月报》1998 年第 6 期转载。

⑤　冯积歧:《去年今日》，原载《延河》1998 年第 7 期，《小说月报》1998 年第 9 期转载。

前讨得童鞋一只，泥塑童子一个；到了晚上，列列点上香火，按照规矩与素不相识的年轻的庄稼人在庙会旁的窑洞里野合。第二年，顺利生了孩子的列列牵着羊去还愿。

改革开放第三个十年同样有不少表现民俗节庆的诗情画意的作品，代表作如郭文斌《吉祥如意》① 中的五月初五端午节，五月六月的娘清早就发出热气腾腾的甜醅子，爹则往上房门框上插清新的柳枝；接着爹娘在院子里摆供桌、端上甜醅子、花馍馍、干果和净水等供品，爹向天点了一炷香，往地上祭了米酒，念了祭词磕了头。供完后吃了一点供品，五月六月这对童男童女被爹娘在手脚上绑上驱邪的花绳，派去上山采太阳刚晒干的代表吉祥如意的艾草。其中还穿插有采香料、缝香包等民俗。恍若仙境的自然景色，其乐融融的家庭生活，清澈见底的童趣天地，与图案一样的节庆风俗，一起构成了一幅至纯至美的图画。其他具有一定代表性的作品还有石舒清《红花绿叶》② 中的李秀花突然去世了，家人和村人一边把她放到一张木床上，用白布从头到脚裹起来，等待他人的看望和祭奠；一边安排本村一些专门打坟的人去坟山加班加点打坟。祭奠中重头戏是男方与女方娘家人双方的交代，然后念《古兰经》，求"杜瓦"，散贴，接"感恩杜瓦"，洗浴亡人，抬到坟边后站者那则，念经，道色俩目，最后埋入土中，众人回家。刘庆邦《走新客》③ 中的新女婿长星根据地方风俗在年初二拜望新娘的娘家人，父母为他早就精心准备好了拜望的礼物，还特意找了见过世面、会说话的复员军人作陪，媳妇也预先请好了娘家最有话语权威的四奶奶。长星年初二到了新娘娘家后，果然遭到新娘娘家村人根据地方风俗采取的戏弄，在四叔、四奶奶的帮助下，最终有惊无险。刘庆邦《尾

---

① 郭文斌：《吉祥如意》，原载《人民文学》2006 年第 10 期，《小说选刊》2006 年第 11 期转载，《小说月报》2006 年第 12 期转载，《新华文摘》2007 年第 2 期转载，入选多个年度小说选本，入选 2006 年中国小说学会排行榜，入选《北京文学·中篇小说月报》2006 年下半年中国当代文学最新作品排行榜，获 2006 年度第四届"茅台杯"人民文学奖，获《小说选刊》2003—2006 年度贞丰杯优秀作品奖，获第四届鲁迅文学奖。

② 石舒清：《红花绿叶》，原载《朔方》2001 年第 3 期，《小说选刊》2001 年第 5 期转载，入选作协创研部编《2001 年中国短篇小说精选》。

③ 刘庆邦：《走新客》，《十月》2002 年第 3 期。

巴》① 中的小男孩周晓旺因为是三代单传的独子，根据民俗在他头后蓄小辫，形似一条尾巴，让见到晓旺"尾巴"的人拽他的"尾巴"，使得"阎王爷加上小鬼儿、小判官也拿他的命没有办法"。到了 12 周岁再举行隆重的剃尾巴仪式：先由母亲把尾巴洗干净，梳理好后用红线绳扎好，来参加晓旺成人仪式的舅舅和姥娘呈上对把子牛作为贺礼，本村人也来送礼、贺喜，大宴宾客之后，由十二个穿新衣的剃头匠每人依次剃一点头发，收藏好剃下的头发，放了鞭炮，这个特殊的成人仪式才算完成。郭文斌《三年》② 中的村子在人死去的头三年每年举行祭奠大礼，尤其最后一次很隆重：全家首先是大量的准备工作和拓纸；接着在纸火到了的时候孝子跪迎纸火，一边总管和香老点燃黄表、木香，舅家外甥女婿等亲戚掌着金银斗、花圈、香幡等，一边念词、应答、磕头、放鞭炮；然后所有人吃孝饭、散烟做孝敬；再接着所有人上坟，总管按仪式程序烧纸后，大家齐心协力烧完纸才结束。庞余亮《出嫁时你哭不哭》③ 中的农村姑娘冬梅和本村的志文自由恋爱了，正月初出嫁时，完全按照冬梅娘要求的旧仪式举行：出嫁前的晚上，请来表亲"守富贵"；早上男方家请了轿子船来接；用鱼肉敬了菩萨；吃过果子茶、枣子茶和汤圆茶；闹饭；娘家刁难；发嫁妆；捏锁封儿；最后欢欢喜喜上路。郭文斌《大年》④ 中的农村少年明明与亮亮小兄弟俩给父亲打下手，裁纸、添墨、抻纸，比赛背诵那些传统的吉祥对子，然后是蒸馍、送灶、泼散在大门口掷馍块分送孤魂野鬼、贴对联、洗尘、祭祖、分别给孩子们分糖果干货、贴窗花、点灯笼、守夜、拜年、赶庙会……马金章《喜丧》⑤ 中的刘焕仁的八十五岁的娘在吃了儿子买回的"北方难见的仙果"杠果后无疾而终，这种年老而无疾逝世的丧事在农村里被认为是喜丧。刘焕仁给死去的娘选购了贵重的四独板的藏松棺

---

① 刘庆邦：《尾巴》，原载《人民文学》2002 年第 6 期，《新华文摘》2003 年第 1 期转载。

② 郭文斌：《三年》，原载《雨花》2002 年第 11 期，入选胡平选编的《2002 年中国短篇小说精选》。

③ 庞余亮：《出嫁时你哭不哭》，原载《天涯》2003 年第 4 期，《小说选刊》2003 年第 10 期转载。

④ 郭文斌：《大年》，原载《钟山》2004 年第 2 期，《小说选刊》2004 年第 5 期转载，《作品与争鸣》2004 年第 5 期转载，入选多个年度小说选。

⑤ 马金章：《喜丧》，原载《飞天》2006 年第 2 期，《小说月报》2006 年第 4 期转载。

材，自己带着两个亲戚给棺木刷漆，独自一人细心地描棺头上的福字和福字周围的花纹。在置办丧事的过程中，村里酷爱开玩笑的姜不辣根据习俗，不断在言语上取笑、刁难刘焕仁，刘焕仁沉着机智的应变，使姜不辣总是搬起石头砸自己的脚，让大家笑个不停，使喜丧名副其实。刘庆邦《黄花绣》① 中的村庄有一个给老人送终的鞋上绣花必须得请父母齐全的不超过十六岁的童女的规矩，而且是指谁是谁，不能推脱，否则视为不敬。从来没有捏过绣花针的十四岁少女格明被挑选上给即将逝世的三奶奶完成这一神圣的使命，格明尽心尽力花了一整天完成了这个任务，稚嫩的生命在这一仪式中也走向成熟。郭文斌《点灯时分》② 中的元宵节用荞面来捏灯盏，不仅要给家里的每一个人捏——活着的和死去的，每人要捏两个，一个是大家都一样的，而另一个则要捏成各人的属相生肖，此外，家畜、农具、庭院、院子里的梨树，也都要给它们点上一盏灯。灯是用藏在高处的干净的麦秸做灯捻，舀上清麻油，如守岁时看着灯笼一样看着自己的那盏灯，点亮，熄灭。李进祥《扮脸》③ 中的清水河一带在姑娘成人结婚前都要扮脸：先是用线扯脸上的汗毛；然后用碗渣子刮没有扯净或扯断的汗毛；最后用蒸熟的鸡蛋剥皮后在脸上滚掉残余的汗毛。兰花因为菊花当年抢了自己相亲的对象二根，两人接了冤仇；不料二根不幸英年早逝，菊花被赶回娘家再嫁，兰花尽自己的全力给菊花像初婚的姑娘一样扮脸。尹守国《动荤》④ 的合庄人过年时说道多：从年三十这天早上开始，每天三次给神仙烧香。到了大年夜晚上，则要香火连续不断，一直持续到祭祀完毕。祭祀时，在神仙牌位前摆好供桌，把煮好的饺子端到供桌上，点上香烛，全家人跪倒神仙牌位前祈祷，把叠好的金砖元宝烧掉，最后放鞭炮。

---

① 刘庆邦：《黄花绣》，原载《人民文学》2007 年第 6 期，《小说选刊》2007 年第 7 期转载，《新华文摘》2007 年第 18 期转载，入选中国作家协会《小说选刊》编选的《2007 年中国年度短篇小说》，入选《北京文学·中篇小说月报》2007 年中国当代文学最新作品排行榜。

② 郭文斌：《点灯时分》，原载《人民文学》2007 年第 8 期，《小说选刊》2007 年第 9 期转载，《新华文摘》2007 年第 22 期转载，入选多个年度小说选。

③ 李进祥：《扮脸》，原载《芒种》2007 年第 12 期，《小说选刊》2008 年第 1 期转载，《新华文摘》2008 年第 8 期转载，入选《小说选刊》编选《2008 中国年度短篇小说》。

④ 尹守国：《动荤》，原载《文学界》2008 年第 3 期，《小说选刊》2008 年第 4 期转载，《新华文摘》2008 年第 16 期转载。

本命年的人要在大年夜躲在拉好窗帘的屋里,想恋爱顺利的就在大年夜搬搬油坛子动动荤。

第二节　劳动生产的诗情画意

生产劳动是人类社会赖以生存和发展的基础,是人类最基本的实践活动。在社会主义中国,实现了生产资料公有制,消灭了剥削与压迫,劳动人民当家做主,劳动是每个公民的光荣义务。改革开放后的家庭承包责任制的实行,使中国农民再次实现了很多年的梦寐以求的"几亩地一头牛"和自由自主的劳动——农民再次有了生产经营的自主权、劳动时间的支配权、生产的决定权和决策权与农产品的支配权和处置权,农民劳动的积极性和幸福感得到大幅度提高。

改革开放第一个十年有不少表现劳动生产的诗情画意的作品,代表作如何士光《种苞谷的老人》[①] 中的落溪坪七十多岁的孤苦老人刘三老汉在没有土地的时候,一直是靠村里的救济生活,家庭联产承包责任制的新政策允许土地分给各家各户自己打理,刘三老汉也分到了一份山坡地,他一个人默默地精心呵护着半荒的山坡地里的苞谷,繁忙的庄稼人几乎忘记了刘三老汉的山坡地,但是秋收之际,村里人却帮刘三老汉收了整整五十七挑苞谷,足足三四千斤,大抵是五口之家的收成。这是个不可思议的收获,其中包含了刘三老汉无数的汗水。刘三老汉用卖苞谷的钱给已出嫁多年的女儿补置了嫁妆,还了国家的贷款。完成了深藏心底多年的未完的心愿,刘三老汉含笑逝世。其他具有一定代表性的作品还有多吉才旦《走向新的草场》[②] 中的青藏高原上某公社实行了承包责任制,才郎一家承包了一群牲畜。才郎带着不久前刚学会驾驭乘牛的双胞胎儿子放牧一百多匹河

---

① 何士光:《种苞谷的老人》,原载《人民文学》1982 年第 6 期,《小说选刊》1982 年第 9 期转载,《小说选刊》1982 年第 8 期转载,《新华文摘》1983 年第 5 期转载,入选人民文学出版社编选的《1982 年短篇小说选》,入选《中国新文艺大系 1976—1982》,获 1982 年全国优秀短篇小说奖。

② 多吉才旦:《走向新的草场》,原载《西藏文艺》1981 年第 7 期,《小说月报》1981 年第 12 期转载。

曲马；媳妇格玛和大女儿索南卓玛放牧二十多头杂牛；小女儿仁青和小儿子多杰骑在驼牛上，尽情地在草原上胡喊乱跑。张武《瓜王轶事》① 中的常乐镇瓜王王保生在家庭承包责任制后把老两口的责任田分派给几个儿子代管，自己和媳妇一心一意在自留地里种了良种西瓜上街卖——瓜王上街卖瓜、媳妇在瓜地做针线兼看瓜。瓜王有高超的切瓜本领、干净卫生的瓜摊、别致动听的卖瓜吆喝声和录音机录制的常乐镇人喜爱的秦腔戏文，加上瓜王的善良厚道，使瓜王生意非常好，既为常乐镇的繁荣贡献了力量，也为瓜王自己赢得了乡人的尊敬。铁凝《哦香雪》② 中的台儿沟一群乡村少女对火车上的一切及火车所联系着的外来文明充满了好奇和恭敬之心，她们每次去火车站做点小生意之前必得梳妆打扮，带着对外界文明的憧憬，像过节一样隆重地迎接火车一分钟的停留，她们用自家的土特产换取乘客那些带有现代文明气息的发卡、香皂和火柴等物品。张承志《春天》③ 中的东乌珠穆沁的小伙乔玛在春天的刮着白毛风的雪夜里，被奶奶从睡梦里揪起来，帮摔伤了腿的乌力记寻找被白毛风吓得狂奔的有四百匹马的马群并截住它们。乔玛在下半夜追上了马群，发现领头逃窜的是脖颈两侧能拖着许多根套马杆、拉翻一个个大汉的神马安巴·乌兰，乔玛有些畏惧；于是乔玛先用套马杆套住了自己最中意的跑得快却老实的黄骒马。到了黄骒马没劲了，乔玛又费大力套住跑得最快的铁青马；在白毛风逐渐小下来时，乔玛拼命套住了领头逃窜的安巴·乌兰并使之第一次摔倒，狂奔的马群终于停了下来。景风《转场路上》④ 中的冰大阪的老牧人代木拉是最有经验的牧民，一天早上抬头看见冰大阪埋在厚厚的乌云里，断定要大雪封山了，立即把妻子赛麦道和女儿阿卡叫起来准备转场——必须三天内翻越海拔三千九百米的冰大阪。不到两个小时，代木拉一家就将转场的全部驮

① 张武：《瓜王轶事》，原载《朔方》1981年第11期，《小说月报》1982年第2期转载。
② 铁凝：《哦香雪》，《青年文学》1982年第1期，入选人民文学出版社编选的《1982年短篇小说选》，入选《中国新文艺大系1976—1982》，获首届（1982—1983）青年文学创作奖，获1982年全国优秀短篇小说奖。
③ 张承志：《春天》，原载《北京文学》1983年第6期，《小说选刊》1983年第8期转载，入选人民文学出版社编选的《1983年短篇小说选》。
④ 景风：《转场路上》，原载《延河》1983年第4期，《小说选刊》1983年第6期转载。

架收拾完毕，一家人赶着适宜驮牦牛和牛羊的庞大队伍出发。三天里翻越了一个又一个山坡，遭遇了各种各样的困难，甚至掉崖一头驮牛，但人与物最终平安转场。阎国瑞《猎狼》① 中的卧牛岭的珊丹姑娘是打猎的高手，被发配到养鹿场的军长的警卫员周健军想买她一张狼皮给有腿病的军长用，珊丹怪罪周健军的"买"，激将周健军自己去打一匹狼来剥皮。没有猎枪的周健军只好采取罕见的猎狼法：躺在狼经常出没的地方装死，乘狼不备之机一刀杀狼或活捉狼。躲在林子里观看的珊丹紧张得精神要失控，周健军却从容不惧地装死而一刀杀狼。邓刚《芦花虾》② 中的书琴高考落榜后因家里困难又没有关系，找不上工作的她为了减轻哥哥的负担和帮衬家里经济，只好放下身架去西海滩钓芦花虾卖。由于芦花虾行情的日益上涨、钓虾的人日益增多，初学乍练、技术不高的书琴为钓芦花虾闹了不少笑话、吃了不少苦头。在以前同学李海菜的激励下，书琴冒险独闯芦花虾很多的鬼儿滩，钓了满筐的芦花虾后又坚强勇敢地克服浓雾、涨潮的困难而成功归来。李海音《山里同年哥》③ 中的戈家排的猎手们在责任田里的稻谷都收割进仓后，一起上瑞云岭打猎。在瑞云岭的头几天，戈家排猎手们大显神通，猎获了十几头野猪、石羊、山麂；一天傍晚猎手们发现了一个巨大的熊的足迹，休整一晚后，第二天早上大家吃饱饭便开始四处寻找熊的踪迹：翻过山梁、越过溪涧，终于在一片沼泽地发现了温热的熊屎。猎手们开始展开队伍包抄围猎，大家放了很多枪却没有打中熊，最后贵生和应根合力打死了熊。邓刚《渔眼》④ 中的渔村的"他"是方圆百里海域大名鼎鼎的渔眼。新农村政策实行后，"他"承包了小胡椒岛，在银针鱼渔汛到来时，和妻子、儿子三人合作，克服疲劳、驱赶苍蝇，捕捞、晒干了两千余斤银针鱼干。后来陆续又捕捞了不少鹰爪虾、鲅鱼和黄鱼等，家里很快富了，买了发电机、柴油机、电视机等。义夫

---

① 阎国瑞：《猎狼》，原载《飞天》1983 年第 11 期，《小说选刊》1984 年第 1 期转载。

② 邓刚：《芦花虾》，原载《鸭绿江》1983 年第 9 期，《小说选刊》1983 年第 11 期转载。

③ 李海音：《山里同年哥》，原载《福建文学》1983 年第 11 期，《小说月报》1983 年第 12 期转载。

④ 邓刚：《渔眼》，原载《鸭绿江》1984 年第 6 期，《小说月报》1984 年第 7 期转载，《作品与争鸣》1985 年第 1 期转载。

《花花牛》① 中的农村妇女芍药、桂香、绵儿三人的丈夫均在外工作，她们在责任制后不满致富榜上没有女人的地位，也不屑光凭丈夫捎回的几个工资钱过日子；于是三人合计致富道路，再三考虑后选择了贷款买奶牛办奶牛场。三人先一起去信用社贷款，几经周折后贷到了所需的款项；然后去王庄村买下了一头刚下奶的花花牛，历尽辛苦把牛赶回了家；奶牛场生意刚有起色，准备再买两头奶牛和吸奶机子扩大生产时，便碰上奶牛不吃料，请人来看才知道虚惊一场——奶牛要配种了。钱玉亮《红草湖的秋天》② 中的小镇上的人们历来靠红草湖的草维生：用红草湖的草织帘子卖，用红草湖的草煮饭菜。刚嫁过来的新媳妇太平子因为婆婆和丈夫不愿意让她刚过门就受罪，不知道镇上规矩，仓促之间得知消息后，立即下湖割草。一天后草割完了，太平子又跟随胖嫂等偷草；第二次偷草时碰上火灾，她们又尽力灭了火。

改革开放第二个十年也有不少表现劳动生产的诗情画意的作品，代表作如红柯《美丽奴羊》③ 中的奎屯河边的屠夫具有高超的杀羊手艺：先让女人把羊赶入奎屯河洗干净，自己看着羊抽烟；抽足烟看饱羊后，屠夫走进羊群，拎起头羊一刀砍了脑袋，抓起后腿，刀尖一挑剥了羊皮，再陆续用刀把杀羊变成一种享受和艺术，看得旁人惊呆了。结果旁边的羊被吓垮了，嘴里出不了声、眼里泪汪汪，有的羊跪在屠夫面前，屠夫依然手起刀落，一阵子就干净利落地杀了十几只羊。最后一只美丽奴羊的清纯让屠夫放过了它，大家一起开心地吃羊肉。牧人在赶羊转场时走丢了一只羊，他骑上马在路上四处寻找，然而羊却自己根据羊群的踪迹赶上了羊群、归了队，牧人回到家时发现羊群一只羊也没有少，自己就像被羊放了一回。其他具有一定代表性的作品还有彭见明《不老的湖》④ 中的洞庭湖旁的老渔人在洞庭湖用自己织的麻丝织网打了几十年的鱼，锻炼出了一种特殊本

---

① 义夫：《花花牛》，原载《山西文学》1984 年第 6 期，《小说选刊》1984 年第 10 期转载，入选人民文学出版社选编的《1984 年短篇小说选》。

② 钱玉亮：《红草湖的秋天》，原载《上海文学》1987 年第 4 期，《小说月报》1987 年第 7 期转载。

③ 红柯：《美丽奴羊》，《人民文学》1997 年第 4 期。

④ 彭见明：《不老的湖》，《人民文学》1990 年第 3 期。

领：夜里每睡二十分钟左右就准时起来起网，一触及网绳就精神抖擞，一松开网绳即可呼呼入睡。老渔人几十年家里吃穿用的东西都是依靠打鱼卖的钱买回来的——甚至老婆都是一次涨洪水时老渔人打上来的，在新婚之夜老渔人还一夜起床起网几十次。即使很老了，老渔人一边带着重孙子，一边打上了一条三十多斤的大鱼。小牛《悠悠南风》① 中的船老板一年到头在弯街深巷摇来摆去、吆喝着收鸭毛、鹅毛维生，船老板的"收毛嘞……拿了来……鸭毛、鹅毛都收嘞……"的吆喝声也因此成了弯街深巷里的一道美丽的风景。随着收毛生意的利润提高，收毛的竞争也日益激烈，船老板也开始顾不上以前那种缓慢悠长的吆喝，改成"喂喂喂！哪个屋里还有鸭毛、鹅毛么……"然而由于老客户彭四婆对老式吆喝的恳求和著名歌星改编《收毛歌》的流行，摔伤腿在家休养的船老板渴望尽快康复后，再去弯街深巷摇来摆去吆喝着收鸭毛、鹅毛。朱亚宁《牛市》② 中的枯河旁的碛坝成了乡村著名的牛市，买牛的、卖牛的、看热闹的、男人、女人、小孩、老人络绎不绝、拥挤蠕动；黄牛、黑牛、花牛、水牛、母牛、公牛、牛犊各种各样，应有尽有。通过一天的牛市交易，到黄昏时，买了牛的、卖了牛的、看足热闹的最终纷纷满意归去。尚志《把式》③ 中的"女人"嫁了一个家在村里、人在城里上班的丈夫，丈夫对农活一概不懂、一概不管。到了种芝麻的时候，"女人"非常着急，问来问去也不知道具体怎么把芝麻种好。丈夫请来一个大把式，女人不放心，在大把式播种时总是满心怀疑地问来问去，大把式模棱两可地回答。五六天芝麻出苗了，跑去一看才知道大把式种得很好。殷允岭《杀牛》④ 中的黄犍牛因驭手和队长相继折磨侮辱它而在两次反抗中均抵伤了人，不明原因的十多个精壮村民在队长的号召下要杀掉它。黄犍牛先是被一个精壮汉子拉到打麦场，在打麦场等待的十多个精壮村民立即分成两拨，每一拨抓起大粗缏绳

① 小牛：《悠悠南风》，《人民文学》1990 年第 3 期。

② 朱亚宁：《牛市》，原载《十月》1990 年第 5 期，第四届（1988—1990）《十月》文学奖获奖作品。

③ 尚志：《把式》，《河北文学》1990 年第 3 期。

④ 殷允岭：《杀牛》，原载《山东文学》1991 年第 9 期，《小说月报》1992 年第 1 期转载，获《山东文学》1993 "景阳春" 杯优秀小说奖。

向黄犍牛横裹过去，将牛的四腿向内侧勒裹，使牛栽倒在地上。接着一根粗大的木棒向牛的颈上压来，棒的两端各压五六个村民，牛的前后腿分组被缚。然后屠夫持刀杀了牛，村民找来大锅，全村人合作煮肉吃肉。铁凝《大妮子和她的大披肩》① 中的农村少女大妮子依靠每天牵着一匹张北马在火车站接一天一趟的游客到仙人探花峪游玩来赚钱维生。一次她看中了一条二十五元的俄罗斯"巴鲁斯基"大披肩，与卖主谈好后就一心一意想快点赚回这些钱。当天在火车站好不容易拉上了一个北京来旅游的大胖子，一路上尽心尽力侍候好大胖子，终于赚到了买大披肩的钱。托合提·阿尤甫《猎人的记忆》② 中的"我"是老练的猎人，每到桑葚成熟的季节，"我"天尚未亮时就起床，匆忙喝过早茶，挎着弹药袋，扛上猎枪，去山里猎取黄羊。找到黄羊的足迹后，先是明察风向，然后选好地点埋伏，等到黄羊到来后及时开枪射杀。而一次冬天，"我"骑马带着金雕追杀一头被狼追赶的黄羊，不料金雕却与追杀黄羊的狼搏斗，而马赶不上，最终金雕被狡猾的狼弄死。洛捷《大独猪》③ 中的麻哈寨猎人俣黑到背阴山打猎，幸运地碰见一头大独猪与一头野母猪正在交配，这个时候开枪有可能一粒子弹打死两头野猪；但是俣黑遵循打猪不打公母相擤的古训，不忍心这个时候开枪，结果发觉了俣黑的大独猪狡猾地带着俣黑在山里转圈，最终俣黑只好放弃猎杀大独猪的计划。毓新《羊腥》④ 中的出身农村而研究生毕业后留校工作的"我"与出身城市的大学恋人红美新婚后的寒假特意去遥远的草场石砚子羊点看望曾多年供养"我"上学的哥嫂，到了石砚子羊点后"我"和红美分别陪忙个不停的嫂子护理母羊产羔，又一起陪忙个不停的哥去遥远的鬼嚎沟驮甜水，红美还硬是白天去上山放了一次羊。离开时原本感觉生活空虚无聊的红美感叹劳动生活的忙碌和艰辛但充实而快乐。关仁山《藻王》⑤ 中的雪莲湾渔村老人很早就听先人说了泥岬岛附近的海域有个红藻王，一次有个贩子来雪莲湾收购红藻时，说红藻王是无价的绝

---

① 铁凝：《大妮子和她的大披肩》，《河北文学》1992 年第 6 期。

② 托合提·阿尤甫：《猎人的记忆》，《民族文学》1994 年第 10 期。

③ 洛捷：《大独猪》，原载《边疆文学》1997 年第 4 期，《小说选刊》1997 年第 7 期转载。

④ 毓新：《羊腥》，原载《飞天》1997 年第 8 期，《小说月报》1997 年第 10 期转载。

⑤ 关仁山：《藻王》，原载《民族文学》1998 年第 5 期，《小说月报》1998 年第 7 期转载。

好的药材。渔村老人听到后,开始搓很长的绳子,在藻王潮来临时,立即出海寻找藻王。第一次碰见红藻王时,一个与老人争抢红藻王的小孩落水出险,老人放弃藻王而抢救了小孩;第二次碰见红藻王时,老人费尽心力控制了红藻王,最终想起藻王被捕捞后的海域将不再有海藻,毅然放走红藻王。刘庆邦《梅妞放羊》① 中的梅妞的爹在三月三的庙会上买回了一只肚里有羊羔的母羊让梅妞去放,许诺母羊生下的羔子长大后,卖的钱给梅妞买块花布做棉袄;于是梅妞把希望和念想都寄托在放羊上。当母羊还没生仔时,她每天太阳升起、露水晒干时去放羊,一边放羊一边割许多带回家给羊吃的草,还经常把耳朵贴在羊肚子边听羊肚子里羊羔的动静。母羊生了龙凤胎后,梅妞更加尽心尽力放羊,把两只小羊分别取名为驸马和皇姑,当作自己的孩子一样对待。

　　改革开放第三个十年同样有不少表现劳动生产的诗情画意的作品,代表作如王寿成《血蜇王》② 中的金沙湾的金满仓在休渔期的某天上午正在船上睡觉,醒来后发现海面上飘满了海蜇,他立即跑到村里叫来同伴一起开船捕捞。经过一天的辛勤劳动,捕捞了三万斤优等海蜇,再通过与贩海蜇的人相互竞价,最后满仓拍板定价为吉利的八毛八一斤,一天纯赚了几千元。卖了第一船捕捞的海蜇后,金满仓又驾船捕捞了第二船海蜇,又是八毛八一斤,又纯赚了几千元。然后满仓再次驾船捕捞了第三船海蜇……连续工作了五天,人累得东倒西歪,才回来稍微休息。然后继续去寻找海蜇王,争取更大的收获。雪漠《新疆爷》③ 中的村里新疆爷一个人依靠倒腾点东西到街上卖赚个差价过日子,赚的钱除了自己糊口外大多送给了与自己仅有一天婚姻事实而因自己被抓壮丁后另嫁他人的过着贫困日子的前妻。新疆爷自己一个人每天过着买卖完东西后回家烧火炉、洗山药、切山药、煮山药、吃山药的朴素生活,日复一日、年复一年,忘掉外界的一

---

　　① 刘庆邦:《梅妞放羊》,原载《时代文学》1998 年第 10 期,《小说选刊》1998 年第 12 期转载,入选中国新文学大系(1976—2000)。
　　② 王寿成:《血蜇王》,原载《北方文学》2000 年第 5 期,《小说月报》2000 年第 7 期转载。
　　③ 雪漠:《新疆爷》,原载《飞天》1999 年第 3 期,英国《卫报》(The Guardian) 2012 年 4 月 11 日转载。

切，惬意于自食其力、自得其乐的生产、生活。王新军《大草滩》① 中的疏勒河边的许三管不喜欢圈在方格子地里干活，在儿子出生半年后，他以老婆和儿子太瘦为理由买了五只羊放起来。于是许三管每天上午赶着羊群到大草滩上吃草、喝水，自己坐在高坡上一边照看羊群，一边晒着太阳，遐想生活的过去与未来；黄昏时再赶着吃饱喝足的羊群慢悠悠心满意足地回家。十余年后，许三管当初放养的五只羊已经繁衍成了可以卖掉后买回五台四轮车的一大群羊。聂鑫森《火烧鳊》② 中的昭陵滩每到下霜时节就有一种当地特产的鱼——火烧鳊逆水上滩，由于火烧鳊细鳞嫩肉、味极鲜美，价钱颇为可观，也因此昭陵滩曾经热闹过一阵子，有过不少的钓鱼者。然而火烧鳊已不多，且又生性顽滑，并不轻易上钩；加上当今生财之道数不胜数，真正坚持顶霜熬夜钓火烧鳊的只有宋二老倌——虽然宋二老倌的儿子与儿媳都劝他不要熬寒受冻下滩钓火烧鳊，家里不缺这点小钱，但宋二老倌已经习惯这种上饵下钓、收获虽微却心美得很的劳动生活。刘庆邦《拾麦》③ 中的村里方奶奶虽然不缺衣少食，但是一到割麦季节，还是忍不住去拾麦，拾麦行动遭到了开诊所、收破烂、卖布的儿子们的强烈反对，理由很简单，也很充分，年岁大了，就在家里歇歇，享享清福，现在不愁吃不愁穿，用不着指望拾些麦子补贴生活。麦子熟了，当村里第一家的院门打开，第一个割麦的人从院子里走出来，方奶奶就睡不着了，一大早又悄悄下地拾麦。陈锟《黑礁湾》④ 中的海岛上的孤儿水手信根渴望不再做别人的长工，渴望有自己的船，渴望去传说盛产珍贵的石斑鱼的凶险的黑礁湾捕鱼致富；于是耗尽预备造楼房和娶老婆的财力打造了一条好船。船造好后，信根先驾船去黑礁湾的外围捕了一次鱼，轻轻松松捕到了八条石斑鱼，使信根信心大增。第二次信根急不可耐的在望月之夜、大潮汹涌的时候冒着生命危险闯荡黑礁湾，结果发现黑礁湾里面根本没有石斑

---

① 王新军：《大草滩》，原载《小说界》2000 年第 2 期，《小说月报》2000 年第 6 期转载，《小说选刊》2000 年第 6 期转载，获首届（2000—2003）"甘肃黄河文学奖"。

② 聂鑫森：《火烧鳊》，原载《钟山》2000 年第 3 期，《小说月报》2000 年第 7 期转载。

③ 刘庆邦：《拾麦》，原载《红岩》2001 年第 6 期，《小说精选》2001 年第 11 期转载。

④ 陈锟：《黑礁湾》，原载《作品》2002 年第 1 期，入选洪治纲编选的《2002 年中国短篇小说年选》。

鱼，失望而归。石舒清《正晌午》①中的农村妇女祖布黛的男人阿旦到外面混钱去了，祖布黛独自一人把地里的扁豆等庄稼收割后，一笼一笼背回院子里；然后独自一人坐在院子里捶扁豆：坐着捶，跪着捶，倒来换去，终于把刚铺下时肥厚如皮袄的扁豆捶得如夹衣一样薄。祖布黛独自一人就这样把满院子的扁豆逐渐捶完。陈继明《蹄》②中的农民龙助在父亲去世即将百日时，给家里的驴子片蹄子，龙助先是从院子里找到镰刀和磨刀石，磨好镰刀后牵来驴子，把驴蹄子搁在粗棍上，用尖刀挖去驴蹄子缝隙里的硬土，然后双手从两端捉住镰刀，一层一层片驴子的角质，如此逐一将四个驴蹄子片好，让老婆套上驴车去卖洋芋籽。刘庆邦《大雁》③中的农民李明坤练就了一手撒网的绝技，每年用撒网的绝技捕捞了不少鱼和获得村民不少的羡慕；但是不满足的李明坤想用撒网的绝技捕住天上飞的大雁。第一次撒网捕正在一块老坟地休息的大雁时，大雁岗哨的惊叫使网从他手中脱落了；第二次撒网捕正在河堤休息的大雁时，被大雁岗哨发现后，撒出的网一无所获；第三次撒网捕正在一块老坟地休息的大雁时，网被老坟地的树棵子绷住了……第六次撒网时终于网住了被冰雪冻住了的大雁。阎连科《奴儿》④中的农村少女奴儿的远房舅舅家是靠养小牛长大后卖大牛把日子过得殷实起来的，奴儿则靠冬天里每天割两大篮子草卖给舅舅家养牛来帮衬家里。奴儿割了一段时间的草后，逐渐和舅舅家养的牛金黄相互产生了感情，奴儿想通过自己努力割草卖钱买下金黄，因此每次割草劳动时充满憧憬，经常特意割许多金黄爱吃的干菊棵。鲍十《春秋引》⑤中的青年农民二根清早起来后，吃了早饭便走上田地，独自一人挖了一上午的土。中午二根回家吃了饭，然后二根和媳妇翠兰一齐到田地里，用镰刀收割玉米；夫妻齐心协力干了一阵子后累了，于是一起吃了一顿加餐，

---

　　①　石舒清：《正晌午》，原载《时代文学》2002 年第 4 期，入选何向阳选编《21 世纪中国文学大系 2002 短篇小说》。

　　②　陈继明：《蹄》，原载《朔方》2002 年第 5—6 期，入选何向阳编选的《21 世纪中国文学大系 2002 年短篇小说》。

　　③　刘庆邦：《大雁》，原载《安徽文学》2002 年第 6 期，《小说月报》2002 年第 8 期转载。

　　④　阎连科：《奴儿》，原载《郑州晚报》2004 年 3 月 8 日，《小说月报》2004 年第 6 期转载。

　　⑤　鲍十：《春秋引》，原载《绿洲》2006 年第 6 期，《小说月报》2007 年第 2 期转载，入选中国作家协会创研部选编的《2007 年中国短篇小说精选》。

吃完后夫妻再次齐心协力干到太阳下山，方收拾东西回家。曹多勇《种上那块河滩地》① 中的大河湾村的政德老汉一辈子种地忙碌惯了，老了后家里生活条件虽然很好了，政德老汉依然不愿抛荒任何一块自家的田地，每年不辞辛苦走两里路去种自家河滩上的地。夏天里先是一个上午犁地，然后一个下午耙地，接着撒黄豆种；到第八天早上去锄地。过了一段时间，河滩上的黄豆地被淹了，政德老汉又重新犁地、耙地、撒绿豆种。又过了一段时间，河滩上的绿豆地被淹了，政德老汉又重新犁地、耙地、种麦子。

小　结

改革开放第一个十年因为阶级斗争为纲的废除、政社合一的人民公社的解体、农村新经济政策实施后亿万农民通过全家人一起勤俭劳动解决了温饱问题等巨大变化，加上国家对社会主义市场经济的引领以及建立世俗幸福生活社会目标的确立（到 2000 年小康生活的许诺），使社会大众从思想观念到生活实践全面回归日常生活。于是一方面农村的传统习俗在吃饱喝足后有不少空闲时间的农民的主动追求下得以大量复现，使农村的传统文化大规模复原②；另一方面劳动生产继续得到大力颂扬，国家和民间均利用道德与政治将劳动生产（主要是体力劳动）成功塑造成为一种新的社会价值和社会风尚③——相关调查显示，刚实行了家庭联产承包责任制的农民在回答"提高生产和生活水平靠什么"时，62.2% 的农民选择"依靠自己的辛勤劳动"；在回答"愿意干哪种活儿"时，85.2% 的农民选择"愿意干自己动脑子才能干好的活儿"；在回答"你是否愿意通过自己的艰苦劳动成为'冒尖户'"时，82.2% 的农民选择"愿意"。1987 年的调查资料显示，对"你认为要富裕起来，主要靠什么"，70.3% 农民选择"靠

---

① 曹多勇：《种上那块河滩地》，原载《山花》2008 年第 6 期，《小说月报》2008 年第 7 期转载。

② 详情参看陶格斯《多重力量作用下的乡村日常生活》（博士学位论文，中央民族大学，2010 年，第 71—72 页）；于影丽《社会转型期乡村文化传承与发展研究》（博士学位论文，西北师范大学，2009 年，第 35—66 页）；谭同学《桥村有道——转型乡村的道德权力与社会结构》（生活·读书·新知三联书店 2010 年版，第 368—378 页）等。

③ 详情参看白南风《农民进取性考察》，中国农村发展问题研究组《农村·经济·社会》（第 2 卷），知识出版社 1985 年版，第 216—217 页。

自己的本领"；对"你是否愿意通过自己的艰苦劳动挣更多钱"，70.0%的农民选择"愿意"。[①] 加上这一时期的文化思潮与寻根文学、社会主义文学对劳动的褒扬传统[②]，最终导致民俗节庆的赞歌和劳动生产的赞歌的大规模出现，且影响不少。

改革开放第二个十年传统民俗节庆的复兴因为农村经济发展的不景气、大量农民工的离乡进城而一定程度上降温——虽然多了"文化搭台、经济唱戏"发展模式的流行，使得民俗节庆的赞歌在农村现实题材小说中依然有一定比例，但少了改革开放第一个十年中农村农民发自心底的大力支持，民俗节庆的赞歌没了改革开放第一个十年的"精""气""神"。改革开放第二个十年劳动者的尊严和劳动生产的积极性因为农产品与工业用品的剪刀差继续扩大、农民的勤劳而不富裕和社会上大量不劳而获现象等，受到严重挫伤；从而导致劳动生产的赞歌的数量与影响均一定程度上减少。

改革开放第三个十年农村的传统民俗节庆再次升温——整个国家与社会对农村的重视、农家乐旅游经济的迅猛发展与各级政府对农村非物质文化遗产的重视[③]，经济上脱贫致富后的农民对精神文化的追求[④]；加上全球化席卷世界导致的"文化上越是民族性的越是世界性的"观念的流行，消费社会的民俗节庆消费奇观[⑤]等，因而民俗节庆的赞歌类型的数量和影响有较大幅度的扩大。改革开放第三个十年劳动生产的积极性因为农民在小型机械化的帮助下农活日益轻松、农业税费的免除、农产品的

---

① 详情参看中共中央政策研究室、农业部农村固定观察点办公室《全国农村社会经济典型调查数据汇编 1986—1990》，中共中央党校出版社 1992 年版，第 348—350 页。

② 关于社会主义文学对劳动的褒扬，详情参看蔡翔《革命/叙述　中国社会主义文学—文化想象（1949—1966）》（北京大学出版社 2010 年版，第 222—272 页）。

③ 21 世纪的我国各级政府对非物质文化遗产日益重视，制定了相关法规、建立了相关保护研究基地等，详情参看中国文化部与中国艺术研究院的相关报道。民俗节庆的详情可参看陈瑜《非物质文化遗产保护中的民俗节庆专栏》（《艺术评论》2013 年第 3 期）。

④ 详情参看陶格斯《多重力量作用下的乡村日常生活》（博士学位论文，中央民族大学，2010 年，第 71—72 页）；于影丽《社会转型期乡村文化传承与发展研究》（博士学位论文，西北师范大学，2009 年，第 35—66 页）等。

⑤ 详情参看谢雪娇、马志华《少数民族民俗节庆旅游管理初探——以理塘县"八一国际赛马节"为例》（《法制与社会》2008 年第 8 期）；胡海胜《民俗节庆遗产与旅游经济的融合发展模式研究——以三清山板灯节为例》（《江西财经大学学报》2011 年第 5 期）等。

提价和农业补贴的大面积推广等，有一定程度的提高；加上伴随左翼思潮兴起的底层文学对底层劳动人民的赞颂、社会主义新农村建设主旋律的提倡，从而劳动生产的赞歌类型的数量与影响亦有一定幅度的扩大。

总　结

　　人类自从生命的诞生并有意识地创造自己的生活，就开始展开对现实生活的理想预设，中国比较著名的有数千年前《诗经》中的"乐土"，一千多年前陶渊明的"桃花源"，一百多年前康有为的"大同世界"等；外国比较著名的有数千年前柏拉图的"理想国"，几百年前的"乌托邦"等。农村现实题材小说历来有桃源叙事的传统：鲁迅《社戏》、废名《竹林的故事》、沈从文《边城》、孙犁《铁木前传》、李准《李双双小传》、王汶石《新结识的伙伴》等。

　　改革开放第一个十年因为阶级斗争为纲的废除、政社合一的人民公社的解体和农村新经济政策实施，导致农民的收入增速较快①、税费负担相对较轻②、亿万农民欢天喜地③；在广大农村的大好形势的鼓舞之下，加上大批刚刚获得创作自由的作家压抑了许久的创作激情的爆发，几乎所有的作家均情不自禁创作了桃源类型作品，且作品的影响也比较大。这一时期创作桃源类型作品数量较多、影响较大的作家有贾平凹、铁凝、何士光、

---

　　① 1978—1988 年农村居民人均纯收入由 133.6 元增加到 545 元，增长 3.1 倍，扣除物价影响年增长率仍高达 11.8%。仅 1978—1984 年期间农村贫困人口减少了 2/3，以年平均 16.4% 的速度递减。详情参看 1985—1989 年中国农村统计年鉴，亦可参看国风《农村税赋和农民负担》（经济日报出版社 2003 年版，第 5 页）和巴志鹏《土地家庭承包制下的农民负担问题研究》（博士学位论文，中共中央党校，2005 年，第 67 页）。

　　② 1983—1988 年农民的负担年增长率为 9.7%，低于扣除物价影响后的人均纯收入年增长率 11.8%。详情参看 1985—1989 年中国农村统计年鉴，亦可参看国风《农村税赋和农民负担》（经济日报出版社 2003 年版，第 5 页）。

　　③ 1987 年的相关调查显示，农民对十一届三中全会以来的变化感到很满意和满意的分别达到 32.2%、55.1%，感到不满意和很不满意的分别只有 0.7%、0.2%。详情参看中共中央政策研究室、农业部农村固定观察点办公室《全国农村社会经济典型调查数据汇编 1986—1990》，中共中央党校出版社 1992 年版，第 324 页。

张炜、刘绍棠、王润滋、彭见明、田雁宁、石定和乌热尔图等。

改革开放第二个十年因为农民收入增长缓慢而税费负担日益加重①,农村青壮年人口开始大量外流,农村社会逐渐灰色化,改革开放政策上的某些负面效应开始显现,贾平凹、张炜、何士光、王润滋、彭见明、田雁宁、石定和乌热尔图等均停止了桃源类型作品的创作;但是因为大量新作家的加入与社会主义主旋律的提倡,桃源类型作品的数量和影响虽有一定的减少,但绝对数量依然不少;这一时期创作桃源类型作品数量较多、影响较大的作家有铁凝、迟子建、刘庆邦等。

改革开放第三个十年因为"三农"问题得到整个社会的重视,社会主义新农村建设成为党和政府工作的重中之重:农业税的免除、全国农村义务教育的免费、农村医疗保险的推广、乡村民主与法制的大力推行……多种利好消息,加上大量新作家的加入、社会主义新农村建设主旋律的提倡,于是桃源类型作品的创作再一次达到高潮;这一时期创作桃源类型作品数量较多、影响较大的作家有迟子建、刘庆邦、石舒清、漠月、郭文斌、葛水平、鲁敏等。

从总体上看,改革开放三十年农村现实题材小说中的桃源类型作品大多带有诗意和浪漫的特色,不少具有诗化小说和文化小说的特点,不过也有一些农村政策的附和物,有时未免肤浅轻率;但是总体上给人积极生活的希望和努力上进的动力——"从传统的民间乡土大地汲取养料,发掘乡土文明中被政治意识所掩盖的本真的生活,他们以自然文化为基础,以庸常的日常生活为内容,以传统文化延续下来的道德理想为原则,勾画了建立在乡土大地上的理想家园。"② 其中的优秀作品更是结合了中国农村与农民的特色,反映了人类共同的对真、善、美的追求。

---

① 1988—1992 年,全国农民人均纯收入按当年价计算年均增长 9.5% (扣除物价影响,实际年增长率低于 2%),而同期人均负担(仅农业税、"三提五统"费)却增长了 16.7%,负担增长率高于纯收入增长率 7.2%。1994—1997 年农民直接上缴国家有关部门的负担年均数是 1990—1993 年年均数的 9 倍。农民直接负担的行政性收费、罚款、集资摊派等社会性负担,1994—1997年的平均数是 1993 年的两倍以上,尤其是农民的集资摊派负担达 3.38 倍,这些都高于农民人均纯收入的增长倍数。详情参看巴志鹏《土地家庭承包制下的农民负担问题研究》,博士学位论文,中共中央党校,2005 年,第 51—60 页。

② 李雁:《新时期文学中的乌托邦精神研究》,博士学位论文,山东师范大学,2011 年,第66—67 页。

中　篇

————————

田园:苦难与
幸福交织的现实

我国农村总体特点是人口数量巨大——改革开放启动之时的1978年农村人口有7.9014亿，改革开放三十周年的2008年农村人口还有7.2135亿；[①] 人多地少——改革开放启动之时的1978年农村人均耕地2.01亩。[②] 改革开放三十周年的2008年农村人均耕地仅2.05亩[③]；农村人口整体素质不高——改革开放前期的1984年全国农村劳动力的文化程度抽样调查显示高中及其以上的比例是8.87%，[④] 改革开放三十周年的2008年全国农村劳动力的文化程度抽样调查显示高中及其以上的比例是15.74%[⑤]；农村的现代化程度不高——改革开放初期1980年农村从事第一产业农业的人数有2.9122亿、占农村劳动力的91.5%，改革开放三十周年的2008年农村从事第一产业农业的人数还有3.0654亿、占农村劳动力的64.8%[⑥]；农村温饱有余，小康不足——恩格尔系数在改革开放初期的1983年达到低于60%的脱贫，直到2000年才达到低于50%的小康，至今一直在小康上徘徊[⑦]……因此我国农村的改革开放的进程必然不是一条坦途，而是虽然充满希望却十分艰辛的道路；对此很多作家创作了很多作品来反映我国农民在改革开放三十年中的探索与失败、憧憬与失望、彷徨与迷茫。

---

　　① 国家统计局国民经济综合统计司编：《新中国六十年统计资料汇编》，中国统计出版社2010年版，第6页。

　　② 根据国家统计局国民经济综合统计司编：《新中国六十年统计资料汇编》（中国统计出版社2010年版）记载的数据，1978年农村人口为7.9014亿，耕地面积为14.90835亿亩（99389千公顷）。

　　③ 根据国家统计局国民经济综合统计司编：《新中国六十年统计资料汇编》（中国统计出版社2010年版）记载的数据，2008年农村人口为7.2135亿，耕地面积为18.2574亿亩（121715.9千公顷）。

　　④ 国家统计局农业统计司编：《中国农村统计年鉴1985年》，中国统计出版社1985年版，第232页。

　　⑤ 国家统计局农业统计司编：《中国农村统计年鉴2009年》，中国统计出版社2009年版，第27页。

　　⑥ 同上书，第25页。

　　⑦ 国家统计局国民经济综合统计司编：《新中国六十年统计资料汇编》，中国统计出版社2010年版，第25页。

第一章　农民的落后与觉醒

改革开放以来，随着人民公社制度的废除、传统的自然经济逐渐解体，农民文化生活日益丰富；农民的思想观念和行为方式也逐渐发生了深刻的变化。但就整体而言，我国现阶段的农民，既不完全是传统意义上的"旧式农民"，也不完全是适应社会主义市场经济发展要求的"现代农民"，而是正处于由传统向现代演变过程中的"边际农民"。这种"边际农民"主要表现为社会转型时期传统人格与现代人格的并立与抗衡：一方面，由于中国几千年的自给自足的自然经济演进中逐步凝结和积淀而成的众多传统人格特质，至今在农民的思想和行为中依旧存留，并发生影响；另一方面，在社会主义市场经济中主动或被动搏击的农民，他们的思想观念及行为方式在经过剧烈的震荡后，已初步具备了现代市场经济发展所要求的一系列新观念。

第一节　农民的落后

新中国成立后推行的系列运动和计划经济模式虽然强力摧毁了传统人格特质的外化形式，但在一定程度上却强化了这种内在特质。改革开放后中国农民的传统人格特质的外化形式和内在特质某种程度上均得到增强，具体表现为：自给性的农产品生产观念；重农轻商的劳动观念；依恋土地、安土重迁的土地情结和乡土观念；小富即安、谨小慎微的致富意识；轻视知识、排斥科技的经验主义；重男轻女、多子多福的生育观；迷信方术和崇拜鬼神的宗教观等。

改革开放第一个十年有不少表现农民的落后的作品，代表作如映泉

《桃花湾的娘儿们》① 中的桃花湾的男人们第一大嗜好是酒。无论多穷的
家，那黑房里至少有一个常年不空的酒坛子；一个萝卜可以下二两酒，这
是他们的好本领。第二大嗜好是女人。桃花湾的男人们不希望自己老婆能
干，只让她们在家养得白白净净，伺候丈夫吃、喝、玩，还经常虐待女
人，生怕女人能干后看不起自己，不服自己管教而生异心。桃花湾的女人
们则自己不知道自己的价值，不仅把家里的不像样的、没出息的男人看得
比山还重，心甘情愿被丈夫虐待；还经常为别的男人相互间争风吃醋、男
女关系混乱。同时桃花湾有不少姑娘被人贩子卖出去，被卖的姑娘及其家
人以此为荣，其他姑娘亦羡慕不已。于是资源丰富的桃花湾年复一年地贫
困着。其他具有一定代表性的作品还有高晓声《陈奂生上城》② 中的陈家
村陈奂生一次到城里卖油绳时突然病倒在地，被县委书记吴楚发现后，送
到招待所。陈奂生醒来后，发现招待所的东西都很高档，生怕弄脏弄坏，
小心翼翼。去服务台交钱时，得知睡了一个晚上要花七八天的工钱——五
元钱，陈奂生心态不平衡了，回到招待所肆意折腾。回到家又以住了县委
书记送去的高级招待所炫耀于众人。赵本夫《卖驴》③ 中的老黄河沿上的
孙三老汉改革开放后借钱买来大青驴，依靠常年给收购站当脚力赚了一笔
钱，加上生产队实行责任制使分配好转，两下一凑合使家里光景大变；然
而孙三老汉常常怀疑政策会变，不敢断定挣来的血汗钱带来的是福还是
祸。一次孙三老汉赶车回家时睡着了，发情的大青驴跟随一头母驴将孙三
老汉拉到火葬场，孙三老汉惶恐不安，加上听说政策要变，孙三老汉立即
将跑脚力的毛驴拉到集市上出售。路遥《人生》④ 中的高家庄农民羡慕吃

---

① 映泉：《桃花湾的娘儿们》，原载《小说》1985 年第 1、3 期，《中篇小说选刊》1985 年
第 3、6 期转载，获《中篇小说选刊》1985 年度优秀中篇小说奖。

② 高晓声：《陈奂生上城》，原载《人民文学》1980 年第 2 期，《小说月报》1980 年第 6 期
转载，《新华文摘》1980 年第 5 期转载，获 1980 年全国优秀短篇小说奖，入选中国新文学大系
（1976—2000）。

③ 赵本夫：《卖驴》，原载《钟山》1981 年第 2 期，《小说选刊》1981 年第 7 期转载，入选
人民文学出版社编选的《1981 年短篇小说选》，获 1981 年全国优秀短篇小说奖。

④ 路遥：《人生》，原载《收获》1982 年第 3 期，《作品与争鸣》1983 年第 1—2 期，《中篇
小说选刊》1982 年第 5 期，《新华文摘》1982 年第 9 期转载，获第二届（1981—1982）全国优秀
中篇小说奖。

国家粮的人自由恋爱，看到本村刘巧珍和高加林自由恋爱却一致嘲笑和讥讽。刘巧珍刷牙在村里居然引起看怪物似的围观——"刷牙是干部和读书人的派势，土包子老百姓谁还讲究这？"高加林用漂白粉给公用的水井消毒杀菌也引起轩然大波，被村人骂得狗血淋头；大队支书高明楼带头喝了漂白粉的水，并夸奖高加林干了件好事，村民立即不吭声了。耿志勇《主人》① 中的王三辈的小儿和团支书丫丫自由恋爱，王三辈看不惯；结婚时小儿和丫丫举办不放鞭炮、不请客、也不办家什的新式婚礼，王三辈看不惯；婚后丫丫采用科学养猪、规划家庭副业，王三辈看不惯；丫丫和小儿计划买打草绳的机子打草绳卖钱、绣花织帘子卖钱、新法种西瓜并套种玉米棒卖钱，王三辈看不惯；丫丫不想生孩子，和小儿商量收养其暴病身亡的三姐计划外生的孩子，王三辈看不惯；最后王三辈和丫丫闹翻了，丫丫走了。蔡测海《远处的伐木声》② 中的古木河的老桂木匠靠着祖传的手艺，用着祖传的工具，带着徒弟做木匠活维生。机灵的徒弟水生因为用了能拉长又能缩进去的"蜗牛尺"而被赶走；老实的徒弟桥桥因为严格听从师傅教诲而被选为老桂木匠的接班人和未来的女婿。然而女儿阳春难以忍受这种呆板而最终离开了老桂木匠和桥桥。权文学《在九曲十八弯的山凹里》③ 中的偏僻的喜鹊崖的村民们蜗居在僻远而古老的小天小地里日出而作、日落而息。一次狗侵按照村里常规撕了在省城工作的猴二子媳妇写给回家探亲的丈夫的私人信，念给大家听时被紧急赶回的猴二子媳妇撞见，猴二子媳妇责备狗侵犯了法，狗侵还嬉皮笑脸；猴二子媳妇找到队长，队长也不当一回事；猴二子媳妇一怒之下找下乡干部告了狗侵，狗侵依然迷糊，村民们认为猴二子媳妇小题大做，也十分不满，下乡干部的庭审成了笑话。最终狗侵因为私拆信件而受到处罚，村民们认为是狗侵没做好梦。周克芹《果园的主人》④ 中的

---

① 耿志勇:《主人》，原载《鹿鸣》1982 年第 5 期，《小说月报》1982 年第 7 期转载。

② 蔡测海:《远处的伐木声》，原载《民族文学》1982 年第 10 期，《小说选刊》1983 年第 2 期转载，《新华文摘》1983 年第 5 期转载，获 1982 年全国优秀短篇小说奖。

③ 权文学:《在九曲十八弯的山凹里》，原载《山西文学》1983 年第 9 期，《小说选刊》1983 年第 11 期转载，入选人民文学出版社编选的《1983 年短篇小说选》，获 1983 年度《山西文学》优秀小说奖。

④ 周克芹:《果园的主人》，原载《青年文学》1984 年第 11 期，《小说选刊》1985 年第 2 期转载。

尤家山的江路生是"庄稼人当中最为实际、也最为机灵的一类人",深受党的新时期农村经济政策之惠,兴办了豆腐房、粉房和养猪等事业,据此,他成了尤家山的"万元户",在公社里是个"先进生产力的代表"。但他承包尤家山那片"就像害着疥病的女子"似的衰败果园后,却因思想保守不同意果园间种豌豆和胡豆,不同意贷款建抽水站……结果天旱等灾害大大影响果园果子的产量和质量,损失惨重。李贯通《洞天》① 中的微山湖畔的琵琶镇来了山西熬鱼的师傅石龙及其几个徒弟,他们大批量买鲜鱼来熬晒干鱼。琵琶镇人先是看笑话,发现石龙及其几个徒弟真的熬晒成了干鱼后,又各动心机想独自得到熬晒干鱼的技巧——虽然石龙早就宣告走时会公布给大家。结果自认为精明的独自得到熬晒干鱼技巧的人纷纷上了当,损失了大量鱼;而熬晒干鱼的技巧被石龙请人张贴了十几份在镇上令人注目的地方。宋清海《镶神小传》② 中的榆树屯梁仓满老头在家庭联产承包责任制实行后、粮食取得大丰收的情况下依然常吃榆树叶、菠菜根和野菜等度日;依照每年正月十五夜里灯花的情况决定庄稼的播种和预测收成;无论如何都不肯把老房子倒出来让大儿子万斗养蘑菇;每逢集市,仓满老头都要去小饭馆帮忙,以便吃一顿别人吃过的残汤剩饭;儿子万斗把责任田让给了李世福,租用李家的房子养蘑菇,仓满老头把儿子叫到家里来,一拳把他打倒,接着拦阻李世福的运肥车,责任田出让被迫停止。林和平《腊月》③ 中的村子里的赫老倔坚信够吃够喝就行了,儿子自由恋爱要入赘关老轴家,父子决裂。关老轴的母亲不愿打针吃药,坚持跳大神,结果昏死了。二秀允许丈夫成良在外乱跑、勾搭别的女人,却不准成良办养猪场。关老轴办汽酒厂合理合法发了财,全村人却大多诅咒关老轴。关老轴的母亲昏死后醒来,村人却以为是诈尸,用猪血辟邪,用木头锅盖等

---

① 李贯通:《洞天》,原载《山东文学》1986 年第 4 期,《作品与争鸣》1986 年第 6 期转载,《小说选刊》1986 年第 5 期转载,《小说月报》1986 年第 5 期转载,入选《山东新文学大系》第八届 (1985—1986) 全国优秀短篇小说奖。

② 宋清海:《镶神小传》,原载《小说家》1986 年第 4 期,获第四届 (1985—1986) 全国优秀中篇小说奖。

③ 林和平:《腊月》,原载《鸭绿江》1986 年第 12 期,《小说选刊》1987 年第 3 期转载,获《小说选刊》1987 年"黎明铝窗杯"优秀短篇小说奖。

压死了她。乔典运《冷惊》① 中的农民王老五一辈子样样不如人，但是破天荒地种出了人人夸的好韭菜，他自己六十岁生日时，媳妇五婆要割一点包饺子，他"红着脸说：'咱吃了算啥话？……叫人家有钱人吃了才是正吃'"。后来有人偷割了王老五视之如"仙物"的韭菜，王老五在"气得浑身发抖"的情况下，在村民的"启发""诱导"下破口大骂。可是当得知是支书老婆割了他的韭菜时，竟然害怕得生病了。最后还是媳妇五婆苦苦哀求支书去炮治炮治他，才总算了了王老五的心病。

改革开放第二个十年也有不少表现农民的落后的作品，代表作如周克芹《秋之惑》② 中的尤家山果园泥土少，石头多，少水缺肥，加上技术管理不到位，凋萎得不成样子。在"大队的干部们则像对待瘟神一样，一想到那片果园就皱眉头。实行生产责任制以来好久了，谁也不愿承包它，仿佛那是一张不吉利的帖子，谁拣着谁背时"的情况下，万元户江路生一家承包了下来。江路生全家三年里在果园的每一寸土地上都洒下了汗水，高薪请来技术员、投入巨大资金改造；可是在第三年满园挂果即将丰收时却只收到了苦涩的泪水：一群眼红江家又将有可观收入的村民，以果树是集体财产，人人有份的名义，把果园洗劫一空，江路生全家几年的希望和辛劳都付诸东流。哄抢后村民借口合同期到，果树被村民们按户瓜分了。一方面村民不事管理，坐等收成，按户瓜分的果树一颗颗蔫萎；另一方面村民哄抢江路生一家的果园没有得到正当依法的处理，没人再敢承包果园；一座由于家庭承包、科学管理而救活的生机勃勃的果园，又在尤家山败落了。其他具有一定代表性的作品还有张冀雪《牧羊人全根老爹和他的宝贝儿子》③ 中的牧羊人全根老爹在改革开放后，通过放牧一群羊，过上了不缺吃也不缺穿的日子，全根老爹觉得这就是世界上最好的日子了。面对没

---

① 乔典运：《冷惊》，原载《奔流》1987 年第 7 期，《小说选刊》1987 年第 9 期转载，《新华文摘》1987 年第 11 期转载。

② 周克芹：《秋之惑》，原载《小说》1989 年第 1 期，《中篇小说选刊》1989 年第 2 期转载，《小说选刊》1989 年第 2 期转载，入选人民文学出版社编选的《1989 年中篇小说选》，获《中篇小说选刊》1988—1989 年优秀中篇小说奖。

③ 张冀雪：《牧羊人全根老爹和他的宝贝儿子》，原载《朔方》1989 年第 2 期，《小说选刊》1989 年第 3 期转载。

考上大学却脾气越来越火爆的儿子老疙瘩，全根老爹认为儿子是念书念坏了；儿子老疙瘩在老师的帮助下在一个学校谋到了一份临时工作，全根老爹觉得父子见面不便了；儿子老疙瘩想入股铁匠铺，全根老爹害怕有风险而不同意。李一清《山杠爷》① 中的堆堆坪老村长山杠爷不懂法律、工作方式粗暴：强拆私人信件，非法关押村民，当众毒打与自己意见不合的人……堆堆坪村民们的人身权利长期得不到保护，他们毫无通过法律手段来保护自我权利和人身权利的意识，反而对山杠爷感恩涕零。结果导致泼辣的不孝顺公婆的强英被山杠爷游街后自杀，山杠爷违法而被抓。卢万成《内当家之死》② 中的内当家李秋兰到了九十年代依然惦记着往日地主刘金贵压迫她的仇，惦记着把刘金贵的地主宅院给她住的是共产党、毛主席的大恩大德；而改革开放政策的进一步深入、台胞刘金贵返乡大投资回报父老乡亲却让她十分迷惑。县委县政府根据招商引资的安排，请李秋兰将宅院让出来还给刘金贵，李秋兰坚决不同意，最后在迷茫、抑郁、气愤中病死。谭文峰《扶贫纪事》③ 中的柳坪村来了三个扶贫干部，领头的张主任整天煎药、吃偏饭、啥事也不干；李主任整天唱戏瞎乐呵，指使村民送礼后，拉来五千元扶贫款建了个水塔，被评上先进工作者；小林主任经过实地调查研究，带领村民种烤烟，先是从老同学处千恳万求得来品种烟的优种，村民毫不珍惜，导致出苗率很低。接着又从老同学处搞来优种烟苗，村民在田间管理、烘烤上还是不上心，导致烟叶定为废品级而大亏损，村民却将责任归罪于小林和技术员。何申《男户长》④ 中的小水泉村村民为了生个儿子，想方设法逃避计划生育，有以权压人、以情动人和死缠烂打等各种情况。一条小青蛇冻死了，村民硬说是青蛇娘娘显圣，用石头为其建了一座小庙，不少老娘们来烧香，小白鞋等年轻媳妇还来上贡品求子。

---

① 李一清：《山杠爷》，《红岩》1991 年第 3 期。

② 卢万成：《内当家之死》，原载《时代文学》1991 年第 6 期，《新华文摘》1991 年第 12 期转载，《作品与争鸣》1992 年第 6 期转载，《新华文摘》1991 年第 12 期转载，获《时代文学》优秀作品奖。

③ 谭文峰：《扶贫纪事》，原载《山西文学》1991 年第 9 期，《小说月报》1991 年第 12 期转载，获第五届《小说月报》百花奖。类似的作品还有韦晓光《摘贫帽》（原载《上海文学》1996 年第 8 期，《中篇小说选刊》1996 年第 5 期转载）等。

④ 何申：《男户长》，《北京文学》1992 年第 9 期，获京郊旅游杯小说大奖赛奖。

孩子还不到年龄就结婚,乡村干部怎么也劝服不了,街上算命的黄半仙一句"属性只宜秋",问题就解决了。陈道龙《颈圈》①中的土桥村的二贵在镇上开了个烧饼店,由于烧饼做得很好,生意很旺;然而镇上有点地位权势的人每天拿了烧饼却从来不付钱。一次工商所曹副所长的小儿子又来拿烧饼,二贵气不过,故意说镇西头的常有人烧香的公孙树倒了,不戴银颈圈的小孩要遭殃。过了几天,镇上的小孩大都戴上了银颈圈以求辟邪;又过了几天,全镇的男女老少都戴上了银颈圈以求辟邪——连二贵一家也不例外。刘醒龙《合同警察》②中的金庙村传说有一条龙脉,谁家的宅基地或祖坟建在龙脉上,则要出贵人。修水库时搬迁到金庙的李成贵一家的大儿子考上了合同警察,二儿子考上了武汉大学,于是金庙村人借口修路,想方设法要让李成贵一家搬迁。李小芳嫁到外村,其老公无耻堕落,李小芳被迫自卫而伤了老公的生殖器后离婚,却遭到家人、村人和乡人的一致鄙视。关仁山《大雪无乡》③中的福镇农民、村委会在研究重大事情作出重大决策之前,先要找算命的三姑去测算,然后再开会作出决定;三姑的香火不仅胜过医院和药店,其权威甚至胜过村委会。不仅农民、村干部如此,就连管着全乡经济命脉并有农民企业家头衔的潘老五,对厂址的选择,停产的企业是否转产或继续停产这样重大的事情,也都去偷偷地请教三姑。关仁山《九月还乡》④中的杨贵庄种田大户杨双根家里雇了三个城里的下岗工人来帮忙种田,父亲杨大疙瘩长了一个肉瘤子,却舍不得花钱到医院割掉;母亲在收获季节里舍不得多花钱请人干活而累得吐血。棉花丰收后,杨大疙瘩见本乡收购站收购棉花故意压级压价,跑到外乡卖棉又被堵截,备受欺负后,用火点起自己的棉车抱头痛哭。杨双根不懂法律,私自拆了废弃的铁桥卖钱开荒而被逮捕。星竹《杀富济贫》⑤中的大

　　① 陈道龙:《颈圈》,原载《雨花》1992年第3期,《小说月报》1992年第8期转载。
　　② 刘醒龙:《合同警察》,原载《中国作家》1993年第3期,《中华文学选刊》1993年第3期转载。
　　③ 关仁山:《大雪无乡》,原载《中国作家》1996年第2期,《小说选刊》1996年第4期转载。
　　④ 关仁山:《九月还乡》,原载《十月》1996年第3期,《小说选刊》1996年第10期转载,《新华文摘》1996年第6期转载,获第六届(1995—1999)十月文学奖。
　　⑤ 星竹:《杀富济贫》,原载《青年文学》1997年第4期,《作品与争鸣》1997年第10期转载,《新华文摘》1997年第6期转载。

营村在村长李大明的带领下，走农业为辅、工业为主的发展之路而脱贫致富，并时时接济帮助附近四个尚未脱贫致富的村庄。然而附近四个没有脱贫致富的村庄却不思进取、一心一意等待大营村的接济帮助，一旦大营村没有答应他们提出的要求就直接劫持大营村运出的物资，甚至围困大营村，无奈的大营村村长李大明只好请人绑架自己，以求去财消灾。

改革开放第三个十年同样有不少表现农民的落后的作品，代表作如雪漠《大漠祭》① 中的腾格里大沙漠旁的神婆几乎是村里所有同辈人的"亲家"，因为谁家孩子都免不了害病，害了病都免不了叫神婆"保"；北乡好几个村的井打到半截塌了却归罪于是女人们上了井的缘故；村民们只把儿子当家族香火继承人，虐待女儿、将媳妇当生育工具，不顾计划生育、为了生下一个儿子不惜倾家荡产；灵官妈讲究说吉利话、相信神婆说的一套，儿子后来得了肝癌而她却认为是儿子儿媳属相不合、是儿媳结婚那天来了红；老顺把一切都归结为"命"，默认各种不合理甚至极为残酷的生存秩序"赐予"他的一切苦难，通过问卜攘灾、讲迷信来重新树立生活下去的意念；憨头得了阳痿而不肯告人，甚至讳疾忌医，后来他又得了肝病，为节省 30 元的 B 超费，胡乱打针吃药上百元，结果发展成了肝癌；兰兰婚后只生了女儿引弟，丈夫白福听信神婆的话，居然残忍地将神婆胡说的"克弟""白狐托生"的活泼聪颖的引弟丢弃到大漠深处活活冻死。其他具有一定代表性的作品还有如温亚军《作为祭奠的开始》② 中的塔尔拉的米拉的丈夫异想天开在塔尔拉的牧场上开垦了一片土地，想做一个固定在土地上的农人，他的行为得到大家的称赞和支持。在外上过学的麦克根据科学推断，塔尔拉的牧场绝对不能开垦成农场，否则必定会有泥石流。结果遭到破坏的牧场形成的泥石流不仅冲走了米拉夫妻辛辛苦苦种下的庄稼，甚至埋没了米拉的丈夫。米拉和族人却认为是得罪了山神，大搞祭祀。贺享雍《怪圈》③ 中的龙家寨的做了 20 多年县机关办事员后主动提

---

① 雪漠：《大漠祭》，上海文化出版社 2000 年版，获第三届冯牧文学奖，获上海市优秀图书一等奖，获上海长中篇小说优秀作品大奖等十多个大奖，荣登"中国小说学会 2000 年中国小说排行榜"。

② 温亚军：《作为祭奠的开始》，原载《中国西部文学》2000 年第 11 期，《小说选刊》2001 年第 1 期转载。

③ 贺享雍：《怪圈》，重庆出版社 2001 年版。

前告老还乡的龙祥云,在五爷和山民们的强烈要求下,接任了村支书。接任时五爷"约法三章":"凡他龙祥云决定的事,大伙不准说半个不字……大伙不准说他半点是非……凡他外出办公事,无论开支了多少钱,大家不得说三道四。"选举县人大代表时,已经有些腐化的龙祥云的名字仅仅因被印在选票最前面,山民们却认为:"哈!我们老叔是第一号人物,上级特别看重老叔呢!"结果龙祥云全票当选。贾平凹《阿吉》① 中的青年农民阿鸡到城里打工,首先到卦摊求了一个"吉"字来改名;因为干活懒散被开除,领了三百元工资藏到鞋垫下,一路坐火车回家时不敢随便买东西吃喝,结果鞋丢了、钱也丢了。从城里灰溜溜归来的阿吉假装发了财,顿时颇得村人的尊敬,阿吉追不到村里的姑娘园园,就造谣园园是白虎星,结果园园与对象因此吵架。刘干事得了严重的肾病,迷信吃黄鼠狼血可以好。苦金《沉香木》② 中的木梁村将家族里的一位子孙兴旺的百岁老人放入村里最大的首株母树沉香木做的棺材,埋在风水宝地;结果全村的沉香木死光,村里泥石流暴发,全村迁移新地方后,遭遇房地产开发而侥幸全村暴富。沉香木村的享受正部级待遇的将军准备回到老家养老,已脱贫致富的全村的人隆重接待了将军,并全力委托将军的兄弟劝说将军百年后埋葬在老家的风水宝地,以村里最大的沉香木做棺材,以保佑家族子孙像木梁村一样兴旺暴发。王立纯《幸福的折箩》③ 中的原甸县农民"小黑猪"原本是一个很结实的汉子,一年修大寨田时跳进结冰的河水里,受了一点伤,被当时的县委潘书记照顾到县机关食堂吃折箩——别人吃剩下的混合在一起的残羹冷炙。后来潘书记死了,原甸县领导不准"小黑猪"再吃折箩,"小黑猪"告到市里下来扶贫的领导,领导想方设法使没什么伤的"小黑猪"自尊自爱,"小黑猪"却不惜自残一条腿,以便继续吃折箩。贺

① 贾平凹:《阿吉》,原载《人民文学》2001 年第 7 期,《小说月报》2001 年第 9 期转载,《中篇小说选刊》2001 年第 5 期转载,入选多个年度小说选本,获第十届《小说月报》百花奖,获《中篇小说选刊》新世纪第一届中篇小说奖。

② 苦金:《沉香木》,原载《民族文学》2001 年第 9 期,《小说选刊》2001 年第 11 期转载,获《民族文学》龙虎山杯新人奖,获重庆文艺奖。

③ 王立纯:《幸福的折箩》,原载《福建文学》2002 年第 3 期,《小说选刊》2002 年第 6 期转载,入选中国作家协会《小说选刊》选编《2002 中国年度最佳短篇小说》。

享雍《遭遇尴尬》① 中的何老太嫁出去的女儿汤玉玲与何老太的侄儿何少春因为何老太遗留的老宅继承问题发生纠纷。何老太的灵柩出殡时，何少春故意捧起一碗米撒向棺材，被认为惊了亡灵而大不吉利的死者亲属和不满嫁出去的汤玉玲独占老宅遗产并要卖掉的村民拿刀拿棍，互不相让。赶来制止械斗和封建迷信的乡干部毫无办法，丧葬的主事法师一句谎言"死辰主凶，十点不葬，村有大灾"，问题立即解决。南垭村经过两代人满含血泪的努力，培植了一大片茂密的森林，营造了一片秀美的山川；但邻村以廖猴儿为代表的一群自私农民不愿费心费力、费钱费时去开发自己村大片的荒山，而是不断有组织地盗伐南垭村的树林。最后南垭村村民在万般无奈之下，为了却无尽的纠缠，全体村民半夜集体出动砍伐、毁掉了全部树林。曾平《大伯》② 中的天泉乡老鹰嘴的大伯的荔枝林因有老板要投资办砖厂而被砍个精光，反抗的大伯也遭到毒打。大伯到乡派出所讲理反被罚款一千元，多次到县里、市里反映亦仅被当作不稳定因素层层传回。村里人不但不同情帮助大伯，反而积极主动帮助乡村干部监督大伯，大骂大伯胡搅蛮缠、敲诈勒索、良心太坏，导致大家耽误农活而来参加法律法规宣传教育活动，大伯在万般无奈中，喝下了毒药。李辉《村官》③ 中的曾经在村里欺男霸女的麻根全劳改释放回来，村民害怕麻根全报复，纷纷对劳改归来的麻根全溜须拍马、阿谀奉承：杜富财主动帮麻根全耕地、主动出让自己的地给麻根全；秋英爹娘同意把麻根全当年强奸的秋英嫁给麻根全……后来发现麻根全不想再做坏人，村人又立即欺辱麻根全：杜富财立即霸占麻根全的地；秋英爹娘不同意秋英嫁给麻根全……当麻根全再次变坏，杜富财和秋英爹娘等村人再次对麻根全溜须拍马、阿谀奉承。杨争光《对一个符驼村人的部分追忆》④ 中的符驼村的"他"通过参军提干，转

---

① 贺享雍：《遭遇尴尬》，四川文艺出版社 2002 年版，获第四届（2002 年）四川省文学奖。

② 曾平：《大伯》，原载《四川文学》2006 年第 5 期，《小说选刊》2006 年第 6 期转载，《北京文学·中篇小说月报》2006 年第 5 期转载，入选《北京文学·中篇小说月报》2006 年上半年中国当代文学最新作品排行榜。

③ 李辉：《村官》，原载《啄木鸟》2006 年第 9 期，《作品与争鸣》2007 年第 1 期转载。

④ 杨争光：《对一个符驼村人的部分追忆》，原载《收获》2007 年第 6 期，《北京文学·中篇小说月报》2008 年第 1 期转载，入选中国作协创研部编选《2008 年中国中篇小说年选》。

业后成了城里人,在城里娶媳妇生子,并当上了一定职位的官员。符驼村人一方面以"他"为荣:时时处处把"他"当年的劣迹作为全村的骄傲;另一方面对"他"纠缠不清:老家的人隔三差五上门索物办事。最后导致"他"抑郁中得喉癌而死,留下的却还是骂名——因为老家人托"他"将村里数十个青年的工作解决好的事情尚未办好。葛水平《我望灯》① 中的山神凹好吃懒做、精头细脑、娶不上媳妇的青年光棍李来法突发奇想,先是利用磷火装神弄鬼,说是玉皇送他无字天书;接着装疯装癫,说是神来附身在磨神。于是山神凹及其附近的村民纷纷认为"山神凹出人物了",提着白馍来求医看病,帮李来法家白干活等,李来法还因此睡了许多来求医看病的女人。

第二节　农民的觉醒

党的十一届三中全会以后,以家庭联产制为契机的农村改革不仅赋予了农民自主权和择业自由,也使农民从旧体制的束缚下解放出来,以独立的生产者身份登上了历史舞台。随着商品经济的发展,农民的思想观念和行为方式也发生了深刻的变化:见多识广、积极参与、乐观进取,具有明显的个人效能感,具有独立性和自主性,乐意接受新观念和新经验,相信科学民主,具有平权开放、尊重感情和两性平等方面的意识等②。

改革开放第一个十年有不少表现农民的觉醒的作品,代表作如周克芹《许茂和他的女儿们》③ 中的葫芦坝的原本忠厚善良、爽朗乐观、对生活充满理想的许茂在极"左"统治的严峻的现实面前,总结出一条经验:"自己还顾不了呢,哪顾得你们呀!"从此许茂开始采取异乎寻常的手段来积累财富。工作组的到来,许茂迷途觉悟,再次焕发生活的信心,把自己积累的财物全部分给孩子。许秀云当年被郑百如奸污后,错误地把自己嫁给

---

① 葛水平:《我望灯》,原载《青年文学》2008 年第 9 期,《小说月报》2008 年第 11 期转载。
② [美]阿列克斯·英克尔斯、戴维·H. 史密斯:《从传统人到现代人——六个发展中国家中的个人变化》,中国人民大学出版社 1992 年版,第 25—30 页。
③ 周克芹:《许茂和他的女儿们》,原载《红岩》1979 年第 2 期,《新华文摘》1980 年第 6 期选载,获第一届茅盾文学奖。

郑百如，结果被郑百如毒打、休弃、污蔑，许秀云差点跳河自杀。工作组的到来，使许秀云明白了生命的价值意义，不顾流言、毅然嫁给自己敬爱的死了妻子的大姐夫，过上了幸福的生活。吴昌全高中毕业回乡后，立即就投身在田野里，而且很快便对农业科学研究产生了强烈的热爱，决心用脑子和肩膀、知识和气力闯进那个目前还对葫芦坝紧闭着的科学的大门，改变葫芦坝农业生产的面貌，工作组的到来和金东水的再次上台，更加坚定了吴昌全的信心。其他具有一定代表性的作品还有何士光《乡场上》①中的在梨花屯乡场上低人一等的冯么爸因为看见横行乡里的罗二娘和老实巴交的民办教师任老大家的孩子打架，被支书曹富贵喊到乡场上当着众人的面做证，冯么爸理直气壮地道："我就是一直在场，莫非罗家的娃儿才算的是人养的……老子前几年人不人鬼不鬼的，气算是受够了！——幸得好，国家这两年放开了我们庄稼人的手脚，哪个敢跟我再骂一句，我今天就不客气！"庄稼人冯么爸找回了自尊，挺直了腰杆。王润滋《内当家》②中的锁成老汉的内当家李秋兰听说新中国成立前逃到台湾的地主刘金贵要收回故居——即锁成夫妻新中国成立时分到的一直居住至今的房子，这可惊坏了锁成老汉，李秋兰却毫不在意。县政府办公室孙主任嫌在院子打一口井碍眼，要把井填了，李秋兰坚决不同意；孙主任要在李秋兰家摆点家具撑撑面子，李秋兰坚决不同意。等到当年曾差点卖了李秋兰的刘金贵回来故居，李秋兰理解刘金贵"故土难离"，特意让儿子骑车子去东庄割肉，弯腰为刘金贵捡起当年曾在她额角上留过疤痕的水烟袋，并把打井出来的第一口水让刘金贵品尝；既不卑不亢、又感动了海外归来的刘金贵。殷德杰《院墙内外》③ 中的李明章、朱熙凤夫妻在农村新经济政策实行后，喂

---

① 何士光：《乡场上》，原载《人民文学》1980年第8期，《小说月报》1981年第3期转载，《新华文摘》1980年第6期转载，获1978年全国优秀短篇小说奖，入选中国新文学大系（1976—2000）。

② 王润滋：《内当家》，原载《人民文学》1981年第3期，《小说月报》1981年第5期转载，《作品与争鸣》1981年第5期转载，《小说选刊》1981年第5期转载，《新华文摘》1981年第6期转载，入选人民文学出版社编选的《1981年短篇小说选》，入选《中国新文艺大系1976—1982》，获1981年全国优秀短篇小说奖。

③ 殷德杰：《院墙内外》，原载《人民文学》1981年第7期，《小说月报》1981年第9期转载，获1981年河南省短篇小说奖。

起长毛兔,两年里通过卖长毛兔的毛而积攒了上千元巨款。然而朱熙凤信奉财不露白,坚决不让别人知晓养长毛兔的赚钱路子;亦不愿让人知晓自家赚了不少钱。李明章得知家里赚了不少钱,大力向村人推广养长毛兔,并送了几只长毛兔给穷邻居,朱熙凤却因此与李明章闹翻要分家离婚,最终李明章不仅劝服妻子一起带领村人养长毛兔发家致富,还穿上妻子买回的新衣新裤出去显富以打动父老乡亲。恽建新《麦青青》① 中的青龙山小雪刚过,麦苗齐刷刷冒了尖,小草也塞塞眼眼蹿了上来,绵绵密密。村庄里的各家各户全都出动来拔草,万清则听说公社有杀草的药,立即从老婆手里夺了三只下蛋鸡去换了药,让两个儿子按照说明使用,果然杀死了草,减少了极大的劳动量。李叔德《赔你一只金凤凰》② 中的能干漂亮的董舜敏与陶柱自由恋爱,同时经过陶家三个能干挑剔的女儿的法眼鉴定,嫁入陶家。嫁入陶家后,董舜敏将常年在陶家抚养的外孙借故退回、以减轻老人负担,盖新猪栏而不请队领导吃喝、以节省无益开支,安排婆婆在家织草袋、公公到公社守夜以创收……农忙缺秧时怀孕的她夜里借三姐的自行车骑着奔波几十里借来秧并栽种好,面对陶家三个能干挑剔的女儿——尤其三姐的指责,董舜敏理直气壮地说:"别净瞅着这辆'凤凰'心疼啦,等下年粮食进了仓,棉花打了包,嘿!赔你一只金凤凰。"张炜《声音》③中的有严重身体缺陷的小罗锅凭着过人的毅力,利用为生产队割牛草的间歇,发愤努力自学英语,最后终于如愿以偿地考进了公社工艺制品厂,实现了自我的价值。小罗锅的成功却给了对自己的未来没有什么特别的想法,只知道每天割牛草的二兰子不小的震动,她那颗懵懂的心不免有了憧憬,第一次认真地思考起自己将来要走的道路。张旺模《明珠放彩》④ 中

---

　① 　恽建新:《麦青青》,原载《钟山》1981年第8期,《小说月报》1981年第9期转载。
　② 　李叔德:《赔你一只金凤凰》,原载《长江文艺》1982年第1期,《小说选刊》1982年第3期转载,入选人民文学出版社编选的《1982年短篇小说选》,获1981—1982年度《长江文艺》短篇小说佳作奖,入选《中国新文艺大系1976—1982》,获1982年全国优秀短篇小说奖。
　③ 　张炜:《声音》,原载《山东文学》1982年第5期,《小说选刊》1982年第7期转载,《新华文摘》1983年第5期转载,获《山东文学》1982年优秀短篇小说奖,获1982年全国优秀短篇小说奖。
　④ 　张旺模:《明珠放彩》,原载《晋阳文艺》1982年第9期,《小说选刊》1982年第11期转载。

的文家庄的胆小心软的"二窝囊"文世昌被大伙推选为责任制后的首任队长，"二窝囊"怎么都不愿意。"二窝囊"的媳妇李明珠主动为丈夫当队长时刻出计出力，抵抗歪风邪气：1. 身上带上笔和本子，随时记录有用的东西。2. 宣誓就职时主动把前任队长二狗霸占的五亩铺沙西瓜地公开招标，把自家的好地换给贫困户。3. 收回会计胡乱使用的公章。4. 严防"二窝囊"任何腐化变质的可能。5. 收割责任田时主动免费帮二狗帮忙，做好记号，防止了二狗搅缠。来年选举时大家都选李明珠当队长。王兆军《拂晓前的葬礼》[①] 中的大苇塘村青年农民田永顺把一切乡村能够学到的技艺几乎全学会了，他根据时代需求，连续三年办孵房，赚了三千多块；他育山楂树苗，培植花卉，养鸡，到苏北去贩卖豆饼，每年也能收入千把块。他成为大苇塘村首屈一指的富翁后，警觉自己不要走田家祥的路子。他反对个人专制，认为得立个制度，有了章程好办事。他开培训班免费把自己的手艺技术教给别人，他要让许多伙伴从土地上解脱出来，去创造更多的财富，去表现更丰富的才智。梁晓声的《张六指的"革命"》[②] 中的大水塘村的张六指试图通过养奶牛发家致富，当县长因找不到"万元户"典型而找到张六指时，张六指以为要没收他的四头奶牛，立即跪在县长面前；得知政策不会变、县长要大力扶持自己的奶牛事业时，张六指很快将四头奶牛发展到四十头，成为"超万元户"。当奶站站长以停收张六指的鲜牛奶来索取张六指更多的"进贡"时，张六指毅然每月花一千多元租车将牛奶送到临近城镇，直到奶站站长再三恳求张六指并签下三年合同。最后张六指试图办乳品加工厂，逐步带领村人一起发家致富奔小康。马腊腊《马丽娜一世》[③] 中的两次高考落榜的马腊腊回到乡下忙碌一年，大哥年底只给她三十元，她强烈要求大哥公开全年的收入开支，讲求民主平等与价值观念。当哥嫂不同意时，她公开宣布与兄嫂分家，借助法庭分得应得财产另

① 王兆军：《拂晓前的葬礼》，原载《钟山》1983 年第 5 期，《小说月报》1985 年中长篇选粹（1），获 1983—1984 年全国优秀中篇小说奖。

② 梁晓声：《张六指的"革命"》，原载《北京文学》1983 年第 9 期，《新华文摘》1983 年第 11 期转载。

③ 马腊腊：《马丽娜一世》，原载《长江文艺》1983 年第 9 期，《小说选刊》1984 年第 1 期转载。

立门户。另立门户后,马腊腊充分运用个人头脑和关系,租房屋,筹贷款,在老父亲的协助下,在月亮滩上开展养殖业,并很快取得一定程度的成功;经济上的独立自主带来了爱情婚姻上的独立自主,她别出心裁地"颁布了月亮滩的第一部婚姻法",明确地向自己所爱的人表达自己的事业观、爱情观和人生观。张一弓《春妞和她的小嘎斯》① 中的杨树坪春妞被青梅竹马的二小子抛弃后,誓要赢得尊严与爱情:为了学车,不怕耻笑,苦求好朋友的哥哥李柱,经其同意后每天清早在半路上等候李柱的车经过,好烟好饭好话伺候,黄昏时半路上下车步行回家。历尽辛苦三个月里学得过硬的开车技术,在六百名考生中获取第一,方获得驾驶证。为了买车,举家千方百计贷款。为了如期还清贷款,她专吃国营司机的剩饭——跑辛苦危险的货物运输。最后凭借过硬的技术和胆量,赚回急需的现金,赢得自由、尊严与爱情。王吉星、林和平《腊月》② 中的村子里赫广贺与关四丫不顾双方父母反对,自由恋爱;赫老倔毒打儿子广贺,广贺狠心与父亲决裂,入赘关老轴家。成良有着办养猪场赚大钱的梦想,亦有在部队养过三年猪的充足的经验,然而苦于没有本钱,娶妻生子后先是在外乱跑、勾搭华子;后来却毅然拒绝关老轴垫款办梦寐以求的养猪场,而从战友处借来两千元办起养猪场。浩然《苍生》③ 中的田家庄身强体壮、活泼机灵的田保根连考三年大学都没有考中,先是联合村里所有志同道合的年轻人试图承包山上的果园,因村支书邱俊国的破坏而失败。后来假装考上北京的中专,独自一人跑到县城找以前结交的朋友的建筑工地当小工,进而努力钻研,处理好人际关系,一步一步学习瓦工技术、研究建筑图纸、学开汽车,最后终于与人一起组建起自己的建筑队。另外他还到处跑动,试图搜集村支书邱俊国腐败的证据,力争扳倒变质的邱俊国。

　　改革开放第二个十年也有不少表现农民的觉醒的作品,代表作如贺享

---

① 张一弓:《春妞和她的小嘎斯》,原载《钟山》1984 年第 5 期,《中篇小说选刊》1984 年第 6 期转载,《新华文摘》1984 年第 11 期转载,获第三届(1983—1984)全国优秀中篇小说奖。

② 王吉星、林和平:《腊月》,原载《鸭绿江》1986 年第 12 期,《小说选刊》1987 年第 3 期转载,获《小说选刊》1987 年"黎明铝窗杯"优秀短篇小说奖。

③ 浩然:《苍生》,原载《十月》1987 年第 5 期,《长篇小说》1987 年总第 15 期转载,北京十月文艺出版社 1987 年出版单行本,获首届中国大众文学奖特等奖。

雍《苍凉后土》①中的佘家湾佘文义高中毕业后回乡务农。他喜欢思考，能言善辩，是佘中明一家的主心骨和智多星。在挖池塘准备养鱼时，支书毛开国想占佘家的便宜，提出合作养鱼，佘文义坚决拒绝，从而得罪了毛开国。毛开国出于报复，强逼佘家赡养五保户，佘文义据理力争。当孙玉秀与二哥佘文富解除婚约时，佘家只有文义的头脑保持了清醒，并劝阻父兄不要前去打架；当玉秀与石太刚的婚姻出现悲剧时，文义主动关心玉秀，促使文富与玉秀得以幸福地结合。当文义知道妹妹文英与记者庹平有不正常的关系、而庹平又不可能与妹妹结婚的消息后，文义当机立断，只身前去庹副县长家，陈述利害，割断了庹平与文英的不正常关系，促成了朱健与文英的结合。尤为令人感奋的是，文义目光远大，见识非凡。他到南方去打工，但他打工是为了学到技术、积累资金，以便回到家乡干一番事业，使家乡也富裕起来。他还敢于状告乡政府，要求乡政府按合同承担农民种麻的损失。在法院不愿受理这个民告官的案子后，文义又给省委书记写信，反映农村存在的问题和农民的困难处境，从而引起了上级的重视。其他具有一定代表性的作品还有周大新《走出盆地》②中的邹庄邹艾与娘相依为命，长大后因绣"忠"字受奖而当上妇女队长，主动退掉娃娃亲，遭到大队主任秦一可玩弄后、通过以命要挟秦一可而得到学医的机会，又抓住医术比赛的机会进入部队当兵。邹艾从部队退伍后被转业安排到老家乡镇医院，已升任副镇长的秦一可再次骚扰，邹艾愤而辞职开办诊所，并在各种不利情况下千方百计反抗、应对，将诊所逐步发展壮大。乌云巴图《泼妇》③中的牧民莎仁养畜重质量而不图数量，密切关注经济效益：公犊子养一年就卖给农民做耕牛，做肉牛的只养两年就卖；养的羊是良种，毛细、个头大，一年产两季羔；乳牛都是黑白花，日产奶五十公斤，在矿区小镇设置鲜奶供应店；有计划地承包草场，雇用割草能手割

---

① 贺享雍：《苍凉后土》，重庆出版社 1996 年版，获 1997 年第十五届全国城市出版社优秀图书奖，1997 年重庆市首届优秀图书奖，获 1998 年四川省巴金文学院第二届"王森杯"文学奖，获 1999 年第三届四川省文学奖。

② 周大新：《走出盆地》，原载《小说家》1990 年第 2 期，百花文艺出版社 1990 年出版单行本。

③ 乌云巴图：《泼妇》，《民族文学》1991 年第 2 期。

草,二一添作五分成,多余的草出口日本……另外还对民间偏方多加尝试,有效果地大力推广。陈源斌《万家诉讼》① 中的王桥村陈碧秋的丈夫不服从村长的安排种庄稼,争吵中被村长踢了下身。陈碧秋找村长讨要一个说法,村长首先是毫不理会;经过乡政府李公安的调解,村长同意赔偿医药费,却把医药费丢在地上,让陈碧秋"低头";誓要讨个说法的陈碧秋上城打"民告官"的官司,不屈不挠、据理力争、几经曲折终于最后赢得官司。赵剑平《梯子街》② 中的完山镇梯子街的孤儿李佳新想在祖居办录像厅,缠着村长韩幺叔,费尽口舌,韩幺叔终于答应李佳新提出的采取合股的形式,与村民一起集资办了录像厅。韩幺叔偶然到录像厅发现放映的大多是英雄美人的故事,召开村民会议后举报乡政府,使之暂停营业。李佳新通过录制电视台的科技宣传片加在录像的前后,使录像厅不仅再次开业,还提高了乡民的文化水平,再次得到乡民和政府的一致赞扬。韩幺叔终于大力支持录像厅了。阿娇《亮妹》③ 中的瑶寨里的亮妹小小年纪就被舅爷家害怕读书读多了不听话而被迫退学,到了十八岁的亮妹长成了花一样美的姑娘,舅爷按照"女孩不给舅爷家当媳妇就是不孝"的老规矩,派人来提亲。然而亮妹看上了来瑶寨卖衣服赚钱上自费大学的李华,面对舅爷、父母与村民的压力,亮妹坚决不同意。不料父亲病死、家产却被舅爷家劫走,亮妹只好假装答应三年守孝期满就结婚;等三年后两个弟弟长大了,亮妹偷偷跑到城里,去寻找李华而不再归来。吕斌《地火》④ 中的云江沙滩边的人们纷纷在沙滩里挖洞淘金,寨老幺顺雇请了四个四川汉子打了四个淘金窑,多次命令儿子雄停学回来和莲子结婚,一起管理淘金窑,雄坚决不同意——即使父亲停了经济供应,雄利用业余时间到别人家淘金赚了钱后,又回到学校。结果一次洪水到来,沙滩上的所有淘金窑全部冲毁,死人不少,在学校上学的雄却得以生存。杨世祥《通往

---

① 陈源斌:《万家诉讼》,原载《中国作家》1991 年第 3 期,《小说月报》1991 年第 8 期转载,《新华文摘》1991 年第 9 期转载,获 1991 年《中国作家》中篇小说奖,获第五届《小说月报》百花奖。

② 赵剑平:《梯子街》,《人民文学》1992 年第 9 期。

③ 阿娇:《亮妹》,《民族文学》1994 年第 9 期。

④ 吕斌:《地火》,《民族文学》1994 年第 10 期。

山外的路》①中的玛着不相信寨子里的人都相信的关于寨子里的人走不出去的结论，先是通过升学去了县里上学；但是没有考上中专而灰溜溜地回到寨子。第二次玛着又想方设法当上了县里化工企业的临时工，最终因为无法转正而又回到寨子。再次回到寨子的玛着依然不甘心，于是借助同学的关系借来一千元，请来技术人员，通过与社长合作，几经周折后终于在寨子里开起第一家煤矿，最终脱贫致富，真正走出了寨子。张行健《三月麦田》②中的田家庄前任大队革委会主任、村支书鲁赤红的儿子鲁晋生高中毕业后返乡做了农民，精力旺盛、志向高远的鲁晋生不甘心做个死农民。做了大量科学考察后，鲁晋生向现任村支书、当年地主的儿子田寒露提出田家庄应该因地制宜发展油料作物和果木业，然而田寒露不仅拒绝了鲁晋生的好建议，还精心策划了借改革的名义剥夺了外乡迁移来的村民的好田地，鲁晋生毅然走上依靠法律维权的道路。鬼子《被雨淋湿的河》③中的晓雷离村外出打工遇上了不给工资的狠心老板，晓雷愤怒反抗中失手打死了老板。逃走的晓雷转到服装厂上班，又遇到老板为一件衣服要全体工人下跪，晓雷拒绝下跪并离开了工厂。回到村里，晓雷为父亲等当地教师的被扣工资问题，组织教师集体示威，得罪了权势者。事件之后晓雷去了一家煤厂，遭人报复而死。袁先行《影子》④中的影子自幼没有爹娘，在村里没有任何依靠；为人忠厚软弱，长得又黑又瘦，因此就真成了村人眼里无根无分量的飘飘忽忽的影子，心甘情愿经常受人欺辱——尤其是受影子救命之恩的其哥与影子媳妇勾搭上后鹊占鸠巢，影子不但不敢生气发怒，反而连家也不敢回。在跟随坤叔等人在山上打了一段时间野兽，习惯大块吃肉、大口喝酒的生活后，影子逐渐恢复自信；再次面对受其救命之恩的其哥的欺辱，影子用火铳一枪打寒了其哥的胆。

---

① 杨世祥：《通往山外的路》，《民族文学》1995 年第 11 期。

② 张行健：《三月麦田》，原载《山西文学》1997 年第 3 期，《作品与争鸣》1997 年第 11 期转载。

③ 鬼子：《被雨淋湿的河》，原载《人民文学》1997 年第 5 期，《中华文学选刊》1997 年第 4 期转载，《小说选刊》1997 年第 8 期转载，获 1997 年《小说选刊》奖，获第二届鲁迅文学奖（1997—2000）全国优秀中篇小说奖。

④ 袁先行：《影子》，原载《长江文艺》1997 年第 7 期，《小说月报》1997 年第 8 期转载。

改革开放第三个十年同样有不少表现农民的觉醒的作品，代表作如关仁山《天高地厚》① 中的蝙蝠村姑娘鲍真高考落榜进城打工，曾南下广东、深圳，当过保姆，买原始股发了点小财才回到蝙蝠村。鲍真回村后与先前的恋人梁双牙重续前缘，当梁双牙不小心陷入贩卖假麦种的事件中被拘留，家人惊慌失措中只想到花钱打点；鲍真果断通过律师事务所把被冤枉的梁双牙从城里看守所接了回来。当鲍三爷等承包的几百亩土地遭受村长荣汉俊进口的洋垃圾的污染而大受影响时，村长荣汉俊和乡党委宋书记要赖皮而不愿赔偿，鲍三爷气得喝农药；鲍真坚决与之打官司，后来在乡长和法庭的帮助下，讨回了 60 万元赔偿。蝙蝠村的小伙梁炜大学毕业后经过努力拼搏，当上了海王市明明豆奶厂副厂长，在父老乡亲的邀请下带着恋人倪雪回到蝙蝠乡，将乡里已经倒闭的塑料厂改装成与海王市明明豆奶厂联营的豆奶厂，明明豆奶厂以品牌与技术入股，村集体和村民以过去的资产入股，将乡村集体企业改造型与横向参股联营型结合，按股分红，共担风险。起步阶段梁炜将爹、大哥、二哥全都拉来帮忙；当豆奶厂红火之后，梁炜又将爹、大哥、二哥全都劝退，公开招聘人才，力求摆脱家族企业的弊端。遇到北京代理商违反合同，梁炜充分利用法律法规，巧设骗局，绕过代理商，与来北京访问的美国总部总裁建立了良好稳定的合作关系。面对村长荣汉俊和乡政府宋书记的诬陷与为难，梁炜充分利用规章制度和工人的支持展开有理有利有节的斗争，避免了许多不必要的损失，逐渐发展壮大了豆奶厂。其他具有一定代表性的作品还有贺享雍《怪圈》② 中的龙家寨的村小学公办教师、中专毕业生龙英放弃可以进城谋求个人更好发展的机遇，心甘情愿回到故乡为落后的乡村教育事业贡献自己的力量。当山民们困惑于"十个支书九个坏"，集资修建"清官庙"；龙英坚决反对。当五爷为从县城机关告老还乡而接任村支书的龙祥云树立权威而"约法三章"；龙英质疑"约法三章"。当龙祥云带领山民们集资修建公路；龙英张贴小字报要求公开村务。当山民们对孩子灌输盲目崇拜龙祥云的思

① 关仁山：《天高地厚》，北京十月文艺出版社 2002 年版，获第四届（2004 年）北京市文学艺术奖，获第八届（2002—2004）少数民族文学"骏马奖"。

② 贺享雍：《怪圈》，重庆出版社 2001 年版。

想时；龙英大力反对。当龙祥云与山民们商议后挪用两万学校排危专项资金，龙英先是找龙祥云进行口头强烈抗议，威胁要上告；失败后接着带领学生游行示威，再次失败后不惜丢掉公办教师的教职，毅然离开了龙家寨。关仁山《红月亮照常升起》① 中的陶立农大毕业以后，毅然回到了故乡进行大规模的产业农业开发。她承包了进城农民的大量土地，利用现代科学技术降低农产品的成本，使用污泥发酵做肥料搞"绿色生态农业"，进行"超级大米生产和苹果嫁接"，积极开发绿色食品，推广名牌战略。有了产品以后，她积极地利用信息打开市场、占领市场——当她从网络中得知韩国需要大米时，便利用各种条件和计谋见到了来北京的韩国金狮集团朴总，并赢得了他的信任，凭着红苹果大米的高质量立即与韩国金狮集团订了合同。梁晓声《民选》② 中的翟老栓暗中联络几位不堪村长韩彪欺压的村民，团结在复员兵翟学礼身边，酝酿着趁民选与韩彪斗争一把。为此，韩彪一伙几次给过老汉"教训"，有次甚至故意当面将翟老栓的牛车搞得车毁牛亡，并许诺投韩彪奖赏 1 万元；否则严惩不贷。在威逼和利诱面前，翟老栓也曾软弱退缩，跑到翟学礼那里通报自己已经改变了主意；不过老汉在正式选举中勇敢地投了自己信任的翟学礼。翟学礼当选的当晚，韩彪侄子率人行凶，翟学礼被迫反抗，韩彪陪同他喂熟的公安局副局长开警车将翟学礼拘捕带走，翟老栓无私无畏地站出来，率领全体村民去为翟学礼作保。张继《状告村长李木》③ 中的贵祥原本生活得很卑微，很猥琐，被人欺负、拿捏而不敢反抗，村长李木把贵祥的好地卖掉了，生活成了问题的贵祥先是百般纠缠村长，村长毫不理会。贵祥迫不得已进城告状，机缘巧合在城里搞到一个门市部，发了财后过年时回家的贵祥在村长面前不仅敢说、能说、会说了，还吹起了牛，引得村长羡慕。当

---

① 关仁山：《红月亮照常升起》，原载《十月》2001 年第 2 期，《小说选刊》2001 年第 5 期转载，《作品与争鸣》2001 年第 5 期转载。

② 梁晓声：《民选》，原载《小说家》2001 年第 5 期，《小说月报》2001 年第 10 期转载，《作品与争鸣》2002 年第 2 期转载，《中篇小说选刊》2001 年第 6 期转载，获第十届《小说月报》百花奖，获《中篇小说选刊》新世纪第一届中篇小说奖。

③ 张继：《状告村长李木》，原载《时代文学》2002 年第 1 期，《中篇小说选刊》2002 年第 4 期转载。

贵祥回城时，村长求他把女儿带走，贵祥摆起架子，没有答应村长。陈世旭《救灾记》①中的城门镇石埠村青年农民金宝到城里打过工、见过世面，回到村里后，看见村里遭遇严重灾害后，乡镇干部截留城里人捐献的好一点的衣物，拿一些像垃圾一样的破布烂絮忽悠灾民，金宝当场反对并毫不畏惧地与乡镇干部争执；石埠村灾后镇政府不但不免税费，还有所增加，金宝带领灾民告状数月，相关部门推诿而毫无结果，于是毅然带领灾民到省城集体上访。陈源斌《秋菊开会》②中的王桥村的何碧秋在民告官的官司后出名了，幸运地被选为全国人大代表。参加人大代表各级会议的何碧秋时刻不忘王桥村与林场纠缠不清而导致无法利用好的女山，在各种场合、寻找各种机会，誓要为村里人讨要一个说法。最后在京城参加全国人民代表大会时，通过告御状，在中央下派的工作组的领导下，女山纠纷很快得到合理解决。雪漠《猎原》③中的沙湾村孟八爷曾是出名的猎手，经常被当作打狼的英雄。然而随着狼被孟八爷这样的英雄猎手猎杀，草原上的生态失衡，耗子等破坏草原的动物泛滥成灾。人到老年的孟八爷幡然醒悟，"打了一百多只狼，活了几十年，才知道自己是一个罪人"；于是不顾生命危险，主动配合政府部门再三阻止别的猎人猎杀野生动物。曾哲《美丽日斑》④中的牦牛滩的牧民美丽日斑因为婚后一直没有生娃娃，也不愿离开牦牛滩转场；于是丈夫要求离婚，美丽日斑毅然离婚，并独自操持一个毡房，养了二十二只羊、三头牦牛、一匹马和一只狗。山那边的爱上美丽日斑的艾米提每个月来一次，劝说美丽日斑嫁给他，跟他到县城去开烤馕店；年龄大一轮的那孜勒别克也爱上了美丽日斑，愿意陪伴美丽日斑

---

　　①　陈世旭：《救灾记》，原载《人民文学》2002 年第 8 期，《中篇小说选刊》2002 年第 6 期，转载《小说选刊》2002 年第 10 期转载，获《小说选刊》新世纪"仰韶杯"优秀小说奖，获《中篇小说选刊》2002—2003 年优秀中篇小说奖。

　　②　陈源斌：《秋菊开会》，原载《北京文学》2003 年第 9 期，《小说月报》2003 年第 10 期转载。

　　③　雪漠：《猎原》，原载《中国作家》2004 年第 2 期，北京十月文艺出版社 2004 年出版单行本，获 2005 年"中国作家大红鹰文学奖"，获甘肃省第五届敦煌文艺奖，获首届（2000—2003）"甘肃黄河文学奖"。

　　④　曾哲：《美丽日斑》，原载《北京文学·精彩阅读》2005 年第 3 期，《小说选刊》2005 年第 5 期转载。

在牦牛滩。追求独立自主的美丽日斑同意了那孜勒别克的求婚，二人开心地生活在一起。杨继平《烟农》① 中的山口屯村民张彪在同村青年赵三林要流氓摸自己女朋友的奶子时，毫不犹豫地用砖头拍得对方头破血流。然而赵三林被乡政府的堵卡员无辜打死后，张彪不计前嫌，为三林家出谋划策，让其依法讨要公道却受到三林家辱骂。当三林家邀请村民违法暴尸乡政府遭防暴警察殴打、二林被捕，三林家无计可施时，张彪再次不计前嫌，为三林家出谋划策，依法讨要公道，费尽心血讨得 4 万元赔偿和二林释放，并通过向市检察院检举让相关官员受到处罚。胡学文《淋湿的翅膀》② 中的黄村进城打过工的、自学过法律的马新回到乡村，发现被村人当作脱贫致富的福星的造纸厂有可怕的污染；于是以每人每天五十元工钱诱惑村民参与他的维权行动，带领乡亲们挑起了维权的大旗，与造纸厂谈判二百万的赔偿——即使马新个人再三遭到打击报复、谣言污蔑也不放弃。

小　结

改革开放第一个十年的我国农民的素质整体不高——据 1982 年第三次人口普查统计所显示的我国 12 岁以上文盲半文盲有 2.3722 亿，占全国人口总数的 23.5%，其中农村文盲占 91%，绝对人数近 2.07 亿；1984 年全国农村劳动力的文化程度抽样调查显示文盲或半文盲的比例是 20.89%，小学程度的比例是 40.73%，初中程度的比例是 29.51%，高中及其以上的比例只有 8.87%。③ 1987 年的抽样调查显示，我国农民的身体素质较好的比例只有 59.4%，较差和非常差的比例有 6.3%。④ 面对我国社会从阶级斗争为纲到改革开放的巨大转变，许多年龄大的农民的思想在多年的极"左"教育下很难转弯，加上大多老年农民因为沉重的传统的负载而更加

---

① 杨继平：《烟农》，原载《滇池》2006 年第 3 期，《小说选刊》2006 年第 5 期转载。

② 胡学文：《淋湿的翅膀》，原载《十月》2007 年第 3 期，《小说选刊》2007 年第 6 期转载，获"首届中国小说双年奖"。

③ 国家统计局农业统计司编：《中国农村统计年鉴 1985 年》，中国统计出版社 1985 年版，第 232 页。

④ 吴刚：《浅谈新农村建设中的农民素质现状、成因和对策》，《湖北新农村建设调查与思考》，湖北人民出版社 2009 年版，第 19 页。

显得保守落后。而青年农民因为大多有一定的文化素养，面对改革开放的喜人局面，1983 年的调查显示，农村青年在"怎样的人生最有意义"中选择"能够为国家、为社会做出贡献的人生最有意义"的比例占 64.7%，而认为"生活富裕、无忧无虑的人生最有意义"只占 12.0%；农村青年在"怎样的人是最讨厌的人"中按照比例分别是虐待父母的人（53.1%）、欺压群众的人（50.7%）、好吃懒做的人（42.1%）、搞不正之风的人（39.3%）；面对农村的不正之风，45.5% 的农村青年表示要揭发，32.6% 的农村青年表示自己不搞；敢于向不正之风作斗争的人最受到农村青年尊敬（61.6%）；47.1% 的农村青年正在以各种形式自学；多数农村青年想从事一门有技术有专长的工作，想当社队（村）干部的只占 4%[①]。1987 年的相关调查显示，只有 4.1% 的农民认为读书没有什么用，只有 2.1% 的农民认为孩子读书读到小学就可以了。[②] 因此改革开放第一个十年大量出现对老年农民的保守落后的善意的讽刺和对青年农民的热情赞扬、热烈期望的作品，而且相关作品大多影响较大。

改革开放第二个十年的我国农民的素质依然整体不高——1998 年全国农村劳动力的文化程度抽样调查显示文盲或半文盲的比例是 9.56%，小学程度的比例是 34.49%，初中程度的比例是 44.99%，高中及其以上的比例是 10.98%。[③] 1997 年无锡、保定的农村抽样调查显示，愿意参与村庄事务决策及关心程度只有 14%—19%，对农村主要职业排位中乡村干部开始以较高比例跃居前列[④]；对"人情大于国法"观点完全持否定态度的只占 44.28%，认为法律与自己生活有重大关系的只占 45.48%[⑤]……原先期待的青年农民对农村的改造并未发生多大效果，加上改革开放负面政策的日

① 中国社科院青少年研究所 1983 年在全国性的九省 243 个村两万多名农村青年的调研，中国社会科学院青少年研究所《1983 年中国农村青年调查资料》（内部资料），第 3—20 页。

② 详情参看中共中央政策研究室、农业部农村固定观察点办公室《全国农村社会经济典型调查数据汇编 1986—1990》，中共中央党校出版社 1992 年版，第 355 页。

③ 国家统计局农业统计司编：《中国农村统计年鉴 1999 年》，中国统计出版社 1999 年版，第 45 页。

④ 中国社会科学院经济研究所"无保"调查课题组：《无锡、保定农村调查统计分析报告 1997》，中国财政经济出版社 2006 年版，第 453—470 页。

⑤ 方向新：《农村变迁论》，湖南人民出版社 1998 年版，第 296 页。

益显现，于是青年农民与老年农民一起成为作家笔下的"哀其不幸、怒其不争"的对象，使"农民的落后"类型的创作数量较多、影响较大。不过农村社会整体上的日益脱贫奔小康——1988 年农民的人均纯收入是 545元、生活消费支出 476.66 元，1998 年农民的人均纯收入是 2162 元、生活消费支出 1590.33 元[①]；农民的整体素质有一定的提高——20 世纪 90 年代相关调查显示，"只要有机会，我就愿意到外面闯一闯"的农民比例达到了 70%，表示"愿意冒风险"的比例是 22.6%—50.4%，认为"完全靠自己努力"的占到 57.0%—69.3%，认为"社会总有穷人富人，是正常现象"占到 48.8%—77.7%，对子女的期望是"有知识有文化的人"占到 56.5%—76.7%，对"是否同意老百姓不过问政治"持"不同意"观点的人占到 38.8%—75.1%。[②] 1997 年的无锡、保定的农村抽样调查显示，认为村委主任的选举应该由全村所有人决定的比例两地均占 90% 以上，认为富裕户有义务帮助贫困户的比例占 70%—80%、主要方法是扩大自己的生产规模以便给贫困户提供就业机会，认为钱赚多了后就要考虑投资生产的比例两地均约 70%。[③] 因此"农民的觉醒"类型依然有一定的创作数量。

改革开放第三个十年虽然有了科技下乡、法律下乡、医疗下乡、文化下乡、高等教育的大众化和职业技术教育的大力推广等，我国农民的素质还是不高——2002 年的抽样调查显示，我国农民的身体素质较好的比例只有 45.1%，较差和非常差的比例有 13.1%。[④] 面对冤屈时只有 17.6% 的农民最想求助法院[⑤]。没有能够学习和掌握一门生产和经营技术的农民达到 83.8%。[⑥] 2010

---

① 国家统计局农业统计司编：《中国农村统计年鉴 1999 年》，中国统计出版社 1999 年版，第 241—242 页。

② 详情参看郑杭生《当代中国农村社会转型的实证研究》，人民出版社 1996 年版，第 82—111 页。

③ 详情参看中国社会科学院经济研究所"无保"调查课题组《无锡、保定农村调查统计分析报告 1997》，中国财政经济出版社 2006 年版，第 457—485 页。

④ 吴刚：《浅谈新农村建设中的农民素质现状、成因和对策》，《湖北新农村建设调查与思考》，湖北人民出版社 2009 年版，第 19 页。

⑤ 中国人民大学中国调查与数据中心：《中国综合社会调查报告 2003—2008》，中国社会出版社 2009 年版，第 286 页。

⑥ 陆益龙：《农民中国：后乡土社会与新农村建设研究》，中国人民大学出版社 2010 年版，第 13 页。

年华中师范大学中国农村研究院对全国 31 个省 241 个村庄开展了"农村基层民主选举"的问卷调查和访谈,对《村民委员会组织法》认知程度的调查中表示"完全不知道"的占 50.2%,"知道一点"的占 49.8%,无一人表示"知道,而且很了解";对村委会选举程序认知程度的调查中无一人表示"知道,而且很了解","不太了解"和"完全不了解"的占 36.8%;表示愿意参加下届村委会竞选的只占 27.8%;对参加投票原因中选择"想选个好当家人"的只占 17.9%;对当选村支书和村主任最重要的条件中选择"道德心强,能够让村民信服"的只占 19%。[①] 面对"三农"问题的日益严峻和乡村社会的灰色化,加上左翼思潮的流行,作家日益不满我国农民的整体素质,于是更加尖锐地"哀其不幸、怒其不争",使"农民的落后"类型的创作数量较多、影响较大。不过这一时期基层民主已经在全国普遍推广并取得了一定成效——2006 年的调查数据显示,90.6% 的农民参加过乡、县人大代表选举;农民整体素质的一定程度的提升——2008 年全国农村劳动力的文化程度抽样调查显示,小学程度及其以下的比例是 25.30%,比上一个十年减少 12.6%;初中程度及其以上的比例达到 68.49%[②],比上一个十年增加 12.52%。加上如火如荼开展的社会主义新农村建设的主旋律的需要,使"农民的觉醒"类型亦有较大的创作数量、影响亦不少。

---

① 徐勇:《中国乡村政治与秩序》,中国社会科学出版社 2012 年版,第 3—6 页。
② 国家统计局农业统计司编:《中国农村统计年鉴 2009 年》,中国统计出版社 2009 年版,第 27 页。

第二章　干部的蜕化与上进

乡村干部是乡土家园不可或缺的力量，是乡村社会的最直接管理者，是农村与上层联系的纽带；因此在许多农村现实题材小说中基层乡村干部成为主角，从村民小组长（队长）、村长、村支书到乡长、乡党委书记，乡村基本行政建制应有尽有，完全可以编一部乡村干部人事大全①。基层乡村干部是一个特殊的文化群体：他们既是国家权力在农村的执行人、代理人；又是主流文化对乡村发生直接作用的主要中介，还是渗入乡村文化的主流文化的主要载体。因此，这一群体的思想集中体现了改革开放这个文化转型之际的乡村文化的主要内在冲突。

第一节　干部的蜕化

韦伯曾经指出："情绪高昂的革命精神过后，随之而来的是因袭成规的日常琐务，从事圣战的领袖，甚至信仰本身，都会销声匿迹……信仰斗士的追随者，取得了权力之后，通常很容易堕落为一个十分平常的俸禄阶层。"② 改革开放后，紧绷了几十年的阶级斗争和政治运动的弦终于放松了，解放全人类的革命口号成为一种反讽；当"贫穷不是社会主义"，"让一部分人先富起来"，发家致富成了整个社会的追求，乡村基层干部也必然会追逐个人利益的最大化，导致官僚主义和贪污腐化蔓延。

---

① 县处级干部为主人公的小说大多属于官场小说，因此不列入本书考察对象。

② 马克斯·韦伯：《学术与政治》，冯克利译，生活·读书·新知三联书店1998年版，第113—114页。

改革开放第一个十年有不少表现干部的蜕化的作品,代表作如贾平凹《浮躁》① 中的白石寨两岔乡田中正虽然仅仅是一个小小的副乡长,但是他却依仗关系,大胆到什么都敢做:他将公家土地据为己有;他阻挠河运队势力的壮大,最后出于私欲将河运队收编作为自己的政治功劳和资本;他垄断货源欺压散户,倒卖木柴触犯国法。此外在对性的索取上也是为所欲为——他背着妻子与寡嫂偷情,背着寡嫂与陆翠翠玩乐。甚至对小水也谋歹意,他声称:"……只要是我田中正管辖的地方,没有我看上的女人不让她服服帖帖的。"为讨好上级,他让百姓去猎熊掌,结果害死人命,最后被调离处理。其他具有一定代表性的作品还有周克芹《许茂与他的女儿们》② 中的葫芦坝的大队党支部副书记兼大队会计郑百如趁"文化大革命"的混乱之机,把大队党支部书记金东水赶下台,窃取了葫芦坝的大权,贪污盗窃、弄虚作假、投机倒把、为非作歹、乱搞男女关系。当工作组到来后,郑百如又一方面想方设法讨好工作组;另一方面时刻趁机捣乱。工作组成员齐明江在上级面前,唯命是听;在下级面前,他很懂得维护自己的尊严;对不买他账的葫芦坝科技人才吴昌全,他再三排挤挑刺、打小报告;对劳动群众,满口的官话套话。茹志鹃《剪辑错了的故事》③ 中的甘木公社的甘书记——当年的无私的革命者为了个人政绩,在"大跃进"时放出一颗亩产一万六千斤的特大卫星,不久,甘书记被提拔为县上的副书记,而甘木公社农民的口粮一天只有八大两;贯彻以粮为纲时,甘书记强制甘木公社农民把挂满了即将熟了的梨的梨树砍掉,开垦成田种小麦;此事过后,甘书记又官升一级。余松岩《接官记》④ 中的沥沟公社的书记马善弼接到地委副书记一行三人来视察工作的通知,将此当作自己出政绩和高升的突破点,立即做了紧急动员,成立自任组长的接待领导小组,带领

① 贾平凹:《浮躁》,《收获》1987 年第 1 期,作家出版社 1987 年出版单行本,获第八届美孚飞马文学奖。
② 周克芹:《许茂与他的女儿们》,原载《红岩》1979 年第 2 期,《新华文摘》1980 年第 6 期选载,获第一届茅盾文学奖。
③ 茹志鹃:《剪辑错了的故事》,原载《人民文学》1979 年第 2 期,《新华文摘》1979 年第 3 期转载,获 1978 年全国优秀短篇小说奖。
④ 余松岩:《接官记》,原载《作品》1980 年第 1 期,《小说月报》1980 年第 4 期转载。

公社所有人员为即将到来的领导在吃住方面做好最充分的准备。不料地委副书记轻车简政独自一人来考察工作，马善弼等公社人员误将其当作偷鱼贼和骗子，差点扭送到保卫室。高缨《悔》① 中的公社副书记曹炳文因为"一张嘴巴两张皮，翻来覆去，横说竖说他都是对的"，被老百姓戏称为"曹刮刮"。"文化大革命"中曹炳文凶巴巴的"绝对正确地"大力"割资本主义尾巴"，"文化大革命"后曹炳文立即紧跟政策，"绝对正确的"凶巴巴地鼓吹劳动致富。县委农工部长鲜有为"文化大革命"中满口理论、竭尽全力主持打击"暴发户"；"文化大革命"后则满口理论、满嘴套话主持表扬"冒尖户"。马烽《典型事例》② 中的龙头公社陶清在割资本主义尾巴那几年任公社主任，在柳树坪蹲点，把柳树坪割成了全公社砍光的"典型"而升任公社书记。改革开放后他又不考虑横沟大队的实际情况，强行命令继续加大横沟大队煤炭资源的挖掘力度，采取杀鸡取卵的办法逼横沟大队尽快在统计数据上成为致富典型，使自己能升任县里的部长。横沟大队领导和农民不服从他的瞎指挥，他又跑到县里告黑状。路遥《人生》③ 中的高家庄大队支书高明楼"他一天山都少出，整天圪蹲在家里'做工作'，一天一个全劳力工分，等于是脱产干部，队里从钱粮到大大小小的事他都有权管"，住的是"五孔大石窑，比村里其他人家明显阔得多"，和公社的赵书记是"两人好得不分你我"。在党的政策上，对他不利的则能拖就拖，例如，家庭联产承包责任制；在家属利益上，能沾光的绝不放过，例如，他让刚毕业的学习不好的儿子三星替换能说会写、连续三年优秀的高加林当了村民办教师。楚良《抢劫即将发生》④ 中的公社管委会主任兼第一副书记老张利用权位甩掉家属的责任田，强要蹲点队三亩好田作自家口粮基地，实施"遥控耕种"；还利用分发物资的职权经常与下

① 高缨：《悔》，原载《四川文学》1980 年第 11 期，《小说月报》1981 年第 4 期转载。
② 马烽：《典型事例》，原载《汾水》1981 年第 2 期，《小说选刊》1981 年第 4 期转载，入选人民文学出版社编选的《1981 年短篇小说选》，入选《中国新文艺大系 1976—1982》。
③ 路遥：《人生》，原载《收获》1982 年第 3 期，《中篇小说选刊》1982 年第 5 期转载，获第二届（1981—1982）全国优秀中篇小说奖。
④ 楚良：《抢劫即将发生》，原载《星火》1983 年第 8 期，《小说选刊》1983 年第 9 期转载，入选人民文学出版社编选的《1983 年短篇小说选》，获 1981 年全国优秀短篇小说奖。

属单位交换、索要猪、鱼和蛋等个人家庭生活物资。在双晚返青而急需尿素的时候，趁公社书记上县城开会之际，串通其他公社领导把整个公社的一百袋尿素跟权位挂钩私分，导致买不到尿素的老百姓决定集体出动抢尿素。公社党委秘书则坚守官僚主义原则，在公社新上任的末位副书记余维汉偶然得知老百姓要抢尿素的消息后，电话告知他的情况下，不愿采取任何行动，无动于衷。未英《巨鸟》① 中的出身猎人世家的曾安本以其高超的枪法猎杀野猪来为民除害；结果被记者写成新闻登了报。岩屋郝区长为了政绩，立即重用曾本安为区武装部长，只准其训练民兵来争取荣誉，不准其再打野猪。不料民兵打靶现场会时曾本安忍不住跑去打野猪，于是被降为乡武装部长。降职后的曾本安无事可做，不忍心乡亲受野猪之害，再次打野猪，于是被郝区长削职为民。张彦琪《支书夜话》② 中的村支书李根生当村干部已有三十多年，建立了多层面的、牢固的关系网。李根生先是利用关系让儿子到公社农技站学开车的技术，然后让儿子入党，再利用村里砖窑的公款买了汽车给自己的儿子与女婿开。私人赚了十万元后李根生立即收手，并用其中部分钱款给村民做善事，最后将儿子扶持坐上自己的村支书的位子。浩然《苍生》③ 中的田家庄支书邱志国曾经有过光荣的历史，土改、合作化、学大寨时都是带头人，但现在成了土皇帝。他把窑场承包给孔祥发，自己入"权力股"——以村党支部书记的名义参加经营管理，发了大财。和冷库负责人狼狈为奸，采用多收款少付砖的办法，大量侵吞国家资金。

改革开放第二个十年也有不少表现干部的蜕化的作品，代表作如刘玉民《骚动之秋》④ 中的大桑园村支书岳鹏程利用改革开放的机遇，将前任党支书经营三十年只留得满墙的奖旗、奖状和区区八百元的集体家业，发

① 未英:《巨鸟》，原载《文学月报》1985 年第 3 期，《小说选刊》1985 年第 5 期转载，《新华文摘》1985 年第 5 期转载。
② 张彦琪:《支书夜话》，原载《无名文学》1986 年第 5 期，《小说选刊》1987 年第 2 期转载。
③ 浩然:《苍生》，原载《十月》1987 年第 5 期，《长篇小说》1987 年总第 15 期转载，北京十月文艺出版社 1987 年出版单行本，获首届中国大众文学奖特等奖。
④ 刘玉民:《骚动之秋》，人民文学出版社 1990 年版，获第三届茅盾文学奖。

展壮大到数千万元，让全体村民摆脱了贫困，"大丧园"变成了"大福园"；然而随着事业的蒸蒸日上，财力逐渐雄厚，权力不断扩大，他的生活作风日益腐化，工作作风日益专断，让所有人为他效忠、随意开除人、随意打骂人，朝着"岳鹏程王朝"发展：素无恩怨的石衡保承包果园脱贫后，仅因没有重视岳鹏程索要50筐低价苹果的要求，便被岳鹏程违反合同剥夺承包权，妻子被逼死，幼子沦为乞儿，本人背井离乡告状数年后疯了；前任党支书、岳鹏程父亲的救命恩人、岳鹏程的养母肖云嫂仅因不满岳鹏程的一些做法，劝告无效后无奈写了一封信请求县委书记出面教导，岳鹏程便将肖云嫂赶出原住房和大桑园；甚至儿子赢官也仅因不满岳鹏程的一些做法，岳鹏程"抓起一根木棍直朝赢官头上抡"，父子决裂后岳鹏程处处给跑到小桑园与自己竞争的儿子使绊子。其他具有一定代表性的作品还有吕新《圆寂的天》① 中的偏僻的乡政府在正常工作的时间里，党委书记陪丈母娘在县里看病；乡长带夫人以考察的名义到南方游山玩水；"守摊"的秘书媚上欺下、"看人下菜"；文化员糊弄工作有方，常出外自谋生路画炕围，却被地区评为模范；女干部闲得无聊，学缝纫消磨时光……日常工作无人认真处理。周大新《走出盆地》② 中的大队主任秦一可在人民公社大集体时多次利用手中掌握的权力欺骗玩弄村里的年轻女性而不负任何责任——甚至胆大妄为地强奸妇女队长邹艾。虽然因恶行曾落到贬职为民的下场，人民公社改为乡政府后，其依然千方百计、想方设法成功升任为副镇长，进一步欺骗玩弄乡里的年轻女性。刘醒龙《村支书》③ 中的村长忌妒村支书的威望和权力，故意在各种事务上作梗作对——尤其再三阻拦可能让村支书进一步提升威望的集资维修水闸的建议；而村支书申请维修村水闸的五千元经费在18次找曾在本村蹲过点的地委农工部领导的帮助下依然没有及时到账。结果暴雨来临时，没有得到及时维修的水闸突然出现了漏洞，情况危急中村支书只能抱起草棚内的那床棉被，跳入水

---

① 吕新：《圆寂的天》，原载《山西文学》1989 年第 2 期，《小说月报》1989 年第 7 期。

② 周大新：《走出盆地》，原载《小说家》1990 年第 2 期，百花文艺出版社 1990 年出版单行本。

③ 刘醒龙：《村支书》，原载《青年文学》1992 年第 1 期，《小说月报》1992 年第 3 期转载，《作品与争鸣》1992 年第 11 期转载，《新华文摘》1992 年第 5 期转载。

中,用生命防止了大灾的发生。林深《狗殇》① 中的白鹿屯新任村长王连甲几年里使一个经济拖全乡后腿的落后村迎头赶上后,开始霸气显现,既横行乡里,又逐渐不服上级领导管教。一次王连甲家的公狗追着村民王连生家的母狗交媾,王连生气不过,用镰刀割断了王连甲家公狗的狗鞭,王连甲命令王连生赔偿三千元。王连生四处上访,在得到孙县长的指示后,搬来吴乡长,吴乡长与王连甲几经交锋无果,最终用举报信诈住王连甲,才得以开展打狗运动,勉强解决狗官司。林深《海赌》② 中的村支书大流管辖具有天然良港、离渔场最近、渔业基础较好、渔民素质较高、船只网具不落后的渔村多年,虽然渔民每年从年头忙到年尾,也捕捞了不少鱼;但是村里的经济指标上的赤字像大流家的小洋楼一样,一年比一年多。有关方面来村里多次查账又没有查出任何问题,只好将大流从村支书改为村长。调任村长的大流专门搞新村支书大岸的鬼:故意事事都推给大岸,故意低标准接待外商;故意报错渔汛地点……王世春《今夜好难熬》③ 中的村支书张有权前十年里一心为民,两袖清风,为了村里的打米磨面榨油综合加工厂的机器安装而砸掉两根手指。后来张有权腻烦了"老实人的苦头",转而一心追求"精明人的甜头":办事只图排场、花公家钱毫不心疼、花公款四处吃喝旅游、与包工头合伙抬高村小造价后瓜分公款……导致自己骑的是雅马哈,住的是小洋楼;而村里没有一家存活的企业,债务却有十三万元。和振华《村长》④ 中的高黎贡山村寨因为出了一个乡党委书记,新村支书又是乡党委书记的叔叔,络绎不绝的工作队下驻村寨,主抓村寨各种工作,使村寨的工作变化无常,而老村干部恒三益的正确建议却无人采纳。结果村民不仅受益不多,反而颇受害民、扰民之苦。关仁山《太极地》⑤ 中的

---

① 林深:《狗殇》,原载《青年文学》1992 年第 9 期,《小说月报》1992 年第 12 期转载,入选《山东新文学大系》,获第三届青年文学创作奖(1989—1992)。

② 林深:《海赌》,原载《鸭绿江》1993 年第 1 期,《小说月报》1993 年第 5 期转载,入选《山东新文学大系》。

③ 王世春:《今夜好难熬》,原载《荆楚文学》1993 年秋季号,《作品与争鸣》1994 年第 8 期转载。

④ 和振华:《村长》,原载《怒江》1994 年第 1 期,《民族文学》1994 年第 9 期转载。

⑤ 关仁山:《太极地》,原载《人民文学》1995 年第 2 期,《小说月报》1995 年第 4 期转载,《中篇小说选刊》1995 年第 3 期转载,《作品与争鸣》1995 年第 11 期转载。

太极地的邱支书竭力劝说邱满子帮助他跑一个外向型乡镇企业的项目，目的并不是真正让太极地的父老乡亲们脱贫致富达小康，而是"俺出国的他妈第一件事就是想桑拿浴一回，听说那玩艺舒坦哩！逮着个洋妞再来回真的，咱也他妈没白活"。结果急功近利，导致太极地与日本企业的合作大受欺诈，太极地损失很大。刘醒龙《分享艰难》① 中的西河镇镇长赵卫东不满镇党委书记孔太平，趁孔太平出差时，先是造谣孔太平平调县商业局局长；接着暗地里状告赢利占镇里财政收入一半以上的甲鱼养殖场场长洪塔山，试图自己控制甲鱼养殖；同时拉拢镇政府管辖的各部门领导，巧妙安插孔太平的表妹与洪塔山搭档，利用洪塔山的错误搅局。张行健《三月麦田》② 中的田家庄村宣传员李凤转在改革开放前紧跟大队革委会主任鲁赤红，经常编造顺口溜，大力鼓吹阶级斗争、批斗地富反坏右。改革开放后，地主后代田寒露代表田姓重新掌权，计划夺回当年分给外乡搬迁来的村民的好田，李凤转又紧跟田寒露，编造顺口溜，大力鼓吹田地重新承包，使除了他以外的外乡人的好田地全部被田姓人借改革的名义公然夺走。张继《遍地羊群》③ 中的八沟镇的党委书记白朝生借考察之名到南方旅游一圈，回来后其他乡镇干部不服气，白朝生为了堵住众人的口，临时找来一个别人淘汰的过时项目充脸面。不料在村民的恳求、乡干部的权斗中，白朝生只好弄假成真，浪费巨额资金上马别人淘汰的过时项目来营造政绩，最终自己升为副县长而留下巨额资金的窟窿、两条人命和百姓的怨恨悔痛。

　　改革开放第三个十年同样有不少表现干部的蜕化的作品，代表作如蒋子龙《农民帝国》④ 中的郭家店原本有雨即涝，无雨则旱，能吃糠咽菜就

---

① 刘醒龙：《分享艰难》，原载《上海文学》1996 年第 1 期，《小说月报》1996 年第 3 期转载，《作品与争鸣》1996 年第 5 期转载，获第八届《上海文学》奖（1995—1997），第四届上海市长中篇小说奖（1996—1997），首届《中华文学选刊》优秀中篇小说奖（1996—1997），获《中篇小说选刊》（1996—1997）优秀中篇小说奖，获第七届《小说月报》百花奖。

② 张行健：《三月麦田》，原载《山西文学》1997 年第 3 期，《作品与争鸣》1997 年第 11 期转载。

③ 张继：《遍地羊群》，原载《钟山》1997 年第 6 期，《中篇小说选刊》1998 年第 1 期转载，《小说选刊》1998 年第 2 期转载，《新华文摘》1998 年第 4 期转载。

④ 蒋子龙：《农民帝国》，原载《中国作家》2008 年第 10—11 期，《长篇小说选刊》2009 年第 1 期转载，人民文学出版社 2008 年出版单行本，入选 2008 年中国小说学会排行榜，获第二届（2008 年度）《中国作家》鄂尔多斯文学奖。

是好饭，出名的就是村里光棍特别多。郭存先利用改革开放的大好时机，带领全村人齐心协力，使郭家店的各项产业腾飞，成为著名的富裕村。然而郭存先的权力欲日益膨胀、生活日益腐化——用郭存先自己的话说就是"去掉这个'土'字，就是个真皇帝了"：他的每一句话都是不能违背的"圣旨"；他建立了公安派出所，按照自己制定的"法律"来约束他有权管辖的人；他私设公堂，实行了一个人的专政；他建起了神秘的行宫，恣意享受着糜烂奢侈的生活；他窝藏打死人的凶手，销毁罪证，强行阻止国家工作人员执行公务，公开叫嚣成立独立王国，结果触犯了法律，最终成为阶下囚，被绳之以法，落得可悲可叹的结局。其他具有一定代表性的作品还有夏天敏《好大一对羊》① 中的扶贫访问的刘副专员与贫困山区大荒山乡德山老汉结成扶贫对子，不顾大荒山乡实际情况，送了一对外国良种羊给德山老汉饲养，希望德山老汉一家以此为契机尽快摆脱贫困、发家致富。对上级急功近利的形式主义，大荒山乡的乡村基层干部钟乡长、村长，试图以此作为自己的政绩和资本，机械地层层加码。最终导致扶贫的结果事与愿违——德山老汉不仅没有脱贫致富，反而为了养活这对外国良种羊而更加贫困，甚至小女儿为良种羊割草而丧命。陈世旭《救灾记》② 中的城门镇遭遇灾害，乡镇干部依然醉生梦死地享受，镇长宋财火布置救灾工作时只强调"防止坏人鼓动闹事上访"。城门镇转运来的城里人捐献的好一点的衣物都先经过了政府人员的截留；灾民衣食无着，还得承担干部消费和变相搜刮，灾民的正当要求被视为寻衅闹事；一心为灾民操劳的救灾工作组的"古板"文人秦友三好不容易通过个人关系，为灾民搞到十五万元村小重建费，却被镇政府截留两万做公款吃喝费用，秦友三还被人挤兑，差点受处罚。何申《乡长丁满贵》③ 中的小窝铺乡原乡党委书记张金宝假借改革的名义，廉价将乡里的后山煤矿卖给李大牙，实际上自己的

---

① 夏天敏：《好大一对羊》，原载《当代》2001 年第 5 期，《小说月报》2001 年第 11 期，《作品与争鸣》2005 年第 9 期转载，获第二届《当代》文学奖，获第三届鲁迅文学奖等全国大奖。

② 陈世旭：《救灾记》，原载《人民文学》2002 年第 8 期，《中篇小说选刊》2002 年第 6 期转载，《小说选刊》2002 年第 10 期转载，获《中篇小说选刊》2002—2003 年优秀中篇小说奖。

③ 何申：《乡长丁满贵》，原载《清明》2004 年第 1 期，《作品与争鸣》2004 年第 8 期转载，《中篇小说选刊》2004 年第 2 期转载。

股份占三分之二。后山煤矿的开发只顾捞钱，陆续死了十几条人命，最终被整顿而暂停开矿。张金宝也因挪用公款买走私烟出了事，给调到县政府办当了个第九副主任。后山煤矿停歇半年中，张金宝到处活动，威逼利诱现任乡长丁满贵，试图煤矿尽快复工而被拒。王跃文《乡村典故》①中的陈村农民陈满生因为牛丢了而去派出所报案，公安收取办案费，物价局收取案值评估费。于是丢失的牛还没有回来已经赔上一头牛的钱。后来陈满生发现牛是被自家的侄子偷走卖掉作赌资了，他想撤销案件未果，侄子涉赌被抓又花了好多钱才赎出来，最后落下"满叔赢官司"的典故。阎连科《柳乡长》②中的柳乡长从外乡的副乡长调任柏树乡任乡长，为了使家家住草房泥屋的椿树村脱贫、自己有政绩，柳乡长强制命令椿树村十八岁以上、四十岁以下的男女全部到城里去想方设法找路子赚钱——即使男的做贼、女的做妓也不准回来，赚不到钱而跑回来的严惩不贷。一段时间后，椿树村在城里谋生的男的大多通过做贼、女的大多通过做妓完成了原始积累，赚回了不少钱。柳乡长特意为其中的佼佼者——卖淫的槐花立碑开现场会，号召乡里其他村学习。杨少衡《该你的时候》③中的坝下村罗伟大曾被判过刑，劳教五年后刑满释放，回到村里，很快就靠经营碎石场发家——罗伟大经营颇有手段，敢下手，也能施小恩小惠。村委会换届，他许诺为村民讨回当年的征地补偿；从而竞选上了村主任。当了村主任的罗伟大垄断碎石生意，唆使村民集体上访，暴力堵截外资大电厂，最终导致县长命令公安警察横扫坝下村，村民多人受伤，罗伟大被捕。王祥夫《尖叫》④中的小镇的米香多次受到迷上赌博、日益无赖成性的丈夫关培绍的残酷非人的虐待，关培绍还诬赖米香娘家欠他十万元。米香及其亲朋好友

① 王跃文：《乡村典故》，原载《当代》2004年第2期，《中华文学选刊》2004年第4期转载，《小说选刊》2004年第4期下半月。
② 阎连科：《柳乡长》，原载《上海文学》2004年第8期，《作品与争鸣》2005年第7期转载，《小说选刊》2004年第10期转载。
③ 杨少衡：《该你的时候》，原载《人民文学》2005年第9期，《小说选刊》2005年第11期转载，《新华文摘》2006年第1期转载，《中篇小说选刊》2005年增刊第2期转载。
④ 王祥夫：《尖叫》，原载《中国作家》2006年第6期，《小说月报》2006年第8期转载，《小说选刊》2006年第10期转载，《北京文学·中篇小说月报》2006年第7期转载，入选2006年中国小说学会排行榜。

多次去派出所、法院、妇联等相关部门寻求援助,均被各部门以模范镇没有离婚指标等理由拒绝。忍无可忍的米香及其娘家人出资三万元雇请了人去杀掉关培绍,公安根据受了重伤、侥幸逃过一死的关培绍的口供追根溯源而抓了米香,政府人员反而纷纷责怪米香导致了模范镇被摘牌。韩永明《滑坡》① 中的竹马岭乡乡长李永祥在乡镇干了三十年,历任两届乡长却没当上乡党委书记,他感觉前程难以发达,于是工作中得过且过,一心想着早日调回县城养老。面对乡党委书记孟华凌一到任就提出的轻质钙厂的承包问题,借口经济困难和历史包袱的原因,一拖再拖而不处理;面对乡党委书记孟华凌发现住有一百五十多户人家和一家轻质钙厂的回马坡滑坡体出现异常的情况,李永祥一再认为孟华凌大惊小怪,不愿干领导尚未安排的事情。结果回马坡滑坡导致重大损失。曹征路《豆选事件》② 中的方家嘴子村的点子叔是老支书,通过修小公路节流国家公路收费站的费款使村民沾了光,自己也坐稳了江山,并先使二儿子国梁当了村支书,后使大儿子国栋当了村长,之后二儿子国梁又当了副乡长。加上国才在省里当处长,国宝在美国读博士,一家人在村里为所欲为、横行霸道,把村集体的土地和财产当作自家的,想怎么卖就怎么卖,还欺凌引诱良家妇女,谁敢不服气反抗就修理谁。

第二节　干部的上进

中国共产党党章明确规定:"中国共产党是代表中国先进生产力的发展要求,代表中国先进文化的前进方向,代表中国最广大人民的根本利益。党的最高理想和最终目标是实现共产主义。……干部是党的事业的骨干,是人民的公仆。党按照德才兼备的原则选拔干部,坚持任人唯贤,反对任人唯亲,努力实现干部队伍的革命化、年轻化、知识化、专业化。"③

---

① 韩永明:《滑坡》,原载《当代》2006 年第 6 期,《小说月报》2007 年第 1 期转载,《作品与争鸣》2007 年第 2 期转载,获 2006 年第 6 站"《当代》最佳"。

② 曹征路:《豆选事件》,原载《上海文学》2007 年第 6 期,《小说选刊》2007 年第 7 期转载,《作品与争鸣》2007 年第 10 期转载,入选多家年度作品选。

③ 《中国共产党党章》,人民出版社 2012 年版,第 1、48 页。

改革开放以来，也有不少真正的共产党员乡村干部抓住机遇，迎接挑战，带领村民在农村这片广阔的土地上脚踏实地进行社会主义新农村建设，开创着辉煌壮丽的共同致富的事业。

改革开放第一个十年有不少表现干部的上进的作品，代表作如蒋子龙《燕赵悲歌》①中的大赵庄的党支书武耕新，在极"左"年代里，他使尽浑身解数也没有使大赵庄摆脱贫困。党的十一届三中全会后，经过几天不吃不睡、痛苦的精神自省，"思想上出一身透汗"，把大赵庄"前前后后的曲折和灾难想透"，对农村工作多年的积弊看清了，对新时期党在农村的方针政策看准了；他知难而进，向乡亲们表示："我还想再干三年，大赵庄要是不变个样儿，你们可以用唾沫把我淹死，可以把我送进大牢，也可以掘我家的祖坟。"于是打破"大锅饭"，实行"专业承包，联产到户"，冲破陈规陋见，量才用人。"种田能手承包土地；头脑清楚、有心路的明白人搞工业、管理企业；会做买卖的搞商业；能工巧匠当工人；能耐人跑业务；瓦木工进建筑队盖新村。"采取农牧业扎根、经商保家、工业发财的多元经营策略，安排农民在种好粮食的基础上大力发展副业，办起农工商联合公司，领导着大赵庄的人们很快富甲一方。其他具有一定代表性的作品还有陈忠实《信任》②中的老村长罗坤在四清运动中被罗梦田斗倒。四清运动结束后，罗坤获得平反重新上任，但其子罗虎不甘父亲受辱与罗梦田之子罗大顺大打出手，大顺因此受伤住院。罗坤知道后立即训斥儿子挑衅的行为，并亲自赶往医院看望照顾大顺，因此感动了罗梦田和大顺，也化解了罗虎对罗梦田的怨怒，从而全村人能够团结一心干四化。郑九蝉《能媳妇》③中的东升屯生产队长李淑霞是一位泼辣能干而又文静贤淑的女生产队长、县劳动模范，她还是姑娘的时候就许诺不让娘家全队劳力分到一元五不出嫁，为此到了二十九岁还没找婆家。她主动相门户，几经周折

---

① 蒋子龙：《燕赵悲歌》，原载《人民文学》1984年第7期，《小说月报》1985年第2期转载，《中篇小说选刊》1982年第6期转载，入选人民文学出版社编选的《1985年中篇小说选》，获第二届《小说月报》百花奖，获第三届（1983—1984）全国优秀中篇小说奖。

② 陈忠实：《信任》，《陕西日报》1979年6月3日，获1979年全国优秀短篇小说奖。

③ 郑九蝉：《能媳妇》，原载《当代》1981年第2期，《小说选刊》1981年第6期转载，《新华文摘》1981年第9期转载，入选人民文学出版社编选的《1981年短篇小说选》。

与王炳南定下终身，结婚第二天，她就去参加婆家队上选举大会，自告奋勇当队长，大胆在生产队实行包产到组，联产计酬，并向大伙约法三章，向全体人员立下了军令状：三年不改变全队面貌，自动下台。谌容《太子村的秘密》① 中的太子村村支书李万举被人称作"代代红""风派人物"，因为他看到上面政策变化无常，于是对上级领导的极"左"路线均采取"都去糊弄"，以弄虚作假的手段紧跟形势加以应付；对与村民利益密切相关的事情则是"三不糊弄"："一不糊弄肚子，二不糊弄庄稼，三不糊弄社员。"结果每次"抓革命"都能"促生产"；李万举也因此成了村民真心爱戴的村支书。金河《不仅仅是留恋》② 中的五十多岁的老村支书巩大明兢兢业业地当了几十年干部——"懒、馋、占、贪，没有过"，面对"包产到户"虽然想不通，也毅然认真执行。抓阄分牲口的场面使巩大明痛苦万分。他觉得这场面跟一位无能的父亲看着儿子吵着闹着分家单过一样；他责怪自己"没当家的本事"；村里有人对自己抓阄的结果不满意，巩大明毅然用自家的去交换。张一弓的《火神》中的老君寨郭亮从村里人多地少的实际出发，利用当地资源，烧制市场急需的硫黄，为陷于贫困中的自己和全村人闯一条活路，成为全村第一个"万元户"。当他捧着一笔巨大的收入而兴奋时，却立刻想到了陷于困境中的乡亲，并毫不犹豫地拿出一千元帮助大家买口粮。于是，乡亲们发动了"政变"——一致选郭亮当队长。面对村民的信任和妻子的阻挠，郭亮再三思考后勇敢地挑起重担，捐出自己所有的资金，资助能镶牙、会理发、当过厨师、干过裁缝的去开店，无手艺但年轻能干的跟随他炼硫黄，老庄稼把式承包庄稼地，人尽其能，按劳分配，带领村民很快还清了拖欠国家的几万陈账，买了汽车，走上了共同富裕的康庄大道。郑义《老井》③ 中的老井村团支书旺泉为继承

---

① 谌容：《太子村的秘密》，原载《当代》1982 年第 4 期，《中篇小说选刊》1982 年第 6 期转载，获 1982 年《当代》文学奖，获 1982 年全国优秀中篇小说奖。

② 金河：《不仅仅是留恋》，原载《人民文学》1982 年第 11 期，《作品与争鸣》1983 年第 5 期转载，《小说选刊》1983 年第 1 期转载，《新华文摘》1983 年第 2 期转载，入选《中国新文艺大系 1976—1982》，获 1982 年全国优秀短篇小说奖。

③ 郑义：《老井》，原载《当代》1985 年第 2 期，《中篇小说选刊》1985 年第 4 期转载，《新华文摘》1985 年第 6 期转载。

先辈的事业，为给儿孙后代造福，立志要在干旱缺水的石灰岩地区找水打井。为研究土质土层，他刻苦自学钻研，一年就看了几十本关于找水的书；建立了自己的理论，回家看儿子的间歇，又一口气跑到青龙山找水；井上发生了事故，他带头下井，坚持打下去。旺泉为了和巧英难分难解的爱，也为了挣脱他无爱的家庭，曾想和巧英一起远走高飞，但他撇不下正在打着的井，这是寄托着几代人的希望，一项凝结着他心血和汗水的事业。最终井打成了。矫健《河魂》① 中的柳泊村小磕巴是学生娃长成的清瘦小伙子、说话带着磕巴的新支书，聪明、好学，视野开阔，沉静寡言却会用脑子。他敏锐地抓住探矿的大学生王维力，在王维力的帮助下，他认真钻研了关于开采石墨矿的技术，用智慧和胆识重新鼓起了人们由于修大坝失败而一同消逝了的热情，带领全村人走上一条多种经营的致富之路。河女弃他而走，他承受着感情上的巨大痛苦，在集体的事业中找安慰，用献身事业的热情去淹没个人的不幸。陈忠实《初夏》② 中的渭河平原冯家滩三队新任队长冯马驹在家庭联产承包责任制改革的号角已经在四川、安徽等地吹响的情况下，率先带领本队农民实行联产家庭承包责任制，同时办砖厂，养种牛，下决心要和他的搭档牛娃、德宽大干一场，为农闲的农民找出路。父亲冯景藩老支书却求人让马驹到县饮食公司当司机，马驹再三考虑后拒绝到县上当司机，继续与合作者为理想而奋斗——即使父亲一气之下不认这个儿子。邹志安《支书下台唱大戏》③ 中的村支书李润娃在十分艰苦的条件下到处求爷爷告奶奶，盖了一所非常结实的小学、解决了全村小孩上学的问题；挖了一眼二十几丈深的大水井、解决了全村人喝水的问题；想方设法因地适宜让村人人均栽活了五十棵苹果树，解决了村人现金收入的问题。然而乡党委书记想插手村里的苹果销售来捞钱，李润娃坚决拒绝而被借故免职，村人为他请来县剧团唱大戏。彭见明《余晚菊》④ 中的蛤蟆洲公社的妇

---

① 矫健：《河魂》，原载《十月》1985 年第 6 期，北京十月文艺出版社 1987 年出版单行本，获第二届（1982—1984）《十月》文学奖，获北京市建国三十五周年征文奖。

② 陈忠实：《初夏》，原载《当代》1984 年第 4 期，获 1984 年《当代》文学奖。

③ 邹志安：《支书下台唱大戏》，原载《北京文学》1986 年第 6 期，入选《北京文学》55 年典藏短篇小说卷，获 1985—1986 年全国优秀短篇小说奖。

④ 彭见明：《余晚菊》，原载《采石》1986 年第 1 期，《小说选刊》1986 年第 4 期转载。

女主任余晚菊安心于山区的基层工作,整天和群众吃喝玩乐在一起,尽一切可能及时帮群众解决她力所能及的难题,因此余晚菊和群众的关系非常好——不论公家最难办的计划生育等工作还是余晚菊的个人私事,群众也都尽一切可能支持帮助余晚菊。最终丈夫已经帮她办好调到城市的手续,余晚菊依然选择了留在山区坚守她热爱的岗位。万克玉《老谎》① 中的西村一直很穷,村长老谎为了村子的脱贫致富而呕心沥血:首先老谎找来下放到村里的技术员,以真心感动技术员而使土法上马的小水泥厂生产出了合格的四十吨水泥,不料眼红的公社领导夺走了设备,水泥厂只好停产;其次老谎以货到付款的形式骗来远方工厂的设备,继续生产水泥,三年后村里经济大翻身,还了债,有了盈利;最后老谎感动自己的前女友,以前女友嫁给炼金师傅的痴傻儿子而建立炼金厂,村里终于富了。

改革开放第二个十年也有不少表现干部的上进的作品,代表作如向本贵《苍山如海》② 中的县委老书记李大铁为工作操劳而患了肝癌,卧病在床却仍然心系工作、心系移民;分管移民工作的县委副书记章时弘为了工作,他几乎把家当成了旅馆,在庞大而繁杂的移民工作面前,他没有打退堂鼓,而是深入群众,苦口婆心做耐心细致的工作,终于使移民工作得以顺利完成;县纪检委书记丁满全一身正气、顶风办案、刚正不阿;财务科长素娟一心扑在工作上任劳任怨。岩码头区抛书记用自己微薄的工资偷偷资助两个特困学生完成学业,对待工作兢兢业业,从不讲价钱。高崖坡村长张守位卑未敢忘国忧,自身承受着巨大的困难还主动为国分忧、为搬迁清库而献出了生命;平坝村村长郝冬生率领乡亲们在荒山上,六年如一日、餐餐酸青菜、顿顿冬瓜汤,艰苦创业奔致富路。其他具有一定代表性的作品还有何申《乡镇干部》③ 中的双龙县搞省里的撤区并乡试点,一道河乡、二道河乡、三道河乡、四道河乡、五道河乡将合并成一个乡,于是

① 万克玉:《老谎》,原载《当代》1988 年第 6 期,《小说选刊》1989 年第 3 期转载,《新华文摘》1989 年第 2 期转载。

② 向本贵:《苍山如海》,湖南文艺出版社 1997 年版,获湖南省第五届"五个一工程"奖,获 1999 年中宣部第七届"五个一工程"奖,第六届全国少数民族文学"骏马奖",并被列为向建国 50 周年献礼 10 部优秀长篇小说之一。

③ 何申:《乡镇干部》,原载《长城》1989 年第 4 期,《中篇小说选刊》1990 年第 2 期转载。

有努力进取的，有得过且过的，有破罐子破摔的，有明争暗斗的……最终却都在党性的原则下听从指挥、服从安排、正常开展工作、顺利完成撤区并乡试点。林和平《乡长》① 中的乡长梁义面对不喜欢自己的县组织部苗部长，舍命陪酒、以求消除误会；面对视察的县长巧背数据、一鸣惊人后又及时谦虚谨慎、以求博得好感和支持；面对工作中的搭档乡秘书、副乡长、村长等或贪赃枉法、无所事事、胡作非为的则采取又打又拉、边敲打边帮助的方针；对下辖的村民遇见的各种困难，则尽可能及时照顾、体贴帮助。刘醒龙《村支书》② 中的村支书方建国吃苦耐劳、一心为公、带病工作。为了申请维修村水闸的五千元经费，他在街头仅吃了3毛钱的馒头，喝了1毛钱的水，18次找曾在本村蹲过点的地委农工部领导。为了将支部一班人团结在周围，就连总是闹分歧的村长，他也与其为善，并认为村长与自己对着干说明他有能力、想超过自己。暴雨来临时，方支书日夜蹲在水闸上不回屋，水闸突然出现了漏洞，情况危急中抱起草棚内的那床棉被，跳入水中，用生命防止了大水灾的发生。铁凝《砸骨头》③ 中的居士村入冬前还差六百元税款，拖了全乡的后腿，乡税务所给了三天的期限。好脸面的村长亲自去村里各家各户收税，各家各户因各种原因没有交上分文税款。村长和会计烦躁痛苦，在村委会办公室争吵打闹得不过瘾后跑到河滩上"砸骨头"，一番头破血流、鼻青脸肿的发泄后，两人各自拿出自家的钱给村民垫上，村民在感动之余均交上了自己的欠款。刘醒龙《合同警察》④ 中的金庙村治保主任李成贵脾气和善，逢人遇事总是多做好事、多说好话；因此上任后就一直下不了台。平时李成贵反感村干部公款吃

---

① 林和平：《乡长》，原载《青年文学》1989 年第 10 期，《作品与争鸣》1990 年第 3 期转载，《小说月报》1989 年第 12 期转载，《小说选刊》1989 年第 12 期转载，入选人民文学出版社编选的《1989 年短篇小说选》，获第三届（1989—1992）青年文学创作奖，获第四届《小说月报》百花奖。

② 刘醒龙：《村支书》，原载《青年文学》1992 年第 1 期，《小说月报》1992 年第 3 期转载，《作品与争鸣》1992 年第 11 期转载，《新华文摘》1992 年第 5 期转载。

③ 铁凝：《砸骨头》，原载《十月》1992 年第 6 期，《小说月报》1993 年第 2 期转载，获第五届（1991—1994）《十月》冰熊文学奖，获第六届《小说月报》百花奖。

④ 刘醒龙：《合同警察》，原载《中国作家》1993 年第 3 期，《中华文学选刊》1993 年第 3 期转载。

喝;碰到李小文为了筹款医治伤残的大哥而盗鱼,反而息事宁人。乡派出所王所长平时关心下属,敢于顶抗上级的一些不合理安排。抓赌时为了避免有人走漏消息而安排周密、抓住了有钱的赌徒毫不顾忌利害关系而敢于罚款。制止村民集体抢鱼时主动放弃枪械,避免了误伤群众而导致自己受伤,最后处理时宁愿损伤自己的正当利益而放过群众。和振华《村长》①中的高黎贡山村寨的村长恒三益从十多岁参加乡村工作,自己的亲戚是县干部,工作二十余年的他不愿意走后门,至今依然是农民。村里因为出了一个乡党委书记,新村支书又是乡党委书记的叔叔,络绎不绝的工作队下驻村寨抓各种工作,使村寨的工作变化无常。恒三益尽可能想方设法抵制不良作风、支持利民政策,使村寨工作尽量不害民、不扰民。贺享雍《末等官》②中的五十多岁的乡党委书记王光明当了很多年的乡镇领导,县委书记下来视察工作,王光明汇报工作时依然实事求是,不愿报喜不报忧;坚决不找关系解决自己和孩子的工作问题;坚决打击倚仗后台的超生户李超英婆婆的死缠烂打和乡霸任老大的胡作非为;挪借乡干部工资给农民发劳务费;最后因为肝癌病逝在工作岗位上。梁晓声《荒弃的家园》③中的翟村的村支书兼村长翟广泰三四十年里为翟村的发展无私奉献,从而得到翟村人格外真诚的尊重。然而县政府对翟村村民收购粮食的无限期拖延的白条,使翟广泰无法说服村民不外出打工而继续种田。翟广泰毅然带领村干部围聚县政府讨要说法而被撤职,三四年后,面对翟村大面积荒废的田地,政府恳求年老的翟广泰再次任村支书兼村长,找回种田的村民;而为了出外打工的芊子设置的一场故意烧死瘫痪母亲的大火,也烧死了灭火救人的翟广泰。向本贵《灾年》④中的雷公坡乡先是遭了水灾,接着遭了旱灾,无法生产自救的乡民还不得不继续上缴各种提留税款。"巧妇难为无米之炊"的乡长郝明生顾不上家里遭了车祸的儿子,想方设法顶住上级要

---

① 和振华:《村长》,原载《怒江》1994 年第 1 期,《民族文学》1994 年第 9 期转载。
② 贺享雍:《末等官》,原载《峨眉》1994 年第 6 期,《中篇小说选刊》1995 年第 3 期转载。
③ 梁晓声:《荒弃的家园》,原载《人民文学》1995 年第 11 期,《作品与争鸣》1996 年第 3 期转载,获《人民文学》1995 年昌达杯小说奖。
④ 向本贵:《灾年》,《当代》1996 年第 2 期,《小说月报》1996 年第 7 期转载,获 1996 年《当代》中篇小说奖。

求的立即封闭雷公坡私人开采金矿的金洞，尽量拖延时间，让乡民加班加点开采金矿，以求度过暂时的困难。最后被感动的乡民主动炸掉金洞，恳求上级不要处分郝明生。马竹《我是您儿子》① 中的油嘴湖乡的瓢泼大雨下了七天，在上级部门已经下令炸堤的情况下，坚守在堤坝上的乡政府的党委书记金明根据历史记录，科学判断出水位即将很快下降，用自己的生命和政治前途，换取炸堤行动推迟一小时；结果水位果然很快下降而避免了不必要的炸堤损失。违令后主动请求受罚，被调到贫困混乱的老家瑞泽乡任乡党委书记的金明先是按兵不动，在经过较长时间的调查研究后，一举拿下瑞泽乡恶名昭彰的熊家台村的村长熊金彪，并使之感化而成致富领头羊；接着带领乡民因地制宜大规模开荒种油菜。何申《年前年后》② 中的偏僻贫困的七家乡乡长李德林原本从县委办下放下来，指望干个一两年就挪回去。不料来了后干了好几年，政绩虽然很明显，却依然没法调回去。这一年李德林一直在七家乡忙到腊月二十三看望完了受灾户才回县城，回去后看到新婚不久的半路妻子与别人热火，于是更加一心一意找关系调回县城。然而组织部门任命他当三家乡的书记，他又毫无怨言立即上任工作。彭瑞高《多事之村》③ 中的盐户村村长、村办企业董事长苏玉芹呕心沥血使村办企业成为全县的样板乡企，并得到村民群众的由衷拥戴。但因国际市场的改变而使村办厂突然失去了原料来源，村办厂濒临停产。苏玉芹组织一群村干部出谋划策，决定大胆采用贿赂对方业务员的办法争取原料，却被检察机关查获。在村民的一片跪倒声中，精明能干的女村长被检察人员带走。

改革开放第三个十年同样有不少表现干部的上进的作品，代表作如王建琳《风骚的唐白河》④ 中的宋槐营的铁金凤从七十年代开始一直是村里的干部骨干，即使取得大学文凭后在城里学校当了兼职教师也不愿离开农

① 马竹：《我是您儿子》，原载《青春》1996 年第 11 期，《小说月报》1997 年第 2 期转载。

② 何申：《年前年后》，原载《人民文学》1995 年第 6 期，《中篇小说选刊》1995 年第 5 期转载，《小说月报》1995 年第 9 期转载，《小说选刊》1995 年复刊第 1 期转载，获第一届鲁迅文学奖（1995—1996）全国优秀中篇小说奖。

③ 彭瑞高：《多事之村》，原载《上海文学》1998 年第 4 期，《小说月报》1998 年第 6 期转载。

④ 王建琳：《风骚的唐白河》，长江文艺出版社 2005 年版，获湖北省第六届精神文明建设"五个一工程"奖。

村。在宋槐营的土地被征收修高速公路、土地补偿款难以到位、老村支书急得脑溢血去世、村民前途渺茫的情况下，铁金凤在镇政府的支持下毅然接任村支书。上任后铁金凤首先稳妥应对村民堵塞交通要道、哄抢铁路运输物资，带领村干部千方百计及时讨回 100 万元土地补偿款来安稳人心；其次带领村民整体搬迁到当年知青开垦后废弃的窝盆岗，并改造千余亩岗地，还推平老庄子再造八百亩良田；再次带领村民成功建立砖瓦厂等八大企业，成立宋槐营农业公司、结算中心、宋槐营联合体；最后面对假外商的低价收购合并，铁金凤顶住镇政府的压力，成立了村民人人有股份的宋槐营企业集团股份有限公司、槐营新村农民娱乐中心，带领村民走集体致富、物质文明和精神文明两手抓的道路。其他具有一定代表性的作品还有何申《多彩的乡村》① 中的三将村村支书赵国强在带领三将村致富的道路上，面临多种矛盾的纠缠：与县里派的工作队队长黄小凤的官僚主义作风的矛盾、与原任支书李广田贪污的矛盾、与村里首富钱满天的吞并与反吞并的矛盾、与乡镇权力部门的剥削与反剥削的矛盾等。赵国强最终不畏权势、不谋私利、不怕困难，打破了各种陈腐观念的束缚，采用科学和民主，带领乡亲们齐心协力致富，使一个贫瘠落后的山村逐步变成和谐文明共同富裕的多彩乡村。尚志《海选村长》② 中的北王村村子大，能人多，事情不好办。当好打抱不平的、忠厚善良的杨大牛得以在海选中高票当选村长后，走马上任的杨大牛坚守选举演讲时许下的诺言，大公无私接连斗败农忙时黑心涨价的机耕手、多占房基地的村支书，并卖掉自家产填补村民交不上的乡提留款的窟窿——甚至再三顶住乡长、乡党委书记的不合理命令。北王村也因此很快成了各方面工作的先进村。闵凡利《解冻》③ 中的风水乡党委书记吴建国面对冯家村的乱象，大胆利用包工头冯家宝当村长，带活近邻几个村的小康建设，并暗中破坏了冯家宝当村长时的迫不得已的超生许诺；年关拖欠三十万元教师工资，吴建国筹款无法的情况下，借大力操办父丧收得 19 万礼金发放给教师；被人举报借丧礼敛钱的吴建国

---

① 　何申：《多彩的乡村》，人民文学出版社 1999 年版。
② 　尚志：《海选村长》，原载《当代人》2000 年第 3 期，《小说月报》2000 年第 5 期转载。
③ 　闵凡利：《解冻》，原载《红岩》2001 年第 5 期，《中篇小说选刊》2002 年第 6 期转载。

毫无怨言地接受处分，调任全县最乱最贫困的鱼尾乡任党委书记。郭昕《村事》① 中的马家沟正直能干的马良才的村长位置被马平治通过关系挤下来、预备党员也被取消后，毫无怨言地带领部分村民做生意发家致富。当马平治因为严重的贪腐问题被逮捕入狱，马良才又毫无怨言地接过村长的职位，毅然中断自己的生意，带领村民在乡里的社会主义新农村建设的物质文明与精神文明建设中多次夺冠，最后被评为省劳模、升迁为副乡长。王新军《乡长故事》② 中的县机关的"我"为了出人头地，主动申请下基层锻炼，被组织任命为运转艰难、干群关系紧张的沙湾乡代理乡长，在挤走坏事的副乡长吴明和掌握乡党委书记老刘的贪污证据后，权力稳固的"我"立即毫无私心大刀阔斧地开展工作：清查乡村账务，选举提拔贤才，修建乡村公路、水塔，发展果林，引进科技筹办生态农业企业……于是沙湾乡很快经济上脱贫致富、干群关系和谐，成为模范乡。陈启文《民意》③ 中的县纪委机关副主任科员黎曙光由于秉公执法而被调任贫困的民生乡党委副书记、代理乡长。到任后，黎曙光通过调研，全力抓抗旱改种玉米，通过耐心细致的工作，成功说服乡民毁掉早稻种玉米，玉米开花时又找来科技人员传授玉米授粉，保证乡民粮食丰收。常务副乡长张岳挑拨黎曙光和乡党委书记的关系，黎曙光毫不理睬。后来因故免职的黎曙光在乡长候选大会上依然被选为乡长，黎曙光坚决要求回到民生乡继续带领乡民发家致富。何申《女乡长》④ 中的马营子乡新上任的女乡长孙桂英，面对一群男同事的钩心斗角，快刀斩乱麻，一方面利用各种关系大力从外面跑来资金修路，为民谋利；另一方面想方设法安抚、拉拢下级，逼出地头蛇、前任乡长现任人大常委会主任贪污挪用的赃款，最终工作一项项得以顺利开展，自己在马营子乡也站稳了脚。李辉《村官》⑤ 中的水旺老汉在村支书钮兴东的劝说下，当起了不要补贴的一心为民的村治保主任。当曾经在村

① 郭昕：《村事》，原载《延安文学》2001 年第 6 期，《作品与争鸣》2002 年第 5 期转载。
② 王新军：《乡长故事》，原载《小说界》2002 年第 3 期，《小说选刊》2002 年第 7 期转载。
③ 陈启文：《民意》，原载《清明》2003 年第 1 期，《中篇小说选刊》2003 年第 2 期转载。
④ 何申：《女乡长》，原载《中国作家》2005 年第 10 期，《作品与争鸣》2006 年第 1 期转载，《小说选刊》2005 年第 12 期转载。
⑤ 李辉：《村官》，原载《啄木鸟》2006 年第 9 期，《作品与争鸣》2007 年第 1 期转载。

里欺男霸女的麻根全劳改释放回来，水旺老汉一心一意想改造麻根全做个好人：亲自去马路上接刚劳改放回的麻根全、将全村人对麻根全落井下石的事全揽到自己头上、到处宣扬麻根全已经改造成好人、多次跑到秋英家劝说秋英嫁给麻根全、到处给麻根全寻找脱贫致富的正当项目……最终以一颗真诚的心感动了麻根全。温亚军《落果》① 中的始原村村支书亢永年当年狠心下死指标让村民在麦田里种植果树，背负了几年骂名后苹果丰收则立即成了全县的典型。面对谣言和刁难，亢永年首先用自家买电视机的预备款为村民垫付了苹果特产税；其次面对淫雨不断导致苹果销路不畅与掉落腐烂，他到处奔波找来了苹果贩子；最后为了找到能安全运出苹果的推土机和拖车，他背着自家苹果、带着自家私房钱去为村民找关系时，摔死在山村小路的乱石沟。邓宏顺《棉花团》② 中的黄泥坳村村支书"棉花团"在全村青壮年全部出外打工、村领导班子无法运转的情况下，被迫在村民的信任下主持村务。由于村里神巫文化浓厚、村民识字不多、地方偏僻不通电，"棉花团"只好借助神巫文化团结人心、办理村务。驻村干部小唐刚开始偏信乡党委书记的话，不信任"棉花团"，后来在实际交往中发现"棉花团"确实是一个好干部，二人齐心协力将村里的水库大坝翻修、将电和电视送进村里，使全村村民摆脱迷信无知。杨少衡《大畅岭》③ 中的岭兜乡副乡长刘克服挂钩移民村三年，给村民办了不少好事。当移民村出现因为乡政府引港资办厂开山造成的饮水问题、山地补偿和相关纠纷时，聚众闹事，刘克服想方设法让投资方帮移民村整体搬迁到大畅岭。面对县委方书记规划的移民村整体搬迁到视野开阔却地质不好的大畅岭小南坡的面子工程，刘克服找地质专家论证后悄悄小幅改动规划，大雨爆发时又及时赶去撤离村民以躲避泥石流，尽可能避免了损失。和军校《薛文化当官记》④ 中的薛文化被父亲赶鸭子上架参选村主任，面对各种贿选，薛文化

---

① 温亚军：《落果》，原载《芒种》2006 年第 9 期，《小说选刊》2006 年第 10 期转载。
② 邓宏顺：《棉花团》，原载《红豆部》2007 年第 2 期，《小说选刊》2007 年第 3 期，入选中国作家协会《小说选刊》编选的《2007 年中国年度短篇小说》。
③ 杨少衡：《大畅岭》，原载《清明》2008 年第 3 期，《作品与争鸣》2008 年第 8 期转载。
④ 和军校：《薛文化当官记》，原载《中国作家》2008 年第 9 期，《作品与争鸣》2008 年第 12 期转载。

以真诚和无私获胜。选上后薛文化首先在曹老师的指点下自费考察了多个小康村，明白了要从医疗、教育、修路、制度和工厂等方面入手；其次成功实现公开招聘村医务员，无私选用了对手的女儿；再次通过募捐和自己私人借贷修建了新的小学；最后帮无人缘的周秩序埋葬父亲，赢得了全村人的民心，带领村民齐心协力奔小康。

小　结

　　改革开放第一个十年因为家庭联产承包责任制的实施，农民获得了土地的生产经营权，一方面集体经济资源缩小，甚至许多村庄成为"空壳村"，乡村干部掌握的资源非常有限；另一方面乡村干部不需要像改革开放前的人民公社时期统管一切工作，而获得自由的农村的物质生产大大提高，乡村干部的主要工作是为乡村集体办实事、谋福利；同时国家的生产计划任务需要通过乡村干部催交公粮的方式加以完成，农民的发家致富也需要作为乡村精英的乡村干部带领，于是这一时期政府和群众都热烈欢迎致富能人和品德高尚的乡村干部，现实农村也确实涌现了一大批优秀的乡村干部、干群关系良好——1987年的相关调查显示，农民对基层干部作风很不满意的只有2.5%，不满意的只有4.1%。认为干部"辛辛苦苦带领大家共同致富"的农民比例有3.2%。① 鼓舞人心的局面催促众多作家写出了许多乡村干部的上进的作品，且影响较大。不过也有一些乡村干部受极"左"思想的影响，抵触和顶抗改革开放政策；还有一些乡村干部官僚主义思想严重、贪污腐化，这些不良表现也曾引起农民的不满——1987年的相关调查显示，认为干部"以权谋私"的农民比例有9.7%，认为干部"光拿补贴、不干工作"的农民比例有9.1%，认为干部"不按政策办事"的农民比例有3.2%。② 从而一些乡村干部成为作家笔下嘲讽的对象。

　　改革开放第二个十年由于中国经济体制加速向社会主义市场经济转变，计划生产任务逐渐减少，为了增加政府财力和完成各种达标任务导致

---

　　① 详情参看中共中央政策研究室、农业部农村固定观察点办公室编《全国农村社会经济典型调查数据汇编　1986—1990》，中共中央党校出版社1992年版，第326、353页。

　　② 同上书，第353页。

的农业税费收取的任务大幅度增加，加上为了严格控制人口数量而使计划生育工作凸显，使乡村干部被农民认为"要粮、要命、要钱"的"三要分子"，乡村干部的主要精力是收税、抓计划生育工作、接待上级检查；同时，为了维持高压下的农村的稳定，不少基层政府部门与混混、流氓、黑社会势力勾结，使乡村干部的形象和口碑差到极点，导致作家笔下大量乡村干部的负面形象的涌现。然而在传统道德修养的熏陶下、共产主义理想的教育下，主流的乡村干部依然是一批精明能干、大公无私的乡村干部——根据相关调查显示，当干部的主要动机是"愿意为村里人做点事"的占 69.3%、"实现自我价值"的占 28.8%，而主要动机是"社会地位高、受到尊敬"的占 0.7%、"经济上的好处多一些"的占 1.3%；当干部的态度是"只要让干就一直干下去"的占 68.1%，而"只想干一段时间，将来准备去企业"的只占 5.2%、"现在就不想干了，只是没有合适的工作"的占 12.6%、"现在就不想干了，只是领导不同意"的占 14.1%[①]。不过因为改革开放第二个十年理想主义的黯然失色、拒绝崇高和庸俗盛行，由此导致乡村干部的正面形象也多了无奈、悲情和油滑。

改革开放第三个十年因为国家工业化取得了一定的成效，农业税占国家财政收入的比例已经很低，加上乡村干部收缴税费的开支和搭车收费的极大膨胀，导致干群关系极端紧张、恶化，于是党中央、国务院及时作出废除农业税的决策，实施工业反哺农业的政策，乡村干部终于从"要粮、要命、要钱"的"三要分子"的阴影下脱身，在建设社会主义新农村的形势下，可以一心一意为农民服务——相关调查显示，发展集体经济、农村基础设施建设、科技宣传及推广这三项村庄公共服务性工作被列为村干部最重要的工作、排在工作重心的前三位，基础教育及卫生、反映村民意见、农村宅基地管理、协调民事纠纷和农村社会治安管理等重要性位次也均提到了收税、抓计划生育工作、接待上级检查前面。[②] 于是全国再一次涌

---

① 中国社会科学院经济研究所"无保"调查课题组：《无锡、保定农村调查统计分析报告1997》，中国财政经济出版社 2006 年版，第 527 页。

② 郭斌：《村干部工作行为规律及激励机制研究》，博士学位论文，西北农林科技大学，2011 年，第 76 页。另外姜作培《2278 位村干部生存状态调查》（《人民论坛》2009 年第 12 期）等的调查结果也是类似情况。

现出不少优秀的乡村干部，乡村干部的形象得到很大改善——相关调查显示，村民对村干部工作很满意的占 15%，较满意的占 47%，基本满意的占 30%，不满意的和很不满意的共占 8%①；干群关系也得到很大的好转——根据相关调查，村民中认为干群关系很好及较好的占 53%，认为干群关系一般的占 40%，认为干群关系不好的占 5%，很不好的占 2%②；作家用自己的笔及时反映了这个现实。同时，在改革开放第二个十年不少混入乡村干部的混混、流氓、黑社会不可能自动退出舞台——尤其是国家的各种惠农政策有利可图、社会主义新农村建设有机可乘，还有曾经积极上进的乡村干部的堕落腐化、乡村干部整体素质依然不高③、严重的乡村集体债务④；因此改革开放第三个十年农村现实题材小说中的乡村干部的负面形象依然数量不少。

---

① 详情参看李剑阁《中国新农村调查》，上海远东出版社 2007 年版，第 22 页。
② 同上。
③ 2006 年 17 省 2749 个村庄的调查显示，村干部平均年龄 45 岁，高于 41 岁的村干部的比例达到 74%，村干部中有高中及其以上学历的只有 47.2%。详情参看李剑阁《中国新农村调查》，上海远东出版社 2007 年版，第 22 页。
④ 2006 年 17 省 2749 个村庄的调查显示，村庄集体平均负债 176.23 万元。详情参看李剑阁《中国新农村调查》，上海远东出版社 2007 年版，第 22 页。

第三章 变革的艰难与前景

由于"文化大革命"的折腾，改革开放前国家已经陷入经济崩溃的边缘，面对如此庞大的贫困人口和顽固的极"左"思潮而开展的改革开放，必然困难重重。然而在党和政府的英明领导下，在全国各族人民的齐心协力合作下，改革开放最终取得了举世瞩目的成就，成功实现了农村小康生活建设的目标。

第一节 变革的艰难

社会学家曹锦清在对河南乡村的实地考察中发现："'从外到内''从上至下'地看中国近百年现代化的艰辛历程，可以发现中国知识分子与政治家的观念差不多'现代化'了，至少在话语方面差不多现代化了……'从内向外'看，可以提示我们中国离原初的出发点并无多远。有人把'先进'的沿海与城市，'落后'的内地与乡村看成两个生活世界，这或许过于夸大，但从内地与乡村来看中国的现代化，确实可以发现，现代化大多停留在口头上或写在墙上，而实际进程可用'步履艰难'来形容。"① 农村改革开放的艰难一方面体现在外部阻力——农民的物质文明与精神文明的正常追求和不利的自然环境（贫瘠的土地、不断的自然灾害等）与社会环境（极左观念、保守势力、宗族势力、官僚主义、既得利益者、封建迷信、法制的不健全等）的斗争；另一方面体现在内部

① 曹锦清：《黄河边的中国——一个学者的观察与思考》，上海文艺出版社 2000 年版，第763—764 页。

阻力——农民在改革开放中的自我心理的冲突和震荡，即农民文化心理转型时的阵痛。这个冲突和震荡的过程实际上就是自给自足型农民向市场型农民转变的过程，是农民从传统观念向现代意识嬗变的过程，是农民的自我解放的过程。在这个过程中，新与旧、现代与传统、改革与保守的尖锐对立冲撞，使农民们灵魂的每一个角落都受到深深的撞击，人们内心充满了痛苦、迷惘、失落与困惑。

改革开放第一个十年有不少表现变革的艰难的作品，代表作如张炜《古船》① 中的胶东小镇洼狸镇历来以出产粉丝著名，民国时期的隋家粉丝曾畅销海内外。改革开放后，一直依靠宗族辈分和阴谋权术占据着洼狸镇的实际统治高位的赵炳，指使"流氓无产者"赵多多率先承包粉丝厂，成为"优秀企业家"；然而生活奢侈无度的赵多多为了赚取更多利润，不顾粉丝的质量，大量掺入淀粉，最终损毁粉丝厂的声誉和利益，使之成了"烂摊子"。隋家后人隋见素则为了得到粉丝厂费尽心机，无时无刻不在想着复仇，在赵多多承包了粉丝厂后不惜搞鬼使粉丝"倒缸"；在听说母亲受赵氏家族虐待的死因后，他"腰间有一把锈迹斑斑的砍刀"想以此了结赵多多。热心技术创新的李知常及其家族则在镇上一直没有地位，掌握酿造粉丝绝技的隋抱朴又因家族的苦难而变成一个沉默寡言，懦弱而自卑的人，常年躲在老磨坊里。其他具有一定代表性的作品还有张一弓《最后一票》② 中的公社革委会主任赵雨文的没过门的儿媳妇去麻纺厂当了会计，外甥女婿坐在大众食堂的玻璃柜里开发票，为了当选乡长，四处许诺帮忙解决工作；公社革委会副主任李明玉利用职权拆了停办的小铁厂的小高炉上的耐火砖盖起全公社瞩目的新式楼，为了当选乡长，四处许诺帮忙平反冤假错案。无奈的农民代表王老汉见二人在选举中依然强势，烧掉手头选票，要去找当年为乡亲们利益而被国民党反动派钉死的老八路王刚。乔典运《笑语满场》③ 中的何老五在大队要民主选举大队长时，怎么也不相信

---

① 张炜：《古船》，原载《当代》1986 年第 5—6 期，人民文学出版社 1987 年出版单行本，获第二届（1986—1994）"炎黄杯"人民文学奖，入选中国新文学大系（1976—2000）。

② 张一弓：《最后一票》，原载《文汇月刊》1981 年第 12 期，《小说月报》1982 年第 2 期转载。

③ 乔典运：《笑语满场》，原载《北京文学》1981 年第 7 期，《小说月报》1981 年第 9 期转载，获 1981 年《北京文学》优秀小说奖，获 1981 年河南省短篇小说奖。

上级会把选官的权利交给他这样的平头百姓。当选举这一天到来时，何老五拿了全家的选票，带着全家一起去了会场。面对会场上到处是反抗和嘲笑现任以造反起家且又贪腐的大队长于占山的人，何老五生怕被于占山发现自己与对他不满的人待在一起，几次挪动位置，并最后亲自跑到于占山面前在自己和妻子的两张选票上选了于占山。张弦《银杏树下》① 中的农家少女孟莲莲不顾家人反对，与姚敏生自由恋爱，并将来之不易的上大学名额让给姚敏生，心甘情愿"为他有出息，什么苦都能吃，什么罪都能受"。大学毕业后分到县教育局工作的姚敏生却负心攀附高枝——努力追求宣传部副部长的女儿。痛不欲生的孟莲莲认定"是他的人了""不敢告，也不敢对人说，自己忍着、等着……"在记者常雁和县委书记的干预下，姚敏生被迫娶了孟莲莲，一两个月也不回家一趟；孟莲莲却陶醉于"贵人相助"，对这桩组织出面包办的婚姻快活得意、心满意足。为了讨丈夫的欢心，她还烫了头发，挺着大肚子给姚敏生送鸡蛋。矫健《老霜的苦闷》② 中的农民田老霜新中国成立前一直为自己不会赚钱而害臊，共产党老区长的"穷光荣！共产党就穷"鼓起了他的勇气；之后田老霜凭着一种农民对国家、对党、对集体的无比忠诚热爱之情，当了三十余年立场坚定、大公无私的贫协主任。在农村已广泛落实家庭联产承包责任制的经济热潮中，田老霜不仅不能带领群众致富，还依然视赚钱为资产阶级的把戏，自豪于过去的满屋子的奖状和赤裸裸的贫穷，对劳动致富的老茂当模范不服气——用"溜墙根"对老茂监视竟持续六七年之久！日夜幻想着变天！孙健忠《醉乡》③ 中的雀儿寨改革开放后，矮子贵二从外边闯荡归来，承包了烂碾坊，通过勤恳劳动致富后，陷入不良女人香草的情网，结果人财两空；寡妇玉杉不知道人生的尊严，不及时接受贵二的爱情，却满足与村干部天九

---

① 张弦：《银杏树下》，原载《钟山》1982 年第 1 期，《小说月报》1982 年第 6 期转载，入选人民文学出版社编选的《1982 年短篇小说选》，入选《中国新文艺大系 1976—1982》。

② 矫健：《老霜的苦闷》，原载《文汇月刊》1982 年第 1 期，《小说选刊》1982 年第 4 期转载，《新华文摘》1983 年第 5 期转载，入选人民文学出版社编选的《1982 年短篇小说选》，入选《中国新文艺大系 1976—1982》。

③ 孙健忠：《醉乡》，原载《小说界》1984 年第 1 期，上海文艺出版社 1986 年出版单行本，获第二届少数民族文学长篇小说奖。

的通奸；保管员天九利用自己的权力，敲诈承包碾坊的矮子贵二两百元，引诱寡妇玉杉，在寨子里挑拨是非，利用家里劳力多致富后，又打算开油坊排挤贵二；原好吃懒做，专门整人、打狗、捉鸡的民兵连长大狗——极"左"路线在农村的社会基础和打手，吃不了干农活的苦，出外赌博走私。贾平凹《鸡窝洼人家》① 中的鸡窝洼的回回、麦绒一开始将禾禾养蚕搞副业视为"胡折腾"，一直冷嘲热讽，他们心里想的是："农民嘛，只要有粮，天塌地陷心里也不慌了。"所以把全部心思都放在土地上，回回整天泡在地里，最大的乐趣就是看那麦浪的波动。结果粮食丰收后，迫切需要钱的麦绒急急去集上卖粮，但粮价却下跌得厉害。最后，卖粮卖得夫妻二人心急上火也不够家中的日常开支。周克芹《晚霞》② 中的拖拉机手庄海波在遵从父命给村里寡妇彭二嫂领头办的手工制作蜂窝煤厂拉煤时，熟悉了蜂窝煤生产与销售的门路，兴起了自己办机器制作蜂窝煤厂当厂长的念头。庄海波的父亲、退休的共产党员村干部老庄由于同情寡妇彭二嫂的艰难日子和其领头兴办手工制作蜂窝煤厂的坚强个性和大公无私精神，坚决反对儿子庄海波兴办机器制作蜂窝煤厂，害怕机器制作蜂窝煤厂挤垮手工制作蜂窝煤厂而导致大量人下岗。父子为此翻脸分家。李準《瓜棚风月》③ 中的丁云鹤凭着自己种瓜的绝技，在贫穷的辛庄签订合同，与村民一起入股承包种西瓜；整个辛庄也由于丁云鹤的到来而恢复了活力、充满了希望。然而西瓜丰收后大赚了一笔钱的村民在根据合同要付给丁云鹤"巨额"报酬的时候，他们出卖了自己的诺言、信义和道德观念。丁云鹤怀揣着他应得报酬的一半，带着复杂的心情离开了辛庄。来年的播种季节，辛庄的人们只能再次踌躇起来。矫健《河魂》④ 中的柳泊村二爷是从

---

① 贾平凹：《鸡窝洼人家》，原载《十月》1984年第2期，获西安首届冲浪文学奖，获第二届（1982—1984）《十月》文学奖。

② 周克芹：《晚霞》，原载《长安》1984年第7期，《作品与争鸣》1984年第10期转载，《小说月报》1984年第10期转载，《小说选刊》1984年第9期转载，《新华文摘》1984年第9期转载，入选人民文学出版社编选的《1984年短篇小说选》，获第一届《小说月报》百花奖。

③ 李準：《瓜棚风月》，原载《人民文学》1985年第2期，《作品与争鸣》1985年第5期转载，《中篇小说选刊》1985年第3期转载。

④ 矫健：《河魂》，原载《十月》1985年第6期，北京十月文艺出版社1987年出版单行本，获第二届（1982—1984）《十月》文学奖，获北京市建国三十五周年征文奖。

土改、合作化、"大跃进"一直到学大寨运动的带头人，几十年来紧跟时代却对今天眼花缭乱的现实无法适应，不能理解；但他又不为新形势所动摇，固守着自己一辈子养成的人生信念，坚持用旧的框子去套新人物、新事物。于是，他处处感到碰壁，在修坝问题上，和他自己选定的青年支书小磕巴冲突起来；在家庭问题上，又和他钟爱的孙女河女对立起来。陈忠实《四妹子》① 中的关中平原吕家堡吕克俭家娶来的三儿媳妇——陕北四妹子创立的养鸡场好不容易发展壮大，在公公的建议下接纳了老大、老二两家人共享利益，大嫂、二嫂却眼红四妹子被登报表扬和整天骑车在外奔波联络生意，结果大打一场。老大、老二两家坚持要解散养鸡场，将盈余所得按劳力分配。尤其让人想不到的是被所有人尊重的知书识礼当教师的大儿子竟然锱铢必较，一笔一笔将自己参加劳动的时间记录巨细靡遗地列了出来。结果付出全部资金、技术和很大心血的四妹子收益最少，县里准备扶持的重点养鸡个体专业户也因此垮台。阎连科《两程故里》② 中的程村村长程顺民对上级的命令绝对服从，平时只知道苦干——明知自己能力不够，也不让位，直到累死。程天青在城里做生意，自己赚了不少钱，对村里的公事也多有捐助，还带领本村许多青年人出外发家致富；个人希望能够当上村长，发挥更大作用，但是权谋不够，给公家捐大笔钱修祠堂以便收买人心，结果却被程天民弄得费力不讨好，竞选村长也失败，带出去的村人也开始逐渐管不住。程天民则一直在乡镇上当干部，数十年玩弄权术掌控村人，面对改革开放后的巨大变化，程天民亦日益感觉力不从心。

　　改革开放第二个十年也有不少表现变革的艰难的作品，代表作如傅恒《幺姑镇》③ 中的幺姑镇幺爷和黄二娘在各自丧偶多年后，虽已有私情、相爱很深；然而幺爷为了自己和黄二娘的名声，毅然拒绝与黄二娘生前成亲、死后合葬，只好相互许诺来世成恩爱夫妻。刀娃子开了一家时髦的理

---

① 陈忠实：《四妹子》，原载《现代人》1987 年第 3 期，《中篇小说选刊》1988 年第 2 期转载。

② 阎连科：《两程故里》，原载《昆仑》1988 年第 1 期，《中篇小说选刊》1988 年第 5 期转载，入选人民文学出版社编选的《1988 年中篇小说选》，获 1988 年《昆仑》优秀作品奖。

③ 傅恒：《幺姑镇》，原载《当代》1989 年第 2 期，获 1985—1993 年《当代》"炎黄杯"文学奖，获四川省首届文学奖。

发店,生意很好,也因此自我感觉良好;却一心想当幺姑镇的棋艺第一人,游戏爱情,代替黄凯去相亲,一言不合就大打一场,回来自认为没丢幺姑镇的脸面。黄凯是幺姑镇唯一的大学生(电大毕业),深得全镇人的器重,与乡下来的开凉粉店的姑娘桂桂交往中,爱上了桂桂的单纯、勤劳;然而母亲黄二娘一搅和,黄凯就放弃了自己的承诺,在幺爷的安排下去了县城工作。乡下来的姑娘桂桂为了养活自己与赢得尊严,咬紧牙关、大着胆在镇上开了一家凉粉店,虽然质优价廉、服务态度很好,镇上人却认为桂桂不该不在乡下种田,而来镇上掺和镇上人的生活,先是集体给予桂桂难堪与冷落,然后又对桂桂主动出资修好子来桥议论纷纷。其他具有一定代表性的作品还有陆涛声《最后两票》[①] 中的村长李金龙贪污腐化,对村民耀武扬威。到了村长改选的时候,村民相互约定改选正派能干、有文化的吴春山,不料即将正式选举的时候,乡长根据调查到的情况,把李金龙叫到一边去做落选的思想工作;结果被村民误以为乡政府依然支持李金龙当选。于是最终的选举结果以李金龙比吴春山多一票而胜出。毕四海《尼砚》[②] 中的孟家庄的孟白通过竞选击败了保守的老村支书孟广文后,立即筹办耐火砖厂,然后建成含商店、饭店、舞厅、宾馆等于一体的三江大厦,通过科学管理和引进人才,很快孟家庄村就集体脱贫致富。然而前支书孟广文、民兵连长庆祯、贫协主席孟照彦等人眼红,再三鼓动一些好吃懒做的人一起闹事,并写告状信污蔑孟白,使对孟家庄富甲一方而有点心理不平衡的县委书记亦派来调查组。孙惠芬《天高地远》[③] 中的农村少女"我"的一家一年四季辛勤劳动,三亩三分大田七分菜地,只能换来一日三餐的咸山芋糊口。勤劳能干的大姐和大姐夫以种地养猪为主体的运转中,一年有三四百元纯收入,已经是亲戚中最有钱的了。勤劳的二姐和二姐夫种地多年还没盖起房,因公公婆婆腾屋给小叔子结婚,被撵出老屋;小姐姐和小姐夫用所有的积蓄买来十斤狗宝种,因为先旱后涝,结果全家

---

① 陆涛声:《最后两票》,原载《北京文学》1990 年第 7 期,入选人民文学出版社编选的《1990 年短篇小说选》。
② 毕四海:《尼砚》,《十月》1991 年第 4 期。
③ 孙惠芬:《天高地远》,原载《海燕》1991 年第 7 期,《小说月报》1991 年第 11 期转载。

的口粮都没有着落。何申《归去来兮》① 中的两间房小山村的傅金香在城里姑姑的撺掇下，加上家里的生活困境，于是不顾丈夫老仓的反对，下定决心进城做点小生意。进城后，傅金香做买卖先是拉不下脸，不好意思招呼买主；接着是生意做得不精明，没多少利润；再接着夫妻二人为赚的钱怎样分配争吵；最后碰到势利的房主刁难，在老仓的鼓捣下，夫妻二人停了生意搬回了老家。关仁山《蓝脉》② 中的雪莲湾的黄大宝家世世代代是造木船的，不料新时代木船被淘汰了，黄大宝先是不顾父亲黄老爷子的反对，跑到城里学做新式家具，结果发现拆船是个利润丰厚的行当。于是黄大宝通过各种关系、费尽心机建立了拆船厂，然而村里有人眼红偷钢板；父亲黄老爷子和弟弟总是对黄大宝吹毛求疵；黄大宝和媳妇没感情却离不成婚、与情人情投意合又结不成婚；与白剑雄合作却上当受损……拆船厂处于风雨飘摇中。刘醒龙《黄昏放牛》③ 中的离开家乡五年后的劳模胡长升回家后，发现村里的大片粮田荒芜，很多人已经不再种地，连自己的儿子红卫也不再种田而靠进城卖菜挣钱。面对土地的荒芜，胡长升痛苦不堪，发出"这好的田不种庄稼，老祖宗睡在地下骂我们"的感慨。于是胡长升希望以自己的种田来带动村民，结果辛苦种了一年的田最后卖粮却得到个白条子，而儿子卖一趟菜就能挣一万多元，且村里的吴支书还带着村干部，到处到百姓家抢收"苛捐杂税"，他这才明白村民为什么不种田而让田地荒芜。韦晓光《村办厂》④ 中的天头岗村从村干部到村民均不思进取，沉迷于温饱后天天搓麻将。奉命落实天头岗村奔小康的乡干部老吴在无法劝服大家办厂致富的情况下，挪用扶贫款带领大家到沿海富裕乡村考察一圈。考察回来后，通过多方面努力，颇费周折贷得二十万元，联合孙老板和裘老板开办做算盘的工厂，好不容易工厂赚钱了，在村干部的钩心斗角和村民的眼红忌妒中，孙老板和裘老板撤资跑了。陈玉川《他也是被告》⑤ 中的

① 何申:《归去来兮》,《当代》1992 年第 1 期。
② 关仁山:《蓝脉》,原载《人民文学》1992 年第 7 期,《小说月报》1992 年第 10 期转载。
③ 刘醒龙:《黄昏放牛》,原载《长江文艺》1994 年第 1 期,《作品与争鸣》1994 年第 3 期转载。
④ 韦晓光:《村办厂》,原载《清明》1995 年第 6 期,《中篇小说选刊》1996 年第 1 期转载。
⑤ 陈玉川:《他也是被告》,原载《山西文学》1995 年第 10 期,《小说月报》1995 年第 12 期转载。

农民李大猛见当地麦子市场不景气，但面粉销路很好，于是李大猛办了一个以麦换面的面粉厂，既方便了村民又自己发家致富。随之难以招架的应酬让李大猛把工商、税务、银行、电力都给得罪了；加上麦子突然不停涨价，那些存麦客户们纷纷要求按现价一次兑清，面尽粮绝时，银行又把账户冻结了，厂子只能停产关门，存麦客户们担心李大猛还不了债、哄抢了厂子，最后被哄抢的李大猛是案发的原告；但因欠别人的存粮，也成了被告。关仁山《大雪无乡》① 中的福镇镇长陈凤珍是在福镇经济濒临瘫痪时上任，她试图改革现状，实行股份制，但她深陷在重重矛盾中而不能自拔：因镇里股份制改革造成了基金会股民的取款，而玛钢厂又压着基金会的资金，激起存款群众的恐慌和激愤。许多干部趁建厂买设备捞回扣，玛钢厂等乡镇企业就像张着血盆大口的怪兽，吞噬着国家和农民的血汗。最后玛钢厂终于破产，基金会也散了架；陈凤珍在无雪的平原上无力地治理着烂摊子。肖克凡《远山沉没》② 中的地处青峰山腹地的火镇，因为青峰山区物资丰富，大量的人们依靠青峰山出产的物资维生。突然青峰山区修建青峰山水库，火镇全部被淹没，依靠青峰山维生的山民失去了传统的生活方式，许多人惶恐不安——虽然也有不少人立即开发利用青峰山水库的渔业资源；但是不谙熟水性的山民为此付出了许多条生命。石舒清《选举》③ 中的鸡肠子河村的刘有财、李志生、李志龙三人在外发了点财，懂得有了权力就可以拥有一切，觉得自己三个"有头脸"的人应该在政治舞台上一展身手了；于是自作主张地集合村人，要把原村长"巴掌脸"选掉。然而，这是一场非法选举。三个人或逃逸，或被抓了进去，最终以闹剧收场。邓宏顺《金秋是个梦》④ 中的农民花脸是个真正的男子汉：正直、勤劳、聪明、有魄力。然而他的发家致富的梦想一个接一个破灭：买碳铵贷不到款；假稻种误了阳春，卖假稻种的逍遥法外，无人过问；加工的木

① 关仁山：《大雪无乡》，原载《中国作家》1996 年第 2 期，《小说选刊》1996 年第 4 期转载。

② 肖克凡：《远山沉没》，原载《十月》1996 年第 5 期，《小说月报》1996 年第 11 期转载。

③ 石舒清：《选举》，原载《飞天》1996 年第 6 期，《小说月报》1996 年第 9 期转载，获《飞天》十年文学奖。

④ 邓宏顺：《金秋是个梦》，原载《湖南文学》1996 年第 10 期，《中华文学选刊》1997 年第 1 期转载。

器被任意没收；烟叶丰收却价格突然大跌；拿不出上交款而被搬走了电视机；因为木材争端被警察叫进了派出所……他的理想成了乌托邦，花脸只能再做一个"金秋梦"。

改革开放第三个十年同样有不少表现变革的艰难的作品，代表作如贾平凹《秦腔》① 中的清风街村在改革开放多年后，村民的生活均一定程度上得到了提升，然而村里的田地因为修路、建农贸市场等日益减少；种田越来越不划算，村里的年轻人大多出外打工，村里剩下的大多是老弱病残；原本夜不闭户、路不拾遗的清风街村常常出现失盗事件，原来家庭和睦、父慈子孝的清风街多次出现了子女不孝案例；原本颇受村民喜爱的秦腔剧团倒闭了，街上出现了酒楼、娼妓、卡拉 OK 厅和黄色录像厅等；原本精明能干的村支书夏君亭权力稳固后，设计扳倒与自己不齐心的忠厚老实的村长秦安，拉拢承包砖场的恶人三踅，借用村霸三蜇的邪劲管理"收粮派款"、计划生育、开办农贸市场，他自己公款吃喝，甚至嫖娼……清风街村在现代化、城市化浪潮的冲击下，像大多新一代农村一样正不可避免地面临着古老的农村文化势不可挡地解体的洪流。其他具有一定代表性的作品还有关仁山《平原上的舞蹈》② 中的羊马庄的农民嫌种地赚不到钱还倒贴钱：种子、化肥、农药等农资纷纷涨价，各种税费、提留款也涨，粮价却不涨。于是羊马庄村民纷纷到乡镇企业打工，将很多地抛荒，温州的徐老汉趁机廉价承包了大片土地。后来乡镇企业发展不好，村民纷纷从乡镇企业下岗，徐老汉的土地承包却赚了钱，于是许多村民不顾合同，谋划夺回土地。不料一段时间后中国入关，粮食大跌，村民又不要土地了。阚迪伟《小沃村》③ 中的小沃村在村长的带领下，通过大量砍伐村里山上的树木种小沃牌香菇、制作菇神牌菇料而家家建了新房、通了电话和有线电视、安装了煤气管道，成为让人羡慕的小康村。然而一场暴雨的来临，

---

① 贾平凹：《秦腔》，原载《收获》2005 年第 1—2 期，作家出版社 2005 年出版单行本，入选 2005 年度中国小说学会排行榜，获第四届华语文学传媒大奖，获世界华文长篇小说奖红楼梦奖，获第七届茅盾文学奖。

② 关仁山：《平原上的舞蹈》，原载《十月》2000 年第 3 期，《小说选刊》2000 年第 7 期转载，《作品与争鸣》2000 年第 6 期转载。

③ 阚迪伟：《小沃村》，原载《长江文艺》2000 年第 6 期，《小说选刊》2000 年第 8 期转载。

使没有了树木的山开裂、滑坡，导致全村一半以上的田地埋没，全村的房子成为危房，小沃村也因此再次成为贫困村。董陆明《荒地村》① 中的外来户刘发林夫妻承包了荒地村无人愿意承包的荒山，投入几十万资金和数年心血，荒山果园开始有较好收益。荒地村村民却因为贫困、眼红和刘发林夫妻有点小气，先是要求改变合同，提高承包款和提前归还承包款项。刘发林一是以为有乡党委书记黄建功做靠山，自己又是县乡树立的典型，觉得有把握可以按合同来；二是因为手头还不宽裕，提高承包款和提前归还承包款项均有损失。村民于是在马占山等人的周密领导下强行将果树分到每户，几十万元的果子抢卖掉还村统筹提留的贷款，果园大受影响。胡培玉《罢官》② 中的舜王庄村主任姜来福为舜王庄的事业尽心尽力：领着大伙儿挖鱼塘冻掉了脚指头使腿瘸了；建大棚到南方进竹竿，差点把命搭上……然而上边不停地折腾，迫使姜来福不得不为保住干事的权力而四处拉关系、做假账和做违法的事，不满姜来福的村民集体上访，通过《村民委员会组织法》罢免了姜来福，姜来福疯了，新村主任却一直选不出来。关仁山的《伤心粮食》③ 中的九台庄在外打工没赚上钱的王立勤从城里回来时，家里穷得缴不出税费，粮食又卖不上价，王立勤跑到郑州也找不到好主顾。这时村长让能干的王立勤领头成立农民协会，为农民提供各种低价的多方面的服务，王立勤全身心投入这个利人利己的改革中；然而最终发现干部们不过把他和农民协会当作新的剥削农民的工具。为了逃避那日益腐败的乡村政治和被乡村政治搞坏的乡风民俗，既不能与之抗衡，也不愿与之一起沉沦的王立勤，只好背着母亲，去城里拼死一搏。李一清《农民》④ 中的牛啃土村在改革开放后经历了短暂的繁荣，很快因为粮价大跌、农资飞涨，产业结构调整不顺——政府倡导主持的大蒜工程、红辣椒工

---

① 董陆明：《荒地村》，原载《牡丹》2001 年第 3 期，《小说选刊》2001 年第 8 期转载，《中篇小说选刊》2001 年增刊第 2 辑。

② 胡培玉：《罢官》，原载《山东文学》2001 年第 5 期，《中篇小说选刊》2001 年第 5 期转载。

③ 关仁山：《伤心粮食》，原载《人民文学》2002 年第 6 期，入选林建法编《2002 年中国最佳中篇小说》。

④ 李一清：《农民》，四川文艺出版社 2004 年版，获巴金文学院第九届"诺迪康杯"文学奖，获第五届四川文学奖。

程、万担茧工程、番茄工程、冬瓜工程等大多劳民伤财，加上苛捐杂税，结果牛啃土村村民大量外流、土地大片荒芜。罗伟章的《我们的路》① 中的鞍子寺的土地吃肥料吃惯了，肥料给少了就长不出好庄稼。郑大宝家几亩田每年买肥料就要四百多块——这还是买得少的；耕种的春水田的时令十分紧凑，稍不小心就错过了时机，导致收成大减产。每年每个成年劳力要交十个义务工的 200 元的现金。结果郑大宝家媳妇金花在家种田五年，不但赚不了钱，大宝打工寄回的 3100 元全垫进去，还去娘家借了 1500 元。所以年轻村民基本上出外打工，全村只留下老幼病残。冯积岐《村子》②中的松陵村农民在改革开放后，虽然生活更加自由自在了，很短时间里就能够通过自家人的勤恳劳动所得填饱肚子；但是村民们的生活依然困难重重：种地难、收割难、卖粮难、卖猪难、办厂难、上学难、看病难、打工难、上诉难……改革开放十余年后村里依然有三四十户交不出村提留款；改革开放二十余年后，大多村民还没有过上小康生活，新农村建设的任务还任重而道远。荆永鸣《老家》③ 中的北地村二姐夫种地、种烟、种药材……养鸡、养猪、养蚂蚁……包括政府专门扶持的养奶牛，都没赚上钱，甚至亏本。小二买拖拉机开也赚不到现钱。因为村里有煤窑，村干部选举时候选人直接购买选票，选票从原先的五元一张涨到五十元一张——"你叫老百姓选，那就得让老百姓说了算。上头定的人，你就是把他说得比焦裕禄还好，他一毛不拔，老百姓就是不选他，你也没辙。选上的就可劲儿捞，选不上的，骂一阵子也就拉倒了，认了。"钱国丹《惶恐》④ 中的郑家湾的土地全部被开发商买下了，分得数十万巨款的村民世态百样：有

---

① 罗伟章：《我们的路》，原载《长城》2005 年第 3 期，《小说选刊》2006 年第 1 期转载，《作品与争鸣》2005 年第 11 期转载，入选 2005 年度中国小说学会排行榜，获《小说选刊》2003—2006 年度贞丰杯优秀作品奖，获《小说选刊》2006—2007 年度"东陵浑河杯"全国读者最喜爱小说奖。

② 冯积岐：《村子》，太白文艺出版社 2007 年版，《长篇小说选刊》2007 年第 5 期转载，获第二届柳青文学奖。

③ 荆永鸣：《老家》，原载《小说月报原创版》2007 年第 4 期，《小说选刊》2007 年第 8 期转载，入选多家年度小说选本，获首届中国小说双年奖。

④ 钱国丹：《惶恐》，原载《清明》2007 年第 6 期，《小说选刊》2008 年第 2 期转载，《作品与争鸣》2008 年第 3 期转载。

花钱买新媳妇的；有花钱投机黄包车的；有花钱参赌的……分了二十七万的郑守田一家亦争闹不休：郑守田想把钱全部存到银行；儿子郑丰年希望用钱来投资；女婿希望讹诈一部分来还赌债……郑守田没有田地后，先是承包黄包车跑出租，结果亏了几千元；接着贩运杨梅，又亏了；到地产公司打杂，看不惯、做不惯而离开。最后郑守田决定到外地种田。卢一萍《夏巴孜归来》① 中的塔合曼草原由于放牧的羊过多，草原日益沙化。政府为此特意在麦盖提平原为牧民营建了免费的安置房，给予前几年免费的种子和粮食；试图改造部分牧民为农民，减轻草原的压力。然而很多牧民在政府的劝说下搬去了平原，有些不适应平原的农耕生活，也不愿改变祖传的生活方式，最后又纷纷回到塔合曼草原过祖传的放牧生活。

第二节　变革的前景

虽然农村的变革十分艰难，但是改革开放三十年里农村的变化依然举世瞩目，正在逐步建立民主化、法治化的现代农村政治制度；开放、公平的现代农村市场经济制度；科学、文明的现代农村文化制度；赋予农民各种权利的现代农村社会制度。②

改革开放第一个十年有不少表现变革的前景的作品，代表作如路遥《平凡的世界》③ 中的双水村在改革开放前，农民一年四季被干部使唤得忙碌不停，却食不果腹、经常被干部批斗、家家困苦不堪。改革开放后，随着家庭联产承包责任制的实行和市场的开放，双水村日益蒸蒸日上：孙少安通过做苦力拉砖、办砖窑发家致富，成了农民企业家后，圆了父亲几十年没有圆成的建新房的梦，并慷慨捐资一万元助学。孙少平去城里闯荡，经过多年磨炼，成了一个成熟的煤矿工人；孙兰香和金秀经过自己的努力，考上了省城的大学，成了双水村有史以来的头两个大学生；好吃懒做、投机倒

---

① 卢一萍：《夏巴孜归来》，原载《中国作家》2008 年第 1 期，《小说选刊》2008 年第 2 期转载。
② 详情可参看宋洪远《农村改革三十年》，中国农业出版社 2009 年版。
③ 路遥：《平凡的世界》，原载《花城》1986 年第 6 期和《黄河》1988 年第 2 期，获 1986 年《花城》文学奖，获第三届茅盾文学奖，入选中国新文学大系（1976—2000）。

把的王满银最终改邪归正,与妻子孙兰花安心过农村的平常日子;地主家庭金光亮家的孩子金二锤也当上了光荣的人民解放军;其他农民也过上了凭勤恳劳动就能吃得饱的自在生活。其他具有一定代表性的作品还有成一《绿色的山岗》① 中的牧马河的玉柱和金芳青梅竹马,不料金芳不满农村的艰苦贫困的生活,被偶然下乡的商业局局长老曹帮忙搞到城里商店当协议工。然而老曹心怀不轨,先是骚扰金芳不成,后来又把金芳介绍给副县长的儿子;不堪骚扰的金芳请假回家,看到玉柱在农村改革开放的新政策下勤恳劳动、科学致富,于是金芳毅然辞工回家与青梅竹马的玉柱一起当农民。曾绍阳《秋夜春风》② 中的岭上生产队举行民主选举队长,现任队长刘本高和曾经当过队长的李芳明竞选。在竞选现场,面对队员的提问,刘本高不敢提及规章制度上的不合理,仅在生产的细节上着力。李芳明则重点从规章制度上展开,从各个方面给予队员信心和希望,最终李芳明得到队员大力支持,顺利当选队长。高晓声《水东流》③ 中的刘西塘大队的李才良改革开放前两次为大队办厂,结果都被工作队叫停,并拆了他的房子来退赔。改革开放后农村实行了新政策——允许包产到队,允许社办企业;于是李才良再次为大队办厂,三年里刘西塘大队经济大翻身。年终时生产队分红,大队按比例拨下八千元现金,使全队的工值单价提高了四角七分。张枚同、程琪《麦苗返青的时候》④ 中的段卯卯在"文化大革命"中因为买不起一双媳妇相中的鞋子,打了媳妇一顿,被媳妇的兄弟强迫离婚;接着母亲生病,把四间房拆了卖了;一个家就此败了。"文化大革命"后随着农村新政策的实行,段卯卯靠勤快劳动,头年分红得到一千一百元,次年分红得到一千五百元,在老支书的撮合下,离婚数年的媳妇也回来了,一个家又完整了。何士光《喜悦》⑤

① 成一:《绿色的山岗》,原载《北京文艺》1980 年第 4 期,《小说月报》1980 年第 6 期转载。

② 曾绍阳:《秋夜春风》,原载《星火》1980 年第 8 期,《小说月报》1980 年第 12 期转载。

③ 高晓声:《水东流》,原载《人民日报》1981 年 2 月 21 日,《小说月报》1981 年第 4 期转载,《新华文摘》1981 年第 4 期转载,入选人民文学出版社编选的《1981 年短篇小说选》。

④ 张枚同、程琪:《麦苗返青的时候》,原载《晋阳文艺》1981 年第 3 期,《小说月报》1981 年第 6 期转载,获 1981 年《晋阳文艺》征文奖。

⑤ 何士光:《喜悦》,原载《雨花》1981 年第 5 期,《作品与争鸣》1981 年第 11 期转载,《小说选刊》1981 年第 7 期转载,入选人民文学出版社编选的《1981 年短篇小说选》,入选《中国新文艺大系 1976—1982》。

中的年轻的媳妇惠十九岁时凭着父母之命、媒妁之言嫁给了长顺，在改革开放前的穷苦的日子里，惠一年四季从清早忙碌到深夜，忠厚老实的丈夫也只知道一天到晚干活而不懂得体贴关照，很爱面子、很小气、脾气有点乖戾的婆婆常常在她一年一次的回娘家的日子里用难看的脸色待她。改革开放后日子太平了，田地里有了好收成，婆婆常主动帮她干活，一年一次回娘家的日子到了的时候不仅没有用难看的脸色待她，而且主动催她收拣东西，首次吩咐儿子帮着背东西一道去；丈夫也主动一大清早出去买回鲜嫩的几刀膘肥肉做礼物，陪着媳妇一起回娘家。张一弓《黑娃照相》① 中的青年农民黑娃"发展副业"蓄养长毛兔，第一次卖兔毛获得八元四角钱。黑娃怀揣"空前巨大的收入"来逛中岳庙会，当他面对琳琅满目的商品世界的时候，他选择了颇有文化追求的很排场很风光地照了一张彩相，"感到满足而且激动"的黑娃自信地对琳琅满目的庙会大声喊出："你们——统统的——给俺留着！"马凤超《社赛》② 中的西社村实行家庭责任承包制后村民经济上很快得到大翻身，西社村的斗社火的能手刘老汉吃饱喝足后再三以骂东社村村支书牛守谦来挑战东社村斗社火，尚未实行责任制的东社村迫于无奈而仓促应战，两村斗社火时接连比赛两场，西社村的社火均远远超过东社村的社火，占尽上风、出尽风头；东社村村支书牛守谦和东社村村民都强烈感受到责任制给西社村带来的巨大变化，立即停赛召开全村大会，商量生产责任制的落实，并约好明年与西社村再赛社火。锦云、王毅《"大能人"趣话》③ 中的"大能人"宝全一向大男人主义，对媳妇玉芬开口骂、张手打，只叫她"吃货"；玉芬一直被迫忍受。改革开放后玉芬通过成功搞家庭副业孵鸡雏卖而发家致富，逐渐树立了自尊自强的信心；当宝全再次无辜打她，她就跑回弟弟家，非要宝全道歉或离婚。宝全手忙脚

---

① 张一弓：《黑娃照相》，原载《上海文学》1981 年第 7 期，《小说月报》1981 年第 9 期转载，《小说选刊》1981 年第 9 期转载，入选人民文学出版社编选的《1981 年短篇小说选》，获1981 年河南省短篇小说奖，获 1981 年全国优秀短篇小说奖。

② 马凤超：《社赛》，原载《芳草》1981 年第 11 期，《小说选刊》1983 年第 9 期转载，获1982—1983 年《芳草》文学奖。

③ 锦云、王毅：《"大能人"趣话》，原载《人民日报》1981 年 12 月 14 日，《小说月报》1982 年第 2 期转载。

乱几天后，日益感受到玉芬的好处，终于去认错接回玉芬。贾平凹《腊月正月》① 中的商山农民王才原本又瘦又小，在家里守着一个瞎眼老娘，日子过得不成模样——冬天里穿不上袜子；姐姐要出嫁，家里甚至向男方要求为瞎眼娘买一口寿棺。犁地、撒种等技术活王才都不会，工分一直是六分。直到瞎眼娘下世、新媳妇过门，他依旧是什么都没有。随着食品加工厂的日益成功，王才的影响越来越大，几乎成了这个镇上的头号新闻人物：买房、招工、县委书记的亲临……"于是，王才家里的人开始抬头挺胸，在镇街上走来走去了。逢人问起加工厂的事，他们那嘴就是喇叭，讲他们的产品，讲他们的收入，讲他们的规划；讲者如疯，听者似傻。"映泉《桃花湾的娘儿们》（上、下）② 中的桃花湾的男人们大多既没能力也没追求，好吃懒做、虐待媳妇，第一大嗜好是酒，第二大嗜好是女人。桃花湾的女人们自己不知道自己的价值，男女关系混乱，在家自卑自贱；不少姑娘被人贩子卖出去，被卖的姑娘及其家人不仅不以为耻，反以为荣。改革开放后，梁厚明书记引来了电灯、电视、工厂、报纸……桃花湾的女人们不仅能够经济独立、自尊自爱，还能够齐心协力干好大事；桃花湾的男人们也纷纷改头换面，夫妻互尊互敬、恩恩爱爱。何士光《远行》③ 中的梨花屯到县城原本没有班车，改革开放后终于开通了每天一班的长途客车。长途客车九点到了梨花屯，不少要去县城的人排队买票上车。然而刚退休的区委刘书记不愿排队、单独索要了车票，晋麻子不愿排队、单独找售票员外甥索要了车票；其他人见了，立即各自想办法买票上车——甚至直接爬窗户上车。为了挤上车，区领导、供销社领导、做小生意的和手艺人等争吵纷纷，最后相互妥协让步，最终都上了车，客车顺利出发。邵振

---

①　贾平凹：《腊月正月》，原载《十月》1984 年第 4 期，《小说选刊》1985 年第 2 期转载，《小说月报》1985 年中长篇选粹第 1 辑转载，入选人民文学出版社编选的《1984 年中篇小说选》，获第二届（1982—1984）《十月》文学奖，获 1984 年首届陕西文艺创作开拓奖，获北京市建国 35 周年文艺作品征集评奖一等奖，获第二届（1981—1982）全国优秀中篇小说奖，入选中国新文学大系（1976—2000）。

②　映泉：《桃花湾的娘儿们》（上、下），原载《小说》1985 年第 1、3 期，《中篇小说选刊》1985 年第 3、6 期转载，获《中篇小说选刊》1985 年度优秀中篇小说奖。

③　何士光：《远行》，原载《人民文学》1985 年第 8 期，入选人民文学出版社编选的《1985 年短篇小说选》，获 1985—1986 年全国优秀短篇小说奖。

国《祁连人》① 中的柳庄队长李万钧改革开放前带领村民一起辛勤地修北堤、栽杨树、开垦围堰沙地……然而柳庄一直没有脱贫。改革开放后，在城里闯荡过多年、见过世面、有一定积蓄和关系网的陈望成通过民主竞选，当上了柳庄新队长，贷款筹办腐竹厂成功后，又陆续兴建纸箱厂、饲料加工厂，成立农民有限股份公司，让每个村民都拥有股份，成为村办企业的受益者，过上了富裕生活。

改革开放第二个十年也有不少表现变革的前景的作品，代表作如刘玉民《骚动之秋》② 中的大桑园村支书岳鹏程利用改革开放的机遇，将前任党支书带领村民辛勤经营三十年只留得满墙的奖旗奖状和区区八百元的集体家业，发展壮大到数千万元，让全体村民摆脱了贫困，"大丧园"在经济上变成了"大福园"。岳赢官兼任贫困的小桑园村的副支书后，带领小桑园的乡亲们种植果树、开办罐头厂等，走多种经营共同致富的道路。当小桑园的集体经济发展成熟到一定地步，又与相邻的十二个贫困村联合起来，成立协调咨询中心，带动邻村一起"二龙戏珠"：从开山采矿到运输粉碎、烧制销售，从果树管理到果品收藏、深层加工，各自形成一个"一条龙"网络，使十二个穷村成为十二颗"金豆子"。其他具有一定代表性的作品还有《幺姑镇》③ 中的幺姑镇幺爷是镇上没有权位却相当有地位的人物，他的棋艺与保守有口皆碑；结果进城参加棋赛而毫无名次促使幺爷清楚明白幺姑镇已经落后了。刀娃子开了一家时髦的理发店，游戏爱情，进城游荡回来幡然觉悟。乡下来的姑娘桂桂为了养活自己与赢得尊严，咬紧牙关、大着胆在镇上开了一家凉粉店，虽遭遇不少刁难，最终得到大家的接纳。王金力《黄豆芽绿豆芽》④ 中的几个农村女人为了摆脱贫困和受歧视、受虐待的地位，结伙去城郊租房做豆芽卖。第一次做豆芽卖时不懂

---

① 邵振国：《祁连人》，原载《当代》1987 年第 4 期，甘肃人民文学出版社 1988 年出版单行本。

② 刘玉民：《骚动之秋》，人民文学出版社 1990 年版，获第三届茅盾文学奖。

③ 《幺姑镇》，原载《当代》1989 年第 2 期，获 1985—1993 年《当代》"炎黄杯"文学奖，获四川省首届文学奖。

④ 王金力：《黄豆芽绿豆芽》，原载《清明》1989 年第 5 期，《中篇小说选刊》1990 年第 1 期转载，入选人民文学出版社编选的《1989 年中篇小说选》。

得行情而卖得太便宜后，立即懂得随行就市；接着豆芽菜受菜行整体大跌价的影响而跌了大半，立即采取每人挑着豆芽穿街走巷卖；然后屋里的存款发生丢失二十元的风波，立即采取一人管钱、一人计数，过段时间存一次银行；再接着发生曲柳恋爱受骗而流产的事件，大家给予曲柳及时的关心和帮助；最后琴子和二姐因故离开，剩下的人坚持继续在城里卖豆芽。蔡洪声《外面的世界》① 中的山东农村的年轻姑娘花妞因为贫困的父母为了给弟弟治病而向村里的首富"讨厌鬼"借了两千元钱，还不上后花妞被抵债。无路可走的花妞被"讨厌鬼"强行霸占后以跳水自杀相威胁，得到一千元路费后南下广州打工。在广州见过女人卖淫、利用小孩乞讨等不少昧良心下作的赚钱路子，花妞却坚持依靠自己的勤劳能干，在书店合法打工赚钱，最后不仅经济上能够独立自主，还赢得了书店老板的尊重和爱情；从而能够光彩地回到老家与"讨厌鬼"解除婚约，为乡亲们的农产品销售牵线搭桥。毕四海《尼砚》② 中的孟家庄在老村支书孟广文的统治下，新中国成立三十多年了还有许多家没有解决温饱问题，需要出外讨饭。孟白通过竞选击败孟广文后，立即请回村里在外学得烧耐火砖绝技的孟照青，以自家的祖传的稀世珍宝尼砚作抵押借来贷款，筹办成功耐火砖厂，然后建成含商店、饭店、舞厅、宾馆等于一体的三江大厦，通过科学管理和引进人才，很快孟家庄就脱贫致富、富甲一方，并克服各种干扰成立农工商总公司。关仁山《蓝脉》③ 中的雪莲湾的黄大宝家世世代代是造木船的，不料新时代木船被淘汰了，黄大宝先是不顾父亲黄老爷子的反对，跑到城里学做新式家具，结果发现拆船是个利润丰厚的行当。于是黄大宝通过各种关系、费尽心机建立了拆船厂，虽然村里有人眼红偷钢板；父亲黄老爷子和弟弟总是对黄大宝吹毛求疵；与白剑雄合作却上当受损……然而黄大宝一方面对父老乡亲尽可能关心、照顾；另外引进香港大财团的资金。最终企业越做越大、越做越强。赵剑平《梯子街》④ 中的完山镇梯子

① 蔡洪声：《外面的世界》，《人民文学》1990 年第 3 期。
② 毕四海：《尼砚》，《十月》1991 年第 4 期。
③ 关仁山：《蓝脉》，原载《人民文学》1992 年第 7 期，《中篇小说选刊》1990 年第 10 期转载。
④ 赵剑平：《梯子街》，《人民文学》1992 年第 9 期。

街的人们原本生活保守，既不懂得科学种田，也不懂得文化娱乐，忙忙碌碌、懵懵懂懂地过日子、熬日子。在外上过学、打过工、见了世面的孤儿李佳新在梯子街老家开了文化站；接着李佳新又采取合股的形式，与村民集体集资办了录像厅；既使乡民的生活开始丰富起来，又提高了乡民的文化水平，逐渐成熟的李佳新心里又开始谋划进城承包工人俱乐部。何申《村民组长》① 中的长林村一组组长黄禄承包了当初没有人要的果园幼树，辛辛苦苦培育几年后开始丰收；村民却眼红起来。虽然黄禄忍气吞声，结果果苗被薅个溜光。黄禄最终意识到，无论他如何小心谨慎，只要村子里还有贫困户，他的富裕日子也不会安稳，因此他组织村民一起入股，共担风险和利润；并不再包庇违法的哥哥，为了维护自己在村民组中的威望，他劝说哥哥去认罪。村里也因此人心稳定、前途光明。邵振国《月牙泉》② 中的月泉乡的能人阴知新从监狱里出来后幡然觉悟，抓住改革开放的大好时机，既在赚钱上才能得到了充分的施展——家里陆续有汽车队、公司，并捐款办学，月牙泉乡的孩子们也因此有书读。又在仕途上颇有创获——先当村长后当乡长，再当副县长。月泉乡的旅游资源也逐渐得到合理开发利用，乡民有的做导游，有的做买卖，月泉乡也因此日益兴旺发达起来。铁凝《秀色》③ 中的贫困的小山村秀色世世代代都在缺水的环境中艰难度日，为了拯救一个村子的生命，秀色人做出了他们宝贵的牺牲——女人们以献出贞操的方式来答谢打井队为他们找水，但是打井队在女人身上和井身上都使绝了力气也没打出水来，他们自惭形秽地走了。最后既懂科学又有为民办事决心的共产党员李技术等，花了半个月的时间勘查秀色山脉的走向，找准了水脉，带领队员进行艰苦卓绝的"疯了似的打井"，终于打出了一口旺井，挽救了一个村庄。《富起来的于四》④ 中的原先是个穷得上

---

① 何申：《村民组长》，原载《长城》1993 年第 6 期，《小说月报》1994 年第 3 期转载，《作品与争鸣》1994 年第 4 期转载，《中篇小说选刊》1994 年第 3 期转载，获第二届《小说月报》百花奖。

② 邵振国：《月牙泉》，人民文学出版社 1995 年版。

③ 铁凝：《秀色》，原载《人民文学》1997 年第 1 期，《作品与争鸣》1997 年第 12 期转载，《小说月报》1997 年第 3 期选载，获第八届（1997—1998）《小说月报》百花奖。

④ 《富起来的于四》，《中国作家》1997 年第 5 期。

不起学、父亲临终想吃口肉也吃不上的农民于四，改革开放后凭借自己的心眼儿活泛和勤恳劳动，很快就先富起来了。富起来的于四虽然还有不少缺点，但更多的是眼界不断拓宽、观念不断更新、走在通向现代文明的道路上：经商有道、捐资助学、私人修路、翻盖村部、承担五保户、帮病济贫、帮光棍说媳妇、投资集体企业……后来他还认识到自己没有文化的局限性，花钱让儿子与女儿学技术。

改革开放第三个十年同样有不少表现变革的前景的作品，代表作如关仁山《天高地厚》① 中的蝙蝠村原本是吃不饱饭、找不上媳妇的穷困村，改革开放后，家庭责任制和新农村经济政策的实行，使农民很快能够吃饱饭了，而荣汉俊更是率先开办皮包厂而发家致富。在乡政府的支持下，荣汉俊又陆续开办塑料厂、轧钢厂、豆奶厂、农工商总公司、红星集团……使蝙蝠村建起了一幢幢别墅式的小楼。鲍真、梁炜等有知识有文化、懂法律懂管理的年轻人逐渐长大成熟；土地转包、民主选举、股份制企业、农民经纪人协会和生态农业园区等代表社会发展趋势的新生事物在蝙蝠村的发展虽然颇费周折，但是最终还是逐渐发展壮大，蝙蝠村的前途日益光明。其他具有一定代表性的作品还有关仁山《红月亮照常升起》② 中的受过高等教育、有创新创业精神的年轻一代的农民陶立回乡后，大胆改变传统的农业方式，承包了进城农民的大量土地，利用现代科学技术降低农产品的成本，使用污泥发酵作肥料搞"绿色生态农业"，进行"超级大米生产和苹果嫁接"，积极开发绿色食品，推广名牌战略，迅速发家致富。董陆明《荒地村》③ 中的荒地村刘发林的果园遭到村民哄抢后，四处找靠山、求政府、寻律师、打官司……成效甚微。受到重大挫折的刘发林在家人等启发下，反思过去的行为，竭力改善与村民之间的关系，主动将被强行分到每户的果树承包给大家，不要求大家赔偿先前所有的损失，让大家共同

---

① 关仁山：《天高地厚》，北京十月文艺出版社 2002 年版，获第四届（2004 年）"北京市文学艺术奖"，获第八届（2002—2004）少数民族文学"骏马奖"。

② 关仁山：《红月亮照常升起》，原载《十月》2001 年第 2 期，《小说选刊》2001 年第 5 期转载，《作品与争鸣》2001 年第 5 期转载。

③ 董陆明：《荒地村》，原载《牡丹》2001 年第 3 期，《小说选刊》2001 年第 8 期转载，《中篇小说选刊》2001 年增刊第 2 辑转载。

享受果园发展带来的好处；同时带领大家将卖不起价的秦冠苹果嫁接成高收益的红富士，栽种新的高收益的经济作物雪枣，成立特产种植公司和特产养殖公司，走共同致富的道路。张继《状告村长李木》① 中的贵祥被村长李木卖掉了好地，贵祥迫不得已进城告状，机缘巧合在城里搞到一个门市部，"生意都忙不过来了，还告什么状？"过年时回家的贵祥在村长面前不仅敢说、能说、会说了，还吹起了牛，引得村长羡慕，说贵祥一年挣的，赶得上十几个村长一年挣的。村长还请他吃饭，求他回城时帮忙把女儿带去。徐承伦《村经》② 中的阚家能人阚道仁垄断村主任 28 年，一方面运用拆东墙补西墙的办法搞钱为村里乡亲免除每年应上缴的统筹提留款，争取每年的先进；另一方面运用各种手段打击不服其权威的群众，挪用挥霍公款，导致阚家庄负债 260 多万元。马老爹为了报复其父被阚道仁夺权气死之仇，费尽心思让在外漂泊多年终于发了大财的能人儿子马火在村长位置之争中打败现任村长阚道仁。马火报仇后迫于维持统治、收买人心等形势，采取私人垫资，大力改革等手段振兴了阚家庄集体经济，带领全庄走上了共同富裕的康庄大道。李一清《农民》③ 中的牛啃土村在改革开放后经历了短暂的繁荣，很快因为土地丰产丰收的艰难、苛捐杂税而走上萧条，村民大量外流、土地荒芜。二十一世纪后，县里下派的村支书明扬首先是带领村里党员和村民开展整党学习、调查研究，然后是开展村委会民主选举换届、引导土地承包经营权流转、招商引资，让村民以土地入股，筹办生态农业股份制公司，走上共同发家致富的康庄大道。冯积岐《村子》④ 中的松陵村农民在改革开放后，很短时间里就能够通过自家人的勤恳劳动所得填饱肚子了，生活更加自由自在了，新上任的村支书祝永达更加民主了。虽然后来陆续出现种地难、收割难、卖粮难、卖猪难、上学

① 张继：《状告村长李木》，原载《时代文学》2002 年第 1 期，《中篇小说选刊》2002 年第 4 期转载。

② 徐承伦：《村经》，《十月》2004 年第 2 期，获《十月》中篇小说评比一等奖。

③ 李一清：《农民》，四川文艺出版社 2004 年版，获巴金文学院第九届"诺迪康杯"文学奖，获第五届四川文学奖。

④ 冯积岐：《村子》，太白文艺出版社 2007 年版，《长篇小说选刊》2007 年第 5 期转载，获第二届柳青文学奖。

难、看病难、打工难、上诉难……再次上任的村支书祝永达通过帮农民贷款、招商引资，扩建、改造石灰厂、水泥厂；调整农业结构，平地种粮、坡地、山地种果树，加强民主管理，松陵村终于走上发家致富的康庄大道。曹征路《豆选事件》① 中的方家嘴子村的方继武看不惯老支书点子叔一家大肆侵吞变卖村集体的土地和财产，组织了护地队，积极参选村长；即使被打得头破血流，也毫不放弃，再次组织选举宣传队。方继仁原本是老支书扶持的傀儡专业户，妻子菊子多次受辱，菊子自杀后，继仁终于觉醒，在被选为村长后的大会上控诉了老支书家。全村村民开始有些畏惧老支书家的权势，加上老支书家许诺的贿选也使人动摇过，但是最后全体村民用神圣的选票推翻了老支书家在村里的家族统治。杨少衡《啤酒箱事件》② 中的备受领导关照的坂达村进行村长选举时候选人之一被拘捕、选票被人故意偷走用水泡坏，指导该乡村委会换届选举的县民政局指导组负责人"罗教授"经过调查，发现原村长张茂发家族凭借过硬关系，霸占村里颇有效益的大水窟，试图推举没有魄力的女婿世袭村长职位。"罗教授"虽然无力改变结局，依然费尽心力最后使张茂发同意公摊大水窟效益、尽多让利村民；让被拘捕的竞争对手家尽量少受损失与伤害，让村民懂得了民主选举的价值意义。和军校《薛文化当官记》③ 中的薛文化被父亲赶鸭子上架参选村主任，面对各种贿选，薛文化以真诚和无私获胜。选上后薛文化首先在曹老师的指点下自费考察了多个小康村，明白了要从医疗、教育、修路、制度和工厂等方面入手；其次成功实现公开招聘村医务员，无私选用了对手的女儿；再次通过募捐和自己私人借贷修建了新的小学；复次帮无人缘的周秩序埋葬父亲，赢得了全村人的民心；最后薛文化带领村民从工业、农业两方面入手，齐心协力建设

---

① 曹征路：《豆选事件》，原载《上海文学》2007 年第 6 期，《小说选刊》2007 年第 7 期转载，《作品与争鸣》2007 年第 10 期转载，入选多家年多作品选，获第九届《上海文学》奖，获《上海文学》2007 年中环杯中篇小说大赛特等奖。

② 杨少衡：《啤酒箱事件》，原载《人民文学》2008 年第 10 期，《小说月报》2008 年第 12 期转载，《北京文学·中篇小说月报》2008 年第 11 期转载。

③ 和军校：《薛文化当官记》，原载《中国作家》2008 年第 9 期，《作品与争鸣》2008 年第 12 期转载。

社会主义新农村。

小 结

改革开放第一个十年虽然取得了巨大的成就，然而多年的极"左"思想的统治、我国农村物质生产的艰辛、物质生活的贫乏、法制的不健全、教育医疗的落后、文化娱乐的单调等，使我国农村现状不容乐观：1983 年的调查显示，79.3% 的青年农民最烦恼的是"自己的愿望实现不了"，42.1% 的青年农民感到"在农村没有奔头"[1]。1986 年的14 个省市的相关调查显示，农民对收入水平感觉很不满意的比例达到5.7%、感觉不太满意的达到 17.1%、感觉一般的达到 33.6%，而感觉很满意的比例只有 11.5%、比较满意的只有 31.9%；对住房条件感觉很不满意的比例达到 8.4%、感觉不太满意的达到 20.2%、感觉一般的达到 26.9%，而很满意的比例只有 15.4%、比较满意的只有 28.9%；对闲暇生活感觉很不满意的比例达到 2.4%、感觉不太满意的达到 5.4%、感觉一般的达到 44.7%，而很满意的比例只有 12.7%、比较满意的只有30.3%。[2]

对"庄稼人赚钱凭力气、不当商人做生意"持反对意见的上海农民的比例只有 45.2%、北京农民的比例只有 41.7%、河南农民的比例只有 35.4%、四川农民的比例只有 41.0%；对"能吃饱饭、穿上衣就该知足了"持反对意见的上海农民的比例只有 62.5%、北京农民的比例只有 51.6%、河南农民的比例只有 49.2%、四川农民的比例只有43.8%[3]。因此不少作家冷静而客观地描写了我国农村不容乐观的现状，批判了农村里保守落后的思想与行为，赞扬了农村里积极上进的行动与追求。

---

① 中国社科院青少年研究所 1983 年在全国性的九省 243 个村两万多名农村青年的调研，中国社会科学院青少年研究所《1983 年中国农村青年调查资料》（内部资料），第 3—20 页。

② 中国农村家庭调查组：《当代中国农村家庭 14 省市农村家庭协作调查资料汇编》，社会科学文献出版社 1993 年版，第 365 页。

③ 雷洁琼：《改革以来中国农村婚姻家庭的新变化：转型期中国农村婚姻家庭的变化》，北京大学出版社 1994 年版，第 41 页。

改革开放第二个十年由于农民收入增长缓慢、税费繁重①，计生工作严苛、大量农民为了生计被迫离土离乡等，使我国农村现状难以让人乐观:1998年的相关调查显示，当代青年农民认为促进我国社会发展最迫切需要解决的三个问题是"整治社会风气""推动农村发展"和"惩治腐败";对减轻农民负担工作的成效，41%认为"不好";对我国目前的社会风气，近60%表示不满;对目前社会道德状况，40%多不满意②。因此不少作家真情、真实地描写了我国农村不容乐观的现状，批判了保守落后的思想与行为，赞扬了积极上进的行动与追求。

改革开放第三个十年由于大量青壮年农民的离土离乡、农村土地的大量荒芜、农村的灰色化日益严峻、农村生态环境的破坏与污染等，使我国农村现状更加不容乐观:2006年的相关调查显示，51.3%的农民对自己的家庭经济状况不满意，43.1%的农民对自己的工作状况不满意，39.5%的农民对自己的住房状况不满意，32.0%的农民对自己的居住社区不满意，32.0%的农民对自己的总体生活状况不满意③。因此不少作家冷静而客观地描写了我国农村不容乐观的现状，批判了保守落后的思想与行为，赞扬了积极上进的行动与追求。

总　结

在先秦时期，"田"和"园"是两个单词，"田"指耕种粮食的土地，"园"指种植果木瓜菜的地方，二者虽有联系，但尚未组合成词。到了汉

---

① 1988—1992年，全国农民人均纯收入按当年价计算年均增长9.5%（扣除物价影响，实际年增长率低于2%），而同期人均负担（仅农业税、"三提五统"费）却增长了16.7%，负担增长率高于纯收入增长率7.2%。1994—1997年农民直接上缴国家有关部门的负担年均数是1990—1993年年均数的9倍。农民直接负担的行政性收费、罚款、集资摊派等社会性负担，1994—1997年的平均数是1993年的两倍以上，尤其是农民的集资摊派负担达3.38倍，这些都高于农民人均纯收入的增长倍数。详情参看巴志鹏《土地家庭承包制下的农民负担问题研究》，博士学位论文，中共中央党校，2005年，第51—60页。

② 孔留安:《跨世纪一代青年农民价值观现状调查研究》，《山西青年管理干部学院学报》2000年第6期。

③ 陆益龙:《农民中国：后乡土社会与新农村建设研究》，中国人民大学出版社2010年版，第234页。

魏六朝"田园"一词开始大量出现，一是特指田地和园圃，二是泛指庄园别业，三是泛指农村。作为养活着人类，也是人类生活历史最悠久的农村，历来都是苦（农村生活资料生产的艰辛烦琐）与乐（人类赖以活命的生活资料收获的喜悦）并生。

改革开放第一个十年在多年的极"左"思想统治下，我国的农村十分贫穷落后，农民的生活困苦不堪；改革开放的农村新政策实施后，不可能马上改变贫穷落后的乡村面貌，久被束缚的农民与乡村干部都有一个慢慢适应、摸索实践的过程——加上我国处于社会主义初级阶段，物质生产与精神生产均不能满足广大农民日益增长的需要。具有精英情怀的作家们在昂扬向上的时代氛围中，面对现实生活，纷纷勇敢地指出农民的落后、批评干部的蜕化、批判农村任何阻碍改革开放步伐的因素；热情歌颂农民的觉醒、宣扬干部的上进、夸赞农村任何有利于改革开放步伐的因素。这一时期创作农村现实题材田园类型作品数量较多、影响较大的作家有周克芹、贾平凹、陈忠实、路遥、孙健忠、张一弓、矫健等。

改革开放第二个十年由于 20 世纪 80 年代后期政治风波的影响和 90 年代初期改革开放的加速，整个社会风气从改革开放第一个十年的昂扬向上转向迷茫彷徨，加上改革开放某些政策的负面效应开始显现、农产品利润的稀薄，农民税费负担的沉重，农村逐渐显现的萧条；而商品经济又使不少作家以各种形式热情洋溢地"跳入"商海，坚守农村现实题材小说创作的作家凭借自认为的身负重任的历史感和责任感，用手头的笔艰难记载自己感觉到的农村现实，导致农村现实题材小说创作中田园类作品比例较大，影响亦较大。这一时期创作农村现实题材田园类型作品数量较多、影响较大的作家有贾平凹、刘玉民、何申、关仁山、刘醒龙、向本贵、王梓夫、贺享雍、李一清等。

改革开放第三个十年因为三农问题的日益严重，农村的空心化和边缘化引起了全国人民的关注；对此，党和政府及时作出了新农村建设的决策和制定了以工哺农的系列惠农政策。加上农民素质的逐步提高、乡村干部的工作转型、乡村基层民主的大力推广、社会环境和舆论对乡村的有利倾斜，农村的境况得到一定的好转。而盛行于文坛的左翼思潮和底层文学进一步促使大量作家关注农村，面对农民，导致农村现实题材小说创作中田园类作品比例不少，影响亦不小。这一时期创作农村现实题材田园类型作品数量较多、影响较大的作家有何申、关仁山、刘醒龙、向本贵、贺享雍、张继、孙慧芬、雪漠、胡学文等。

从总体上看，改革开放三十年农村现实题材小说中的田园类型的作品主要优点是及时反映了我国农村现实生活的复杂与人性的复杂；主要缺点是反映的生活面依然不够宽广深厚，比较多的是社会生活的速写式映射和所谓的"问题小说"。其中的优秀作品则结合了作家对中国农村的过去、现在与未来的深沉思考以及对传承了太多传统的中国农民的爱恨交加，从而使作品在思想上颇有深度，内容上颇为厚重。

下 篇

荒原：物质与
精神匮乏的恶果

改革开放三十年的中国农村取得了举世瞩目的成就；但也因为各种各样的原因，还有一些问题不仅没有得到改善，反而逐渐恶化：

一部分农民生活的极端艰难困苦——1978 年我国农村贫困人口高达 2.5 亿，占农村总人口的 30.7%，很多农民一年忙到头却衣不遮体、食不果腹①；2008 年年底，我国按照年收入 1067 元的划分标准，依然存在 4007 万贫困人口，占总人口的 4.2%②。

钱权至上观念盛行——1985 年的调查显示，农村青年对整个生活是否愉快最关注的占 42.9%、排第一，对拥有金钱的多少最关注的只有 1.7%，对社会地位高低和权力大小最关注的只有 3.6%；2006 年的调查显示，农村青年对整个生活是否愉快最关注的只有 20.8%，对拥有金钱的多少最关注的占 22.3%、排第一，对社会地位高低和权力大小最关注的占 13.5%，选择人的价值在于不择手段地获得地位和金钱的比例也高达 11.4%③。

贫富差距极端悬殊——国家统计局公布的基尼系数表明，改革开放初期较长时间为 0.24 左右，2005 年为 0.38，接近 0.4 的国际警戒线④。

环境污染与破坏日益严重——改革开放二十多年后的调查显示，全国受污染的耕地达 1.5 亿亩，固体废弃物占地、毁地 200 万亩，两者相加接近我国耕地总面积的十分之一；34% 的农村农民饮用水达不到饮用标准⑤；我国水土流失面积扩大到 356 万 km^2，每年约以

---

① 国家统计局农村社会经济调查总队：《中国农村贫困监测报告 2000》，中国统计出版社 2000 年版，第 2 页。

② 国家统计局农村社会经济调查司：《中国农村贫困监测报告 2009》，中国统计出版社 2010 年版，第 182 页。然而当我国扶贫办在 2008 年拟将人均年收入 1067 元的贫困底线微调到 1300 元后，贫困人口数量立即增加到 8000 多万。如果按照国际通行的每天消费 1 美元的标准，则我国农村尚有数亿人没有脱贫。

③ 杨锋：《转型期农村青年人生价值观的分化与整合》，《山西青年管理干部学院学报》2009 年第 1 期。

④ 屈小博、都阳：《中国农村地区间居民收入差距及构成变化——1995—2008 年基于基尼系数的分解》，《经济理论与经济管理》2010 年第 7 期。

⑤ 曾鸣、谢淑娟：《中国农村环境问题研究：制度透析与路径选择》，经济管理出版社 2007 年版，第 6 页。

1 万 km^{2}的速度扩展;我国已有 4200 万 km^2 的耕地出现了不同程度的水土流失,占全国耕地总面积的 43% 左右;截至 2004 年年底我国沙化土地面积已经达 174.3 万 km^2,占国土总面积的 18.2%[1]。

因此面对我国农村改革开放进程中的不足与失误;很多作家创作了很多作品反映改革开放三十年中我国农民的困苦的物质生活、贫乏的精神生活、金钱与权力下的异化。

---

[1]　梁流涛:《农村生态环境时空特征及其演变规律研究》,博士学位论文,南京农业大学,2009 年,第 33 页。

第一章 困境下的悲剧

据学者研究，贫困（Poverty）是一个涉及哲学、政治学、经济学和社会学等诸多领域的模糊概念，具有和人类需求层次相对应的动态层递过程，社会越向前发展，贫困越表现为较高层次需求的缺失，因此消除贫困是艰难的。在纳拉扬（Narayan，D）看来，贫困还包含"重要的心理范畴，例如，无权力、无发言权、依附性、羞耻和屈辱"[①]。

第一节 物质困境下的悲剧

根据我国政府相关部门发布的数据可知，1978 年我国农村贫困人口高达 2.5 亿，占农村总人口的 30.7%[②]。改革开放以来我国实施的农村反贫困措施取得了举世瞩目的成就，农村贫困人口大幅度减少；但截至改革开放三十年的 2008 年，按照我国颁布的人均年收入 1196 元的贫困底线依然存在 4007 万贫困人口，占总人口的 4.2%[③]。然而我国扶贫办在 2008 年拟将人均年收入的贫困底线微调到 1300 元后，贫困人口数量立即增加到

---

① 樊怀玉等：《贫困论：贫困与反贫困的理论与实践》，民族出版社 2002 年版，第 46—49 页。
② 国家统计局农村社会经济调查总队：《中国农村贫困监测报告 2000》，中国统计出版社 2000 年版，第 2 页。
③ 国家统计局农村社会经济调查司：《中国农村贫困监测报告 2009》，中国统计出版社 2010 年版，第 10 页。

8000 多万①！而如果按照国际通行的每天消费 1 美元的标准，则我国农村尚有上亿人没有脱贫②。

改革开放第一个十年有不少表现农村物质困境下的悲剧的作品，代表作如朱晓平《桑树坪纪事》③ 中的桑树坪人的生活异常穷困，冬天一身棉衣，夏天一身单裤褂，春秋天早晚穿棉袄，这就是一个庄稼人的全部衣物；整天就吃洋芋，他们几乎没有使用过工厂里生产和商店里销售的商品；三月里寒天，队长金斗去城里接下乡的知青，舍不得花钱住招待所，到大街上捡了一些大字报堆在招待所的门洞里睡了一晚；知青到了桑树坪，金斗为了节省队里的开销，故意评工时搞鬼，让知青被评为半个劳力的"六分"；为了少上交点粮食给国家、多分点给村民养家，村民和队长金斗在公社干部面前低三下四；入赘桑树坪的王志科因为遵循死去的媳妇的遗愿，将孩子从李改姓王，桑树坪人为了两眼破窑洞不落入外姓人手里，集体污蔑王志科是杀人犯，最终使王志科家破人亡；本家的李言老汉因为在外漂泊多年，晚年回到故乡，钱财花光后便开始受虐待，最后连个破窑洞都没得住，自己了结了生命。六婶子和玉兰的父母为了从玉兰的婚事上多捞点钱，导致玉兰嫁给一个"柳拐子"病人后上吊自杀。其他具有一定代表性的作品还有牛正寰《风雪茫茫》④ 中的渭河流域农村青年金牛在饥荒之年花钱粮找了一个好媳妇，夫妻恩爱数年后，一次金牛媳妇回娘家后一去不返。金牛不惜代价找去，发现媳妇原来早已成家——她在饥荒之年为了救活丈夫和孩子，背井离乡流落关中，典身求生，至生活好转才

---

① 人民网 http：//www. society. people. com. cn/GB/8217/98975/99955/7115679. html。

② 联合国千年发展目标确定的贫困标准：日均消费低于 1 美元属"绝对贫困"。国际通行每天消费 1—2 美元的标准（发展中国家为 1 美元）；2008 年 8 月世界银行的一份报告把全球贫困线由每天 1 美元的生活费提高到 1.25 美元（约年消费 3000 元人民币），相关专家根据世界银行的新标准推算我国的贫困人口总数超过 2.5 亿，农村贫困人口近 2 亿。2011 年 11 月 29 日的中央扶贫开发工作会议决定将 2300 元（合 365 美元）作为新的国家扶贫标准，根据此标准，2011 年我国农村贫困人口约 1.3 亿。

③ 朱晓平：《桑树坪纪事》，原载《钟山》1985 年第 4 期，《小说月报》1985 年第 10 期转载，《中篇小说选刊》1986 年第 6 期转载，获《中篇小说选刊》1986—1987 年优秀中篇小说奖，获第四届（1985—1986）全国优秀中篇小说奖。

④ 牛正寰：《风雪茫茫》，原载《甘肃文艺》1980 年第 2 期，《小说月报》1980 年第 5 期转载，获甘肃省第一届优秀作品奖。

重归故里，但却陷入了两夫两子、心系两地的尴尬境地。郑义《远村》①中的杨庄的叶叶和万牛是青梅竹马的恋人，万牛参军后，贫困的家庭导致叶叶无法等待万牛回来，嫁给了四奎。退伍回来的万牛没钱娶媳妇，四奎又养活不了一家人，于是万牛就遵照当地风俗，在四奎家拉边套——帮四奎家干活、建新房子，和四奎共用叶叶，煎熬的叶叶最终给万牛生了一对儿女，并在给万牛生儿子时难产去世；而新房子在叶叶去世时依然没有建起来。刘舰平《船过青浪滩》②中的滩姐、"鸬鹚"夫妻依靠在危险的青浪滩上专门代替水手"跑短"放滩维生。一次麻阳艄公雇请他们夫妻帮忙，但又不放心他们夫妻，害怕他们凭借高超的水上功夫盗了船上的物资后故意沉船；为此滩姐和丈夫"鸬鹚"把自己一对儿女带上船做质押。一路上惊险频现，滩姐和丈夫"鸬鹚"拼命护船，小女儿帮母亲压船篙时不幸牺牲。朱晓平《桑塬》③中的桑树坪的饲养员金明为了抢救村里存放在饲养室窑洞的喂牲口的两百多斤麦子，冒着大雨去背出来，结果窑洞塌了，腿受了重伤的金明和村人均舍不得花钱（也没有钱）医治，用草药敷了，金明还要求每天干挣四个工分的轧草的活。结果伤口严重感染，人们把金明送往医院之际，金明凄凉地大叫"不去咧不去咧，我病不起啊"。最后双腿截肢的金明靠讨饭维生。朱晓平《福林和他的婆姨》④中的桑树坪福林因为家境贫困、娶不上媳妇，压抑过久后得了"阳疯子"病。福林父母为了给福林娶媳妇，全家拼死拼活、省吃俭用；然而依然交不出青女父母紧急索要的给自家儿子成亲的现金，只好狠心把女儿月娃卖给别人做童养媳。青女娶回来后，"阳疯子"福林得知自己的媳妇是用卖妹妹的钱换来的，病情日益严重；青女逃回娘家又被娘家人害怕婆家索赔而主动押着送回婆家。福林父母为了节省给二儿子娶媳妇的钱财，未经得青女同意

---

① 郑义：《远村》，原载《当代》1983 年第 4 期，《中篇小说选刊》1984 年第 2 期转载，1984 年《中篇小说选刊》优秀中篇小说奖。

② 刘舰平：《船过青浪滩》，原载《萌芽》1983 年第 7 期，《小说选刊》1983 年第 9 期转载，《新华文摘》1983 年第 11 期转载，入选人民文学出版社编选的《1983 年短篇小说选》，获 1983 年全国优秀短篇小说奖。

③ 朱晓平：《桑塬》，原载《中国作家》1986 年第 2 期，《小说月报》1986 年第 5 期转载。

④ 朱晓平：《福林和他的婆姨》，原载《小说家》1986 年第 4 期，《小说月报》1986 年第 9 期转载。

就强行把青女再许给二儿子，最终青女疯了。刘恒《狗日的粮食》① 中的农村妇女曹杏花为了填饱肚子，六次被卖——最后一次是洪水峪的光棍杨天宽用两百斤粮食把她从别人手里换来。对此，曹杏花毫不计较，仍然卖力地干活、生孩子，竭尽全力养孩子、养丈夫。当饥饿来袭时，她除了劳动就是去扒食，去捋树叶、掏鼠洞、甚至去淘骡马的粪便、明偷暗抢，村里人说她泼辣霸道，"脏嘴凶心"。然而曹杏花一次不小心丢了粮证，回来后被丈夫"熊"了一顿。在强大要命的"粮证"面前，这个生性好强、泼辣强悍的女人竟然因此羞愤绝望地自杀了。刘震云《罪人》② 中的农村青年牛春和牛秋因为家境贫穷而耽误了婚事，改革开放后，两兄弟通过辛勤劳动终于建起了三间新瓦房。一次牛秋路过县医院时，看见一个漂亮姑娘跪在地上乞求卖身救父，牛秋用自己的血汗钱买下来，两兄弟抓阄时判给了丑陋的哥哥做媳妇。然而牛秋梦里总是把嫂子当作自己的女人，有一天两人终于乱伦，且被牛春碰到，兄弟分家，嫂子急病去世。牛秋再次买了一个女人，两兄弟抓阄时判给了牛秋做媳妇，然而因与嫂子乱伦的阴影导致牛秋新婚时丧失男人功能，几个月后买来的媳妇收到老家母亲病重的信而一去不返，牛秋费尽周折找到媳妇的老家，发现媳妇原来有夫有子，只因家里贫困才出去卖了一次。张石山《村宴》③ 中的贫困的青石沟张锅三家里孩子太多，被迫去偷农业社集体种的庄稼来养家而被判刑三年，也因此其他同样偷庄稼的村民免除了责任。族长在锅三被抓走后，吩咐村民要善待锅三媳妇。然而锅三媳妇不愿麻烦大家，而与能养活自己一家人的光棍猎人张屠户厮混在一起，还因此每月有野物送到监狱里锅三手里。锅三出狱后，锅三媳妇不愿再跟锅三过吃不饱肚子的日子，意欲害死锅三后跟张屠户，幸亏张屠户及时制止。肖亦农《河路汉子》④ 中的六老汉、麻脸

---

① 刘恒：《狗日的粮食》，原载《中国》1986 年第 9 期，《小说选刊》1987 年第 2 期转载，获 1985—1986 年全国优秀短篇小说奖。

② 刘震云：《罪人》，《青年作家》1986 年第 10 期。

③ 张石山：《村宴》，原载《河北文学》1987 年第 1 期，《小说月报》1987 年第 1 期转载，入选人民文学出版社编选的《1987 年短篇小说选》。

④ 肖亦农：《河路汉子》，原载《火花》1987 年第 8 期，入选人民文学出版社编选的《1987 年短篇小说选》。

等一帮在水上跑运输讨生活的人一次帮公家运输六万斤大米，却自己穷得每天吃着绿土豆，吃得一个个肚子冒酸水。一个搭船的瞎老汉诉说活得艰难，跑船的河路汉子可怜瞎老汉，麻脸不仅把自己的绿山药蛋给瞎老汉吃，还偷了一些大米给瞎老汉；不料被保守的六老汉知晓，大怒麻脸坏了名声，一定要按船上的老规矩处理麻脸，麻脸只好自己跳入水中自杀。郭云梦《福禄树》① 中的汝河湾聪明能干的"我"七叔一家兄弟姐妹九个，在老五结婚后，家里一穷二白，无奈的"我"爷爷计划把两个女儿去给剩下的两个儿子换亲，七叔坚决反对。七叔看中了村里的白妮，一次设计"英雄救美"；不料弄巧成拙，在救上落水的白妮时七叔自己被河水冲走。村人以为七叔已死，驻村工作队将七叔打造成英雄烈士，"我"全家得以当兵、入城、当干部。当一年多后被人救了的七叔回到家，全家人无法割舍既得利益、回到从前的苦日子，七叔只好偷偷自杀以维护全家利益。王祥夫《永不回归的姑母》② 中的窑地村的"水稗子"王顺贞长得水灵灵的、又勤劳能干。然而极端贫困的窑地村为了得到三万斤救济粮，村干部和王顺贞的哥哥协商后，用王顺贞的处女身子伺候下来视察的干部，换得分给每家的粮食、羊下水和做衣服的化肥袋子等。王顺贞的一份要么被哥哥抢走、偷走，要么被其他村民瓜分。找不上媳妇而性饥渴的谷贵骚扰姑姑王顺贞失败后，割了自己的生殖器。李锐《青石涧》③ 中的放羊汉因为家里贫困，一直没有娶上媳妇，好不容易有一个未婚先孕的姑娘廉价出卖，放羊汉的父亲用一副棺材给他买了回来做媳妇。放羊汉却嫌弃未婚先孕的姑娘，狠狠折磨审问姑娘，在姑娘难产时，终于问出让姑娘怀孕的原来是其娘死后找不上填房的亲生父亲，放羊汉坚决地、残忍地让姑娘回去索回棺材后离婚。曹乃谦《到黑夜想你没办法》④ 中的温家窑的黑旦因为贫困一直没有娶上媳妇，买媳妇的钱不够，人贩子以自己每年占用一个月

---

① 郭云梦：《福禄树》，原载《奔流》1987 年第 12 期，《小说选刊》1988 年第 3 期转载。

② 王祥夫：《永不回归的姑母》，原载《山西文学》1988 年第 2 期，《作品与争鸣》1988 年第 11 期，获"山西文学年度优秀小说奖"。

③ 李锐：《青石涧》，《中国作家》1988 年第 3 期。

④ 曹乃谦：《到黑夜想你没办法》，原载《北京文学》1988 年第 6 期，入选人民文学出版社编选的《1988 年短篇小说选》。

的条件便宜卖了一个媳妇给黑旦；于是黑旦感恩涕零地和人贩子结成亲家，每年将媳妇送去一个月。温孩长大后花省吃俭用的两千元买了一个媳妇，媳妇不让他上身，温孩在母亲的指导下，按照老规矩狠狠打了媳妇一顿，媳妇就听话了，日子便正常了。"他"和"她"青梅竹马，因为"他"没有钱，"她"只能嫁给别人。楞二的爹有哮喘病，没钱医治，一天到晚只想嚼麻黄素。楞二因为家里省不出买媳妇的两千元而疯了，每当楞二疯了的时候，楞二的妈就打发丈夫去大儿子那儿几天，以自己的身体抚慰、治疗性压抑而疯了的儿子。

改革开放第二个十年也有不少表现农村物质困境下的悲剧的作品，代表作如阎连科《年月日》① 中的耙耧山脉里的农民种的小麦全部被旱死在田地里，种秋的时候忽然来了乌云，农民惊喜地种了玉米。然而三天后乌云散了，依然烈日炎炎；持续半个月的烈日后，看不到希望的农民全部逃荒去了，只剩下七十二岁的先爷不忍心离开自己种的一棵已经发芽的玉米苗和生活了几十年的村庄。先爷带着自家的盲狗先是挖找田地里的玉米种子来煮熟吃了维生；一段时间后田地里的玉米种子挖找完了，先爷又挖找老鼠洞里的玉米种子来煮熟吃了维生，一段时间后老鼠洞里的玉米种子也挖找完了，先爷又捕捉老鼠来煮熟吃了维生；直到最后再也没有吃的了，先爷没办法照顾唯一的一棵玉米苗了，便用自己的身躯当作玉米苗的肥料，让玉米苗最终结穗成熟。其他具有一定代表性的作品还有莫叹《惊蛰》② 中的山里村子自古穷，常年闹粮荒，虽有一点救济粮下来，但根本不顶用。粮吞爹一直病缠着，整日在炕上躺着呻吟；粮吞娘迫不得已与身强力壮、有木匠手艺的胡子刘半遮半掩的来往，生下了粮吞。当粮吞长成能够勉强自食其力的半大小子了，粮吞娘让胡子刘带粮吞出去谋生，胡子刘为了方便照顾粮吞，一再叮嘱粮吞在外要以父子称呼，不知内情而恼羞成怒的粮吞一斧子杀了胡子刘。王方晨《活土》③ 中的村子里遭遇了蝗灾，

---

① 阎连科：《年月日》，原载《收获》1997 年第 1 期，《小说月报》1997 年第 4 期转载，《小说选刊》1997 年第 4 期转载，《中华文学选刊》1997 年第 3 期转载，获第八届《小说月报》百花奖，获第四届上海优秀小说大奖，获第二届鲁迅文学奖。

② 莫叹：《惊蛰》，原载《朔方》1991 年第 12 期，《小说月报》1992 年第 6 期转载。

③ 王方晨：《活土》，《山东文学》1992 年第 1 期。

村民为了驱赶蝗虫吃庄稼,在庄稼地里烧起大火,蝗虫被赶跑了,庄稼也基本上被大火烧掉了。村里人都面临饥荒,干部一家也不例外:为了节省口粮,干部要赶走先前带着两个孩子逃饥荒到干部家的跟了干部哥哥的"女人",又怀孕的女人狠心杀了自己一个女儿。阎连科《天宫图》① 中的贫穷的小竹为了给弟弟娶媳妇,舍身卖己;同样贫穷的路六命为了娶上小竹,死皮赖脸欠下了小竹一生的债务。为了挣钱给小竹的弟弟娶媳妇,路六命拖着残疾的腿种菜、卖红薯,甚至在狱中冒着四五十摄氏度的高温和被砸伤的危险背砖头挣钱;为了七百元钱,替张家孩娃坐牢;为了得到一百元钱,向 024 号犯人叫了二十声爹……最后屈服于媳妇小竹与村长的偷情挣钱,绝望中自杀。吕斌《地火》② 中的云江沙滩边的贫困的人们不顾危险,纷纷在沙滩里挖洞淘金,莲子的父母在开挖淘金窑后,忙不过来,强迫莲子停学来帮工;不料一次事故使父母双双死去。莲子只好去帮心上人雄的父亲寨老幺顺打工——寨老幺顺雇请了四个四川汉子打了四个淘金窑,多次命令儿子雄停学回来和莲子结婚,一起管理淘金窑,雄坚决不同意——即使父亲停了经济供应,雄利用业余时间到别人家淘金赚了钱后,又回到学校。结果一次洪水到来,沙滩上的所有淘金窑全部冲毁,死人不少。铁凝《青草垛》③ 中的茯苓庄的十三苓与一旱青梅竹马,漂亮的十三苓过不惯乡村的贫苦生活,上完初中之后就弃学去北京寻找机会;然而十三苓最终沦为路边小店里为货车司机提供性服务的廉价的"小黄米",且忍受不了非人的虐待与折磨,最终变为一个痴痴傻傻只知道吃的废物被遣送回茯苓庄。一旱为了尽快挣钱脱贫,开着小拖斗贩卖镐把儿,结果因为超载而翻车死亡。邵振国《在 312 国道边·雪与链条》④ 中的六盘山附近的 312 国道边的农民生活贫困,二杆偶然发现雪天里到公路上给过往的车辆缠安全链条能赚钱,于是冬天村子里的人都会到公路上给过往的车辆缠安全链条赚钱。一次二杆好不容易有了一单生意——给拉了满货的货顶高

---

① 阎连科:《天宫图》,原载《收获》1994 年第 4 期,《小说月报》1994 年第 10 期转载。
② 吕斌:《地火》,《民族文学》1994 年第 10 期。
③ 铁凝:《青草垛》,《钟山》1996 年第 3 期。
④ 邵振国:《在 312 国道边·雪与链条》,原载《青年文学》1997 年第 8 期,《小说选刊》1997 年第 9 期转载。

高的载重车缠了安全链条，结果没地方坐的二杆站在车门外脚踏板上跟车，载重车加速下坡时被冻得坠车摔死。曹乃谦《最后的村庄》① 中的二十一村及其附近一直都很穷，不料临近的地方发现了大量煤矿，村里人大量跑去挖煤糊口，老妇人的独苗苗儿子也跑去挖煤糊口，结果在一次事故中死了。虽然挖煤陆续死了一些人，但是吓不住整个村子的人全搬到挖煤的地方去。最后剩下的老妇人自生自灭，依靠种鸦片维生。

改革开放第三个十年同样有不少表现农村物质困境下的悲剧的作品，代表作如陈应松《母亲》② 中的母亲中年守寡，独立支撑着这个大家庭，尽管母亲勤劳能干，但这个原本贫穷的大家庭仅凭母亲一人还是显得有些艰难沉重。然而五个子女独自成立家庭以后，又是各有各的不幸。大哥患有高血压，大嫂患有晕眩症；更令人揪心的是女儿杏儿又患有心脏病，无钱医治，导致嫁不出去；大姐也是穷得揭不开锅：子女中唯一一个吃公粮的二女青香离婚后独自带着孩子，不断遭到前夫的纠缠；小弟青留不仅患有头痛病和间接性疯病，老婆还长年出外打工，丢下他和孩子不管。在这种情况下，母亲的中风瘫痪无异于雪上加霜，子女是心有余而力不足，让谁照顾都是在增加他们本来就不小的负担，谁都无力来为母亲治病。五个子女不是不孝顺，而是现实生活中的困境和自身的艰难处境，使得他们不得不作出艰难的决定，最终共同做出"搞死妈"的残酷的选择。阎连科《耙耧天歌》③ 中的耙耧山尤四婆子由于家族遗传疯病，连续生下四个傻痴儿女，不堪忍受重压的丈夫被未来的日子所吓，投河自尽，"不到三十岁守寡带了四个傻孩娃"的尤四婆独立支撑。生活压力固然沉重，而更令人窒息的是来自村子里大大小小的白眼和歧视，以及四个傻孩娃绝望的前途。当听说熬近亲的死人的骨头汤可以治愈孩娃的疯病时，尤四婆先是挖

---

① 曹乃谦：《最后的村庄》，原载《山西文学》1998 年第 1 期，入选《新中国六十年中短篇小说典藏》。

② 陈应松：《母亲》，原载《上海文学》2006 年第 10 期，《作品与争鸣》2007 年第 2 期转载，《北京文学·中篇小说月报》2006 年第 11 期转载，获第二届 (2005—2006) "《北京文学·中篇小说月报》奖" 入围奖。

③ 阎连科：《耙耧天歌》，原载《收获》1999 年第 6 期，《小说月报》2000 年第 1 期转载，《小说选刊》2000 年第 1 期转载，获第五届上海优秀中篇小说奖。

出已死多年的丈夫的骨头熬成汤,治愈一个孩娃见效后,又自杀以备其他孩娃用自己的骨头熬成汤治病。刘继明《短篇二题·火光冲天》① 中的"我"家里穷,老婆撇下"我"和女儿薄荷,一个人不声不响跑到城里打工去了,连个音信也没有。为了避免残破不堪的房子不突然倒掉压死人,"我"狠心让常在学校学习成绩考第一名的 11 岁的薄荷休了学,去村里郑天龙开办的鞭炮厂做鞭炮赚钱。11 岁的薄荷每天天一亮就上班,天黑了才下班,一个多月人就瘦了一圈,赚了 226 块 9 毛 5 分;"我"十分高兴地拿了薄荷的工钱上街去买一些生产生活必需品,并给薄荷买了礼物,回来的半路上鞭炮厂爆炸了,薄荷不幸被炸死。陈应松《弟弟》② 中的瞎了眼的母亲让贫困的弟弟与哥哥徐福一家搭伙过日子,自家生活也艰难的徐福嫌弃弟弟住在自己家里使自家人生活不便,有时恨不得把弟弟推下悬崖。村里有年轻人去山西挖煤时,徐福硬是让不愿意去的弟弟去了;当去的年轻人全死在山西煤矿里,只有弟弟一人活着回来了,徐福却暗自可惜弟弟没有死在煤矿里而获得些赔偿金。归来的弟弟在徐福的命令下去砍铁木匠树卖给烧金子炭的浙江人,一次弟弟卖树久久没有带钱回来,愤怒下徐福砸死了一个无辜的烧炭的窑主而被枪毙。夏天敏《徘徊望云湖》③ 中的望云村是黑颈鹤的栖息地,全世界有一千多只黑颈鹤,这里就有七八百只,望云村被定为国家级黑颈鹤保护基地;但乡里救济粮有限,为了保护黑颈鹤,把原本分给村民的救济粮优先给了黑颈鹤。没有了救济粮的望云村,村民的生存成了最大的问题,村里到处是孩子们被饿得哇哇哭叫声,大人们一筹莫展,女人为了填饱孩子们的肚子,甚至不惜用身体去贿赂给黑颈鹤撒食的人,只是期望获得一捧谷子而已。迫不得已的村民们让孩子们去捡撒给黑颈鹤的谷子,"口中夺食"的方法救活了望云村村民,而黑颈鹤却因粮食不足被饿死。夏天敏《牌坊村》④ 中的原本以出贞节烈女自豪的

---

① 刘继明:《短篇二题·火光冲天》,原载《东海》2000 年第 5 期,《小说月报》2000 年第 7 期转载。

② 陈应松:《弟弟》,原载《上海文学》2002 年第 2 期,《短篇小说选刊》2002 年第 4 期转载,《小说选刊》2002 年第 4 期转载。

③ 夏天敏:《徘徊望云湖》,原载《十月》2002 年第 3 期,《小说选刊》2002 年第 7 期转载。

④ 夏天敏:《牌坊村》,原载《边疆文学》2002 年第 3 期,《中篇小说选刊》2003 年第 2 期转载。

城郊"牌坊村",因物资生活极度贫困,改革开放后的"牌坊村"成了远近闻名的"卖淫村":秋霜因为家里没钱买化肥和交孩子学费,每天晚上到城里以每次五到十元的价钱出卖自己;高中毕业的荷花厌烦脏、乱、穷的家乡,在城里餐馆做服务员时,心甘情愿出卖自己;接着张二毛的妈,朱发祥的姑姑,安耗儿的姐姐等一个个走上出卖自己肉体的路。陈应松《马嘶岭血案》① 中的贫穷农民"我"和九财叔到离家很远的马嘶岭给几个城里的勘探员当挑夫,每天的工作量都很大、工作环境很差、而收入甚微:"我们挑夫挺苦,一天十块钱,赚的很难。"廉价的劳动,人格上被蔑视甚至被勘探队员敌视;瞅见勘探员大把的钞票和值钱东西的心理上的极度失衡的"我"和九财叔,最终将来自城里的知识分子用斧头残忍地一个不留全杀了。葛水平《浮生》② 中的西白兔村常年干旱导致人们吃水都要花钱买,更不用说种庄稼。劳模、制炸药能手唐大熊因弟弟以前被炸药炸死而与炸药绝缘后,眼看全村人都在制炸药炸石头赚钱而不得不有所心动。加上儿子打工一年也挣不够买水喝的钱,他的儿媳妇更是为了一台缝纫机而受气吃苦绞尽脑汁;最后唐大熊终于鼓起勇气带领儿子一起熬制炸药,却发生爆炸,父子双双炸死。季栋梁《小事情》③ 中的农民旦子在大旱时节偷了本村福根家水窖里一尺一寸五的水,福根找旦子索要,旦子拒绝承认;找村长裁判,村长推卸责任;无奈之下找到派出所,派出所责令旦子赔一只羊,旦子和旦子媳妇不愿意,宁愿坐一年牢省口粮;结果旦子被抓去拘留十五天,第三天却下了大雨。农民陈树和屠户阿三因为贫困而找不上媳妇,两人商量以各自的妹妹换亲来解决婚姻问题。然而屠户阿三的妹妹少只眼睛,陈树索要差价;阿三听人说陈树的妹妹与别的男人在山沟沟里抱在一块儿;经过再三协商,最终以阿三给陈树二百五十元的差价

---

① 陈应松:《马嘶岭血案》,原载《人民文学》2004 年第 3 期,入选 2004 年度中国小说学会排行榜,入选《北京文学·中篇小说月报》2004 年上半年中国当代文学最新作品排行榜,入选多家年度小说选本,获第三届湖北文学奖(2003—2005 年),获 2004 年度第二届"茅台杯"人民文学奖。

② 葛水平:《浮生》,原载《黄河》2005 年第 5 期,《北京文学·中篇小说月报》2005 年第 11 期转载,《中华文学选刊》2005 年第 9 期转载。

③ 季栋梁:《小事情》,原载《北京文学·精彩阅读》2005 年第 2 期,《小说选刊》2005 年第 4 期转载。

成交。秦岭《弃婴》① 中的农村年轻夫妻球儿和芍药好不容易生下了一个儿子，结果儿子得了罕见的先天性综合征，球儿和芍药卖光家里的鸡和猪，一个月时间里把儿子从乡卫生院转到县医院，又从县医院转到省城儿童医院，省城儿童医院的医生诊断后告知需要八万多元医药费。迫不得已的球儿和芍药带着儿子逃出医院，把家里唯一的一千多元余款放在儿子的斗篷里，含泪把儿子放在马路上，等待有钱人抱走。最后儿子被冻死，球儿和芍药被警察以遗弃婴儿罪抓走。夏天敏《残骸》② 中的边远贫困山区肖家冲的肖顺发夫妻依靠自己的勤劳节俭，抚育着一儿一女，原本生活宁静、忙碌而不失快乐。不料心爱的儿子突然患病，送到医院检查，被医生查出是有生命危险的脑积水，肖顺发夫妻无法拿出相对他们来说是巨款的医药费。面对儿子无钱医治的痛楚，肖顺发夫妻最终在别人的唆使下，狠心把漂亮的小女儿卖给了有钱的城里人，换来现金医治儿子。陈应松《金鸡岩》③ 中的宿五斗因为野猪坡坡大，开垦的地挂不住肥，无奈回到金鸡岩村；然而看遍了金鸡岩村方圆十里，哪个沟坎都试过了，依然没有找到可开垦的好土地。无奈之下的宿五斗只好拿上镢头和苞谷种子爬到传说中金鸡岩山顶"肥的冒油"的平台上播种苞谷，苞谷长得很好，一次泥石流却将宿五斗困死在山顶上。

第二节　精神困境下的悲剧

人类学家奥斯卡·刘易斯曾提出"贫穷文化"的概念，认为穷人之所以贫困和其所拥有的文化有关。这种贫困文化的表现：人们有一种强烈的宿命感、无助感和自卑感；他们目光短浅，没有远见卓识；他们视野狭窄，不能在广泛的社会文化背景中去认识他们的困难。据 1982 年第三次人口普查统计所显示的我国 12 岁以上文盲半文盲有 2.3722 亿，占全国人口

① 秦岭:《弃婴》，原载《作品》2006 年第 5 期，《小说月报》2006 年第 8 期转载，《小说选刊》2006 年第 10 期转载。

② 夏天敏:《残骸》，原载《小说界》2007 年第 2 期，《作品与争鸣》2007 年第 7 期转载。

③ 陈应松:《金鸡岩》，原载《中国作家》2007 年第 3 期，《小说选刊》2007 年第 4 期转载，入选多家年度小说选。

总数的 23.5%，其中农村文盲占 91%，绝对人数近 2.07 亿。到 2010 年第六次人口普查，我国近 13.4 亿人口中文盲率（15 岁及以上不识字的人口占总人口的比重）为 4.08%，其中农村文盲约占 90%，绝对人数依然是近 5000 万。不少文化程度不高、精神生活不丰富的农民，很容易走极端——仅以自杀为例，根据费立鹏等人的研究，我国 85% 的自杀者生活在乡村①。

改革开放第一个十年有不少表现农村里精神困境下的悲剧的作品，代表作如叶蔚林《五个女子和一根绳子》② 中的五位涉世未深、心灵手巧，才十八岁到二十一岁却"全都定过亲，今冬明春将陆续出嫁"的乡村姑娘恐惧即将到来的婚姻：十九岁的爱月看到的是爹妈在外人面前形同路人，八十岁的奶奶总是坐在灶坎上，连她自己的八十岁寿宴上都没有她的位置；十九岁的荷香看到的是哥经常吃醉酒后打嫂子，结果嫂子偷人，发现后被裸体示众；二十岁的桂娟经历的则是母亲对姐姐临产的冷漠和姐姐本家叔婆为了辟邪、让她从泼了屎尿的狗洞钻进去探望姐姐的荒诞，还有为姐姐接生的收生娘娘的野蛮、原始、不堪入目和惨绝人寰……五个女子于是没有丝毫怨言、欢欢喜喜地自杀了。明桃妈得知死讯后，"出门前还没忘记将那碗碎红米粥，倒回锅里，盖好盖子"；明桃爹和金梅爹为了那根吊颈的绳子，好吵了一顿，还"差点动了手"。其他具有一定代表性的作品还有榴红《燕子啁啾》③ 中的农民老秦原本有一个性情很好、勤劳能干的媳妇，全家过着温饱满足、其乐融融的生活。不料老秦不满足家庭生活的平淡恬静，先是与人经常在外喝酒打平伙，然后发展到与人经常在外赌博。当媳妇劝告时，毫不理睬。一次老秦与人赌博被抓，老秦怀疑是媳妇告状，毒打媳妇并赶走了媳妇，媳妇一去多年不返，一个完整幸福的家从此破裂。古华《爬满青藤的木屋》④ 中的王木通在绿毛坑这个荒无人烟的

① 费立鹏：《中国的自杀现状及未来的工作方向》，《中华流行病学杂志》2004 年第 4 期。
② 叶蔚林：《五个女子和一根绳子》，原载《人民文学》1985 年第 6 期，《小说月报》1985 年第 9 期转载，《小说选刊》1987 年第 2 期转载，获第二届《小说月报》百花奖。
③ 榴红：《燕子啁啾》，原载《四川文学》1980 年第 5 期，《小说月报》1980 年第 7 期转载，获 1981 年四川省优秀作品奖。
④ 古华：《爬满青藤的木屋》，原载《十月》1981 年第 2 期，《作品与争鸣》1981 年第 6 期转载，《小说选刊》1981 年第 5 期，入选人民文学出版社编选的《1981 年短篇小说选》，入选《中国新文艺大系 1976—1982》，获 1981 年全国优秀短篇小说奖，入选中国新文学大系（1976—2000）。

深山老林里，对妻子和儿女维持着他"一方诸侯似的"统治。他隔绝妻子盘青青与外界接触的一切机会，拒绝一切象征现代文明的东西：收音机、雪花膏、牙刷、镜子等，他更是从心底里排斥李幸福这样的知识青年，对李幸福宣传的森林防火知识无端抵触，最后在烧草木灰时引发了森林大火。火灾中他扔下盘青青、带着儿女逃走，又将事故责任嫁祸于火灾中失踪的李幸福。京夫《家丑》①　中的哥哥大顺的媳妇翠柳和弟弟二顺私通，大顺要和二顺火并，被爱名誉胜过一切的父亲叔权老汉拼命阻止，大顺气不过而上吊死了。不料这个家丑被无赖刘利江知晓，利用叔权老汉爱名誉胜过一切的脾性，便上门敲竹杠，并奸污了其儿媳翠柳。二顺要去火并，叔权老汉又拼命阻止。谁知恶气忍得太多，叔权老汉得了食道癌，害怕别人讥嘲，便将自己封锁在屋子里悄悄等死。楚良《女人国的污染报告》②　中的地处要道、水陆两便的风水宝地王五家历来是闲话俱乐部，现住着王氏后裔长房宗室五户人家。一次"阿庆嫂"的丈夫祖生赌博输了钱后，趁买东西时偷了"女经理"家二百九十元。"女经理"郁闷中说与其他三妯娌，其他三妯娌两面煽风点火，结果不仅"阿庆嫂"与"女经理"两家关系闹僵，"女经理"还被污蔑与祖生有暧昧关系，导致夫妻反目，"女经理"绝望中自杀。李锐《晨雾·砒霜》③　中的南柳村银鱼儿与同村的玉春自由恋爱，却被父母收了彩礼，强迫嫁给野岭店的铁山。婚礼之夜银鱼儿一直在哭，恼羞成怒的铁山"闹明房"——请一群人帮新郎新娘当众行房。没有了脸面的银鱼儿一个月后到娘家回门时，干脆与玉春通奸。查知真相的铁山用火枪打半夜来通奸的玉春，玉春吓得远走高飞；银鱼儿误以为玉春身亡，吞吃砒霜。救活后的有点儿疯癫的银鱼儿与铁山生了几个孩子后，逐渐有了一点地位。不料女儿私奔，铁山要抓回女儿，将其与银鱼儿一起勒死，银鱼儿再次吞吃砒霜自杀成功。贾平凹《古堡》④　中的张老

①　京夫:《家丑》,《北京文学》1981 年第 10 期。

②　楚良:《女人国的污染报告》,原载《芳草》1985 年第 1 期,《小说选刊》1985 年第 3 期转载,《新华文摘》1985 年第 5 期转载,入选人民文学出版社编选的《1985 年短篇小说选》。

③　李锐:《晨雾·砒霜》,原载《山西文学》1985 年第 11 期,《小说月报》1986 年第 2 期转载。

④　贾平凹:《古堡》,原载《十月》1986 年第 1 期,《中篇小说选刊》1987 年第 3 期转载,获西安文学奖一等奖。

大率先从山上废弃的矿洞里掏取锑矿，挣了一笔钱后主动把自己的矿洞加固，好让全村人挖。首先，村民们先是联名上告张老大私开国家矿产；其次，怀疑张老大用自己的拖拉机为村人运矿中谋了大利；再次，张老大率众集资买汽车被骗，村人聚众上门讨债抢东西；最后，张老大运矿石中出了车祸被判刑，村人幸灾乐祸却无人看望安慰。贾平凹《火纸》① 中的七里坪砍竹卖的青年阿季与火纸坊王麻子的女儿丑丑自由恋爱，王麻子不仅严厉禁止二人来往，还不收阿季的竹子。迫不得已阿季去了葫芦镇孙二娘的茶社帮工，不料孙二娘到汉江上游买茶叶时翻船淹死，镇上人眼红阿季继承了孙二娘的茶社，故意捏造传播谣言。于是阿季回到七里坪，然而丑丑却因为怀孕后吞吃玻璃碴打胎身亡。王麻子哭诉丑丑的丢人现眼，后悔开了火纸坊。许谋清《死海》② 中的海边的渔民围海造地，又不注意卫生，结果环境很差，渔民却习以为常：不用蚊帐，全身任凭蚊子咬；吃饭不赶苍蝇，饭菜任凭苍蝇爬落……生了一儿一女的乌昌结了扎，渔民感到很诧异；乌昌的儿子淹死了，乌昌把活着的女儿打扮得像花一样，渔民看不惯。最终不知忧愁的乌昌在渔民强大的舆论下，满怀忧愁，请来一个怀了私生子的女人帮忙生个儿子。朱玛拜·比拉勒《蓝雪》③ 中的沙度沟口断崖上的阿吾勒小牧村，丈夫去世一年的年轻女人胡尔丽海莺与另一个男青年热恋，冬夜里被村里的男人发现并抓住后，这一对年轻人被村里的男人在清晨里拖到河岸，塞进刚用斧头凿开的冰窟窿里，反复塞进拖出，直到这一对青年男女奄奄一息。杨争光《高坎的儿子》④ 中的"棒棒"在本村徐德家吃八碗时，多喝了几杯酒，一时兴起要给大家唱酸曲，在场的父亲高坎当着村里众人的面骂了他几句，"棒棒"就指着他爸高坎的鼻子说"爸，你丢了我的脸""我死给你看"；于是在去姐姐家寻求安慰而未得、反将欺辱姐姐的姐夫毒打一顿，骚扰与村长有染的蛮精嫂亦未得，最后就

---

① 贾平凹：《火纸》，原载《上海文学》1986 年第 2 期，《小说选刊》1986 年第 5 期转载。

② 许谋清：《死海》，原载《芒种》1987 年第 5 期，《小说选刊》1987 年第 7 期转载。

③ 朱玛拜·比拉勒：《蓝雪》，《民族文学》1987 年第 7 期，入选《新疆文学作品大系 1949—2009》。

④ 杨争光：《高坎的儿子》，原载《人民文学》1987 年第 1 期，入选《中国新文学大系 1976—2000》。

真的将自己吊死在小沟岔的柳树上了。铁凝《闰七月》① 中的"山那边儿"的虚岁十九岁的七月因为饥荒而被带到饮马峪的铁匠铺，在白天她给老四、孟锅叔侄俩做饭，晚上则是孟锅泄欲的工具。后来有文化的喜山出现了，这个悲苦女人的内心产生了真正的爱的渴望，终于她和喜山私奔，喜山给他更名"闰七月"，希望获得新生。但喜山家坚决反对，喜山只好明媒正娶了另一位清白的姑娘，七月则远走他乡嫁了富户，从此沉迷烟、酒、牌，穿金戴银、行尸走肉。

改革开放第二个十年也有不少表现农村里精神困境下的悲剧的作品，代表作如张平《凶犯》② 中的孔家峁的村民在孔家四兄弟的带领下，专门以偷盗砍伐国有林场的木材发家致富，拒绝新来的林场看守员、残废军人李狗子建议的去开发村里大片的荒山、勤劳守法致富。当李狗子严厉禁止村民偷盗砍伐国有林场的木材时，村民又在孔家四兄弟的带领下，对李狗子采取辱骂挑衅、断水断电等手段，试图迫使李狗子屈服。当半个多月没吃过一顿像样的饭，没喝过一碗清冽的水的李狗子进村买东西，陷入孔家四兄弟的圈套而被毒打，村民都是麻木的欢喜的看客。最后被砸断了仅有的一条好腿、肠子一堆堆地流了出来、胸前的刀伤有一尺多长的李狗子在绝望中用老式步枪射杀了孔家四兄弟，自己也因流血过多而死。其他具有一定代表性的作品还有周大新《旧道》③ 中的柳镇的宛南建材贸易公司经理郑三桐出身资本家，"文化大革命"中全家被纪怀的爹等逼死，自己被折磨得死去活来——甚至丧失生育功能。改革开放后，郑三桐想方设法将纪怀家的建材公司挤垮，逼死纪怀的爹娘。纪怀千方百计想报仇却再次陷入郑三桐的圈套而被判刑，但其世代要报仇的叫嚣使郑三桐的媳妇连养子也不敢收养。杨争光《老旦是一棵树》④ 中的双沟村的老旦死了女人，他除了侍弄白菜地之外无事可做，便躺在炕上胡思乱想，他想人一辈子应该

---

① 铁凝:《闰七月》，原载《新苑》1987 年第 1 期，《小说月报》1987 年第 6 期转载。
② 张平:《凶犯》，原载《北岳风》1992 年第 5 期，北岳文艺出版社 1994 年出版单行本，《长篇小说选刊》2006 年第 5 期转载。
③ 周大新:《旧道》，原载《时代文学》1989 年第 1 期，《小说选刊》1989 年第 3 期转载。
④ 杨争光:《老旦是一棵树》，原载《收获》1990 年第 1 期，《小说月报》1992 年第 6 期转载。

有个仇人，不然活着还有什么意思。人贩子赵镇于是成为他的假想敌，扳倒赵镇成了老旦虚无生活中的一件正事，为此他不惜把儿媳妇与赵镇通奸的丑事搞得沸沸扬扬、全村皆知，他亲自捉奸、找村长告状、劝儿媳妇上吊、逼儿子杀赵镇、刨赵镇家的祖坟，最后当一切努力似乎都归于失败之后，绝望的老旦站在赵镇家的粪堆上，幻想自己变成了一棵树。韦一平《穷寨》① 中的鸡笼寨原本很穷，后来鸡笼寨通过种植罗汉果脱贫致富，成了全省首富山寨；然而无所事事的山民沉迷赌博看黄片，三个青年甚至奸杀了黄寡妇。被枪毙的两个犯罪者的葬礼办得十分隆重，被判刑20年的未成年的林小雄家到处找关系。山民大多相信师公和风水师的谣言，认为是寨里建的文化室修建在鸡龙的头顶，并且砍去了鸡龙的虬角，因而触怒了鸡龙，张口吞噬了两个人囚了一个人。于是鸡笼寨轰轰烈烈修起了富丽堂皇的鸡龙庙；被当年的知青瘦卵作家感叹为山民"穷"得只剩下钱。林娃《天网天网》② 中的龙爪村大饥荒时，刘五成家老子用五斗荬子和张桃儿的父亲换了张桃儿做儿媳妇，拆散了张桃儿和牛娃的青梅竹马的爱情，牛娃无奈之下拉边套。新中国成立后张桃儿闹离婚，因为父亲、刘五成、乡政府老助理的反对而没成功，牛娃帮衬刘五成夫妇拉扯大了几个孩子。改革开放后，牛娃的生活孤苦无依，张桃儿再次坚决离婚，而儿女们却认为是奇耻大辱，支持刘五成杀死了张桃儿。李淑茹《嫂子》③ 中的杨庄的勤劳能干的杨丽娟"老早眼头太高，把好些小伙子挑漏了"，看中有文化的齐胜后，主动追求被秋叶嫌家穷而甩掉的齐胜，结婚后杨丽娟承担了家里的主要事务，生了三个孩子，日子虽苦却毫不后悔。改革开放后，勤劳能干的杨丽娟通过自办服装厂而发家致富，齐胜承包工艺厂更是成了市里的名人与富人，齐胜与秋叶旧情重燃，杨丽娟依旧怀着从一而终的思想不愿离婚，并因此喝农药自杀。张继《流水情节》④ 中的农村妇女花椒在河边洗衣服时偶然抓住了一条鱼而沉了一条待洗的自己绣了绿色喇叭花的红短

---

① 韦一平：《穷寨》，原载《广西文学》1991年第11期，《作品与争鸣》1992年第0期转载。
② 林娃：《天网天网》，《全国乡土文学大奖赛获奖作品集》，北岳文艺出版社1993年版。
③ 李淑茹：《嫂子》，《全国乡土文学大奖赛获奖作品集》，北岳文艺出版社1993年版。
④ 张继：《流水情节》，原载《青年文学》1994年第7期，《小说月报》1994年第9期转载。

裤,这条短裤被捞鱼的小孩忠强捞到了,挂在河堤的一棵小树上。风将挂在树上的晒干的短裤吹到大路旁,路过的本村人槐匆忙中以为是什么好东西,抢着捡到自己包里跑了。槐回家后发现是个女人短裤,怕这时回家的妻子巧误会,就塞在桌洞里;不料塞在桌洞里的红短裤被请来帮忙修床的花椒的丈夫奎发现了,误会的奎一气之下溺水而死。接着巧也发现了红短裤,夫妻吵闹着离了婚。白天光《秽石》① 中的北崴村村民因不良的生活习俗和环境恶劣等原因,常体内生结石,苦不堪言、痛不欲生,为治结石而常耗尽家财。新中国成立后在政府的帮助下改善了恶劣环境,改变了生活习俗,北崴村村民的结石病基本上被根除。改革开放后,传言人体内的结石是珍贵药材,可以卖高价,北崴村村民纷纷恢复以前的不良的生活习俗、破坏已改善的环境,不听从政府的科学宣传,试图让体内产生大结石以求暴发横财,结果自酿苦酒。陈然《死人》② 中的水杏在大热天与丈夫员吵架后,一时冲动而喝了农药死了。匆忙赶到的水杏的娘和哥哥在员家的谦恭和自责中,主动与员家达成了相互谅解的口头协议。不料水杏娘家的一群族人与村人借口员家逼死了他们的人,一而再再而三刁难:先用高价化肥冰尸体,接着摔碗打人、杀了员家的肥猪,然后要求员家高规格隆重安葬水杏、一群人同时在员家吃吃喝喝、打碗摔盘子几天,再接着强迫员亲吻尸体……员已嫁的姐姐菊为了制止水杏娘家族人的进一步胡闹,被迫喝农药一命抵一命。赵德发《窖》③ 中的农村少女英英和本村一个男的自由恋爱,男的总喜欢带英英偷偷去村外的地瓜窖子里幽会。村里本家族有人发现了,看不惯英英跟男人钻村外的地瓜窖子,跑去英英的父亲那儿告状,英英的父亲却不当一回事儿,还责怪告状人是狗咬耗子。告状人便将英英跟男人钻村外的地瓜窖子的事情逐一告诉全村人,故意激起全村人的公愤。最终有人趁英英再次跟男人钻村外的地瓜窖子时将地窖用石板封死,英英与男人气绝而亡。张继《跑婚》④ 中的农村少女谢樱桃与本村男

① 白天光:《秽石》,原载《鸭绿江》1994 年第 2 期,《小说月报》1994 年第 5 期转载。
② 陈然:《死人》,原载《北方文学》1994 年第 7 期,《小说月报》1981 年第 10 期转载。
③ 赵德发:《窖》,原载《北京文学》1994 年第 12 期,《小说月报》1995 年第 3 期转载。
④ 张继:《跑婚》,原载《鸭绿江》1995 年第 2 期,《小说月报》1995 年第 5 期转载。

青年王排自由恋爱，樱桃的父亲月台害怕本家族人不同意而闹出难堪，设计让樱桃和王排在自家躲藏几天。谢家以五老爷为首的族人以为王排拐走了樱桃，果然十分生气，先是支使月台和媳妇去王排家打闹；然后五老爷亲自率领族人打了王排家一切可以打坏的东西，并杀了王排家一头两百来斤的猪；接着宣告骚扰要进一步升级到杀羊、把王排的妹妹嫁给谢家的一个瘌子等。王排在害怕灾难不断升级的双方父母的同意下，不得不与谢樱桃分手。东西《没有语言的生活》①中的瞎子王老炳、聋子王家宽和哑巴蔡玉珍一家经常受村人的欺辱：谢西烛以在众人面前欺负聋子王家宽为乐；刘挺梁和几个年轻人偷走晒在楼上的腊肉……为了不受村人的骚扰，王老炳一家搬到了河的对面，想过上平静的日子，没想到离群索居还是避免不了灾难，王家宽的妻子蔡玉珍被对岸过来的人强奸。对外界失去信心的王家人只好把过河的桥拆掉，不准外人再来扰乱他们的生活。这之后他们过上了一段相对安宁和幸福的生活，但好景不长，健全的孙子王胜利上学第一天回家从外面学回来的第一句话就是："蔡玉珍是哑巴，跟个聋子成一家，生个孩子聋又哑。"张鸿福《爱蚀》②中的四平原本勤劳节俭，修大寨田时砸瘸了腿，老大年纪才娶了个病快快的媳妇，媳妇生了个三胞胎后不久去世，四平艰难维持着家庭。下乡采访的记者报道了四平家的情况，好心人纷纷捐献钱物，使四平家摆脱经济危机。不料四平先是逐一还账并加上利息以换回自我的良好感觉，接着逐渐放手花钱吃穿养身体，再接着聚众赌博、生意投机、甚至强奸小姨。结果手头已收到的捐款全部败尽，后来的捐款被政府截留去帮衬其他穷孩子，四平再次陷入贫困。

改革开放第三个十年同样有不少表现农村精神困境下的悲剧的作品，代表作如阎连科《丁庄梦》③中的丁庄村民生活虽然不富裕，但是很安宁。在驻村包点干部的鼓动下，大量村民走上了卖血致富的"捷径"，由于卖

① 东西：《没有语言的生活》，原载《收获》1996年第1期，《小说选刊》1996年第5期转载，获第一届鲁迅文学奖（1995—1996）全国优秀中篇小说奖。
② 张鸿福：《爱蚀》，原载《山东文学》1997年第9期，《小说月报》1997年第11期转载。
③ 阎连科：《丁庄梦》，原载《十月》2006年第1期，上海文艺出版社2006年出版单行本。

血的管理混乱等原因，结果刚发家致富的村民出现热病流行。主管丁庄小学的年老退休的丁水阳不忍心看着一个个热病患者待在家里绝望地等死，还把绝望与恐惧带给家人，费尽心力把热病患者集中到废弃的学校里吃住，争取让热病患者开心度过人世间最后的日子。然而即将死到临头的热病患者有的偷粮食、有的偷钱、交粮时偷奸耍滑放石头、争夺热病患者吃住的管理权、争夺村里的权力、瓜分学校的财产、砍尽村里的树木……最终集中吃住在学校的热病患者无法和谐相处，只好自行解散，各自回到家中依旧过着绝望的等死的日子，直到一个个发病去世。杨争光《公羊串门》① 中的王满胜家的公羊听到邻居胡安全家母羊的发情声，主动跑去与母羊交媾，为了几元钱的配种费，王满胜与胡安全发生了纠纷，两个家族的人还险些大打出手。村长李世民用他自学得来的法律知识为两家断了官司，不服判决的胡安全强奸了王满胜的婆姨，第二天当他再次来到王满胜家时，王满胜用镢头把他砸死在土炕上，王满胜也被法院判处死刑。俞梁波《死了一棵树》② 中的李贵家的一棵毛柞树突然死了，这个消息是住在树旁的刘年的儿子小坚告诉李贵的儿子的。正好村里分派每家一棵树来搭县里文化下乡的戏台用，李贵拿刀准备砍掉死树，一向有点小气的刘年跑来愿意出高价买这棵死树。李贵因此怀疑这棵死了的毛柞树是名贵药材，坚决不卖。砍回家后李贵剥了树皮，无意中发现树死的原因——树干里被敲进了五颗大铁钉。李贵怀疑是刘年干的，去找村长评理，村长息事宁人和稀泥。李贵跑去找刘年，刘年一口咬定与他无关，争得不可开交时，怒气冲冲的李贵狠狠地踢了刘年一脚，正好踢在裆部，刘年被送进医院花了几万元才保住命，李贵为了这个医药费主动撞上街上飞驰而来的红色新出租车。郭雪波《狼子》③ 中的沙村村长山郎死了媳妇，精明的二儿子山龙娶了媳妇成亲后分家单过，山郎带着傻子大儿子山虎

---

① 杨争光:《公羊串门》，原载《文友》1999 年第 10 期，《中华文学选刊》1999 年第 6 期转载。

② 俞梁波:《死了一棵树》，原载《山花》2002 年第 2 期，《小说选刊》2002 年第 4 期转载，入选中国作家协会《小说选刊》选编《2002 中国年度最佳短篇小说》。

③ 郭雪波:《狼子》，原载《长江文艺》1999 年第 9 期，《小说月报》1999 年第 11 期转载，入选作协创研部编《1999 年中国短篇小说精选》。

过。村长山郎利用权力帮村里杨老汉在村口开了一家小商店，又给杨老汉分了两亩最好的地，以此娶来杨老汉半傻的女儿给傻子大儿子做媳妇——实际上供自己发泄淫欲。傻子大儿子利用自己收养驯化的狼子，在村长山郎犯事逃到他这儿时，命令狼子吞噬了村长山郎。马竹《荷花赋》① 中的豁湖本地陈姓人对外地迁来户林姓人持仇视排斥态度，老支书陈厚样虽然是个老革命，但是他依然有很浓厚的族长意识。出于对本姓人的安抚，以缓和他们对林姓人的仇视，支书收回了一个已经发放给林姓孩子的救济书包，引发了林姓人的愤怒，一场血腥残酷的械斗在陈、林两姓间爆发。刘庆邦《在牲口屋》② 中的杨伙头与金宝有二十多年的私情，杨伙头还常说金宝的儿子大梁是他的种；大梁因此找不上媳妇。金宝再三劝告、警告杨伙头不要再纠缠她——甚至找到了村长出面劝告，空虚无聊的杨伙头却不甘心，一而再再而三纠缠。金宝无奈之下设计诱骗杨伙头到她家牲口屋，让事先躲藏在里面的丈夫和儿子用大棒打死了杨伙头。阎连科《三棒槌》③ 中的刘家涧的石根子媳妇做姑娘的时候和做药材生意暴富的李蟒好过一场，嫁到刘家涧的石根子家后又与李蟒合在一起过了八年，李蟒给石根子家盖了三间瓦房。当李蟒有了新欢后，石根子夫妻才稍微像个人样活着。不料一段时间后李蟒又来找石根子媳妇，石根子在李蟒的激将下忍无可忍而随手操起棒槌砸死了李蟒，在后来的法庭宣判中，石根子为了所谓的"尊严"，主动宣称是故意杀人而被枪毙。雪漠《莹儿的轮回》④ 中的沙湾村的憨头和白福均付不起彩礼钱，两家父母做主后换亲。随着憨头生病逝世、莹莹带着遗腹子守寡，白福经常在外浪荡赌博而回家则毒打兰兰、兰兰坚决闹着要离婚，当初"换亲"时的承诺已名存实亡。两家父母为儿女婚事时而翻脸时而和好，结果因为兰兰心如死灰，不听从父母复

---

① 马竹：《荷花赋》，原载《长江文艺》2000 年第 8 期，《小说选刊》2000 年第 10 期转载，入选《2000 年度中国最佳小说》。

② 刘庆邦：《在牲口屋》，原载《鸭绿江》2001 年第 9 期，《小说精选》2001 年第 11 期转载，《短篇小说选刊》2002 年第 2 期转载。

③ 阎连科：《三棒槌》，原载《人民文学》2002 年第 1 期，《作品与争鸣》2002 年第 9 期转载，《短篇小说选刊》2002 年第 3 期转载，《小说月报》2002 年第 3 期转载。

④ 雪漠：《莹儿的轮回》，原载《中国作家》2003 年第 6 期，《小说月报》2003 年增刊第 2 辑转载。

婚的劝告而坚决要求离婚,莹儿改嫁憨头的弟弟猛子的计划自然也流产,莹儿母亲变相将莹儿卖给了屠夫赵三,莹儿迫不得已自杀殉情。雪漠《莹儿的轮回》① 中的村里的李长锁在老槐树下吃饭,路过的石满银一本正经地骗李长锁说他的碗底有虫。李长锁举起碗看时不小心浇了自己一头一脸;愤怒的李长锁把粗瓷碗扣在石满银头上。受伤流血的石满银要求李长锁赔偿医药费,李长锁拒绝赔偿;打了官司后李长锁逃走了、依然拒绝赔偿,愤怒的石满银一次见到李长锁家的狗欺负自家的狗,用砖头奋力砸狗时,误杀李长锁的小儿子,石满银因此被判死刑,李长锁也疯了。叶开《衣锦还乡》② 中的农村大学生周毅大学毕业后,在上海的一个普通中学当一名普通教师,找了一个普通同事马小燕结婚生子,过着普通的生活。然而老家的父母打肿脸充胖子,故意装作周毅在上海发了大财的样子,经常让周毅寄钱物回家给别人,以之充脸面,导致周毅生活疲惫不堪,夫妻关系不和。一次过年父母强行命令周毅回家,全家大力打造"衣锦还乡",结果导致忍不住而先回上海的儿媳马小燕要离婚,周毅请村干部喝酒后醉酒失足淹死。盛可以《归妹卦》③ 中的"父亲"因为只有两个女儿,给到了婚龄的长女采薇匆匆收了一个心术不正、好吃懒做的倒插门女婿阿良。而到了婚龄的次女采西相了几次亲都没有成功,反而被阿良乘机占有。怀了孕的采西被迫匆匆出嫁给以前自己看不上的一只眼睛带萝卜花的张角,张角怀疑采西不满月份而生下的孩子并虐待采西——让采西担当生活的全部负重、经常毒打采西、经常面对采西而嫖宿寡妇胡梅。后来张角在一次洪灾中淹死,回到娘家的采西则因受到阿良等的歧视而精神失常。李进祥《遍地毒蝎》④ 中的河湾村尔利是个能人,先是领头带着村里的几十号人出外承包工程,自己不干活,提取每人每月五十元,村人先是感激,后来则有了怨气;结果尔利走过工地时被村人碰下的钢筋砸中腿。瘸了腿后的尔

---

① 雪漠:《莹儿的轮回》,原载《安徽文学》2004 年第 10 期,《小说月报》2004 年第 12 期转载。

② 叶开:《衣锦还乡》,原载《天涯》2005 年第 2 期,入选林建法编《2005 年中国最佳短篇小说》。

③ 盛可以:《归妹卦》,原载《长城》2006 年第 2 期,《小说月报》2006 年第 5 期转载,入选洪治纲编选的《2006 年中国短篇小说年选》。

④ 李进祥:《遍地毒蝎》,原载《回族文学》2006 年第 2 期,《小说月报》2006 年第 4 期转载。

利回家开了一家小卖部，同时收购蝎子卖给南方人，随着生意的红火，村人又有了怨气；尔利的儿子哈桑被蝎子蛰了，尔利求遍全村的车手，没人愿意送哈桑去医院，结果哈桑死在尔利怀里。邵丽《人民政府爱人民》[①]中的老驴四十三岁，"生得人高马大，目正口方，能说会道"。性格也不错，"整天像个弥勒佛似的，笑眯眯的袖了手，啥热闹都凑"。可是村里的人却都瞧不起老驴，因为老驴"田地种得邋遢，日子过得拧巴"。老驴的女人也不能干，"实在分不清床上地下，只是一个劲地脏，像被沙尘暴刚刚洗劫过一样"。当女儿考上大学，老驴一心死缠着政府帮忙——像女儿中小学读书时一样解决学费，结果导致没钱交学费的女儿失踪，老驴却依然死缠着政府。

小　结

改革开放第一个十年虽然取得了巨大的成就，但是因为原先的基础太差、极"左"政策的巨大创伤、脱贫致富的艰难、改革开放中的政策实施得不到位、物质文明与精神文明两手抓中的一硬（物质文明）一软（精神文明）等，所以依然存在一些问题：中国社会科学院青少年研究所在改革开放取得显著成就后的 1983 年对全国性的九省 243 个村两万多名农村青年的调研，50.2% 的农村青年因"生活困难"而烦恼、79.3% 的农村青年认为"自己的愿望实现不了"、42.1% 的农村青年认为"在农村没有奔头"、56.6% 的农村青年反映"没有文化娱乐生活"是他们的主要烦恼之一、40.2% 的农村青年不怀疑、不反对"看相、算命、抽签"[②]……根据我国政府相关部门发布的数据可知，改革开放十年的 1988 年按照我国颁布的人均年收入 236 元作为贫困标准线，我国农村贫困人口依然高达 8600 万，占农村总人口的 10.4%[③]。如果按照国际标准每天消费 1 美元的标准（按购买力平价计算）则我国农村贫困人口估计达到近 3 亿、占农村总人口的三

---

① 邵丽：《人民政府爱人民》，原载《当代》2007 年第 5 期，《小说选刊》2007 年第 10 期转载，入选多家年度小说选。

② 中国社会科学院青少年研究所《1983 年中国农村青年调查资料》（内部资料），第 3—20 页。

③ 国家统计局农村社会经济调查总队：《1998 年我国农村人口贫困状况调查》，《调研世界》1999 年第 7 期。

分之一①。因此改革开放第一个十年作家们创作了不少"困境下的悲剧"类型的作品，不过因为我国农村在极"左"统治时期的物质极端匮乏与改革开放第一个十年我国农村在物质生产上取得的巨大成就和良好前景的对比，加上伤痕文学、反思文学、知青文学等思潮流派的推波助澜，"物质困境下的悲剧"更多的是揭露刚刚过去的极左统治时期；而"精神困境下的悲剧"在寻根文学、新写实主义文学等思潮流派的参合下，更多地反映了改革开放第一个十年的农民的"精神贫困"。

　　改革开放第二个十年虽然也取得了显著的成就；然而根据我国政府相关部门发布的数据可知，改革开放二十年的 1998 年按照我国颁布的人均年收入 635 元作为贫困标准线，我国农村贫困人口依然高达 4210 万，占农村总人口的 4.6%②。如果按照国际标准每天消费 1 美元的标准（按购买力平价计算）则我国农村贫困人口达到 1.06 亿、占农村总人口的 11.5%③。1995 年的调查显示，三分之一的村庄没有文化活动室，每个行政村平均仅有 111 本书（且多为六七十年代购买的），每 11 人平均一本书④；对"遇事求神拜佛，看风水算命"的态度仅有 48% 的人认为"这些全是骗人的，应极力反对"；有 71% 的青年农民反映其闲暇时的生活"不丰富"或"单调无聊"；农民反映当前农村存在的主要社会问题有赌博之风盛行（占57%）、封建迷信泛滥（占 54%）、社会治安状况差（51%）⑤；加上这一时期农村经济文化在市场经济打击下的急剧衰败、农民精神信仰的虚空⑥，

---

① 李石新：《中国经济发展对农村贫困的影响研究》，中国经济出版社 2010 年版，第 85 页。

② 国家统计局农村社会经济调查总队：《1998 年我国农村人口贫困状况调查》，《调研世界》1999 年第 7 期。

③ 按照国际标准每天消费 1 美元的标准（按购买力平价计算），1990 我国农村贫困人口达到 2.8 亿、占农村总人口的 31.3%；1991 我国农村贫困人口达到 2.87 亿、占农村总人口的 31.7%，1992 我国农村贫困人口达到 2.74 亿、占农村总人口的 30.1%。详情参看李石新《中国经济发展对农村贫困的影响研究》，中国经济出版社 2010 年版，第 85 页。

④ 张建功：《历史与选择：陕西农村经济社会发展中的主要问题及对策研究》，陕西人民出版社 1999 年版，第 246 页。

⑤ 曹卫秋：《欠发达地区青年农民素质的调查》，《青年研究》2000 年第 2 期。

⑥ 详情参看陶格斯《多重力量作用下的乡村日常生活》（博士学位论文，中央民族大学，2010 年，第 71—72 页）；于影丽《社会转型期乡村文化传承与发展研究》（博士学位论文，西北师范大学，2009 年，第 35—66 页）；谭同学《桥村有道——转型乡村的道德权力与社会结构》（生活·读书·新知三联书店 2010 年版，第 368—378 页）等。

部分农村地区和部分农民的惊人的物质贫困和精神贫困震惊了有道义感的
作家们，他们用笔真实记载下他们所见到的陷入困境的农村。

改革开放第三个十年同样取得了杰出的成就；然而根据我国政府
相关部门发布的数据可知，改革开放三十年的 2008 年，按照我国颁布
的人均年收入 1196 元的贫困标准，依然存在 4007 万贫困人口，占总
人口的 4.2%①。按照国际通行的每天消费 1 美元的标准，则我国农村尚
有上亿人没有脱贫②。

另外全国老龄委 21 世纪初的调查资料显示，农村老年人中生活贫困
的比例高达 39.3% （人数达 3223 万），基本生活得不到保障的高达
45.3% （人数达 3914 万)③。2006 年全国综合社会调查数据显示，每年日
常生活开支低于 600 元 （即每天的日常生活开支约 1.65 元人民币） 的农
户比例达到 83.4%④！2006 年的相关调查显示，全国村庄的文化设施普
遍较差——有文化活动中心的村的比例只有 29.4%、有图书室的村的
比例只有 25.0%、有养老福利院的村的比例只有 4.1%，82.7% 的农
民认为最迫切需要解决的问题是文化建设。⑤ 2008 年的相关调查显示，
79.83% 的农民愿意参加集体文化活动，然而 20.66% 的村庄从未组织集
体文化活动，只有 7.09% 的村庄经常组织集体文化活动；只有 9.52% 的
村庄没有赌博现象，而 33.79% 的村庄赌博盛行；只有 7.98% 的村庄对

---

① 国家统计局农村社会经济调查司：《中国农村贫困监测报告 2009》，中国统计出版社 2010
年版，第 10 页。

② 联合国千年发展目标确定的贫困标准：日均消费低于 1 美元属 "绝对贫困"。国际通行每
天消费 1—2 美元的标准 （发展中国家为 1 美元）；2008 年 8 月世界银行的一份报告把全球贫困线
由每天 1 美元的生活费提高到 1.25 美元 （约年消费 3000 元人民币），相关专家根据世界银行的新
标准推算我国的贫困人口总数超过 2.5 亿，农村贫困人口近 2 亿 （1.《北京青年报》10 月 7 日；
2. 苏文洋《2.5 亿贫困人口何时脱贫》《群言》2009 年第 11 期)。2011 年 11 月 29 日的中央扶贫
开发工作会议决定将 2300 元 （合 365 美元） 作为新的国家扶贫标准，根据此标准，2011 年我国农
村贫困人口约 1.3 亿 （人民财评："穷人" 多了是执政理念的 "巨大进步" http：//www. finance.
people. com. cn/GB/16490801. html)。

③ 康来云：《中国农民价值观变迁》，河南人民出版社 2010 年版，第 86 页。亦可参看《中
国经济导报》2005 年 6 月 3 日。

④ 中国人民大学中国调查与数据中心：《中国综合社会调查报告 2003—2008》，中国社会出
版社 2009 年版，第 286 页。

⑤ 韩俊：《调查中国农村》，中国发展出版社 2009 年版，第 33—35 页。

喜丧事不大操大办;只有 44.03％的农民明确表示不相信"看相、算命、抽签"①。因此忧患意识深远的作家及时挑开了农村光鲜的一面,揭露了农村部分地区和部分农民的惊人的物质贫困和精神贫困,以便引起世人的共同关注,寻找治疗的办法。

① 王余丁等:《农村民生问题研究:基于河北省农户调查分析》,光明日报出版社 2009 年版,第 68—76 页。

第二章 权力下的荒诞

《现代汉语词典》里对权力是这样解释的：一是"指政治上的强制力量"，二是"指职责范围内的支配力量"。前一种解释把对象限定在政治领域，而后一种解释则延伸至了其他领域。在福柯看来，权力并不只存在于战场、刑场、绞刑架、权杖或红头文件中，它也将普遍地存在于人们的日常生活、传统习俗、闲谈碎语、道听途说，乃至众目睽睽之中，权力绝不是一种简单的存在，它是一种综合性力量，一种无处不在的复杂实体。① 因此"权力是一台巨大的机器，每一个人，无论他是施展权力的，还是被权力控制的，都被套在里面"。② "权力"像谶语、像魔咒一样吸引着无数人为之奋斗，为之疯狂。中国自古就有"官本"主义思想，几千年的封建君主专制统治使社会等级制度深入人心，丝丝入扣浸淫在中国的乡村大地里。得权者耀武扬威、无权者卑贱苟且，无论是对统治者还是对被统治者来说，权力已经渗透他们的思想、行为、日常生活和本能反应之中。

第一节　权力拥有者的嚣张

马克斯·韦伯把权力界定为"在社会交往中一个行为者把自己的意志

---

① 详情可参看福柯《文明与疯癫》《词与物》《知识考古学》《规训与惩罚》《性史》等一系列著作。

② 佟立：《西方后现代哲学思潮研究》，天津人民出版社 2003 年版，第 256 页。

强加在其他行为者之上的可能性"①。即权力是在一种社会关系里依赖制度性的强制力量,哪怕遇到反对也能贯彻自己意志的任何机会。而我国乡村权力的运作不仅依赖制度性的强制力量,同时由于我国乡村状况与城市情形的差异、乡村现行民主政治体制的不健全,乡村当权者还经常在制度之外公然采用多种违法方式来行使权力、肆意践踏乡村人们的权利——其中权力与暴力的联结是乡村权力运行的一个显著特点。

改革开放第一个十年有不少表现农村里权力拥有者的嚣张的作品,代表作如张炜《秋天的愤怒》② 中的控制着一个村子里的党权、政权乃至军权(民兵)三十余年的变质的村干部肖万昌,改革开放后借改革的名义将自己打造成村里改革开放的领路人——将集体经营的工副业低价承包给自己的心腹手下,视为自己的"钱柜";通过结交上级相关各个部门领导人,儿子被安排在电厂上班,自己被表彰为县里专业户代表。无权无势的普通农民则完全被剥夺了理应享有的权益,大的方面如招工、分红、参军、出夫和娶媳妇等,小的方面如烟叶收购、化肥购买、灌溉用水的调配等均受其控制。为了实现自己的绝对权威,肖万昌把人往狠里治,又叫人说不出什么——平时利用民兵连长收拾看不顺眼的村民,紧急时刻甚至借用派出所的关系把对他有不满的村民关进去毒打,例如,对其所作所为强烈不满的荒荒在派出所里受够了皮肉和筋骨之苦,放出来之后肖万昌还强迫荒荒说是被他宽大处理的。他得意扬扬地认为:"整个村庄仿佛就是一个巨大的轮子,他认为它需要旋转一下,就伸出手指轻轻一拨。"其他具有一定代表性的作品还有王贵如《乡怨》③ 中的大队革委会主任吴满堂的儿子三虎在玉米地里试图强奸本村贵成的姑娘,正在劳动的德明老汉听到救命的喊声,跑去救了贵成的姑娘,从而得罪了吴满堂及其儿子三虎。德明的二儿媳妇怀孕了、嘴馋想吃萝卜,德明的女儿腊月在公家菜园里赊了三个萝卜,吴满堂污蔑腊月是贼并毒打腊月。德明的二儿子铁蛋犁地回来,见此

---

① 马丁:《权力社会学》,生活·读书·新知三联书店1992年版,第81页。
② 张炜:《秋天的愤怒》,原载《当代》1985年第4期,《小说选刊》1986年第1期转载,《中篇小说选刊》1986年第3期转载,获《当代》文学奖1985—1993年优秀作品奖,获《中篇小说选刊》1986—1987年优秀中篇小说奖,入选中国新文学大系(1976—2000)。
③ 王贵如:《乡怨》,原载《草原》1979年第6期。

与之争辩，吴满堂污蔑铁蛋打干部，率领儿子与民兵连长等毒打铁蛋，铁蛋逃命中被追赶而坠入水井淹死。德明告状无效只好上北京申冤。郑义《秋雨漫漫》① 中的河底大队背靠风云山，怀抱黑牛河，是"农业学大寨"旗杆，在一手交粮一手交官的潮流中，河底大队三年里三任大队支书接连变本加厉，采用弄虚作假、挪用储备粮和克扣社员口粮的办法，完成惊人的上交粮食的"政绩"而升任县委领导，河底大队社员饿得只能吃树皮和杂草，手上的皮都脱掉了。卢永华《张寡妇卖汤圆》② 中的张寡妇"文化大革命"前和丈夫张小三一起卖汤圆，砌了新屋。"文化大革命"时大队刘书记批斗张小三，逼得张小三跳河自杀后又没收张寡妇家所有财产；"文化大革命"后刘书记拒绝落实政策。家破人亡、一贫如洗的张寡妇在一九七九年腊月听说又可以卖汤圆了，立即想方设法架起汤圆摊；不料又立即遭到刘书记的砸锅倒灶。古华《芙蓉镇》③ 中的芙蓉镇"文化大革命"时期村里的流氓无赖、"运动根子"王秋赦和镇国营饮食店经理、"政治闯将"李国香相互勾结，夺了镇上和大队的权力；于是为非作歹、横行一时：查缴私人销售的财物后私分，残酷折磨无意中发现李、王通奸的被屈打成招的新富农寡妇胡玉音，无理关押、折磨原革命老干部、粮站站长谷燕山……芙蓉镇被搞得乌烟瘴气。邹志安《粮食问题》④ 中的春风公社书记李定国为了往上升迁，癖好谎报成绩营造政绩，得到省委常委严常理的欣赏后，在公社里更是一手遮天、独断专行，希望进一步谎报成绩、营造政绩，以便得到县委组织部长的职位。当新上任的县委副书记马征向各公社借调口粮支援山区时，李定国不顾自己公社很多社员没饭吃的现实，马上承诺自己春风公社每人支援山区免费粮四十斤，不服从的社员遭到残酷打击，搞得春风公社社员苦不堪言。张一弓《张铁匠的罗曼史》⑤ 中的饮马桥镇张庄的张银锁忠厚

① 郑义：《秋雨漫漫》，原载《汾水》1980年第10期，《小说月报》1981年第1期转载。
② 卢永华：《张寡妇卖汤圆》，原载《星火》1980年第12期，《小说月报》1981年第2期转载。
③ 古华：《芙蓉镇》，原载《当代》1981年第1期，《中篇小说选刊》1981年第1期转载，获第一届茅盾文学奖，入选中国新文学大系（1976—2000）。
④ 邹志安：《粮食问题》，原载《朔方》1981年第7期，《小说月报》1981年第8期转载。
⑤ 张一弓：《张铁匠的罗曼史》，原载《十月》1982年第1期，《小说月报》1982年第4期转载，《中篇小说选刊》1982年第3期转载，获1981—1982年全国优秀中篇小说奖。

老实、有一手打铁的好手艺，并因此娶得邻庄美丽善良、勤劳能干的王腊月为妻。"大跃进"中公社副书记夏谋依靠权力、冤枉张银锁开批判大会，不服气的银锁反抗了一下，被夏谋派民兵抓走、判刑三年、妻离子散。三年后服刑期满的张银锁好不容易找到妻子、孩子，全家团聚。然而丧妻的夏谋看上了腊月，银锁被迫流亡逃命。王兆军《拂晓前的葬礼》① 中的大苇塘村参军复员回村后的田家祥利用"稻改工作"的机遇，抓住各种机会，挤垮政绩平平的田福申而成为大队书记，掌握了全大队的生杀大权。掌权后"我就是法……我就说了算"的思想深入田家祥的头脑，他开始随心所欲地行使自己的威权：怀疑自己二十多年的好朋友与助手吕锋，迫使其离开大苇塘；村民办任何事都要向他纳贡；贪占集体的财物营建自己的安乐窝；随意捆绑、毒打社员；生活作风比较烂，强迫婚姻不幸的小石榴脱下裤子；打击青年致富带头人田永顺……矫健《老人仓》② 中的红星大队支书田仲亭得意于公社书记汪得伍是其铁哥们，不仅把一年能赚两万多元的工厂留给自己承包，而且对别人承包的副业还要提成，例如，他以照顾残疾人的名义，把七亩山楂林包给了杨疯子，暗中却六四分成剥削杨疯子，谁要是不肯，他就从中作梗致其垮台。田仲亭家的房子盖得像宫殿，却把猪圈建在院外的大街上，引起群众的强烈不满，但因为惧怕田家"五虎大将"敢怒而不敢言。杨克祥《玉河十八滩》③ 中的乡政府主席马达大娶了渔民刘海海的妹妹，刘海海依仗马达大的势力，故意违反玉河渔民贫协小组长何大龙制定的不准毒杀小鱼的规矩，何大龙处罚了刘海海，马达大利用自己的权力撤了尽职尽责的何大龙的渔民贫协小组长，并把何大龙打成汉奸儿子兼漏划渔霸。后来马达大为了往上爬，刻意不顾实际情况、不顾渔民的生死营造政绩，结果人们生活苦不堪言、玉河上发生多例船毁人亡事件。张炜《古船》④ 中的洼狸镇的

---

① 王兆军：《拂晓前的葬礼》，原载《钟山》1983 年第 5 期，《小说月报》1985 年中长篇选粹第 1 辑转载，获 1983—1984 年全国优秀中篇小说奖。

② 矫健：《老人仓》，原载《文汇月刊》1984 年第 5 期，《小说选刊》1984 年第 9 期转载，入选人民文学出版社编选的《1984 年中篇小说选》，获第三届（1983—1984）全国优秀中篇小说奖。

③ 杨克祥：《玉河十八滩》，原载《中国作家》1985 年第 6 期，《小说月报》1986 年第 3 期转载。

④ 张炜：《古船》，原载《当代》1986 年第 5 期，人民文学出版社 1987 年出版单行本，获第二届（1986—1994）"炎黄杯"人民文学奖，入选中国新文学大系（1976—2000）。

"穷光蛋"赵炳依靠自己的赤贫身份和很高的辈分，加上狡猾狠毒，使自己在新中国成立后逐渐成为洼狸镇政权和族权的合一、至高无上的权威，在革命的旗帜下以封建宗法制统治着镇子，一手制造了许多悲剧：火烧隋家房屋、霸占隋家女人，捆绑李其生……新时期的改革中，他依然大权在握，唯我独尊，霸占年轻的隋含章，挑拨洼狸镇事务。田雁宁《遥远》①中的茅草坪的胡疤子历尽千辛万苦、花了半年时间找到了一片优质大理石矿岩后，本来就有石匠天赋的村民有了用武之地，在胡疤子的带领下开采矿石而脱贫致富。村长杨润林却利用权力，残酷剥削石工、极力压制毛石的价格、垄断运输来牟取暴利，并利用茅草坪成为县里拔尖的富裕村而当选优秀党员干部。杨润林依然不满足，渴望控制村里一切事物，于是设计陷害胡疤子、夺取采石场，胡疤子被迫离去。李佩甫《金屋》②中的扁担杨的村长杨书印凭借着有文化、有智慧，"没有当过一天支书，却牢牢掌握着扁担杨的权力"；他三十多年来在伪善的道德面具下假公济私、干下了许多触犯"天条"的事：他陷害年轻的村支书；打击挑战自己权力的杨如意；强奸了同宗同族十七岁的侄女花妞姑；倒卖队里公粮一万四千斤；私吞发大水时下拨的救济款五千元；为自己的宅基地逼死人命一条……最后"竟抱着阳物在村街上撒尿，边尿边说：'看谁敢咋老子?!'"

改革开放第二个十年也有不少表现农村里权力拥有者的嚣张的作品，代表作如张平《天网》③中的贾家卯乡花峪村村支书兼村长贾仁贵忽视党纪国法，以搞活经济为借口，通过各种手段织就一张庞大的关系网后，千方百计地化公为私，把全村的经济命脉抓在自己手中，为霸一方：为了维持霸权，他手下专门有一个民兵队，花峪村有三分之一的人被抓过、关过、打过，被打伤的有 16 人，致残 4 人。他为了给自己一个儿子扩大院宅，竟把儿子的两家邻居当"贼"抓起来，私设公堂，打断肋骨，令其搬走；他仅花 600 元"买"下了本村的价值数万元的小学校作为三儿子院

---

① 田雁宁：《遥远》，《青春丛刊》1987 年第 1 期。
② 李佩甫：《金屋》，原载《当代作家》1988 年第 6 期，长江文艺出版社 1990 年出版单行本。
③ 张平：《天网》，群众出版社 1993 年版，获第三届啄木鸟文学奖。

基，然后打算向老百姓集资另盖学校；他让自己的儿子强奸农家女，女方痛不欲生，跳崖致残后又一脚将她踢开；他让自己的二儿子承包了村里煤矿，花了国家 60 多万元，煤矿实际投资不足 10 万元，而村里的账目上还亏空着 30 余万元；购买的轿车、面包车、货车，成了贾家专用……在他的眼里，只有一个逻辑："顺我者昌，逆我者亡。"党支部和村委会就建在他的家里，他的家就是花峪村的"法庭"，他的话就是"法律"，他就是"党"。结果导致花峪村有的村民含冤数十年、家破人亡，众多村民噤若寒蝉、贫苦不堪。其他具有一定代表性的作品还有刘震云的《头人》①中的申村孬舅当了治安员后，办事时心狠手辣、六亲不认，动不动就是挖坑埋了对方；饥荒时孬舅常抢豆面做小饼自己吃，或用豆面小饼换媳妇、闺女睡。新喜当了支书后，动不动就开斗争会，让人坐飞机；新喜喜欢吃新鲜瓜果、小鸡，经常不付钱就吃村民的新鲜瓜果、小鸡。恩庆当了支书后，喜欢吃兔子、喝酒、搞女人，乱搞女人时被抓住，毫不畏惧地批给捉奸者两车砖了事。梁晓声《喋血》②中的霍村的老支书耿福全在村里说一不二、一呼百应：说种麦，全村没人敢种谷子；说房子不许拆、盖，全村没人敢拆、盖；儿子不是三好学生也必须是三好学生；儿子不够资格也在小学戴了三道杠，不必申请也在中学入了团……阎连科《寨子沟，乱石盘》③中的寨子沟是个闭塞的村落，三爷俨然如国王一样统治着寨子沟，"这里的大至婚丧嫁娶，春种春收，集体钻山射獐，派人出去购买日用杂货，小到谁家的羊被狼吃了，蛇爬进被窝里"，一应都由朝廷三爷来定夺。他掌握着全寨的生死大权，控制全寨的点点滴滴。为了沟里的人口繁衍，他禁止沟里的女孩子嫁出去；为了巩固自己的统治，他用火枪打死了偷人的妻子，又羞辱死自己的女儿；甚至当一向不辞劳苦地侍奉他的孙女小娥想要走出寨子时，他听信皇后四婶和宰相六伯的撺掇，把小娥强行许给她不爱

---

　　① 刘震云:《头人》，原载《青年文学》1989 年第 1 期，《小说月报》1989 年第 3 期转载，《中篇小说选刊》1989 年第 2 期转载。

　　② 梁晓声:《喋血》，原载《上海文学》1989 年第 2 期，《小说选刊》1989 年第 6 期转载，《中篇小说选刊》1990 年第 2 期转载。

　　③ 阎连科:《寨子沟，乱石盘》，《莽原》1989 年第 3 期。

的山豹。周大新《握笔者》① 中的村长葛炭永凭借自己当了多年的村干部，与上级拉拢好关系后，在村里大量安插自己人霸占村干部职位，然后无所顾忌、横行村里。当他多次骚扰的灵芝拒不服从，并与丈夫达宽去乡上告了几次，葛炭永骄横地放言达宽夫妇啥时告赢了啥时奖励一百元。达宽无可奈何之下，求当记者的"我"帮忙写文章告葛炭永。葛炭永立即让手下以很正当的理由要挟"我"的舅舅、妹妹等亲人，同时让手下借同学的名义设局拉拢"我"，最终迫使"我"不仅不能写文章告葛炭永，反而写文章夸赞葛炭永。阎连科《天宫图》② 中的村长在与人偷情时，被村民路六命看见，村长不但不害怕，还命令路六命逢五、逢十，春、夏、秋、冬为村长的偷情望了整整一年的风；后来村长看上了路六命的老婆小竹，借助派出所抓了路六命，然后长期公然霸占了小竹。阎连科《耙耧山脉》③ 中的李村长在医院里检查出了绝症，熬不过绝症的痛楚，自己喝农药自杀了——死前把自己的闺女许给了乡长的远在深山的难以婆到媳妇的儿子，恳求乡长帮忙扶持自己的大儿子接任村长，不允许自己的后房媳妇再嫁，把代表权力富贵的东西全部陪葬；最终大儿子成功继承了村长，活着的后房媳妇疯了。王祥夫《竹坡记事》④ 中的竹坡曾经做过民兵队长、现任村长的张角利用权力，廉价承包了村里的竹坡、竹纸坊，竹纸坊的污水毒死了村民张捍东承包的水洼养的鱼，张角不但不赔钱，还命令张捍东必须帮他管理好竹纸坊。在竹坡砍了几十年竹子做笛子卖的老货，未经张角同意，在竹坡砍了三根竹子，张角得知后走到老货家，踢翻了老货家的鸡笼，打了老货的养子，以法律的名义命令老货三天内赔偿 60 元，不然就抽老货屋顶的竹子，毁了老货的屋子。老货在三天里交不出那么多，恳求张角少罚一点，张角立即带人去拆老货的屋，无奈的老货烧了自己的屋。和军校《入党》⑤ 中的优

---

① 周大新：《握笔者》，《小说家》1991 年第 4 期。

② 阎连科：《天宫图》，《收获》1994 年第 4 期。

③ 阎连科：《耙耧山脉》，原载《萌芽》1994 年第 6 期，《小说月报》1994 年第 9 期转载，《中华文学选刊》1994 年第 6 期转载，入选人民文学出版社编选的《1994 年短篇小说选》，获第三届上海优秀中篇小说奖，获首届《中华文学选刊》奖，入选中国新文学大系（1976—2000）。

④ 王祥夫：《竹坡记事》，《延河》1995 年第 1 期。

⑤ 和军校：《入党》，原载《飞天》1995 年第 11 期，《小说月报》1996 年第 2 期转载。

秀民办教师马六哥为了更好地做学生的表率，向村支书提交入党申请；然而马六哥的各种良好表现，村支书毫不理会。一次村支书家建房，村民都主动跑来免费帮工，村支书却不给饱饭吃，马六哥说了饭远不够的真话，遭到村支书嫉恨，不仅被当场撤了民办教师，还遭到村支书的再三侮辱，被人当作精神病人。张平《法憾汾西》① 中的汾西大峪乡乡长刘庆奎和刘家庄村民刘黑娃地基挨在一起，准备同时盖房子。刘庆奎听信风水先生的建议：为了避免窑洞对了远处山豁口而跑了一家的风水脉气，故意将窑洞往右扭，从而窑面打成一条斜线，破坏全村的整体规划，霸占刘黑娃家的地面建院子。刘黑娃家不从，刘庆奎就利用司法机关威胁诱骗，导致刘黑娃家求告无门、痛苦绝望。阚迪伟《乡村行动》② 中的柳镇上街村的"四人帮"——黑恶势力熊家四兄弟利用张小俊当上柳镇书记的机会霸了上街村：上街村的村长是熊老三，熊老大是村委兼会计，熊老二也是村委。村里办了轧钢厂和轴承厂，法人代表都是熊老三。村办厂被熊老大熊老四的私人厂挤垮；村里卖地的钱全塞到熊家四兄弟口袋里；熊家四兄弟还强奸良家少女，拐卖妇女、绑架人质、生产假冒伪劣产品等。熊家四兄弟横行乡村、鱼肉百姓、无恶不作，村民们对其所作所为恨之入骨，但是又没有人敢招惹他们。阿宁《电工的季节》③ 中的电工的女人因为与村长有瓜葛，电工才当上了电工。当了电工后，电工参加村里各种宴会不但不交钱，还要坐上首，别人娶媳妇时还耍流氓，否则就断了人家的电。旱季到来时，电工随意改变浇地顺序，不仅先用电给自家浇水，还先给电工女人的姨家浇水。实在看不过去的光棍大方出头与电工吵闹，但电工的一再故意断电，导致最后村民害怕自家的庄稼旱死，反而集体要与大方翻脸。

改革开放第三个十年同样有不少表现农村权力拥有者的嚣张的作品，代表作如周大新《湖光山色》④ 中的楚王庄村主任詹石磴利用批准宅基地、

① 张平：《法憾汾西》，群众出版社 1993 年版。
② 阚迪伟：《乡村行动》，原载《上海文学》1997 年第 1 期，《小说月报》1997 年第 3 期转载。
③ 阿宁：《电工的季节》，《当代》1998 年第 4 期。
④ 周大新：《湖光山色》，原载《中国作家》2006 年第 3 期，作家出版社 2006 年出版单行本，获第五届（2007）"北京市文学艺术奖"，获第七届（2003—2006）茅盾文学奖。

发放生育指标及减少摊派款等作为控制村民的权力基础，在楚王庄一手遮天，横行无忌，鱼肉百姓——暖暖拒绝了他弟弟的求婚嫁给旷开田后，他让弟弟带人痛打旷开田一顿。在旷开田陷入假除草剂事件时，他运用自己的权力使旷开田被抓、暖暖不得不委身于他一次。詹石磴公开叫嚣："谁敢与我作对，谁就甭想活得安生！""在楚王庄，凡我想睡的女人，还没有我睡不成的！"旷开田和暖暖依靠旅游业收入逐渐增加，他又坐收渔利，每月都须向他进贡。当看到暖暖家的经济实力日渐超越自己，又使出了诸如修路、封山、亲自阻拦游客入住、借口卫生环保问题禁止暖暖家旅社的开业、打着"共同富裕"的旗号威胁要将游客分散到各村民家中住宿等。最后在暖暖的经济实力和连环巧计下，选举中败给旷开田，黯然下台。继任的旷开田本来是一个憨厚老实、胸无大志的农民，在妻子暖暖的帮助下借助金钱打败宗族势力而竞选成功后，权力在握的他很快便脱离了善的一面，从为到乡里开会做西服，学会抽烟，到接受黑豆叔的宴请，一步步地堕落下去。尤其是扮演楚王赀后，他更是受到传统的熏染，变得专制独断、飞扬跋扈："在楚王庄，我是主任，是最高的官，我就是王！"集资办学他说一不二，不顾村民反对，强行摊派，甚至动用这笔公款购买了两辆摩托车。为了赚取暴利，旷开田不顾法律和乡风民俗，在赏心苑开展卖淫业。结发妻子暖暖上访告状，旷开田和五洲公司沆瀣一气，对暖暖打击报复，先后制造了"食物中毒"和"聚众赌博"事件，查封楚地居，并把暖暖送入了拘留所。九鼎和青葱嫂在他受难之时曾对他有大恩，而他却置之脑后，以极低的补偿款强行拆迁他们的房屋和占用其耕地。更令人发指的是，为报复前任村长詹石磴，他竟然导演了让詹石磴亲眼看自己的女儿润润卖身的丑剧。其他具有一定代表性的作品还有尤凤伟《一桩案件的几种说法》[①] 中的忠厚老实的村民于先刚无意中传播了听来的腌臜田乡长的顺口溜，后来被人传到田乡长耳朵里，田乡长在开春不久的收缴人口集资款时公报私仇：命令先刚必须一天内交齐人口集资款。家里困窘的先刚再三

---

① 尤凤伟：《一桩案件的几种说法》，原载《山东文学》1999 年第 11 期，《小说月报》2000 年第 1 期转载，《小说选刊》2000 年第 1 期转载，入选作协创研部编《1999 年中国短篇小说精选》。

恳求田乡长宽许五日,以便长得很好的一畦菠菜能卖上好价而一次性交清人口集资款;田乡长却不同意,威胁先刚要抓人并拍卖其家产。走投无路的先刚身上绑上雷管炸死田乡长。王方晨《乡村火焰》① 中的村长王光乐因为今年开春村里有一伙人暗中要到镇政府告他,于是借自家的柴垛起火来检验人心。当村民纷纷跑来救火,村长王光乐不慌不忙,甚至还说"大火烧得好……检验人心"。火灾后村民又纷纷跑来慰问和表忠心,老实人王贵锋没来;于是被村长王光乐当作嫌疑犯,请酒肉兄弟派出所所长将王贵锋莫名其妙地拷到了派出所。最终征服村民人心后,村长王光乐又做好人,将心服口服、感恩涕零的王贵锋放回来做村委委员。王方晨《说着玩的》② 中的塔镇农民刘树礼因为不满镇上王二麻子,气愤中说了句将王二麻子饭铺里吃糖馃子的人全部枪毙,不料被人传成要枪毙王二麻子饭铺里吃糖馃子的村长。于是民兵连长砍了刘树礼家的晒衣服的木杆、摘了刘树礼家的院门;村长威胁给刘树礼结扎、收刘树礼家的地。后来刘树礼儿子捡了镇上合同警察家的小猪仔,原本以为可以神气地天天去王二麻子饭铺里吃糖馃子;结果被民兵连长污蔑为偷了合同警察家的小猪仔,急得刘树礼上吊自杀。梁晓声的《民选》③ 中的翟村现任村长韩彪明里是人、是官,而暗里是鬼、是匪,一方面通过谋财害命、伪装好人,窃取了翟村权力和银矿山,豢养一批打手在翟村横行霸道,不可一世;另一方面在上级各部门四处散财,广交人缘。翟村村民巧用选举试点的机会选了复员兵翟学礼,韩彪令侄子率人殴打新当选村长翟学礼,翟学礼被迫反抗;韩彪陪同他喂熟的公安局副局长开警车将翟学礼拘捕带走。和军校《南望》④ 中的马兴友凭借自己当村长的权力,称霸一方,将县里拨给村里盖学校的钱挪用大部分盖了自家的房子,将村里的计划生育指标卖钱,想睡村里哪个女

---

① 王方晨:《乡村火焰》,原载《人民文学》2000 年第 2 期,《作品与争鸣》2001 年第 4 期转载,《小说月报》2000 年第 4 期转载。

② 王方晨:《说着玩的》,原载《东海》2000 年第 3 期,《小说选刊》2000 年第 5 期转载。

③ 梁晓声:《民选》,原载《小说家》2001 年第 5 期,《小说月报》2001 年第 10 期转载,《作品与争鸣》2002 年第 2 期转载,《中篇小说选刊》2001 年第 6 期转载,入选多家年度小说选本,获第十届《小说月报》百花奖,获《中篇小说选刊》新世纪第一届中篇小说奖。

④ 和军校:《南望》,原载《飞天》2002 年第 1 期,《小说月报》2002 年第 3 期转载。

人都像睡自家女人一样。村民老万仅仅因为 22 年前说了时任民兵连长的马兴友耍得大得跟村长一样，马兴友睡了老万的老婆二十多年，卡了老万的宅基地二十多年。周绍义《用长枪怎样才能打死自己》① 中的村长方天运贪污村里的钱款，和村里一个又一个女人睡觉。一次村长正快要将村民方新地的媳妇春叶搞到手时，赶回家的方新地坏了村长的好事，村长从此记恨于心，一心一意要整倒方新地。当方新地与媳妇吵架后，无聊中折腾起家里的旧火枪，村长方天运栽赃方新地用火枪耍流氓、搞绑架，导致警察围困方新地家，愤怒的方新地用旧火枪自杀。胡学文《一棵树的生长方式》② 中的姚洞洞的母亲和女友分别被村长和村长的儿子孙关水霸占，结婚后连孩子起名字的权利都受到限制。处于极端耻辱中的姚洞洞开始了自己追求权力之路，他通过捡破烂、收购破烂和开商店等获取了一定财富后立即与孙关水进行权利上的争夺：为了让自己的儿子当上村长，姚洞洞不惜让儿子与乡长的残疾侄女结婚。在获得村长的权力地位之后，他又将孙关水推上了绝境。陈中华《七月黄》③ 中的狮子口村村支书王耀州在村口办了砖窑而发家致富，却把附近的村民害苦了——"王耀州，烧砖窑；夏天烤，夜里噪；一天到晚黑烟冒，白羊穿上黑皮袄。"为了砖窑的取土，王耀州肆意以村委会名义发布土地结构调整来征收村民的地，谁不服从的就是破坏调整，不光要收了地，还要多收税，让派出所严打谁。对村里的漂亮媳妇，王耀州亦绝不放过；每户村民一年一般至少请王耀州一次客，求其帮忙办事则另算。王伟为保护个人利益不断上访，但是上访信却落入村支书手中；借着王伟与秀秀谈恋爱的机会，村支书联合派出所以拐骗妇女罪，将王伟投进了监狱。李铭《血案》④ 中的荒土梁子村村长郝大炮趁村民李德力不在家时，强行占有了李德力的媳妇秀美，并威胁秀美，如果

① 周绍义：《用长枪怎样才能打死自己》，原载《山东文学》2002 年第 2 期，《小说月报》2002 年第 5 期转载。

② 胡学文：《一棵树的生长方式》，原载《飞天》2003 年第 3 期，《小说月报》2003 年第 5 期，获《飞天》十年文学奖。

③ 陈中华：《七月黄》，原载《十月》2004 年第 4 期，《小说选刊》2004 年第 8 期转载，《中篇小说选刊》2004 年第 5 期转载。

④ 李铭：《血案》，原载《鸭绿江》2004 年第 10 期，《小说选刊》2004 年第 12 期转载。

以后不从他就张贴第一次强行占有秀美的照片。一次郝大炮得知秀美夜里看守白菜地，凌晨去骚扰秀美，不知晓情况的李德力听到郝大炮的驴子叫暗号，误以为驴在偷吃白菜，用甩去的镰刀把击中了郝大炮胸口，郝大炮找来派出所民警，硬要把李德力弄成故意谋杀村干部。马学文《木偶》①中的太平镇谢镇长为了自己的政绩工程，强行命令农民毁掉庄稼、改种烤烟，马同的残疾父亲被当作毁谷种烟的突破口时因反抗而被打死。广寒宫歌厅来了一个处女服务员，谢镇长强行嫖娼处女时导致女方从楼上跳下摔成重伤，谢镇长命令秘书马同杀人灭口。最后谢镇长又巧设陷阱，利用权力将秘书马同弄去做自己贪污的替罪羊。胡学文的《命案高悬》②中的北滩尹小梅在严禁放牛的草坡上放牛吃草，被护林员吴响抓住交给了副乡长毛文明，第二天尹小梅的家人接到了尹小梅死于心脏病的通知，尹小梅的丈夫、事故现场的医生都被毛文明封了口，没有人站出来说出事情的真相。吴响出于良知去调查，被毛文明以乡政府的身份警告"别做傻事"。毛文明强大的权力已经毁掉了所有的证据，吴响不但查无结果，工作也失去了。杨家强《远去的蝴蝶》③中的平安镇某村村支书刘富贵在村里一手遮天，不仅将自己的连襟扶持成为村长、大表弟为村会计、小表弟为村治保主任……刘富贵还把村里以前投资办的企业转到个人及其亲戚名下，把村里的学校卖给上边领导的亲戚开厂。村民南胜不服气而告状，刘富贵利用结拜兄弟、派出所副所长拘留南胜。当洪灾突然发生时，刘富贵只顾保住自己的性命，毫不怜惜小学生与他人的生命；灾后刘富贵却又不知羞耻拼命鼓吹捏造自己救人的"伟大"事迹，打造自己的"光辉"形象。

---

①　马学文：《木偶》，原载《贵州作家》2006 年第 2 期，《小说选刊》2006 年第 9 期转载。

②　胡学文：《命案高悬》，原载《当代》2006 年第 4 期，《小说选刊》2006 年第 8 期，《小说月报》2006 年第 9 期转载，《中篇小说选刊》2006 年第 5 期转载，《作品与争鸣》2006 年第 9 期转载，《北京文学·中篇小说月报》2006 年第 5 期转载，入选多家年度小说选本，入选 2006 年中国小说学会排行榜，入选《小说月报三十年作品选》，获第十二届《小说月报》百花奖，获《小说选刊》2003—2006 年度贞丰杯优秀作品奖，获《小说选刊》2006—2007 年度"东陵浑河杯"全国读者最喜爱小说奖，获第二届（2005—2006）《北京文学·中篇小说月报》奖。

③　杨家强：《远去的蝴蝶》，原载《芒种》2006 年第 11 期，《小说选刊》2006 年第 12 期转载，入选《小说选刊》评选的《2006 年中国小说排行榜》。

第二节　权力奴役者的卑贱

马克思说："物质生活的生产方式制约着整个社会生活、政治生活和精神生活的过程。不是人们的意识决定人们的存在，相反，是人们的社会存在决定人们的意识。"① 于是"一小块土地、一个农民和一个家庭；旁边是另一小块土地，另一个农民和另一个家庭。一批这样的单位就形成一个村子；一批这样的村子就形成一个省……这样的农民他们不能代表自己，一定要别人来代表他们。他们的代表一定要同时是他们的主宰，是高高站在他们上面的权威，是不受限制的政府权力，这种权力保护他们不受其他阶级侵犯，并从上面赐给他们雨水和阳光。所以，归根到底，小农的政治影响表现为行政权力支配社会"②。"封闭、保守、匍匐于自然界神灵之下的农民，是专制独裁的天然的坚固的磐石。"③ 改革开放后的农村虽然已经取得了举世瞩目的发展，然而几千年封建思想的影响、当前体制的不健全、民主和法制缺乏保障，使民主、文明离乡村大众还有一段距离，一些乡村依然受制于独裁统治，权力统治渗入人心——农民习惯吞咽下不幸和耻辱，把愤怒、不公、耻辱默默地忍了下去，企图通过忍受化险为夷，保全最低的个体存在，这样时间久了，农民的心也变得麻木了，把他们承受的一切不公平都认为是合理的、正常的，听从吩咐、服从权力支配成了他们应该做的。

改革开放第一个十年有不少表现农村权力奴役者的卑贱的作品，代表作如张石山《甜苣儿》④ 中的农村少女甜苣儿因为长得漂亮，一次在与大家一起在地里干活时，被历来喜欢调戏、霸占妇女的民兵连长四黑牛看中，叫到一边借口指导劳动工作，动手动脚，意欲强奸，甜苣儿拼命反抗使之没有得逞。回到家后，得知消息的甜苣儿的庞大的家族召开家族会

---

① 《马克思恩格斯选集》（第二卷），人民出版社 1972 年版，第 82 页。
② 《马克思恩格斯选集》（第一卷），人民出版社 1972 年版，第 693 页。
③ 《马克思恩格斯选集》（第二卷），人民出版社 1972 年版，第 39 页。
④ 张石山：《甜苣儿》，原载《青年文学》1986 年第 6 期，获 1985—1986 年全国优秀短篇小说奖。

议，讨论怎样处理这件事情。结果一个个畏畏缩缩、前怕狼后怕虎，"堂兄弟们都泄了气，七狼八虎都哑了"，五叔甚至说"咱的人就一点错都没有?"甜苣儿的父母只好自我安慰"吃亏是福"，忍气吞声算了。不服气的甜苣儿上公社讨公道，遭到与四黑牛关系很好的公社领导训斥，回来后整个家族一致齐声训斥甜苣儿多事，甚至说："就算把她怎么了，那又顶个啥? 哪个女人迟早没有这一回?"无奈的甜苣儿及其家人只能将甜苣儿尽快嫁出去以摆脱祸事。其他具有一定代表性的作品还有古华《芙蓉镇》①中的芙蓉镇依靠自己勤恳劳动而发家致富的胡玉音"四清"时被镇国营饮食店经理、"政治闯将"李国香打成新富农，丈夫被迫自杀;"文化大革命"中与被打成右派后下放芙蓉镇劳动改造的知识分子秦书田相依为命，掌权的李国香、王秋赦不准他们结婚;被惩罚扫街时偶然看到王秋赦和李国香通奸，王、李利用权力把胡玉音的乳房用铁丝穿破、秦书田判刑关押十年。胡玉音只能绝望地忍受和等待。矫健《老人仓》②中的红星大队杨疯子因为是残疾人，在家庭联产责任承包制实行时，大队支书田仲亭借口照顾残疾人的名义，分给杨疯子七亩山楂林，说好是大队支书田仲亭入四成干股。到了收获的季节，田仲亭却要求分六成干股，杨疯子实际上成了田仲亭的长工，杨疯子只能忍气吞声。村里其他各种副业均如此有田仲亭的干股，承包人为了安稳而一个个被迫忍气吞声、不敢有丝毫反抗。张炜《秋天的思索》③中的民主选举中落选了的大队长王三江利用自己以前权力结交的关系网，主动牵头代表三十六户承包了大家不敢承包的葡萄园。结果通过大家的勤恳劳动，第一个秋天，葡萄园收入就超出承包额近一倍，三十六户欢笑起来，王三江却只从超产中抽出一小部分平均分配，其余的全部交公，用来自己结交关系。三十六户惧怕王三江的权力关系网，敢怒

① 古华:《芙蓉镇》，原载《当代》1981 年第 1 期，《中篇小说选刊》1981 年第 1 期转载，获第一届茅盾文学奖，入选中国新文学大系（1976—2000）。

② 矫健:《老人仓》，原载《文汇月刊》1984 年第 5 期，《小说选刊》1984 年第 9 期转载，入选人民文学出版社编选的《1984 年中篇小说选》，获第三届（1983—1984）全国优秀中篇小说奖。

③ 张炜:《秋天的思索》，原载《青年文学》1984 年第 10 期，《中篇小说选刊》1985 年第 1 期转载。

不敢言，只能继续在王三江的领导下做苦力，默默承受王三江的剥削。张炜《秋天的愤怒》① 中的芦青河村民在改革开放前被新中国成立后一直借助革命的名义控制着村里的党权、政权乃至军权（民兵）的村支书肖万昌严厉管制，稍不顺意就遭到毒打。改革开放后狡猾的肖万昌借改革的名义继续统治村子。无权无势的普通农民则完全被剥夺了理应享有的权益，大的方面如招工、分红、参军、出夫和娶媳妇等，小的方面如烟叶收购、化肥购买、灌溉用水的调配等均受其控制。觉醒的女婿李芒不愿再被肖万昌利用，其他村民却以被利用而自豪。张炜《古船》② 中的洼狸镇的民国隋家财团的后人、年轻貌美的隋含章长大后，被奸诈狠毒、新中国成立后一直掌握着洼狸镇实权的四爷爷赵炳看上。为了保护哥哥抱朴、见素的生命安全，隋含章不得不多年忍辱含垢、主动献身四爷爷赵炳。改革开放后，见到两个哥哥终于可以平安生活、对人生绝望的隋含章用剪刀捅伤赵炳，自己被公安局拘留。杨克祥《玉河十八滩》③ 中的玉河渔民贫协副组长鲁老大明知洪水中驾船过鬼见愁滩是死路一条，但是乡政府主席马达大为了自己的官职往上升，不顾渔民的生死营造政绩，点将鲁老大，鲁老大害怕马达大的权力把自己打成反革命，只好冒死驾船，结果船毁人亡。尽职尽责的渔民贫协小组长何大龙仅因根据规矩处罚了马达大的妹夫，被马达大打成汉奸儿子兼漏划渔霸，为了保命，何大龙带领弟弟何小龙含辱忍垢、拼死拼活为集体干活；而何小龙为了使家庭摆脱哥哥的阴影，驾船时牺牲自己生命给家人换来烈属称号。陈源斌《安乐世界·胜诉》④ 中的安乐的崇小康将祖传的宅基地让了一部分给汪其才家建房，两家做了邻居；不料汪其才家与公社刘书记攀上了关系，从此崇家祸患不断：首先是汪其才看

① 张炜：《秋天的愤怒》，原载《当代》1985 年第 4 期，《小说选刊》1986 年第 1 期转载，《中篇小说选刊》1986 年第 3 期转载，获《当代》文学奖 1985—1993 年优秀作品奖，获《中篇小说选刊》1986—1987 年优秀中篇小说奖，入选中国新文学大系（1976—2000）。

② 张炜：《古船》，原载《当代》1986 年第 5 期，人民文学出版社 1987 年出版单行本，获第二届（1986—1994）"炎黄杯"人民文学奖，入选中国新文学大系（1976—2000）。

③ 杨克祥：《玉河十八滩》，原载《中国作家》1985 年第 6 期，《小说月报》1986 年第 3 期转载。

④ 陈源斌：《安乐世界·胜诉》，原载《青年文学》1988 年第 7 期，《小说选刊》1988 年第 9 期转载。

见一条疯狗，故意设计让疯狗咬伤崇小康的小儿子，使崇小康的独生子成傻子；其次是汪其才霸占崇家祖传的大树，引起争执后，汪家利用亲戚刘书记的官场后台，将崇小康抓到牢房，勒令赔偿一切损失；最后是汪家故意在崇家后墙挖深沟，崇家制止时又毒打崇家，迫使崇家无奈之下以一条人命自杀来抗议欺压。

改革开放第二个十年也有不少表现农村里权力奴役者的卑贱的作品，代表作如冯积歧《我的农民父亲和母亲》① 中的勤劳善良的年过花甲的父亲和母亲拉着架子车来到县城粮站卖玉米，在漫长的等待之后父亲把粮袋挪到了磅秤跟前，接待他的是验粮员的辱骂和折磨，无奈的父亲只好将玉米低价卖给粮食贩子，用这笔钱去支付缴纳公粮的差价。在县城的大街上，母亲被一个卖布姑娘灿烂的笑容和她开出的低价所吸引，结果上当被勒索；找来"评理"的市管所的老丁却帮有后台的卖布姑娘说歪理，父母被迫掏出 60 元冤枉钱，回村后，父亲大病一场。父亲病愈不久，小孙女露露病情严重，住进了县医院；为了交上县医院以停药威胁的追加的住院费，年迈的父亲去卖猪；为了尽快卖掉猪，父亲接受卖玉米的教训，叩开验收员的门，把"金丝猴"香烟送了上去。结果验收员嫌弃烟差了，当众"曝光"父亲的"行贿丑行"，并拒绝收购父亲送来的猪，"木然了"的父亲跪下去抱住与儿子年纪一样的验收人的腿，"父亲的哭声苍老而软弱"。阎连科《最后一场冬雪》② 中的伏牛山张伯在公路边开了一家饭铺，生意十分红火。队长眼红，趁张伯去了五天洛阳之际，在张伯对面开了一家更好的饭铺，抢了张伯的生意。张伯回来后，改做"手面"，生意又逐渐好起来。队长眼红，一边让自己家当官的亲戚故意找碴儿惩罚张伯家的饭铺，一边利用关系断了张伯的各种货源。张伯气不过，趁大雪天在队长常走的路边挖了一个深坑，想摔死队长。当队长路过时，张伯又害怕了，主动提醒队长。队长则借口有人故意害他来吓唬张伯，从而顺利将张伯的饭铺吞并了。张伯愤

---

① 冯积歧：《我的农民父亲和母亲》，原载《朔方》1994 年第 10 期，《小说月报》1995 年第 1 期转载。

② 阎连科：《最后一场冬雪》，《青年文学》1991 年第 6 期。

怒之余，亦很快自我宽慰了。李佩甫《乡村蒙太奇》① 中的月琴家在村里规划的自家新宅基地上砌房子，先后请匠人们扎了七次根脚，均被邻居、开拖拉机的有一定关系的广臣的娘拆了。两家为此打了一年半的官司，由于广臣的关系硬，从村里到乡里，月琴家均未得到公正有力的支持。直到月琴考上省里的医学院，广臣家和村里想到月琴很快就是吃国家粮的有权力的人了，立即主动帮月琴家张罗砌房子。阎连科《天宫图》② 中的路六命帮人干活时砸断腿，经官方协议由房主出钱为他治疗；但只因房主的儿子从县里学校回来当了大队的支部委员，他的腿终生瘸了下来；为了挣钱，更是迫于村长的淫威，他逢五、逢十，春、夏、秋、冬为村长的偷情望了整整一年的风；但到头来挣下的钱又被村长借助派出所罚去，同时也因欠下村长的人情而被村长霸占了妻子小竹：碰到村长霸占他妻子时，路六命为他们守着院门，所能做的只是坐在门口唉声叹气而不敢稍有反抗。最后忍无可忍而自杀。阎连科《耙耧山脉》③ 中的李贵到了李村长家，总是蹲在村长面前的一角，像怕冷的狗；李村长的前房媳妇生了死婴，李贵扛到梁上埋了，并带着自家孩子在小坟边守了三天。当李村长死了，李贵先是肆意糟蹋李村长家的东西；然后守灵时将尿拉到死去的村长的身上和头上。年轻的李贵的儿媳和李村长的后房媳妇虽然均不喜欢李村长，但一个乐于与有权的李村长通奸，一个乐于嫁给比自己大许多的李村长。李村长死后，李贵的儿媳立即割了李村长的鸡巴放到李村长的嘴里，李村长的后房媳妇立即要改嫁。李亚《分裂》④ 中的葛庄村长葛三带领兄弟毒打传播葛三占村集体便宜的葛信义，葛信义怀孕的老婆为保护丈夫也遭毒打。村民葛喜宝看不惯，说如果有人这样打他媳妇，他就砍对方家桐树秧子（当地致富的唯一途径）；不料葛三家桐树秧子被砍，葛喜宝被葛三叫来的派出所人员关押毒打。放

---

① 李佩甫：《乡村蒙太奇》，《小说家》1993 年第 5 期。

② 阎连科：《天宫图》，《收获》1994 年第 4 期。

③ 阎连科：《耙耧山脉》，原载《萌芽》1994 年第 6 期，《小说月报》1994 年第 9 期转载，获第三届上海优秀中篇小说奖，获首届《中华文学选刊》奖，入选中国新文学大系（1976—2000）。

④ 李亚：《分裂》，《解放军文艺》1996 年第 11 期。

回的葛喜宝为了脸面，放言如果谁再整他，他就放火烧了对方的麦草；不料葛三家麦草被烧，葛喜宝又被葛三叫来的派出所人员关押毒打并赔款。放回的葛喜宝为了脸面，再次放言如果谁再整他，他就在对方家人心口穿一刀；不料葛三家儿子被杀，葛喜宝再次被葛三叫来的派出所人员关押毒打。放回后的葛喜宝为了避免再次被整得关到派出所关押毒打而主动撞车自杀。

改革开放第三个十年同样有不少表现农村权力奴役者的卑贱的作品，代表作如李佩甫《羊的门》① 中的呼家堡俨然一个封建小王国，乡村权力崇拜在这个小王国里上演得轰轰烈烈：呼天成被当作了救世主一样的神，村子里的女性觉得他就是皇上，对女人的身体具有优先享有权——甚至在他六十大寿的当晚，少女小雪儿要用处女之身为"皇上"诞辰献礼。听到呼天成发高烧的消息，"人们全都拥出来了，所有呼家堡的人全都拥到了村街上，静静地等待着呼伯的消息。人们忧心忡忡地想，如果呼伯有个三长两短，他们怎么活呢?!"当得知病中的呼伯想听狗叫而借来的狗不叫时，村里的女人突然跪了下来，泪流满面地说："呼伯想听狗叫，我就给他老人家学学狗叫!"于是，她竟然趴在院门前，大声地学起狗叫来……沉默之后，全村的男女老少也都跟着学起了狗叫，"在黑暗之中，呼家堡传出了一片震耳欲聋的狗叫声!!"其他具有一定代表性的作品还有王方晨《扑满》② 中的塔镇的马金桥在自家的谷子地里的谷子快要成熟时，做了二十多个稻草人放到谷子地里吓唬麻雀。不料村里人纷纷传说马金桥做得最好的那个稻草人是按照村长的模样做的，马金桥一家人吓得不知道怎么处理好：拔了稻草人就是默认，不拔又害怕吃不完兜着走。马金桥再三低声下气想解释清楚，最后想出一个用钱跪求村长帮儿子弄到镇上当通讯员的办法，结果却碰上村长的狗腿子——信贷员王德胜父子，被痛打一顿。俞梁波《狗事》③ 中的农民刘三的老婆被人强奸了，刘三叫嚣着要磨刀杀人报

① 李佩甫:《羊的门》，原载《中国作家》1999年第4期，华夏出版社1999年出版单行本。
② 王方晨:《扑满》，原载《青年文学》2000年第11期，《小说选刊》2001年第1期转载。
③ 俞梁波:《狗事》，原载《西湖》2000年第6期，《中华文学选刊》2001年第2期转载，《作品与争鸣》2001年第6期转载。

仇。经过再三打听，强奸刘三老婆的人原来是村长，刘三不敢对村长本人有任何不敬的行为；只好强化训练自家的杂种狗，让自家的日益强壮的杂种狗当上狗村长，然后让自家的杂种狗拉狗屎到村长家门口、让自家的杂种狗强奸村长家的名贵的纯种母狗。和军校《南望》① 中的农民老万的老婆被当村长的马兴友睡了，老万回来时看见了，站在院墙外望了大半夜的风；后来忍无可忍的老万好不容易朝村长家扔了半块砖，结果什么也没有砸到，村长家垒茅房时，老万跑去帮忙，把扔到村长家的半块砖给村长家垒了茅房。老万的宅基地被当村长的马兴友卡了多年，老万磨了多次斧头，最终都没有豁出去的勇气——当村长马兴友打起女儿小枝的歪主意，老万终于鼓起勇气砍掉了村长家的一棵苹果树。阎连科《黑猪毛白猪毛》②中的镇长开车撞死了人，吴家坡的村民们把替镇长坐牢狱当成换取基本的生存权利的机会，为了争得这个机会，大家还要通过抓阄来决定——刘根宝为最终争得这份荣耀向吴柱子下跪磕头，乞求让他替镇长坐监狱，做镇长的恩人。几经周折后艰难得到替镇长坐牢机会的刘根宝在众多村民的羡慕中上路时，传来镇长不要人代替坐牢了——被轧死的青年的父母不仅不告状、不追究，反而让死者的弟弟认了镇长为干爹。康志刚《醉酒》③ 中的在村北马路口开了一家五金门市部的农民秦小毛一次醉酒后在家里骂了村长，酒醒后妻子玉梅告知他，有可能邻居春发听到了秦小毛骂村长。秦小毛首先是笼络春发，不明故里的春发不理睬秦小毛；接着秦小毛主动跑到村长家见机行事赔礼道歉，第一次村长不在家，秦小毛主动帮村长家干活；第二次村长在家，秦小毛道歉时被村长的故作镇定和一声咳嗽吓坏了；第三次秦小毛道歉时，好色的村长突然对玉梅有了兴趣，秦小毛立即回家催促妻子玉梅用身子去村长家给村长道了歉。陈中华《七月黄》④ 中

① 和军校：《南望》，原载《飞天》2002年第1期，《小说月报》2002年第3期转载。
② 阎连科：《黑猪毛白猪毛》，原载《广州文艺》2002年第9期，《小说选刊》2002年第12期转载，入选何向阳编选的《21世纪中国文学大系2002年短篇小说》，入选中国作家协会《小说选刊》选编《2002中国年度最佳短篇小说》，入选2002年度中国小说学会排行榜，获《小说选刊》新世纪"仰韶杯"优秀小说奖。
③ 康志刚：《醉酒》，原载《长城》2002年第6期，《作品与争鸣》2003年第5期转载。
④ 陈中华：《七月黄》，原载《十月》2004年第4期，《小说选刊》2004年第8期转载，《中篇小说选刊》2004年第5期转载。

的狮子口村农民日照的种着良种烤烟的土地，被在村口办了砖窑的村支书王耀州看中，王耀州以村委会名义发布土地结构调整来征收日照的地；无奈的日照只好在烟地被毁前，故意赶着自家饿了一天多的羊来吃良种烟叶，并自我开涮。被毁了烟地的日照再三奉承王耀州，却没有如愿当上王耀州家砖窑的夜班经理，一怒之下砍了王耀州家的烤烟；结果被王耀州一威吓，主动献上自己的媳妇秀秀给王耀州糟蹋。村民王伟誓要告下王耀州，秀秀出于同学情义，帮王伟抄了状纸，日照却遵从王耀州的指示，毒打秀秀。鬼子《大年夜》[①] 中的瓦镇的贫困的老阿婆过大年时背着四个扫把来卖，被派出所所长委托管理卖东西的街道并收摊位钱的莫高粱要收老阿婆以前的摊位钱和这一次的摊位钱。老阿婆没有钱，莫高粱就强行索要两把免费扫把；老阿婆不同意，莫高粱就把老阿婆关到派出所的黑屋里。后来莫高粱强行收其他人的摊位钱时，被人打死，老阿婆则大年夜里一直关在派出所的黑屋里，又冻又饿，没有人管。徐则臣《最后一个猎人》[②] 中的猎人世家的杜老枪依靠自己的土铳打猎来养活全家，突然乡村有关部门为了所谓的治安安全而收缴一切在武打电影电视中出现过的"凶器"；杜老枪舍不得上缴自己养家糊口的土铳，在收缴通知下达两个月后偷偷跑到很远的地方打猎而被人举报，乡派出所为了所谓的政府法律通告的尊严而关押毒打了杜老枪，并毫不通融地要求杜老枪家属筹集在当地可谓巨款的一万二千元罚款才放人。杜老枪女儿只好卖身来筹款救父，杜老枪用私藏的另一只土铳打死了来家里挑衅的嫖客。林志《谁敢跟村长叫板》[③] 中的双河村马二堂、胡草青夫妻为了得到一块宅基地的批复，首先是向村长肉麻地套近乎、阿谀奉承，没有得到宅基地的批复；其次是每年春节前给村长家送礼，还是没有得到宅基地的批复；再次是胡草青给村长送上了自己的身子，依然没有得到宅基地的批复；最后是马二堂在村长父亲的丧事

---

① 鬼子：《大年夜》，原载《人民文学》2004 年第 9 期，《小说月报》2004 年第 12 期转载，《小说选刊》2004 年第 12 期转载。

② 徐则臣：《最后一个猎人》，原载《上海文学》2006 年第 6 期，入选洪治纲编选的《2006 年中国短篇小说年选》。

③ 林志：《谁敢跟村长叫板》，原载《飞天》2006 年第 9 期，《北京文学·中篇小说月报》2006 年第 11 期转载。

上尽力表现，仍然没有得到宅基地的批复。刘平勇《一脸阳光》① 中的渔坝村的巧莲得罪了村主任杨官得，杨官得唆使曾被巧莲救过命的堂妹美英夫妇报复。美英故意多挖了与巧莲家共用的地埂，巧莲见了火起骂人时，美英叫来丈夫一起把巧莲毒打了一顿。巧莲的丈夫杨老五回来后，不但不敢要求赔偿，反而向美英家道歉讨好。巧莲拿了家里卖猪钱上城里医治，再花钱请来城里的亲戚及其朋友来家里玩，以壮自家声势。刘继明《小米》② 中的河口镇红粉发廊按摩女、农村少女小米因为美丽清纯、卖艺不卖身而在河口镇颇有名气，新调来的派出所所长误认为小米的名气大是因为从事色情服务的原因，抓了小米以及正在和小米聊天的汽配厂的电工罗海，经过再三审问，无辜的小米只好乱咬自己认识的人：自来水厂职工田国庆、中学英语教师赵洋、三轮车司机万一等，这些人一个个被派出所抓做嫖客罚款，小米也因此被人误认为鸡，被人强奸。胡学文《逆水而行》③ 中的黄村村长霍品虽然自己也有点贪腐行为，但是不屈服于各种势力，敢于给村民争取好处，村民对他又爱又恨、毕恭毕敬，希望能够得到村长的照顾。不料霍品因为在村里校舍的建设承包上，不愿意把工程给新调来的吴乡长安排的其无能的内弟，结果很快被吴乡长找碴儿子撤了，村民则立即对霍品冷淡起来。当霍品凭借计谋再次当上村长，村民又立即对他毕恭毕敬，甚至有人主动送上媳妇。

小 结

改革开放第一个十年一方面因为刚刚过去的极"左"思想统治的岁月里，权力对人们有太多的伤害；另一方面因为家庭联产承包责任制的实施，农民获得了生产的自由权，集体经济资源缩小，甚至许多村庄成为"空壳村"，乡村干部掌握的资源非常有限；所以改革开放第一个十年里权力的势力有一定的收敛——1983 年的相关调查显示，多数农村青年想从事

① 刘平勇：《一脸阳光》，原载《边疆文学》2006 年第 10 期，《中篇小说选刊》2007 年第 1 期转载，《小说月报》2007 年增刊第 1 辑转载。
② 刘继明：《小米》，原载《清明》2007 年第 2 期，《中篇小说选刊》2007 年第 4 期转载。
③ 胡学文：《逆水而行》，原载《当代》2007 年第 6 期，《北京文学·中篇小说月报》2008 年第 1 期转载，《小说月报》2008 年第 1 期转载，《作品与争鸣》2008 年第 4 期转载。

一门有技术有专长的工作，想当社队（村）干部的只占4%①。1987年的相关调查显示，农村青年找对象只有0.7%重视"有权势或门路"，所占比例很低②。因此作家创作的"权力下的荒诞"类型的作品有很多是揭露刚刚过去的极"左"思想统治的岁月；只有少数敏锐的作家发现了权力在新时期的某些狡猾奸诈的权力拥有者手中依然可以作威作福、不少农民对权力依然又爱又敬。

改革开放第二个十年由于计划生育工作和税费收取工作成为农村工作的重心，一些地方政府和乡村干部滥用权力、胡作非为、搭车收费，权力的各种效应十分明显，导致农村社会的权力的威力反弹——1998年的相关调查显示，农村青年3%选择"权力的大小"作为人生价值的标准，1%表示恋爱时最关注对方"地位"③。有道义感的作家用笔真实记载下他们所见到的陷入权力困境的农村。

改革开放第三个十年因为农村民主监督、法制建设等依然不健全，整个社会的精神信仰缺失，官僚主义风气蔓延，导致农村的权力观有些不正常——2006年的相关调查显示，13.5%的农村青年选择"社会地位的高低、权力的大小"作为人生价值的标准。15.0%的农村青年认为"人的价值在于索取"；11.4%的农村青年选择"人的价值在于不择手段地获得地位和金钱"；只有12.0%的农村青年选择"人的价值在于对社会有所贡献"④。2006年全国综合社会调查数据显示，农民在社会阶层地位高低的判定方面，22.5%的人把权力的大小当作评判标准⑤。2007年的相关调查显示，2.1%的人把权力当作最重要的人生追求目标，12.7%的人把权力当作

①　中国社会科学院青少年研究所1983年在全国性的九省243个村两万多名农村青年的调研，详情参看中国社会科学院青少年研究所《1983年中国农村青年调查资料》（内部资料），第3—20页。

②　王义豪等：《近年来农村婚姻家庭关系状况和发展趋势——河北省情况的调查》，《河北学刊》1989年第3期。

③　孔留安：《跨世纪一代青年农民价值观现状调查研究》，《山西青年管理干部学院学报》2000年第6期。

④　杨锋：《转型期农村青年人生价值观的分化与整合》，《山西青年管理干部学院学报》2009年第1期。

⑤　中国人民大学中国调查与数据中心：《中国综合社会调查报告2003—2008》，中国社会出版社2009年版，第289页。

最欣赏的谋生手段①。因此作为社会良心的作家痛心疾首地真实记载了社会的现实，揭露了农村一幕幕权力下的荒诞。

---

① 施媛媛：《当代中国社会经济价值观调查报告》，《甘肃理论学刊》2009 年第 6 期。

第三章　金钱下的异化

正如詹明信（Fredric Jameson）所说："金钱是一种新的历史经验，一种新的社会形式，它产生了一种独特的压力和焦虑，引出了新灾难和欢乐，在资本主义市场获得充分发展之前，还没有任何东西可以与它产生的作用相比。"[①] 改革开放以来，金钱至上、享乐主义和欲望人生等理念盛行，"金钱越来越成为所有价值的绝对的表现形式和等价物……使我们相信金钱的全能……这种可靠性和安定，只有拥有了金钱才有这样的感觉。"[②]

第一节　金钱对亲情爱情的异化

改革开放以来，"贫穷不是社会主义""让一部分人先富起来"从政治层面确立了社会主义市场经济的地位；然而不少素质不高的农民却将之理解成"只有向钱看，才能向前看"和"爹亲娘亲不如钱亲"，人性丑恶的一面极端膨胀，一些农村再三出现亲人为金钱翻脸成仇、情爱可以金钱买卖等现象。

改革开放第一个十年有不少表现农村里金钱对亲情爱情的异化的作品，代表作如周大新《家族》[③] 中的柳林镇周五爷有祖传的做棺材的绝技，

---

① ［美］詹明信：《晚期资本主义的文化逻辑》，张旭东等译，生活·读书·新知三联书店1997年版，第299页。

② ［德］西美尔：《金钱、性别、现代生活风格》，顾仁明译，学林出版社2000年版，第13页。

③ 周大新：《家族》，原载《河北文学》1988年第2期，《中篇小说选刊》1988年第4期转载。

三个子女大德、小德、云娇看见镇上其他人家开店赚了钱，三兄妹依靠祖传手艺，也各自先后办起同样的棺材店，刚开始他们惊喜于做棺材卖来赚钱比种地快多了，彼此没有泯灭手足之情，相互有过帮助——例如，手艺最好的大德停卖一段时间让小德有生意可做，云娇借钱给小德周转。但手足之情终究敌不过金钱的诱惑，很快三兄妹之间就开始展开竞争：小德在棺材内壁画画、送货上门；云娇出租花圈、赠送纸做的冥间车房钱币，花钱在各村找眼线代理……大德的棺材店首先倒闭，接着小德的棺材店倒闭；自由竞争失败的大德、小德不甘认输，各自的妻子出面背地里做手脚、写诬告信、给云娇的丈夫拉皮条，甚至搬出古老的蛊术作祟。最终，三间店面全部倒闭，三家人生病的生病，上吊的上吊，亲人反目，家庭破裂。其他具有一定代表性的作品还有韩少功《风吹唢呐声》[①] 中的吴冲生产队的德成在新农村经济政策实行后，一心一意投机取巧、偷奸耍滑、违法走私，总打歪主意想尽快发财，为此忠厚善良的新媳妇和哑巴弟弟德琪和他均有争吵，德成不惜休了新媳妇，分家赶出哑巴弟弟德琪，最终导致哑巴弟弟德琪不幸早逝。刘震云《栽花的小楼》[②] 中的老庄的贫穷的农村少女红玉因为父亲得了胃癌，将自己卖给村里的万元户李明生。当青梅竹马的坤山从部队退伍回来，恳求红玉私下里借了五万元做生意，结果再三折腾后，不仅没赚上钱，还欠两万元高利贷。二人约好私奔到远方，懦弱的坤山到了车站后，最终畏惧李明生而放弃私奔，红玉自杀身亡。贾平凹《远山野情》[③] 中的花骨嘟峰的跛子不愿意通过劳动和正当的手段走致富之路，却怂恿自己的妻子香香出卖色相——一方面鼓励支持妻子香香利用色相偷矿；另一方面为了讨好队长，他自己不但卑躬屈膝，丧失了做人的骨气；还容忍自己的妻子被队长长期霸占。可叹的是他竟以此为满足，丝毫没有改变这种境况的要求。当年轻力壮的外来民工吴三大被迫加入偷矿行

---

① 韩少功：《风吹唢呐声》，原载《人民文学》1981 年第 9 期，《小说选刊》1981 年第 12 期转载，入选《中国新文艺大系 1976—1982》。
② 刘震云：《栽花的小楼》，《青年文学》1985 年第 4 期。
③ 贾平凹：《远山野情》，原载《中国作家》1985 年第 1 期，《中篇小说选刊》1985 年第 3 期转载。

列，跛子又鼓励支持香香诱惑勾结吴三大加入其队伍。吕运斌《蓝湖》①
中的蓝湖镇的被人捡回养大的水鹬子十五岁就到渔民姑娘丫丫家，既跟丫
丫的爷爷学捕捞鱼，又等长大了与丫丫成亲。当湖里鱼越来越少时，爷爷
与水鹬子到鱼苗生息之地放阎王钩，丫丫与他们吵闹，并铁定心要与贩鱼
的二郎神一起借贷承包蓝湖的葫芦汉来搞生态养殖与旅游，水鹬子勒索了
丫丫家所有的存款，还找人打了二郎神。张石山《甜苣儿》② 中的农村少
女甜苣儿与本村的青年庆云彼此有情意，家族里的人借口虽出五服、依然
同宗，强力干预，父母六叔六婶也坚决反对。喝了农药后被救活的甜苣儿
把自己以高价卖给一个在煤矿下井工作的男人。由于男人下井工作赚的钱
不少，甜苣儿给六叔六婶买了自行车、自鸣钟和电视机等贵重物品，于是
甜苣儿每次回娘家与庆云幽会，六叔六婶隆重招待、提供幽会的各种方
便。冯积岐《舅舅外甥》③ 中的"舅舅"为了发家致富，承包了村上科研
站的五十亩土地种辣椒，并雇了几十人干活，"舅舅"和他的雇工们——
"三叔""三婶""外甥"等不是亲戚关系就是乡亲。精明的"舅舅"对金
钱斤斤计较，老实的"外甥"忍无可忍时，半夜去破坏"舅舅"家烧烤辣
椒的烤炉，伤及人命，导致了血案。刘震云《乡村变奏·花圈》④ 中的青
梅竹马的小水和秋荣到了谈婚论嫁的年龄，然而秋荣的父亲不同意他们的
婚事，认为只会农闲时靠收啤酒瓶、卖冰棍的小水发不了财，命令秋荣嫁
给邻村一个开家庭工厂而家财万贯的李发，秋荣自己也因此动摇了。小水
为了尽快赚钱娶上秋荣，与人合伙贷款买了拖拉机搞运输，结果发生车祸
而车毁人亡。田中禾《椿谷谷》⑤ 中的农村青年牛在爹死后，怕弟兄三个
饿死，背着老二去捋榆钱；抱着老三去刨隔年的坏红薯；同家里养的耕田
的牛住在一起；没吃过一颗水果糖，没喝过一碗鸡蛋茶，胃疼，几天没吃

---

　　① 吕运斌：《蓝湖》，《长江文艺》1985 年第 12 期，《小说选刊》1986 年第 2 期转载。

　　② 张石山：《甜苣儿》，原载《青年文学》1986 年第 6 期，获 1985—1986 年全国优秀短篇小
说奖。

　　③ 冯积岐：《舅舅外甥》，原载《延河》1986 年第 1 期，《作品与争鸣》1986 年第 4 期转载。

　　④ 刘震云：《乡村变奏·花圈》，《青年文学》1986 年第 8 期，获 1986 年《青年文学》佳
作奖。

　　⑤ 田中禾：《椿谷谷》，《奔流》1986 年第 7 期。

饭，没有打过针吃过药……和娘一起帮老二老三娶了媳妇，牛不再愿意做全家的苦力，和老二老三分家时，一家人却为一丁点财物闹翻。马其德《赵家屯今日有好》①中的赵家屯赵呈祥在改革开放前，面对读高中的表弟章一品饿得皮包骨头时，不惜被开除工作去偷馒头给表弟吃。表弟考上大学了，被开除回家的饿得走不动的赵呈祥硬要表弟坐一下他拉的架子车，以示驾车送过表弟。新农村政策实行后，赵呈祥到处做暴利的投机倒把生意；当儿子结婚时，章一品百忙中抽空来了，赵呈祥硬要章一品盖章帮其推销伪劣良种的暴利生意，章一品不愿意，赵呈祥当面断交。叶大春《古藤手杖》②中的小镇的"他"的老伴去世时，只留给"他"一根当年的学生从西双版纳原始森林考察归来送的古藤手杖，"他"从此挂上古藤手杖。一次上街时，一个外国游客看中了"他"的古藤手杖，愿意出高价购买，"他"怎么都不同意。儿子与儿媳知道后，办了酒宴伪装孝顺，灌醉"他"后，偷了古藤手杖卖了，"他"大病一场。冯苓植《绿苇滩》③中的绿苇滩因为地处交通要道上却无桥可过，需要使用渡船摆渡，村民便在河滩沿岸开设各种店铺营业赚钱——尤其绿苇滩的女人们纷纷用美色勾引过路司机，男人们却主动在家打杂、当乌龟。泼辣能干的少女袅袅原本清纯可爱，恋上了蹲点的大学生干部却没能如愿，过路的青年司机顺顺借口帮袅袅到城里跑户口，掠走了袅袅的心和在河滩沿岸卖笑所赚的血汗钱。大桥修通后，既被抛弃又失业的袅袅绝望下在桥上撒下铁蒺藜制造了车祸而被判刑。

改革开放第二个十年也有不少表现农村里金钱对亲情爱情的异化的作品，代表作如谭文峰《走过乡村》④中的倪村村支书兼企业公司经理倪土改强奸了孙女辈的少女倪豆豆后，答应赔偿倪豆豆家两万元现款、让赚不

---

① 马其德：《赵家屯今日有好》，原载《现代作家》1986 年第 8 期，《小说月报》1986 年第 11 期转载。

② 叶大春：《古藤手杖》，原载《长江文艺》1988 年第 2 期，《小说选刊》1988 年第 5 期转载。

③ 冯苓植：《绿苇滩》，《长城》1988 年第 4 期。

④ 谭文峰：《走过乡村》，原载《山西文学》1995 年第 8 期，《小说月报》1995 年第 10 期转载。

到钱的倪豆豆三哥四哥到自己公司上班赚钱;倪豆豆的父亲倪老汉激动得在倪土改前跪了下来,倪豆豆的几个哥哥也对倪土改感恩涕零。当倪豆豆不听家人劝告而逃避去医院流产时:"倪老庄气红了眼,吼喊四个儿子破门而入,将正在乱喊乱跳的豆豆扑翻在地,倪老汉揪着头发,四个儿子抬着胳膊腿脚,将豆豆扔进汽车里。"当倪豆豆不听家人劝告而告了状后:"她在羊圈里关了整整一天,第二天便被软禁在家里头,她的哥哥和姑姑们日夜看守着她"——即使污垢满面、披头散发、快要疯傻了也不放出来。更不可思议的是村里曾经的意气风发的书生、现在的精明生意人刘书平主动要求娶疯傻的豆豆,目的就是为了那两万块钱,他竟想着通过起诉从豆豆的父亲倪老汉那里要回那两万块钱赔偿金,"我要向他讨回我的两万块钱。那两万块钱是倪土改赔付给豆豆的损失费,豆豆是我明媒正娶的妻子,那两万块钱当然应该归我们了"。圣洁的婚姻竟成了他获取豆豆身体赔偿金的手段。其他具有一定代表性的作品还有田中禾《枸桃树》① 中的小常庄常刀头一家人原本过着贫穷却不失温馨亲情的生活,为了挣钱,寻找各种门路:大儿子开了一个换面点,亏损后妻子悄悄跑了,几兄弟无人愿意帮忙;二儿子开了代销店,狠心赚村人和家人的钱,用兄弟的拖拉机闯了祸却坚决不肯赔钱;四儿子为了弄钱盖房结婚,以绑架侄子的形式敲诈勒索二儿子夫妻五千元;纯洁少女莲妮在缺少关爱的家中,为了赚钱独立,先后沦落为二奶,娼妓……最终温馨的家庭分崩离析。周大新《伏牛》② 中的牛湾村周照进为了尽快摆脱家里的贫困境况而发家致富,主动舍弃了青梅竹马的西兰,追求村长刘冠山的聋哑女儿荞荞;然后凭借村长刘冠山的支持和帮助,通过养牛、办罐头厂而成为村里经济最富的人;最后依靠自己的经济实力和关系网,打败了岳父刘冠山,自己当选村长。一次周照进毒打荞荞来发泄自己的压抑时,荞荞精心喂养的牛要斗死他,荞荞用自己的命救了他。李佩甫《画匠王》③ 中的画匠王村铜锤家女人琴与

① 田中禾:《枸桃树》,《十月》1989 年第 1 期。
② 周大新:《伏牛》,原载《小说家》1989 年第 2 期,《小说选刊》1989 年第 7 期转载,入选人民文学出版社编选的《1989 年中篇小说选》。
③ 李佩甫:《画匠王》,原载《上海文学》1990 年第 1 期,《小说月报》1990 年第 9 期转载,获第五届(1990—1991)《上海文学》奖。

野汉子明堂奸情相好多年，皆为两情相悦分文未取，不料钱包鼓起来的明堂另有他想，一千元的代价了结了二人的感情。铜锤明明知晓老婆的奸情，却不急于当场捉奸，皆因垂涎老婆刚刚到手的那笔数目可观的卖身钱，纵然当乌龟做王八也心安理得！一同前来捉奸的弟弟铁锤欲火中烧，恬不知耻地提出出钱与嫂子睡觉的要求，两兄弟竟不顾人伦纲常，煞有其事地为此讨价还价，最终以六十元的价格成交。阎连科《玉娇玉娇》① 中的大姐与自己并不喜欢的、家庭条件还不错的对象——小镇煤站的会计谈恋爱，并以此自豪，再三奉劝妹妹不要嫁给本村的贫穷的高中生，试图让妹妹也嫁给一个有钱的家庭。当妹妹在大姐的鼓动下与对象高中生因为金钱的争吵而分手，大姐发现自己给二姐牵线的商贩很有钱，于是立即背着自己的妹妹、母亲和对象，主动勾引商贩，设计甩掉了自己的对象和商贩好上，不顾姐妹之情，毫无廉耻地抢了自己亲妹妹的对象。刘绍棠《眼里的村》② 中的南腰眼村原本户少人穷，落难的右派——"我"、怀孕后被弃的锭儿投奔南腰眼村，都受到热情款待。改革开放后，南腰眼村的丈二组建了包工队，尝到了金钱的甜头，为了包工程的需要而让弟弟能哥儿娶他不爱的副乡长的女儿，后来承包工程偷工减料出事后判刑；能哥儿自认为自己赚钱强过哥哥焉顺儿，与看中钱而嫁来的嫂子美人痣勾搭通奸；一品红为了捞钱既当二道贩子又拐卖人口。阎连科《黑乌鸦》③ 中的瑶沟村的农民企业家"爹"病倒了，别人说还有救活的希望应该送医院，但"我"和哥为了省钱，宁愿爹死掉办丧事也不送医院。在葬礼进行中，爹还动了一下没有死，但"我"和哥竟为了不浪费已办丧礼的钱，要求把葬礼继续办下去。在葬礼上姐姐回来哭丧却是为了要爹的烟嘴子，"我"和哥在葬礼上不是为爹的死而伤心，而是算计如何分家产、如何保住自己的利益，最后为了分那砖窑兄弟俩反目。孙惠芬《天高地远》④ 中的农村少女"我"的一家一年四季辛勤劳动，只能换来一日三餐的咸山芋。奶奶和父

① 阎连科：《玉娇玉娇》，《小说家》1991 年第 1 期。
② 刘绍棠：《眼里的村》，《人民文学》1991 年第 4 期。
③ 阎连科：《黑乌鸦》，《收获》1991 年第 5 期。
④ 孙惠芬：《天高地远》，《海燕》1991 年第 7 期。

亲寄希望于没有希望的等待——希望有人送来好吃的东西。早已嫁人的勤劳能干的大姐为了摆脱困境,在大姐夫的允许下出卖肉体给能赚钱的男兽医;勤劳却依然贫困的二姐和二姐夫因公公婆婆腾屋给小叔子结婚,被撵出老屋;爸妈听说与大姐私通的能赚钱的男兽医愿意因为"我"而入赘,欣然同意;奶奶因为经常抢着和爸爸分享家里难得的好吃的东西,被不满的爸爸活活打死。毕四海《夏天的女人》① 中的葫芦湾的漂亮女人扁豆花十分精明,在二十岁时自作主张,借助媒人皮狐子大仙,嫁到公公是县城局长的家里——扁豆花先是拒绝了孟家庄的俊男的追求,满怀心计地和县城局长的老二谈,虽赢得了公公一家人的好感,不料老二娶了另一个姑娘;扁豆花又自愿嫁给又黑又瘦又矮的老三。结果公公很快退休,孟家庄的俊男贩鱼卖却发了大财,扁豆花又主动委身做情妇。梁晓声《荒弃的家园》② 中的翟村十七岁的乡村少女芊子和母亲一起原本生活平静,不过当她发现哥哥嫂嫂、姐姐姐夫均到城里打工后一去不返,而外出打工赚钱回来的小姐妹的时髦更使芊子受到强烈刺激,芊子对城市生活产生极度强烈的向往与欣羡,并进而发展成为一种病态——为了能够实现进城赚钱的梦想,芊子竟然对瘫痪在床、拖累自己无法进城的亲生母亲由厌恶到打骂,最后丧心病狂地设置火灾,将母亲置于死地。阎连科《黄金洞》③ 中的溪水沟的傻子的光棍父亲因琢磨出了勘探金脉的技术而变得富足,金矿的归属成了傻子的哥哥、父亲以及父亲的情人桃儿争夺的焦点。哥哥仇恨父亲不把金矿和技术转给他,与桃儿通奸,还"掐住爹的脖子。像杀猪样把爹按在床上,两个拇指掐住爹的喉结儿,把爹的头在床上磕摇着,嘴里咬着牙说你个老猪"。最后哥哥自己挖金时被塌方后的泉水淹死,即将病死了的父亲吞金后让傻子偷埋了自己。王祥夫《雇工歌谣》④ 中的张美军为了能把户口迁到刘庄挖煤发财,自己忍受了性取向有问题的村长的儿子

---

① 毕四海:《夏天的女人》,原载《人民文学》1993 年第 10 期,入选《山东新文学大系》。

② 梁晓声:《荒弃的家园》,原载《人民文学》1995 年第 11 期,《作品与争鸣》1996 年第 3 期转载。

③ 阎连科:《黄金洞》,原载《收获》1996 年第 2 期,《小说选刊》1996 年第 7 期转载,获第一届鲁迅文学奖(1995—1996)全国优秀中篇小说奖。

④ 王祥夫:《雇工歌谣》,《上海文学》1996 年第 7 期。

刘明华对自己的性骚扰，付出了身体的代价；并且把自己的侄女张芸香带回来介绍给刘明华，渴望和刘明华发生关系，为自己迁户增加了筹码，最后侄女被玩弄后遭到抛弃，张美军顺利迁了户口。何葆国《恸哭》① 中的民办教师立根原本十分满足自己的生活，与阿姐子恋爱结婚后，因为阿姐子的不断责骂其民办教师赚钱太少、前途渺茫，立根迫不得已辞职下海做生意。立根先是帮表哥白毛走私木材押车，押车 12 天赚了 3600 元；随后不满足的立根借钱请客送礼，垄断了乡里的茶叶市场而赚了几万元；再接着不满足的立根进城租房雇车搞长途运输，好的一天就能净赚 1000 多元。孤独寂寞的阿姐子恳求他停止做生意而回来过舒适的生活，赚钱上了瘾的立根冷漠拒绝，并在外包养女人生了孩子，结果不幸车祸身亡。东西《目光愈拉愈长》② 中的农村妇女刘井——懒汉马南方的老婆与儿子马一定相依为命，马南方的妹妹马红英从广东回来，借口带孩子到广州接受更好的教育，于是马一定被姑姑马红英拐卖。后来刘井卖掉家里唯一值钱的耕牛，请本村的木匠到城里去寻找马一定，懒汉马南方却找到木匠索要部分寻找儿子的经费吃喝玩乐。

改革开放第三个十年同样有不少表现农村里金钱对亲情爱情的异化的作品，代表作如徐国方《毒气》③ 中的望台村村民原先经济不富裕，但是家庭和社会均比较安宁和谐。因为一次突发的油井井喷，大量的毒气泄漏，村里有不少人和牲畜被毒死了。事后油井公司和政府对油井井喷熏死的人和牲畜采取现金赔偿：一条人命 18 万，鸡 45 元，鸭 48 元，大牛 3000元……活下来的望台村村民为了钱丑态百现：抢夺死鸡死鸭来索赔；亲自残杀自家残疾的孩子以冒充井喷熏死的来索赔；争夺拥有巨额赔偿金的孤儿的监护权；争夺死去的亲人、亲戚的巨额赔偿金；鼓动寡妇娘再嫁拥有巨额赔偿金的鳏夫；收到巨额赔偿金后还想暴发而去赌博；害怕亲戚争夺自己的巨额赔偿金而疯了……其他具有一定代表性的作品还有火会亮《寻

---

① 何葆国：《恸哭》，原载《厦门文学》1997 年第 8 期，《小说月报》1997 年第 11 期转载。

② 东西：《目光愈拉愈长》，原载《人民文学》1998 年第 1 期，《小说选刊》1998 年第 2 期转载。

③ 徐国方：《毒气》，原载《青海湖》2008 年第 8 期，《北京文学·中篇小说月报》2008 年第 10 期转载。

找砚台》① 中的姑姑王玉芝年轻时不愿嫁到本县城的富商家，而与自家雇来的伙计自由恋爱，并因此与家庭决裂，新中国成立后还成为乡村里的标兵和典型。1957 年经历了批斗会后的父亲偷偷将镇家之宝雕龙砚台和许多金银转交姑姑保存；改革开放后父亲和我全家轮流去讨要砚台，姑姑死不承认。想独吞金银的三弟以一半分成收买姑姑小儿子，顺利索要回了砚台和剩下的金银。我家喜气洋洋中，三姑气得心肌梗死去世。贾兴安《景物与一些人》② 中的大泉庄小东和鱼儿青梅竹马，小东考到城里上高中，没考上的鱼儿每天骑着自行车去接小东，小东感动得弃学回庄陪鱼儿劳动。几年后大泉庄建了"大泉公园"，成了热门的城市后花园，小东和鱼儿日益看不惯对方，鱼儿与"大泉公园"经理勾搭上，小东也找了一位城里姑娘。多年后，暴发而游戏女人的小东到婚姻不幸而游戏人生的鱼儿开的宾馆找小姐，二人一起感伤地回忆当初的纯情。星竹《彩票》③ 中的"我"大哥上城卖干枣时把中午吃面汤的钱买了一张彩票而中了一辆大卡车，找不上媳妇的"我"家三兄弟开始深得媒人和村人青睐；但是大哥坚决反对卖车娶媳妇，许诺带领全家开车赚大钱后，三兄弟都娶美丽善良的黄花闺女。然而大哥赚了钱后，很快与村里的刘寡妇勾搭上了，与本村姑娘芳妹相恋几年的二哥闹了几次后，在风流能干的刘寡妇的唆使下，租借了一辆大卡车和大哥抢生意，相互刁难，最后大哥、二哥双双在风雪天坠入悬崖摔死。幸存的"我"在金钱的诱惑下抛弃了青梅竹马的六芽，和刘寡妇勾搭在一起再次买车跑运输。温亚军《夏天的羊脂玉》④ 中的玉龙喀什河中游一带的村民主要依靠找玉石卖钱维生，塔尔拉找玉能人阿里江在汛期还没有过完就冒着生命危险大胆下河找玉，结果被河水冲走淹死。阿里江的媳妇来丽找了一块羊脂玉放在死去的阿里江的嘴里以防臭，在埋葬时儿子阿里洪却偷偷拿了出来，来丽发现后，阿里洪毫无羞愧，母子为此翻脸。

---

① 火会亮:《寻找砚台》,《朔方》1999 年第 1 期,第六届宁夏文艺评奖三等奖。

② 贾兴安:《景物与一些人》,原载《青春》1999 年第 5 期,《小说月报》1999 年第 7 期转载,《作品与争鸣》1999 年第 8 期转载,获河北省作协"优秀作品"奖。

③ 星竹:《彩票》,原载《时代文学》2000 年第 3 期,《小说月报》2000 年第 7 期转载。

④ 温亚军:《夏天的羊脂玉》,原载《北方文学》2000 年第 3 期,《小说选刊》2000 年第 5 期转载,《中华文学选刊》2000 年第 5 期。

王梓夫《花落水流红》①中的桃花冲的陈瘸子的女儿小簸箕在外面当"鸡",村里人都耻笑陈瘸子;不料小簸箕寄回一大笔钱,让陈瘸子盖了村里有史以来的豪华的三层楼房。在金钱的诱惑下,小麦、冬梅、钉锦儿媳妇等桃花冲的女人相继走上小簸箕的道路——有父母支持女儿出外卖淫赚钱的、有丈夫支持妻子出外卖淫的赚钱,有兄弟支持姐妹出外卖淫赚钱的。村里的高中生杨小峰种当归致富失败后,把自己以三万元的价格卖给了小簸箕;叶子为了从表姐苏梅子那儿借到父亲治病需要的三万元,也踏上出外卖淫赚钱的路。艾伟《走四方》②中的冯村过去以孝道闻名,"如今这风气荡然无存……村子里很荒凉,特别是村子里的人,气色都不太好,有些焦虑吧,村子里的人想钱都想疯了"。冯老太太的养子冯开不仅赶走拉扯他长大,给他盖了新房,娶上媳妇的冯老太太;还不让孩子认这个奶奶:"你不是我娘,他也不是你孙子。"老太太靠捡破烂为生,并积攒了很多钱,为自己准备了寿衣,还让"我"为她立下如何操办后事的遗嘱。但老太太何时死的都没有人知道。几天后,尸体都臭了,"冯开迫于舆论压力,去了老太太的屋子转了转,才决定替老太太办丧事"。他并未按遗嘱办,说没有钱——他把老太太的积攒全部据为己有,丝毫不顾及乡邻们的议论。叶弥《月亮的温泉》③中的勤劳、漂亮的农村妇女谷青凤每天早晨天不亮就起来给一家人煮粥,然后上山打猪草;太阳出来后一心一意管理自己种植的二十亩万寿菊。谷青凤的丈夫爱吃爱穿,却不愿意干活,每天吃了饭后就闲逛,他见了村里在外做鸡而赚了大笔钱回到村里耀武扬威的芳,回家责备妻子不把他当回事,让妻子也出外做鸡去赚大钱,以便他有钱潇洒。最终无奈的万寿菊,为了换取丈夫的笑容,不得不出去卖身。孙惠芬《天河洗浴》④中的吉美在城市出卖身体、受人虐待而赚了很多钱,

---

① 王梓夫:《花落水流红》,原载《江南》2002年第2期,《作品与争鸣》2002年第9期转载。

② 艾伟:《走四方》,原载《人民文学》2005年第1期,入选林建法编的《2005年中国最佳短篇小说》。

③ 叶弥:《月亮的温泉》,原载《人民文学》2006年第10期,入选洪治纲编选的《2006年中国短篇小说年选》。

④ 孙惠芬:《天河洗浴》,原载《山花》2005年第6期,《小说月报》2005年第8期转载,入选《〈小说月报〉三十年作品选》,获第十二届《小说月报》百花奖。

使原本贫困的家庭迅速"脱贫致富",她回到家乡时受到英雄凯旋一般的欢迎,父母倍感荣耀,乡邻羡慕不已。而依然洁身自好,但挣钱不多的堂妹吉佳则让父母自惭形秽,在村中抬不起头来。夏天敏《残骸》[①] 中的边远贫困山区肖家冲的肖顺发夫妻原本生活宁静、忙碌而不失快乐。不料心爱的儿子被医生查出是有生命危险的脑积水,无钱的肖顺发夫妻在别人的唆使下,狠心把漂亮的小女儿卖给了有钱的城里人,换来大笔现金医治儿子和改善生活。当线人受大老板委托,再次找到肖顺发夫妻,愿意出高价预定一个健康漂亮的孩子时,经历过卖女儿来钱轻松的肖顺发夫妻不惜"借种"挣这笔钱。冯积歧《牵马的女人》[②] 中的梁山牧场的牧民紫草因为家里贫穷,大儿子两岁时发高烧、没钱医治而瞎了;二儿子九岁了还没钱上学读书;丈夫也因为勤恳劳动却赚不到钱而沉迷赌博,输了就把紫草让给别人睡;家里唯一的经济收入就是紫草牵马让游客骑。一次紫草不小心让一个游客摔下了马,送到医院后,误听成游客瘫痪了,紫草绝望中回家杀了丈夫,自己抱着瞎儿子骑马跳崖自杀。

第二节　金钱对友情乡情的异化

改革开放以来,原来"一大二公"的人民公社很快被解散,原本穷富差不多的乡里乡亲在社会主义市场经济下,必须依靠个人本领养家糊口、发家致富,由于我国法制的不健全、体制存在的漏洞、一手抓物质文明、一手抓精神文明中的精神文明抓得不到位等,加上人性丑恶部分的作用,改革开放后有不少人不择手段赚取金钱,毫不顾惜友情乡情。

改革开放第一个十年有不少表现农村金钱对友情乡情的异化的作品,代表作如张平《血魂》[③] 中的吕梁山某山庄王元奎成了全县、全地区都挂了号的重点专业户后,利用金钱结交了各种人脉,家里的院子扩张到一亩

---

① 夏天敏:《残骸》,原载《小说界》2007 年第 2 期,《作品与争鸣》2007 年第 7 期转载。
② 冯积歧:《牵马的女人》,原载《牡丹》2008 年第 2 期,《小说选刊》2008 年第 4 期转载,入选中国作家协会创研部选编的《2008 年中国短篇小说精选》。
③ 张平:《血魂》,原载《山西文学》1985 年第 10 期,《作品与争鸣》1986 年第 3 期转载,获 1985 年度《山西文学》优秀小说奖。

六大还不满足，意欲霸占老实无靠的邻居张大林家的祖传四分宅基地。王元奎先是再三托人捎话让张大林家搬家，张大林家考虑再三，觉得损失太大而不愿意。接着王元奎家故意每天清早将尿泼到张家门上，还将几头牛拴在张大林家门口、粪肥堆在张大林家门口，以此羞辱张家并造成张家生活极大不便。当张家反抗而将粪水泼到王元奎家门口，王元奎让村干部惩罚张家赔礼道歉，张家不服。第二天清早张家抓住了王家故意清早将尿泼到张家门上的证据，张大林去喊村干部处理，村干部故意迟迟不来；王家则嚣张地抓住在守护证据的大门口的张二林，将其用裹了棉布的铁棒在青天白日打成重伤。张二林被送到医院，医院和派出所在王家的金钱势力下低头，无处求告申冤的张大林忍无可忍，最后趁夜色杀了王元奎一家。其他具有一定代表性的作品还有韩少功《谷雨茶》①中的林家茅屋一些妇女看见不少地方开始搞家庭联产承包责任制、在分田分地到户，于是趁机在晚上溜入公社茶园大肆私自采摘谷雨茶偷偷卖钱。刚嫁到林家茅屋不久的莲子嫂在别人的蛊惑下也去了；但终究良心发现这种大肆私自采摘谷雨茶偷偷卖钱不仅是盗窃公共财产，而且对茶园破坏严重，莲子嫂不忍心大家对茶园的严重破坏，跑到公社报告。报告回来后又去劝说大家，结果却被一大群来偷采茶叶卖钱的妇女羞辱、殴打。白雪林《蓝幽幽的峡谷》②中的塔拉根和媳妇杜吉雅比独自带着小儿子的扎拉嘎晚几个月来到一个天然草库伦的峡谷，扎拉嘎宽厚地允许塔拉根夫妇共同放牧。塔拉根却贪欲膨胀，不顾扎拉嘎的救命之恩，一心想独占峡谷而迅速发财。妻子杜吉雅不同意，塔拉根借故杜吉雅和扎拉嘎一家来往亲密而毒打杜吉雅，扎拉嘎只好带着儿子离开峡谷。于德才《焦大轮子》③中的焦炳和早先想通过勤恳劳动合法致富，他砌过虾池，下过煤窑，破过产也玩过命，经过很长一段

---

① 韩少功：《谷雨茶》，原载《北京文学》1981年第12期，《北京文学》55年典藏短篇小说卷转载。
② 白雪林：《蓝幽幽的峡谷》，《草原》1984年第12期，获1984年全国短篇小说奖，获全国第二届少数民族文学创作荣誉奖。
③ 于德才：《焦大轮子》，原载《上海文学》1985年第2期，《小说选刊》1986年第2期转载，获第三届（1986—1987）《上海文学》奖，获第八届（1985—1986）全国优秀短篇小说奖，入选中国新文学大系（1976—2000）。

底层的摸爬滚打和对社会的观察琢磨才摸着了致富的窍门——原本忠厚善良的心灵完全撕破一切道德规范、也藐视法纪,看透一切,敢于玩命,以甘言厚币、权术诡计控制了银行的贷款员王秉正等掌管钱权的人物,从此以金钱贿赂开道做煤炭运输生意,车轮滚滚,财源滚滚,无往而不胜。冯积岐《舅舅外甥》① 中的"舅舅"为了发家致富,承包了村上科研站的五十亩土地种辣椒,并雇了几十个乡亲干活。然而,"舅舅"并不因此就对他们放松要求:"三叔"没有按照画的线挖畦子,被"舅舅"苛责;"三婶"栽的辣椒苗,不符合"舅舅"所要求的五寸株距,被"舅舅"谩骂并开除。结果"舅舅"与乡亲们原先的温馨乡情都一去不返。贾平凹《古堡》② 中的商州某村的张老大率先从山上废弃的矿洞里掏取锑矿,挣了一笔钱后主动把自己的矿洞加固好让全村人挖。村民们先是联名上告张老大私开国家矿产;接着怀疑张老大用自己的拖拉机为村人运矿从中谋了大利;再接着张老大率众集资买汽车被骗,村人聚众上门讨债抢东西;最后,张老大运矿石中出了车祸被判刑,村人幸灾乐祸却无人看望安慰。陈忠实《桥》③ 中的龟渡王村王林看见村里人利用各种各样的关系,合法或不合法地捞了钱建了新房;于是自己苦思冥想赚钱不费力的办法,结果想出了在村头河上用自家木板搭桥后收过路费的办法。虽然只有每人一毛钱一次的过路费,过桥交了钱的人却一个个怨声载道,甚至有不惜动刀的。王林的岳父受不了别人的恶毒的咒骂,跑来痛骂了一顿女儿女婿;乡长派乡干事来劝告王林,被王林训斥了一顿。周大新《小诊所》④ 中的杏儿哥在镇街上开了一家小诊所,从战地部队复员回来的岑子被杏儿哥请来坐诊:娃儿烫了,七毛钱的药杏儿哥收了三块八;街北头桑家诊所有几个打针的病人急需抗菌素注射药,跑来求借,杏儿哥谎言拒绝;诊所里几种中药没有了,贴出收购告示,农民送来诊所急需的中药材,杏儿哥谎言已买

---

① 冯积岐:《舅舅外甥》,原载《延河》1986 年第 1 期,《作品与争鸣》1986 年第 4 期转载。
② 贾平凹:《古堡》,《十月》1986 年第 1 期,《中篇小说选刊》1987 年第 3 期转载。
③ 陈忠实:《桥》,原载《延河》1986 年第 10 期,《小说月报》1986 年第 12 期转载。
④ 周大新:《小诊所》,《河北文学》1987 年第 4 期,《小说选刊》1987 年第 6 期转载,获1987—1988 年全国优秀短篇小说奖。

好，最终压价三四成买下……刘恒《陡坡》① 中的游手好闲的农村青年田二道想发家致富，又不愿意干脏、累的农活。死缠着集市上的舅舅学了一点修车手艺的皮毛，立即回家开修理店。为了生意尽快红火，夜里骑车偷偷在马路陡坡的路面上撒能够扎破过往车辆车胎的图钉、碎钢屑。结果一次不小心，扎了自己的车胎、害了自己的命。刘恒《杀》② 中的达摩村村民王立秋与关大保合伙开煤窑，关大保还谦让王立秋做了窑主。半冬下来，窑里仍没产煤，王立秋翻脸抽走本金去城里找挣钱门路。不料王立秋在城里打工是白忙活了，只好灰溜溜回到达摩村；然而这时的煤窑在关大保的苦心经营下已开始赚钱。王立秋多次恳求——甚至跪求关大保看在过去的关系上，无论是挖煤还是入股，给他一碗饭吃。关大保因为恨绝了王立秋当初的毁约带给他的艰难岁月，所以坚决不同意王立秋再掺和煤窑的事。最后绝望的王立秋趁关大保没有防备的时候打死了关大保，自己被枪毙。黄富强《古槐》③ 中的云泉庄的云氏家族德义老汉和德仁老汉的院墙中间有一棵古槐。德义老汉的儿子满强订婚要一千元彩礼，家里拿不出，女方点出刨倒古槐卖掉就够了。德义老汉一家打起古槐的主义，德仁老汉得知后，立即带领后裔来交涉，两家差点闹翻，最后决议刨倒树卖钱平分。不料古槐刨倒时，损伤了公家的电话和广播线路，古槐卖掉的钱赔公家都不够。周大新《老辙》④ 中的费丙成原是旧社会他母亲当年去给地主家帮佣时遭地主凌辱所生的"野种"，为此他精神上备受伤害和摧残。然而改革开放之后，他凭自己的聪明和智慧开办面粉厂、豆腐厂和烟酒铺子，成为当地的首富，从此他逐渐变得恃财无恐，盛气凌人、为所欲为：先是乘人之危买下了冯青太的临街营业房，接着用卑劣的手段迫使貌美的姚盛芳委身于己，并要那女人偷偷地为他生一个"野种"。

改革开放第二个十年也有不少表现农村里金钱对友情乡情的异化的作

① 刘恒：《陡坡》，《青年文学》1987 年第 4 期。
② 刘恒：《杀》，原载《北京文学》1987 年第 5 期，《小说选刊》1987 年第 8 期转载。
③ 黄富强：《古槐》，《安徽文学》1987 年第 6 期，《小说选刊》1987 年第 9 期转载。
④ 周大新：《老辙》，原载《解放军文艺》1988 年第 10 期，《小说选刊》1989 年第 1 期转载，入选人民文学出版社编选的《1988 年短篇小说选》。

品，代表作如李佩甫《金屋》① 中的自小遭受欺辱的"带肚儿"杨如意发不义财后回家乡扁担杨盖起了"金屋"，"金屋"代表的金钱欲望使扁担杨的男女老少表现出前所未有的骚动和不安。在金钱的欲火下，传统的伦理道德迅速崩溃：村里落榜的高中生春堂子因为没有把知识转化成致富的手段，不得不依靠衰老的父母，屈辱地等待家里的一头公猪配种挣钱来娶媳妇，最后无法摆脱面对"金屋"的自卑导致精神彻底崩溃，以死向"金钱"妥协。忠厚勤恳的林娃、河娃兄弟在金钱的诱惑下，做生意给鸡注水，为办小造纸厂发财贴出告示变卖家里所有的东西，之后又要为挣大钱而挬刀赌博，最后又为走捷径而不惜铤而走险勒索别人导致锒铛入狱。惠惠不顾廉耻跟随杨如意厮混；麦玲子在"我受不了了"的挣扎中失踪；来来渴望强奸女人，最后成了性变态；权威、虚伪的村长杨书印也疯了；全村的老族长瘸爷"吊死"在金屋门前……其他具有一定代表性的作品还有刘恒《连环套》② 中的农民金标试图通过开煤窑发家致富，结果亲戚为钱财争斗而导致金标业毁家败：毫无技术特长的小舅子和表弟争当赚钱轻松的"炮工"；煤窑因炮工的失误导致亲戚死伤，亲戚们为了争夺索赔补偿，既设法使煤窑无法正常生产，又置死伤者不顾，无奈的金标只好藏身拘留所。田中禾《枸桃树》③ 中的小常庄的常刀头一家承包了鱼塘，村人大量偷盗，迫使常刀头一家寻找有后台的合伙人。在四儿子的提议下、全家商讨后，与四儿子的好友同学、窑厂会计小范合伙：两家合伙贷款养鱼，刀头负责管理、小范对外挂名。结果依然有人偷鱼，小范却污蔑是刀头偷卖了。闹翻后小范独自带人把子鱼母鱼全捞光卖掉，贷款却让刀头一家偿还。梁晓声《喋血》④ 中的霍村的老支书耿福全看见本村的麻老五开煤窑赚了大钱，自己也想开煤窑发财却没有本钱；于是用自家的新房子做抵押，向麻老五借了两万元。然而耿福全开办的煤窑没有挖出煤，两万元血本无归，自己儿媳妇也被麻老五奸污；于是耿福全带着全家一天半夜里赖

---

① 李佩甫：《金屋》，原载《当代作家》1989 年第 6 期，长江文艺出版社 1990 年出版单行本。

② 刘恒：《连环套》，原载《北京文学》1989 年第 1 期，《小说月报》1989 年第 4 期转载。

③ 田中禾：《枸桃树》，《十月》1989 年第 1 期。

④ 梁晓声：《喋血》，原载《上海文学》1989 年第 2 期，《小说选刊》1989 年第 6 期转载，《中篇小说选刊》1990 年第 2 期转载。

债逃亡，结果原先自己的手下、现在麻老五的手下村支委韩喜奎向麻老五及时举报，被拦截住的耿福全跪在地上恳求，其老婆绝望中用猎枪杀死了麻老五，自己也被麻老五的手下杀死。周大新《怪火》① 中的"我"，家人通过几年的辛苦努力，终于成为全镇首富。"我"的兄弟们却开始横行乡里：雇用乡亲做饭收拾家务，大哥动不动就拿佣工发火；三弟玩弄许多同乡年轻女子的感情，怀了孕后又抛弃对方；家里的汽车队撞死人，大哥毫无羞愧，出八千元买一条命后自认为功德无量……结果家里的柴垛起火，没有几个人来帮忙救火，火势蔓延开，烧掉了几间平房仓库和几千斤糖、几百斤茶叶。映泉《芸儿》② 中的镇上的"二叔"当兵退伍回来，经常帮镇上的人挑水、打柴，大家都喜欢他。后来"二叔"想办厂，没有启动资金，大家凑了些麝香、虎骨、蛇胆等给"二叔"带到北京去找战友换钱，不料被北京的公安局查出全是假药，"二叔"讨米要饭回到镇上，无法还债，装疯度日，大家也把他真当疯子虐待、发泄。陈映实《悔》③ 中的野猪峪的郝婶在闹饥荒时，把自己发现的大片能吃的横子芽告诉乡亲，救了乡亲的命；加上郝婶金嗓子和能"撒敆"，把野猪峪搞得红红火火、热热闹闹。不料临近的避暑山庄的外八庙成了旅游区，很多外国人来旅游兼购买特产，野猪峪的女人纷纷学习简单的外语、参与外八庙的特产商品大潮，以前亲热的姐妹因此生疏、甚至因为生意结仇；最后郝婶也被卷入其中，参与"抢劫"式卖虎头鞋给外国游客。周大新《步出密林》④ 中的世代靠耍猴为生的沙家又进山捕猴，前去帮忙的邻居振平在捕猴中摔成残废，截掉了一条腿和一只胳膊。沙高为了挣钱让残废的振平和猴王老黑表演独臂拳击吸引观众。怀着对人类仇恨的老黑狠狠地把振平击倒在地让其疼痛难忍。为金钱欲驱使的沙高认为"给你投资你就得给我挣钱"，仅把为他捕猴而残废的邻居振平当作自己挣钱的工具，无视他的死活，拼命连续演出。莫叹《虎石钱庄》⑤ 中的农民虎石跑到新疆贩皮货时参与赌博，

---

① 周大新：《怪火》，《小说界》1989 年第 2 期。
② 映泉：《芸儿》，原载《芳草》1989 年第 9 期，《小说月报》1990 年第 1 期转载。
③ 陈映实：《悔》，《十月》1990 年第 6 期。
④ 周大新：《步出密林》，原载《十月》1991 年第 3 期，《中篇小说选刊》1991 年第 5 期转载。
⑤ 莫叹：《虎石钱庄》，《人民文学》1992 年第 8 期转载。

输光了所有的钱，还倒欠两万。逃回家乡的虎石为了挽回脸面，赚更多的钱，通过在银行工作的弟弟的帮助，贷款两万在本村搞起高利贷生意。赚了大笔钱后，新疆的债主追来，虎石被迫强令做生意亏本的豹水叔还高利贷，豹水叔的儿子只好进赌场碰运气，惹出命案后，无路可走的豹水叔放火烧了虎石的家，烧死了虎石的妻子和孩子。关仁山《醉鼓》① 中的雪莲湾鼓王老鼓一生耿直清白，爱护自己的声誉胜于生命；因此暴发户大富贵找老鼓在醉鼓节上赛鼓时替其产品做广告，老鼓严厉拒绝。然而老鼓的儿子鼓生接受了大富贵的广告生意，并把自家的船租给大富贵一伙赌博；恰巧老鼓去看船，发现了赌博者藏在鼓里的四万元钱，老鼓全部上交给派出所，雪莲湾人却相互传言老鼓私吞了钱、不是好东西。叶楠《无声的告别》② 中的虾湾村船老大海龙从教书匠父亲的遗言中得知凶险海区鲨鱼湾东南三里的水底有祖辈争抢而遗落的金龟，海龙邀请好友吴憨子、丘福生秘密商量好平均分成后，一起悄悄前往打捞，当吴憨子从海底打捞上金龟时，三人同时起了害死他人而独吞的歹心，最终三人在争夺中同归于尽。阎连科《生死老少》③ 中的村里的孤儿鸟孩不小心从树上跌落下来，摔成了重伤，村里的一位老人看见了，紧急将鸟孩送到医院，但是医院没有一千元医疗费就不抢救，老人只好独自跑回村里求援。老人估计村里单同姓本族人就有二十余家，日子都过得不错，每家捐五十就够了。结果老人向村里所有人都开了口，却只筹到三百五十元——其中两百是老人强迫儿子拿的。老人只好让医院抽自己的血救鸟孩，鸟孩被救了，老人却失血而死了。谭文峰《走过乡村》④ 中的倪村村支书兼企业公司经理倪土改强奸了孙女辈的少女倪豆豆，倪村全村人坚决反对倪豆豆告倪土改："全村每家都有人在土改的手下端饭碗，土改一倒，全村人的饭碗难保。"当倪豆豆

---

① 关仁山:《醉鼓》，原载《人民文学》1993 年第 12 期，《小说月报》1994 年第 3 期转载，《作品与争鸣》1994 年第 2 期转载。

② 叶楠:《无声的告别》，原载《人民文学》1994 年第 5 期，《作品与争鸣》1994 年第 9 期转载。

③ 阎连科:《生死老少》，原载《北方文学》1995 年第 6 期，《小说月报》1995 年第 9 期转载，入选作协创研部编《1995 年中国短篇小说精选》。

④ 谭文峰:《走过乡村》，原载《山西文学》1995 年第 8 期，《小说月报》1995 年第 10 期转载。

不听劝告去告了倪土改，一群人围住倪豆豆家吵嚷，"有人喊，为了你个傻×倪豆豆，就要让我们倪支书垮台呀？休想！有人喊，搞垮了倪总，你倪老庄给我们发工资哇！还有几个愣头儿青舞着拳头喊，砸死倪豆豆个傻货！"最后无法申冤的倪豆豆疯傻了。丁正泉《选贼》① 中的大厂村原本是宁静的乡村，后来村里的土地大部分被征用，村民全部沦落为到工厂见啥偷啥的"三只手"——只有村民小牛二从来没有偷过东西、也誓死不愿偷东西。当政府展开严打，需要大厂村提交小偷的典型，全体大厂村村民开展民主投票，集体选举从没有偷过东西、也誓死不愿偷东西的小牛二做小偷典型去坐牢，并集体商议给予替罪的小牛二"英雄"的待遇。东西《目光愈拉愈长》② 中的农村妇女刘井被丈夫马南方怀疑偷人，故意用烧红的铁块烙伤，直到马南方的妹妹马红英回来，花二十元请本村的朱家兄弟扎了一个担架送刘井去医院，刘井舍不得坐担架，朱家兄弟却不愿意退钱。刘井的孩子马一定被姑姑马红英拐卖，刘井卖掉家里唯一值钱的耕牛，请本村的木匠到城里去寻找马一定，木匠却用这笔钱在城里吃喝嫖赌。

改革开放第三个十年同样有不少表现农村里金钱对友情乡情的异化的作品，代表作如刘庆邦《神木》③ 中的农民唐朝阳、宋金明在农村的老家都是善良忠厚的人。然而为了赚钱，二人出外打工时勾结在一起，依靠抓"点子"赚钱——假装好人把急于赚钱的农民老乡当作亲人带到煤窑打工，然后将其杀死，谎称是自己的亲人在矿井出事故死亡，向矿主勒索偿命钱。唐朝阳、宋金明有一次杀死老实的"点子"农民元清平后，又碰上了元清平死后辍学的未成年的儿子元凤鸣出来打工并寻找父亲；二人成功诱惑元凤鸣上钩做"点子"。当即将要对 16 岁的元凤鸣下毒手时，宋金明有些犹豫，唐朝阳态度异常坚决"这有什么，只要有两条腿，谁都一样，我只认点子不认人"。其他具有一定代表性的作品还有温亚军

① 丁正泉：《选贼》，原载《雨花》1996 年第 1 期，《作品与争鸣》1996 年第 10 期转载。
② 东西：《目光愈拉愈长》，原载《人民文学》1998 年第 1 期，《小说选刊》1998 年第 2 期转载。
③ 刘庆邦：《神木》，原载《十月》2000 年第 1 期，《小说月报》2000 年增刊转载，《小说选刊》2000 年第 6 期转载，获第二届老舍文学奖，获第七届（1998—2000）《十月》冰熊文学奖。

《夏天的羊脂玉》① 中的玉龙喀什河中游一带的村民主要依靠找玉石卖钱维生，塔尔拉找玉能人阿里江在汛期还没有过完就冒着生命危险大胆下河找玉，结果被河水冲走淹死。受过阿里江很多好处的村人忙着找矿而不来帮忙挖墓坑，导致阿里江的媳妇来丽和幼子阿里洪无计可施、无法可想，找回来的尸体开始发臭。尤凤伟《冬日》② 中的村子里的树田没有出外打工而穷得交不起教育集资款，在老婆面前十分窝囊。本村在城里打工的庆立的老婆被本乡的小包工头薛胖子勾走了，回家过年的庆立找到树田，拿出自己身上的一沓子百元大钞（一万元），许诺树田杀了薛胖子就分一半给树田。树田风雪之夜去了薛胖子家未成功，于是去庆立家杀了庆立。王祥夫的《找啊找》③ 中的农民工顾小波在矿上事故中死亡，结果矿主竟然用钱收买了一起打工的顾小波的朋友和亲戚，将尸体草草掩埋并封锁消息。从此，顾小波在老家的即将临盆的妻子王淑民踏上了一条漫长的寻夫之路，然而等待她的是或虚伪或冷漠或粗暴的拒绝和欺骗。最终得知消息的王淑民十分绝望地诅咒偷偷埋葬了顾小波的朋友和亲戚。雪漠《沙娃》④ 中的大沙河的金掌柜承包了沙滩淘金，害怕有人偷抢金沙，特意雇请一群村人当打手整夜坐守。猛子和花球找不到赚钱的好路子，看见金掌柜发了财，大着胆想侥幸偷些金沙卖，结果被雇请的本村打手抓住，打手为了表现自己，毫不留情痛打、折磨猛子和花球，最后猛子和花球还被罚当免费的沙娃，差点被洞窟里塌陷的沙石砸死活埋。葛水平《黑口》⑤ 中的五牛找了好朋友李强和外来工兰州李、王四川私自打洞挖煤卖钱，王四川外出寄钱时，往洞口运煤的兰州李好心顶替在洞里的李强挖煤被塌陷的煤埋了，五牛为逃避责任，遣散不知情的王四川，用钱收买李强，将洞炸了。李强先还出于道义要求五牛给兰州李配一个冥婚，到后来只想"借着这么

---

① 温亚军：《夏天的羊脂玉》，原载《北方文学》2000 年第 3 期，《小说选刊》2000 年第 5 期转载，《中华文学选刊》2000 年第 5 期转载。

② 尤凤伟：《冬日》，原载《郑州晚报》2003 年 9 月 11 日，入选林建法编《2003 年中国最佳短篇小说》。

③ 王祥夫：《找啊找》，原载《人民文学》2004 年第 6 期，《小说月报》2004 年第 8 期转载。

④ 雪漠：《沙娃》，原载《飞天》2005 年第 6 期，《小说选刊》2005 年第 8 期转载。

⑤ 葛水平：《黑口》，原载《中国作家》2005 年第 5 期，《小说选刊》2005 年第 7 期转载。

个事情多弄俩钱，弄一回就要弄得狠"，并在五牛的诱骗下将所得的全部钱再次投入和五牛合作私自打洞挖煤卖钱。王大进《花自飘零水自流》①中的农村小孩大秀和二秀勤快听话、读书用功，父母都在外面打工，两人跟随奶奶过日子。一次奶奶生病了，大秀拿着自己省吃俭用的八元七角钱，带着二秀到村口小诊所去给奶奶买药，小二秀在店主临时走开时忍不住偷吃了柜台上的打开的饼干，店主回来时俩姐妹慌慌张张地跑，店主追上大秀搜了身，发现了八元七角钱，气愤中毒打了大秀。当晚店主清账，发现少了一百元（在外工作的丈夫拿走了），以为是大秀二秀拿的，吵上门去，双方家族大闹一场，无法自证清白的大秀二秀留下遗书，跳进水塘自杀，以证清白。张锐强的《在丰镇的大街上嚎啕痛哭》②中的信阳农村做临时矿工的小姨夫，在一个关系很好的老乡承包的山西大同煤矿里因煤矿事故导致死亡，"我"家族重要成员全部赶去帮小姨讨要尽量多的死亡赔偿。承包煤矿的老乡只愿意出十四万元赔偿费，双方通过中介人反复讨价还价，不惜做好撕破脸皮的准备，最终艰难得到了十四万五千元的赔偿费。杜光辉《浪滩的男人女人》③中的浪滩镇人的生活原本宁静，因为复员兵任志强的战友主管开发区建材的采购，任志强一家与全镇人纷纷加入浪滩河沙的挖采，为了一吨河沙三十五元的利润，镇上人丑态百出：有每天为挖采河沙范围而争吵、有强迫小孩休学来挖采河沙、有为汽车装沙的顺序争吵……数次差点闹出人命，最终河床完全破坏，一场洪水毁了浪滩镇，死伤数百人。晓苏《金碗》④中的油菜坡的张开弓买旧房欠了别人五千元，于是事先在买的旧房旁的无主坟里埋了一个假金碗，然后请邻居刘多帮忙挖坟。挖出假金碗后，两人约定卖了钱后平分，先是在张开弓的镇上的表哥家，有人愿意出价一千元，于是张开弓卖了自己的一半给刘多，

---

① 王大进：《花自飘零水自流》，原载《上海小说》2006 年第 4 期，《小说选刊》2006 年第 8 期转载。

② 张锐强：《在丰镇的大街上嚎啕痛哭》，原载《人民文学》2006 年第 7 期，《小说选刊》2006 年第 8 期转载，《北京文学·中篇小说月报》2006 年第 8 期转载。

③ 杜光辉：《浪滩的男人女人》，原载《时代文学》2007 年第 5 期，《作品与争鸣》2007 年第 12 期转载。

④ 晓苏：《金碗》，原载《滇池》2008 年第 9 期，《小说选刊》2008 年第 10 期转载，入选中国作家协会创研部选编的《2008 年中国短篇小说精选》。

赚了五百元；到了武汉刘多的表哥家，刘多骗表哥说是自己一万元买来的，表哥找专家认出是假的，自己拿一万元买了假金碗以便安慰刘多，张开弓暗地里索要了四千五的出点子费。第二天刘多怀疑表哥骗自己，又用一万元买回假金碗，神经兮兮地回家。张开弓则用赚的五千元还了买旧房的债。

小　结

改革开放第一个十年由于极"左"政策统治下的极端贫困的农村在农村新经济政策实行后，部分农民不惜代价赚钱、急于摆脱贫困——不过绝大部分农民迅速通过勤俭劳动摆脱了贫困，农村社会的整体风气还较好：1987 年的相关调查显示，农村青年找对象的第一位的要求是"与自己门当户对"、占 47.5%，第二位是"家庭关系好处"、占 41.3%，第四位是"有知识才能"、占 21.7%，而"经济富裕"（24.6%）、"有权势或门路"（0.7%）、"有海外关系"（0.1%）所占比例不高[①]。部分敏锐的作家迅速发现并反映了改革开放后金钱已经使某些地方某些农民的心灵扭曲异化的现象。

改革开放第二个十年由于市场经济的加速发展和农村农民的沉重税费负担，使金钱在农村农民心目中的地位日益尊贵起来——1998 年的相关调查显示，农村青年 34% 相信"有钱能使鬼推磨"，16% 选择"拥有金钱的多少"作为人生价值的标准，12% 表示恋爱时首先注意对方"经济条件"[②]。同样面对市场经济的金钱诱惑和沉重生活压力，坚守农村现实题材小说创作的作家，感同心受、义愤填膺地反映了农村社会的现实，揭露了农村一幕幕金钱下的丑恶。

改革开放第三个十年由于农村的部分农民生活的困苦和精神信仰的失落、西方腐朽思想的侵袭等，农村的金钱至上观念盛行——2006 年的相关

---

① 王义豪等：《近年来农村婚姻家庭关系状况和发展趋势——河北省情况的调查》，《河北学刊》1989 年第 3 期。

② 孔留安：《跨世纪一代青年农民价值观现状调查研究》，《山西青年管理干部学院学报》2000 年第 6 期。

调查显示，22.3％的农村青年选择"拥有金钱的多少"作为人生价值的标准。15.0％的人认为"人的价值在于索取"；选择"人的价值在于不择手段地获得地位和金钱"的比例也高达11.4％；只有12.0％的农村青年选择"人的价值在于对社会有所贡献"①。2006年全国综合社会调查数据显示，农民在社会阶层地位高低的判定方面，40.4％的人把收入的高低当作评判标准②。2007年的相关调查显示，8.10％的人把金钱当作最重要的人生追求目标③。因此作为社会良心的作家痛心疾首地真实记载了农村社会的现实，批判了农村一幕幕金钱下的异化。

总　结

人类历史上各个民族都有见诸古代文献的荒原时期或准荒原时期描述："当尧之时，天下扰未平。洪水横流，泛滥乎天下；草木畅茂，禽兽繁殖，五谷不登；禽兽遇人，兽蹄鸟迹之道，交于中国。"④（《孟子·滕文公上》）"地必给你长出荆棘和蒺藜来，你需要吃田间的蔬菜，你必汗流满面才能糊口。"⑤（《圣经·创世纪》）荒原本是外在于人的并具有独特属性的物质性存在，是不受精神制约的独特的自然客体，当作家们依据荒原的外部形貌、本质特征及其质的规定性进行定向、定性和有意义地想象时；当人们赋予荒原超自然的观念内容，使荒原的自然属性同人的社会生活的内容相互结合相互渗透时；它就成了一种主客观统一、观念与实在统一的艺术形象——"它被作者们创造出来，主要用于表达人关于自身历史、文化的认识，关于自身生命形态、生存境遇的认识"⑥；"是作家对乡村的观照在诗意剥离的情形下所达到的一种图景裸呈，它指涉着人的生命形态，

---

① 杨锋：《转型期农村青年人生价值观的分化与整合》，《山西青年管理干部学院学报》2009年第1期。

② 中国人民大学中国调查与数据中心：《中国综合社会调查报告2003—2008》，中国社会出版社2009年版，第289页。

③ 施媛媛：《当代中国社会经济价值观调查报告》，《甘肃理论学刊》2009年第6期。

④ 《孟子·滕文公上》，岳麓书社2004年版，第290页。

⑤ 《圣经·创世纪》，南京爱德印刷有限公司2001年版，第5页。

⑥ 赵园：《乡村荒原——对中国现当代乡村小说的一种考察》，《上海文学》1991年第2期。

包括物质和精神两个层面，即物质层面的荒芜和精神层面的意义流失"。①
农村现实题材小说历来有荒原叙事的传统：鲁迅《阿 Q 正传》《故乡》
《祝福》《孤独者》，王鲁彦《黄金》，许杰《惨雾》，吴组缃《樊家铺》，
萧红《生死场》等。

改革开放第一个十年由于刚过去的极"左"统治时期给予农村农民巨
大的伤害——不仅物质生活极端贫困，还有精神生活的单调不自由；农村
农民与乡村干部的整体素质不高，而又遭遇改革开放的巨大转型；加上伤
痕文学的苦难倾诉、寻根文学对民族劣性的寻找、存在主义和非理性思潮
的盛行、新写实主义文学对乡村生活观照时的刻意的诗意剥离，于是导致
农村现实题材小说创作中荒原类作品比例不少，影响亦较大。这一时期创
作农村现实题材荒原类型作品数量较多、影响较大的作家有乔典运、莫
言、李锐、杨争光、李佩甫、朱晓平等。

改革开放第二个十年由于农村经济的"内卷化"，工业城市对农村物
力、财力与人力的剥夺，税费负担的繁重，改革开放某些政策的负面效应
开始显现，农村社会的灰色化，农村干群关系的紧张和恶性事件的层出不
穷，农村逐渐显现的萧条等；加上市场经济对文学的俘获、社会思潮的拒
绝崇高和庸俗化等，于是导致农村现实题材小说创作中荒原类作品数量不
少，影响也不少。这一时期创作农村现实题材荒原类型作品数量较多、影
响较大的作家有阎连科、刘庆邦、杨争光、李佩甫、谭文峰、王祥夫等。

改革开放第三个十年，由于农村经济的急剧边缘化、改革开放政策某
些方面的不足，农村青壮年的大量外流，农村生态环境的破坏与污染，导
致农村负面效应比较明显的大面积显现。加上整个社会时代对"三农"的
特别关注，左翼思潮与底层文学的盛行；于是导致农村现实题材小说创作
中荒原类型比例有较大的上升，作品影响亦较大。这一时期创作农村现实
题材荒原类型作品数量较多、影响较大的作家有阎连科、陈应松、李佩
甫、刘庆邦、夏天敏、王方晨、罗伟章、王祥夫、雪漠等。

从总体上看，改革开放三十年农村现实题材小说中的荒原类型的作品

---

① 叶君：《农村·乡土·家园·荒野》，中国社会出版社 2007 年版，第 228 页。

在某些方面极其深刻地反映了我国农村现实生活的复杂与人性的复杂；主要缺点是沉迷于单方面的深刻，比较多的是社会生活的某方面特写，比较普遍地陷入了某种迷惘性的同情误区和苦难倾诉，缺乏必要的叙事节制和独特有效的理性思考。正如洪治纲所说："将弱势群体的生存苦难展示出来，传达他们内心深处的无望和无助，以引起社会疗救者的注意，这同样也是一个作家的历史担当。但我要说的是：第一，苦难并不等于正义，展示苦难虽然在某种意义上彰显了作家的道德姿态，但并不等于他们就拥有了某种艺术上的优势。第二，当我们将良知、道德和情感置于底层生活的时候，我们还需要将艺术心智、才情以及必要的理性思考置于底层苦难的现场，以此来展示作家对苦难的特殊思索和表达。只有这样，我们才能赋予底层苦难以真正的艺术震撼力。"[①] 其中的优秀作品则超越了地域与阶层阶级的局限，以"民族寓言"的形式反映了人性的丑恶。

---

① 洪治纲：《底层写作与苦难焦虑症》，《文艺争鸣》2007 年第 10 期。

余论　改革开放三十年农村现实题材小说
创作的成就、不足与现实价值

第一节　改革开放三十年农村现实
题材小说创作的成就

　　改革开放三十年农村现实题材小说创作从数量上来说是一个天文数字——现在每一年创作的农村现实题材小说的数量差不多是改革开放以前数量的总和；从质量上来说是反映社会现实及时、斩获的奖项很多、产生的社会影响较大、艺术创新颇浓。改革开放以来在农村现实题材小说创作领域用力较多、成绩显著的作家粗略统计就有河南的李準、乔典运、张一弓、田中禾、张宇、周大新、李佩甫、阎连科、刘庆邦、刘震云等；陕西的贾平凹、路遥、陈忠实、杨争光、红柯等；北京的浩然、刘绍棠、刘恒、凸凹等；河北的关仁山、何申、贾兴安、胡学文等；山西的马烽、李锐、曹乃谦、谭文峰、王祥夫、葛水平、李骏虎等；山东的张炜、莫言、王润滋、矫健、赵德发、李贯通、刘玉堂、尤凤伟、张继、刘玉栋等；湖北的刘醒龙、陈应松、刘继明等；湖南的古华、韩少功、孙健忠、蔡测海、彭见明、向本贵等；四川的周克芹、田雁宁、贺享雍、李一清、白连春等；江浙的余华、苏童、赵本夫、毕飞宇、阚迪伟、彭瑞高、艾伟等；甘肃的邵振国、雪漠、和军校、柏原、王新军等；宁夏的张贤亮、石舒清、漠月、陈继明、张学东、郭文斌等；广西的鬼子、东西等；云南的夏天敏等；东北的金河、邓刚、迟子建、孙惠芬等。其中的莫言还在2012年获得了诺贝尔文学奖。

一 思想内容方面基本上及时全面地反映了现实农村各种变化

改革开放三十年农村现实题材小说的创作紧跟中国农村的改革开放大潮，及时地、生动地反映了改革开放以来农村发生的各种各样的大事、小事，涌现了一大批佳作。仅以中国作协设立的小说奖中获奖农村现实题材小说为例：改革开放第一个十年茅盾文学奖获奖长篇农村现实题材小说有《许茂和他的女儿们》《芙蓉镇》《平凡的世界》，《许茂和他的女儿们》聚焦于四川盆地的葫芦坝，及时地、生动地反映了二十世纪七十年代中期邓小平复出主政时期的农村整顿工作；《芙蓉镇》则以湘南山区芙蓉镇为经线，以一九六三年、一九六四年、一九六九年和一九七九年四个时间点为纬线，及时地、生动地、深刻地反映了新中国成立以来农村的繁荣、动荡、动乱和复兴；《平凡的世界》则以陕北高原双水村为中心点辐射开去，及时地全景式反映了二十世纪七十年代中期到八十年代中期的农村改革开放的进程。改革开放第一个十年全国优秀中短篇小说获奖作品中的陈世旭《小镇上的将军》、茹志鹃《剪辑错了的故事》、高晓声《李顺大造屋》、叶蔚林《在没有航标的河流上》、孙健忠《甜甜的刺莓》、锦云《笨人王老大》、张一弓《张铁匠的罗曼史》、刘舰平《船过青浪滩》控诉了新中国成立后农村的极"左"政策；陈忠实《信任》、楚良《抢劫即将发生……》、邹志安《支书下台唱大戏》、何士光《远行》谴责了改革开放初期的官僚主义，褒扬了乡村干部的正气；何士光《乡场上》、张石山《镢柄韩宝山》、王润滋《内当家》、李叔德《赔你一只金凤凰》、陶正《逍遥之乐》、蒋子龙《燕赵悲歌》、张一弓《春妞儿和她的小嘎斯》、宋清海《馕神小传》反映了改革开放初期获得经济上翻身后的农民尊严的觉醒；铁凝《哦香雪》、张一弓《黑娃照相》、张炜《声音》、路遥《人生》反映了改革开放初期填饱了肚子的农民的精神追求；王润滋《卖蟹》、彭见明《那山那人那狗》、何士光《种苞谷的老人》、林元春《亲戚之间》、石定《公路从门前过》、李杭育《沙灶遗风》、映泉《同船过渡》、张平《姐姐》、乌热尔图《琥珀色的篝火》、冯苓植《驼峰上的爱》、谭谈《山道弯弯》、邓刚《迷人的海》反映了改革开放初期乡村的淳朴人情；高晓声《陈奂生上城》、蔡测海《远处的伐木声》、乔典运《满票》、矫健《老霜的苦闷》、贾平凹《腊月·正月》反映了部分农民的落后与保守；张炜《一潭清水》、王风麟《野狼出没的山谷》、李贯通《洞天》、于德才《焦大轮子》、杨显惠《这一片大海滩》反映了改革开放初期钱财对部分农民心灵的扭曲；金河《不仅仅是留恋》、赵本夫《卖驴》、周克芹《山月不知心里事》反映了改革开放初期农民对新农村经济政策的不解、观望、反思；王兆军《拂晓前的葬礼》、矫健《老人仓》、陈世旭《惊涛》反映了改革开放初期部分农村干部巧取豪夺的行径；刘绍棠《蛾眉》、周克芹《勿忘草》、王振武《最后一篓春茶》、马烽《结婚现场会》反映了改革开放初期农村青年男女的爱情婚姻；田中禾《五月》反映了改革开放初期丰收后的卖粮难问题。

　　改革开放第二个十年茅盾文学奖获奖农村现实题材小说有《骚动之秋》。《骚动之秋》以山东沿海的大桑园和小桑园为中心，及时地、生动地、深刻地反映了改革开放后中国部分农村率先富裕起来的过程与富裕之后的变化。改革开放第二个十年鲁迅文学奖获奖农村现实题材小说中的迟子建《雾月牛栏》《清水洗尘》，石舒清《清水里的刀子》反映了改革开放第二个十年里依然存在的乡村淳朴的人情；毕飞宇《哺乳期的女人》反映了改革开放第二个十年里留守儿童的母爱欠缺；陈世旭《镇长之死》、刘醒龙《挑担茶叶上北京》、何申《年前年后》反映了改革开放第二个十年里乡村干部的日常生活与公仆情怀；东西《没有语言的生活》反映了改革开放第二个十年里精神生活贫乏的村民对本村残疾人的欺辱；阎连科《黄金洞》反映了改革开放第二个十年里在金钱至上观念影响下的亲人亲情的异化；鬼子《被雨淋湿的河》反映了改革开放第二个十年里年轻一代农民在权力欺压下的自然觉醒和反抗；阎连科《年月日》反映了改革开放第二个十年里遭遇天灾时农民生活生产的艰难困苦。

　　改革开放第三个十年茅盾文学奖获奖农村现实题材小说有《秦腔》和《湖光山色》，《秦腔》以陕南山区清风街村为中心，及时地、生动地、深刻地反映了改革开放二十多年后的中国农村的价值观念、人际关系在传统格局中的深刻变化，凸显了农民在社会主义市场经济中的得失、迷茫与彷徨；《湖光山色》则以豫西南山区楚王庄为中心，及时地、生动地、深刻地反映了改革开放二十多年后的中国边远山区的脱贫致富的艰难历程与难以约束的权力下农民的卑微。改革开放第三个十年鲁迅文学奖获奖农村现实题材小说中的红柯《吹牛》、葛水平《喊山》、乔叶《最慢的是活着》、李骏虎《前面就是麦季》反映了改革开放第三个十年里依然存在的乡村淳朴的人情；王祥夫《上边》反映了改革开放第三个十年里农村日益严重的空心化；范小青《城乡简史》、邵丽《明惠的圣诞》反映了改革开放第三个十年里农民不满农村现实生活而进城寻求更好的生活的遭遇；陈应松《松鸦为什么鸣叫》反映了改革开放第三个十年里在金钱至上观念引领下的农村掠夺式的开发导致的严重后果；夏天敏《好大一对羊》反映了改革开放第三个十年里官僚主义扶贫"羊吃人"的悲剧；孙惠芬《歇马山庄的两个女人》反映了改革开放第三个十年里农村妇女在丈夫长期出外打工、自己独守空房后的心理变异；吴克敬《手铐上的蓝花花》反映了改革开放第三个十年里农村青年追求人生理想的曲折坎坷；盛琼《老弟的盛宴》反映了改革开放第三个十年里农村残疾人生活的困境和农民精神的落后。

二　艺术形式方面进行了各种各样的创新

改革开放三十年农村现实题材小说的创作不仅在及时地、生动地、全面地反映现实农村各种变化方面取得了很大的成就；而且在艺术形式上进行了各种各样的创新，这些艺术形式上的创新推进了或开创了新时期以来的小说思潮与流派。

改革开放第一个十年农村现实题材小说中在艺术形式上进行了很大的创新，产生较大影响的农村现实题材小说有：周克芹的《许茂和他的女儿们》采用一种"家庭纪事"的结构，以一家人的命运演变为视角，透视概括亿万农民的遭遇，以一村的变化揭示农村发展过程中的经验教训；典型地表现出以家庭的角度折射社会生活的文体建构特征。古华《芙蓉镇》选取了 1963 年、1964 年、1969 年、1979 年四个年份，这四年每一个年份写成一章，每一章写七节，每一节集中写一个人物，而每一节每个人物之间又自然而紧密地互相连接、犬牙交错，把纵的历史脉络和横的人物生活泾渭分明地编织在一起，同时借鉴了戏剧、戏曲等艺术表现手法，成功达到寓政治风云于风俗民情图画、借人物命运演乡镇生活的变迁。张炜《古船》在小说的整体形态中，虚实两个世界互相渗透，由古船这个整体意象的象征性，造成了作品写实世界背后的虚拟世界，使洼狸镇的人事均有了象征的意义。同时这种变异式的时空处理，使作品在写实中采用象征、魔幻的形式，营造了作品一种神奇的艺术氛围；隐喻、象征手法的适当纳入，将令人震惊的现实世界和深邃神秘的意象世界融为一体，使文本获得了"无限的时空意识"，使作品颇具哲理味、历史感。莫言《天堂蒜薹之歌》采取每一章的前面用盲人张扣的歌词，把作品的章节、人物、事件如一个个连环扣紧紧地扣在一起；同时作品绝大部分是单章顺序写眼前，从警察捕人写到法院宣判、省委处理，双章倒叙忆过去，交代事件的起因和发展；小说的每一章以一个人物为中心，由人忆事，以事塑人；加上大量的心理描写和狂欢化的语言，使作品具有复调式的独特魅力。另外张承志《黑骏马》、铁凝《哦香雪》、张炜《声音》、贾平凹《商州初录》等诗化小说；林斤澜矮凳桥系列等笔记体小说；茹志鹃《剪辑错了的故事》等意识流小说；古华《贞女》、王安忆《小鲍庄》、王兆军《拂晓前的葬礼》等组构小说①；韩少功《爸爸爸》《归去来》等寓言体小说；莫言《透明的红萝卜》等新感觉体小说②……这些农村现实题材中短篇小说的艺术创新亦产生了很大影响。

改革开放第二个十年中在艺术形式上进行了很大的创新，产生较大影响的农村现实题材小说有：张炜《九月寓言》几乎不用相对连续的历史发展和传记生平的时间，亦即不用严格的叙述历史的时间，时间不再是线性的，一切都拉回到共时性的层面上；具有象征或修辞意义的复调性结构、狂欢化复合修辞，深深表述了作家对无序的工业文明潜在深重危机的忧患情思。莫言《丰乳肥臀》以多层次的陌生化手法、多样化的叙述手段以及多场景的蒙太奇式拼接而凸显魔幻现实主义本土化的魅力。韩少功《马桥词典》开创的"词典—方志体"的小说形式既打破了传统小说有头有尾、故事完整的线性时间思路构成对传统小说的一种反叛，

---

① 林焱：《论组构小说》，《小说评论》1987 年第 4 期。
② 庞守英：《新时期小说文体论》，山东大学出版社 1997 年版，第 201—219 页。

又在小说的内在叙述中依然注意了人物和故事的局部性的小说属性。阎连科《日光流年》开创的"索源体"① 的小说形式从死亡回溯到出生的逆序叙述，在生与死、过去与现在的不断对话中，表达了人生轮回的时间意识和寓言式哲理。

改革开放第三个十年中在艺术形式上进行了很大的创新、产生较大影响的农村现实题材小说有：莫言《生死疲劳》通过对古典轮回观念的创造性转化，在叙述中融合了复调、狂欢、隐喻、反讽、魔幻、元小说等各种技巧，使文本获得了丰富的诗学内蕴。阎连科《受活》开创的"絮言体"② 的小说形式采用絮言来参与叙事，并且成为文本的主干结构的语言组织形式。孙惠芬《上塘书》开创的"方志体"③ 的小说形式从地理、政治、交通、通信、教育、贸易、文化、婚姻、历史等九个方面逐一展开了上塘乡村的凡俗画卷和故事人情。迟子建《额尔古纳河右岸》的整体架构是氏族史诗的百年架构，同时它以"清晨""正午""黄昏""半个月亮"这样的时间顺序为结构（或者亦可说以叙述者"我"的少女时代、中年时代、老年时代这样的隐喻时间为结构），叙述了鄂温克族人在百年之内的一种特殊的民族"日常生活"生活方式及其没落的过程。贾平凹《秦腔》采用的"密实的流年式的叙写"把作者全知的无所不在的角度和疯子人物的有限视角有机地结合在一起，缓慢的叙述节奏和密实的细节有机地结合在一起，有意地淡化甚至取消情节线索，使《红楼梦》式的小说传统复活。林白《万物花开》选取一个头部长有五个会飞、会观察的瘤子的非正常人为全知的叙述人；结构松散，由几十篇短文组成，每篇短文就是王榨村生活的一个片断，彼此间没有必然联系，合起来形成王榨的风物写真；文本开始冒出大面积的方言、粗鄙化口语、地方比喻、谚语和朴素的纪实语言，很适合表现民间万物的生长主题，最终形成由一个个生活的小片断组成的、东拉西扯的、口述实录体式的文本。林白《妇女闲聊录》开创的

① 王一川：《生死游戏仪式的复原——〈日光流年〉的索源体特征》，《当代作家评论》2001 年第 6 期。
② 陆汉军、韦永恒：《寻找与突破：论阎连科〈受活〉的"絮言体"》，《广西社会科学》2005 年第 11 期。
③ 许玉庆：《独特的形式、独特的世界》，《宜春学院》2006 年第 2 期。

"聊天录"① 的小说形式以原汁原味的村民口语、松散的故事情节和不分主次的人物迥异于传统意义上的小说。李锐《太平风物——农具系列小说展览》采用了 "超文体拼贴"② 的图文小说叙事方式，其中的古代农具图片是一重叙述，《王祯农书》中的诗文是另一重叙述，引自《中国古代农机具》的说明文也是一重叙述，而李锐的现代白话小说是又一重叙述，这些不同的叙述同时并存，形成了复调的审美效果，扩大了文本的叙事空间和审美内涵。

第二节　改革开放三十年农村现实题材小说创作的不足

当前创作农村现实题材的作家普遍居住在城市里，普遍缺乏切实的当前乡村生活经验、生活体验的情况下，与当前农民、当前农村存在着隔膜——"'乡土文学'家对故乡生活、农民痛苦的了解，多半来自间接经验。而作为直接经验的只是儿时生活的回忆和成年偶然回乡的观感。这就决定了他们不可能对农民生活做出精彩的描绘。"③ 导致改革开放三十年农村现实题材小说具有以下不足：

一　内容方面广度不够

1. 农民工。根据相关抽样调查显示，1980 年我国农村总人口为8.1096亿，人口离土率 16.7% ——有 1.35 亿农民离土，其中进入城市（非县城、集镇）打工的比例是 40.2% ——有近 0.5 亿进入城市，"全年离土"率56.8% ——有近 0.8 亿为 "全年离土"；1988 年我国农村总人口为 8.6981亿，人口离土率 42.3% ——有近 3.4 亿农民离土，其中进入城市（非县城、集镇）打工的比例是 36.6% ——有近 1.28 亿进入城市，"全年离土"

---

① 朱坤领：《小说形式与内容的新尝试——林白〈妇女闲聊录〉研究》，《当代文坛》2009年第 6 期。

② 赵晓芳：《论〈太平风物〉的 "超文体拼贴"》，《名作欣赏》2011 年第 14 期。

③ 陈平原：《在东西文化的碰撞中》，浙江文艺出版社 1987 年版，第 198 页。

率 52.7%——有近 1.8 亿为"全年离土"①；改革开放第二个十年、改革开放第三个十年的离土离乡的农民更多。然而改革开放第一个十年的农村现实题材小说没能对此农民工潮及相关留守妇女、儿童有充分反映，改革开放第二个十年的农村现实题材小说也没能对此农民工潮及相关留守妇女、儿童有充分反映，直到改革开放第三个十年的农村现实题材小说才对此有一定程度的比较充分的反映。

2. 土地。作为历代农民最珍爱的土地，在改革开放三十年里农民与土地的关系及其感情发生了多种多样的变化；然而作家除了大规模反映了改革开放初期平均主义的家庭联产承包制，其他的均田公标制、双向承包责任制、两田制（或三田制）、转包经营、租赁经营制、土地股份经营、代营制等②，作家均未能及时充分反映。改革开放以来随着城市建设、工业建设和交通建设的发展——尤其是二十世纪九十年代初随着邓小平南方谈话后我国城市化的加速发展，侵占大量农村的土地而导致了 4000 万失地农民③，作家同样未能及时充分反映。

3. 计划生育。改革开放初期开始严厉实行的计划生育工作可以说是与家庭联产承包责任制一样，深刻影响了亿万农民的生活——中国农村历来重视多子多福、养儿防老、无后为大。根据相关部门的调查显示，计划生育工作一方面使中国农村少生了数亿人口④；另一方面深刻影响了农村的生活与文化⑤。同时在计划生育作为国策实施过程中，一些地方政府与乡

---

① 吴怀连：《八十年代农民离土浪潮——10 省区 23 县市农村调查》，《人口学刊》1989 年第 5 期。

② 张秀生：《中国农村经济改革与发展》，武汉大学出版社 1999 年版，第 17—46 页。

③ 胡星斗：《中国改革开放三十年的成就与问题总结》，《社会科学论坛（学术评论卷）》2008 年第 11 期。

④ 我国政府部门的提法是少生了四亿人，其中农村大约少生了 3 亿多。详情参看新华网 2007 年 1 月 22 日《中共中央国务院关于全面加强人口和计划生育工作统筹解决人口问题的决定》，http：//www. news. xinhuanet. com/politics/2007—01/22/content_ 5637713. htm。

⑤ 详情参看雷洁琼《改革以来中国农村婚姻家庭的新变化：转型期中国农村婚姻家庭的变化》（北京大学出版社 1994 年版）、陶春芳等编《中国妇女社会地位概观》（中国妇女出版社 1993 年版）、蔡昉《中国人口问题报告　农村人口问题及其治理　2000》（社会科学文献出版社 2000 年版）、中国人民大学中国调查与数据中心《中国综合社会调查报告 2003—2008》（中国社会出版社 2009 年版）、谭同学《桥村有道——转型乡村的道德权力与社会结构》（生活·读书·新知三联书店 2010 年版，第 368—378 页）等。

村干部像收取税费一样搭车加码，导致了不少的恶性事件和不良影响。作家对以上三方面均未能及时充分反映。

二　思想方面深度不够

1. 一元化的审美和批判。虽然身在现代社会，但多数作家并不能领悟现代社会多元化的思想意理，而是以传统本质主义和一元化思想方法来面对所谓传统与现代、城市与乡村的文明"冲突"：田园牧歌式的农耕文明和它的盎然诗意特征，必然构成工业文明唯利是图、人性冷漠的对立物；而现代工业文明所积累的财富和它所包含的民主、科学、平等和自由等现代意理和精神智慧，又反照出传统农耕文明的贫困、凋敝、封建、愚昧和野蛮等。于是否定和批判传统与乡土道德文明时，现代和城市文明的正面价值就是作家普遍采取的批判性依据；对现代与城市文明展开批判时，传统与乡土的正面形象则是当仁不让的价值眼光。这种一元化的审美和批判的结果是一方面导致很多作家自身价值理念的含混与矛盾，"事实上，几乎所有的作家在处理传统与现代、城市与乡村的关系时，都处在传统与现代'两极作战'的窘境中……理性认知层面，作家们深知，传统和乡村的破败是历史的必然，我们必须以开放的心态接纳现代、城市、工商业文明等；但在感性层面，作家们却难以割舍传统的情感脐带，并且对以西方为代表的现代文明总是难以摆脱怀恨接受的心理。因此，无论传统还是现代、城市还是乡村，对中国作家而言，都是爱恨交织、满含痛苦的两难选择。作家们对乡土的眷念越是深沉，对现代与城市的怨恨便越是极端；对乡土的怨恨越是强烈，对现代与城市文明的拥抱就越加热烈。这种情感上的相互转化和催生，使得中国作家彷徨在传统与现代、城市与乡村的文化边缘，深陷在是与非、对与错、表象与本质的迷雾里"[1]。另一方面导致文学作品中的价值理念的含混与矛盾，"田园式的农耕文明和牧歌式的游牧文明以其魅人的诗意特征牵动着作家的每一根审美的神经，使其陶醉在纯美的情境中而丧失文化批判的功能；而工业文明的每一个毛孔里都沾满了

---

① 周保欣：《乡土叙述的"冲突"美学与道德难度》，《人文杂志》2008 年第 5 期。

污秽和血，其狰狞可怖的丑恶嘴脸又使作家忘记了它的历史杠杆作用，而陷入了单一的文化批判"①。"多数作家笔下所叙述的乡土和城市，都处在分裂状态，作家们洞察到的往往都是事物相反的两面。在许多作家那里，乡土美轮美奂的道德温情，总是与贫瘠、荒芜、卑微、粗鄙、丑陋、肮脏的外部环境构成强烈反差；城市富有、显赫而堂皇的经济和生活外观，却与唯利是图、尔虞我诈、钩心斗角等道德糜烂现象构成鲜明对照。文化的内部裂差与外部的冲突相互交织、冲撞、裂变，演化出乡土叙述的诸般特殊形态。作家们的情感冲突越是激烈，他们的乡土和城市想象就越是极端，往往就不由自主强化着这样的极端。"② 以世界文学作为参照，可以发现，中国乡土文学创作缺少的正是西方文学审视乡土独具的超越性、普世性的价值眼光和多元的文化视角。应当说，传统和现代、城市和乡村作为人类历史进程中的不同历史阶段和地理形态，既有各自的道德自足性，同时还有着人类共通的道德普遍性，有着人类的"共同善"和"共同恶"。这些"共同善"和"共同恶"是我们审美表达乡土的重要价值基点。忽视这样的价值基点，一味一元化地纠缠于"冲突"美学，或者神话或者极端粗鄙化其中某一端，都是不可取的。

2. 观念化地想象农村与农民。正如美国作家亨利·詹姆斯所说："小说可以存在的唯一理由，就是它确实在企图再现人生……小说家如果没有对现实的感觉，就不会写出好小说。"③ 我国改革开放后作家的日益专业化和城籍化，使大多数对现实农村与农民越来越陌生的作家们主宰着农村现实题材小说的创作。对此，作家阎连科自我忏悔道："连我自己，做小说的时候，对乡村的描绘，也是不断重复着抄袭别人的说法……而实际上，村落真正是个什么，沟壑的意义又是什么，河流在今天到底是什么样儿，我这个自认是地道的农民的所谓作家，是果真的模糊得如它们都沉在雾中了……我总是感到一种内疚的。我们对村落意义的删节，并不单单是因为

---

① 丁帆：《中国乡土小说生存的特殊背景与价值的失范》，《人文杂志》2005 年第 8 期。
② 周保欣：《乡土叙述的"冲突"美学与道德难度》，《人文杂志》2008 年第 5 期。
③ 伍蠡甫：《西方文论选》下册，上海译文出版社 1979 年版，第 511—512 页。

社会发展所致，更重要的，是我们对农民的背叛。"① 能够意识到问题的存在及其严重性，能够及时反省自己创作的作家是少数，他们是有良知，有责任感的，也是不断追求创新和超越的作家。然而大多作家没有自我反思的精神高度——仅以改革开放以来农村题材小说创作中声誉很高的高晓声为例，改革开放初期复出的高晓声"我是农民这根弦上的一个分子，每一次颤动都会响起同一音调"②，于是成功创作了风靡一时的《李顺大造屋》《上城》等经典作品；然而"时代的发展造成了农民命运的改变，而高晓声仍然执着于昔日的自我经验，对农民的理解停留在了写作《'漏斗户'主》时的 1978 年，'代言'也变成了自编自导自演。同时，高晓声自身的变化直接投射在陈奂生身上，造就了一个同步复杂的陈奂生，复杂的经验与滞后的理解结合，产生了一个直接结果：陈奂生这个当代阿 Q，这个现代的异质性存在，丧失了现实的根基"③。于是正如南帆所说："必须承认，乡村很大程度上变成了记忆所制造的话语——而不是'现实本身'。这一批作家不再手执镰刀或者肩负锄头踏入田野，不再'披星戴月，起早贪黑'，乡村已经不是泥泞的山路和冰冷的水田，不是沉甸甸的担子和残存的茅屋，乡村是一个思念或者思索的美学对象，一种故事，一种抒情，甚至一种神话。"④ 结果简单的二元对立模式成为一种套路被泛滥使用，用李敬泽的话说叫作"观念化地想象乡村"⑤。观念化地想象农村与农民必然导致作品的雷同化：八十年代前中期的理想主义和道德主义对改革文学的观念性影响，使一个个精明能干、品德高尚的农民与乡村干部从作家笔下批量生产出来；八十年代中后期的存在主义思潮和非理性思潮对寻根文学和新写实主义文学的观念性影响，使一个个精神麻木、行尸走肉的农民形象从作家笔下批量生产出来；九十年代中后期的犬儒主义和消费主义对新现实主义文学的观念性影响，使一个个鞠躬尽瘁、悲愤无力的乡村干部"清

① 阎连科：《返身回家》，解放军出版社 2002 年版，第 52 页。
② 高晓声：《且说陈奂生》，《人民文学》1980 年第 6 期。
③ 刘旭：《高晓声的小说及其国民性话语》，《文学评论》2008 年第 3 期。
④ 南帆：《后革命的转移》，北京大学出版社 2005 年版，第 181 页。
⑤ 《南方文坛》编辑部：《新世纪文学的承接与探索——第四届青年作家批评家论坛纪要》，《南方文坛》2006 年第 1 期。

官"形象从作家笔下批量生产出来;21 世纪初的左翼思潮对底层文学的观念性影响,使一个个贫困不堪、走投无路的农民形象从作家笔下批量生产出来……

三 艺术方面高度不够

1. 语言的粗俗化导致的自然主义的盛行。语言的粗俗化指的是语言品位的低下。它可以从两个方面界定:一是语言形式本身的粗糙,二是语言表达的内容粗野庸俗。前者如未经提炼的村言土语大量涌入小说,不合甚至故意违反现代汉语规范的词句、词语在小说中的大量出现;后者如小说表达的内容低级庸俗,赤裸裸地表现下流低级的场面、事件、行为。有的甚至直接进行性行为、性器官的描写,不必要的脏话、疯话不仅出现在人物语言中,而且成为叙述人语言的重要组成部分。两者的关系是相辅相成的:语言内容的粗野庸俗导致或者说需要语言形式的粗糙,而语言形式的粗糙又促进了语言内容的粗野庸俗;但其中起决定作用的还是语言所表达的内容的粗野庸俗。也因此农村现实题材小说没能体现社会转型时期应有的创造力,反而呈现一种类似于左拉的自然主义——勃兰兑斯(Brandes)曾经详细描绘这种创作方式的特征:"从没有感到比一般时尚有更高尚的道德的需要,也从没有提出过一种和目前不同的社会状态的远景。他们拘泥于表现他们亲眼得见的外部现实,断然拒绝从他们的观察里做出任何结论,这样便在自己身上强加了一种致命的局限性……他们常常被迫从他们的道德品性和被人普遍接收的道德法典的明确的和谐中去寻求支援:别人称为恶行的,他们就称之为恶行,夸大这种恶行的可怕,并以此自夸。"[1]仅以改革开放三十年里在农村现实题材小说领域中取得杰出成就的贾平凹为例,贾平凹在改革开放初期的《腊月·正月》等均以清新秀洁的语言取胜;后来逐渐走上粗俗化,《土门》《高老庄》《秦腔》的语言风格均有争议,不少评论家认为语言风格从雅变俗后的贾平凹小说的艺术性一直未能大幅度超越早年《浮躁》的水平——李建军甚至认为贾平凹从雅变俗后的

---

① [丹麦]勃兰兑斯:《十九世纪文学主流》(第五分册),李宗杰译,人民文学出版社 1977 年版,第 167 页。

创作均为失败之作①。

2. 作品的故事化导致的审美性的缺失。小说对故事性的寻求本来无可厚非，因为"小说的基本面是故事"②。但是正如罗兰·巴尔特指出："故事有一个名字，它逃脱了一种无限的语言的领域，现实因而贫乏化和熟悉化了。"③ 即小说过度的故事化必然导致审美内涵的单薄和小说情节的雷同相似：作品的故事化，客观上决定了作者在创作时，往往只能将丰富的生活压碎、压缩进故事之中，一切都按照故事发展的内在逻辑来演进，极大地限制了作者的想象力和创造力，很难寄托深厚的文化内涵。比较鲁迅和沈从文在农村现实题材小说中寄寓的深层文化精神，改革开放以来的作家日益普遍陷入了某种追求故事性的误区，把好看视为写作的最高审美追求和艺术法则；创作的农村现实题材小说大多就事写事，没有深入和超越生活的深远人文内涵和文化进行思考。不论对农村经济改革艰难的揭示，还是对城乡两种文明碰撞的描写，或是对"三农"问题和农民工问题的关注，一大批小说都有着充当时代传声筒的倾向，只注意对问题的提出和揭露。虽然很多农村现实题材小说写得很精彩，但作品的意蕴却显得比较直白和浅陋，有着"问题小说"的嫌疑。与之相应的是，在情感层面，许多农村现实题材小说的情感局限在狭隘的现实层面，不能达到既蕴含着文化韵致，又与乡村生活现实紧密联系；既耐人寻思又结合着深沉美感的艺术境界，结果导致了小说审美性的严重缺失。

面对农村现实题材小说创作的广度、深度、高度上的突破的艰难，于是自 20 世纪 90 年代以来，作家日益附和市场经济对文学创作的催产——不少作家为了稿费和出镜率而大肆重复自我写作，作品为了畅销而又过于追求故事性。当前的稍微有些名气的作家很少不是作品等身，很少不是一年数十万字的创作量！毕竟具有超级想象力、超级写作能力的作家是罕见的，如此普遍的作家写作数量上的高产，必然会稀释作家的写作能量、影响作品的质量。于是简单的二元对立思维模式、廉价的赞歌、粗俗的苦

① 详情可参看李建军的系列文章和贾平凹的多种研究论文资料汇编。
② ［英］福斯特：《小说面面观》，花城出版社 1984 年版，第 22 页。
③ ［法］罗兰·巴尔特：《符号学原理》，生活·读书·新知三联书店 1988 年版，第 79 页。

难、低俗的欲望等均成为一种套路在农村现实题材小说中泛滥，乡村现代化进程的复杂性、乡村人的复杂性等在一定程度上被遮蔽了，作家出现了思想的惰力与想象的惰力，从而使得自己的作品的细节失真、创作陷入不断重复的泥淖之中。仅以 20 世纪 90 年代以来日益著名的农村现实题材小说创作数量较多、影响较大的关仁山为例。关仁山是 20 世纪 90 年代以来农村现实题材小说创作最丰产的作家之一，作品转载率很高，亦获得过许多小说奖项。然而关仁山的多部农村现实题材小说的细节存在一定的失真和荒谬的问题，例如，《红月亮照常升起》中的世纪之交的冀东平原县城郊区的一个普通农家出身、初出校门的待业的女大学生陶立，在没有资金（自家没有多少现金也没有贵重物品）和权力（自家没有权力也没有贵人相助）扶持之下，竟然很快成功承包建设了万亩生态示范田！土地承租的预付租金、农工工资、必要的农机设施等至少上百万的投资资本由何而来？万亩生态示范田丰收后，陶立为了使大米"饱满、清澈而醇香"，采取"把青青的芦苇叶泡进水里，然后放进大米，大米捞出来再晒干"。稍微有农业常识的人就知道，大米泡了芦苇叶水后晒干不可能使大米"饱满、清澈而醇香"——除非使用化学药品、添加剂之类。陶立如此炮制的"红苹果"生态大米居然得到了韩国大集团的宠爱，居然会一下子签订立即供应五百万吨的合同——小说同时强调了陶立不允许其他村民和机构使用自己的"红苹果"生态大米品牌，那么五百万吨的大米如何能够在陶立的万亩生态示范田里迅速生产出来？另外关仁山的多部农村现实题材小说的情节大量重复：《大雪无乡》与《福镇》《天高地厚》的情节大量重复，《九月还乡》与《平原上的舞蹈》的情节大量重复，《船祭》《闰年灯》与《蓝脉》的情节大量重复等。《白纸门》《天高地厚》均为多部中短篇小说的拼凑之作。

第三节　改革开放三十年农村现实题材
小说创作的现实价值

1. 农村现实题材小说曾经发挥过巨大的现实作用。中国共产党历来重视文学艺术对人民的宣传教育作用：延安时期《小二黑结婚》《李有才板话》等农村现实题材小说发挥过巨大作用；土改时期《太阳照在桑干河上》《暴风骤雨》等农村现实题材小说亦发挥过巨大作用；十七年建设时期《三里湾》《山乡巨变》《创业史》等农村现实题材小说也发挥过巨大作用……改革开放以来，《在没有航标的河流上》《张铁匠的罗曼史》《李顺大造屋》《许茂和他的女儿们》《芙蓉镇》《乡场上》《内当家》《黑娃照相》《灵与肉》《哦香雪》《赔你一只金凤凰》《腊月·正月》《燕赵悲歌》《平凡的世界》等农村现实题材小说在改革开放初期谴责过去的极"左"政策、为改革开放鼓与呼，推进了我国农村改革开放的进程；《秋天的愤怒》《古船》《浮躁》《骚动之秋》《万家诉讼》《山杠爷》《凤凰琴》《村支书》《分享艰难》《黄金洞》《被雨淋湿的河》等及时反映了改革开放中逐渐暴露的问题，引起党和政府以及社会大众的关注，亦对我国农村改革开放的纠偏颇有功劳；21世纪以来的《好大一对羊》《松鸦为什么鸣叫》《湖光山色》《秦腔》《石榴树上结樱桃》《丁庄梦》《妇女闲聊录》《农民帝国》等农村现实题材小说深刻暴露了改革开放二十多年后农村的困境，引起党和政府以及社会大众的高度重视，为我国农村改革开放的深化做出了一定贡献。

2. 当前农村文化建设的迫切性。著名的现代化问题专家英格尔斯在《人的现代化》指出："发展最终所要求的是人在素质方面的改变，这种改变是获得更大发展的先决条件和方式，同时也是发展过程自身的伟大目标之一。"① 并且特别强调："从传统主义到个人现代性的转变，缺少了这种渗透于国民精神活动之中的转变，无论一个国家的经济一时繁荣到何种程度，也不能说明这个国家能获得持久的进步，真正实现了现代化。当今任何一个国家，如果它的国民不经历这样一种心理上和人格上向现代性的转变，仅仅依赖外国的援助、先进技术和民主制度的引进，都不能成功地使其从一个落后的国家跨入自身拥有持续发展能力的现代化国家的行列。"② 由此可知"我国的现代化进程归根结底应是对农民社会的改造过程，这一

---

① 英格尔斯：《人的现代化》，殷陆君编译，四川人民出版社1985年版，第6—7页。
② 同上书，第7页。

过程不仅是变农业人口为城市人口，更重要的是改造农民文化、农民心态与农民人格"①。

我国现有农村人口7亿余人，且我国农村将会在一段较长的时间里保持着"农村人口数量巨大，农民温饱有余、小康不足"的状况——无论根据新中国成立六十年以来的城市化的速度，还是根据改革开放以来三十年的城市化的速度，或是根据21世纪十年以来的城市化的速度，我国农村人口转变到发达国家的较低比例也要几十年甚至上百年；无论根据新中国成立六十年以来的农民收入增长的速度，还是根据改革开放以来三十年的农民收入增长的速度，或是根据21世纪十年以来的农民收入增长的速度，我国绝大多数农民过上富裕幸福的生活同样要数十年。然而以广告、时尚为代表的消费文化不断刺激农民的消费欲望，以教育、医疗为大宗的现代服务构成农民支出的巨大压力；导致农民在增收缓慢、开支很大、欲望无穷的现实生活中有巨大的失落感。加上当前由于我国改革开放过程中各种深层次矛盾逐步凸显出来，新农村建设中的一些矛盾和问题也日益暴露出来：有些地方思想政治工作弱化，有些人因对当地乡村干部作风不满而导致对党失去信心，对社会主义前途、个人和家庭的前途感到渺茫；有些人思想道德水平下降，置法律、道德、良心、人格、亲情、友情于不顾，一切向钱看，只要给钱，啥都敢干，为了获取钱财，甚至坑蒙拐骗，损人利己、铤而走险、违法犯罪；有些地方封建落后思想仍很有市场，不良社会风气滋长，封建迷信活动猖獗，黄、赌、毒沉渣泛起……因此不少地方的农民"端起碗吃肉、放下碗骂娘"，怀念改革开放前贫穷而热闹的生活；亦由此可见农村文化建设的迫在眉睫、刻不容缓。

2006年《国家"十一五"时期文化发展规划纲要》明确指出："文化是国家和民族的灵魂，集中体现了国家和民族的品格。文化的力量，深深熔铸在民族的生命力、创造力和凝聚力之中，是团结人民、推动发展的精神支撑。"② 2011年《中共中央关于深化文化体制改革推动社会主义文化大发展大繁荣若干重大问题的决定》再次强调："文化是民族的血脉，是

---

① 秦晖：《耕耘者言》，山东教育出版社1999年版，第63页。
② 《人民日报》2006年9月13日。

人民的精神家园。"① 而当前我国现实农村的文化现状是"旧的东西稀里哗啦地没了，像泼去的水，新的东西迟迟没再来，来了也抓不住，四面八方的风方向不定地吹，农民是一群鸡，羽毛翻皱，脚步趔趄，无所适从"②。因此我们可以大力挖掘改革开放三十年农村现实题材小说创作中的优秀作品的思想价值、艺术价值、娱乐价值、教育价值和认同价值等，培育主旋律的农村文化，充实农民的文化生活，提高农民的文化素质，改善农村的文化生态。也因此农村现实题材小说创作不仅在深入反映和关注中国农村的过去与现在、农民的处境与追求上有着广阔的发展前景，还在社会主义新农村建设的文化建设方面有着广阔的发展前景。

---

① 《人民日报》2011 年 10 月 27 日。
② 贾平凹:《秦腔·后记》，作家出版社 2005 年版，第 565 页。

主要参考文献

一 西方理论部分

［德］马克思、恩格斯：《马克思恩格斯选集》，人民出版社1972年版。

［法］孟德拉斯：《农民的终结》，李培林译，中国社会科学出版社1991年版。

［美］M. H. 艾布拉姆斯：《镜与灯：浪漫主义文论及批评传统》，北京大学出版社2004年版。

［美］韦勒克、沃伦：《文学理论》，江苏教育出版社2005年版。

［法］罗杰·加洛蒂：《论无边的现实主义》，吴岳添译，百花文艺出版社1998年版。

［苏］《共产党人》杂志专论：《关于文学艺术中的典型问题》，上海新文艺出版社1956年版。

［美］锡德尼·芬克斯坦：《艺术中的现实主义》，赵澄译，上海文艺出版社1985年版。

［法］莫里斯·哈布瓦赫：《论集体记忆》，毕然、郭金华译，上海人民出版社2002年版。

［荷兰］D. 佛克马、E. 蚁布思：《文学研究与文化参与》，俞国强译，北京大学出版社1996年版。

［德］埃里希·弗罗姆：《寻找自我》，陈学明译，工人出版社1988年版。

［德］尼采：《悲剧的诞生》，缪朗山译，海南国际新闻出版中心1996年版。

［英］休谟：《人性论》，关文运译，商务印书馆1981年版。

［英］托马斯·卡莱尔等：《生命的沉思》，刘曙光编译，新华出版社2000

年版。

[法] 萨特:《想象心理学》, 光明日报出版社 1988 年版。

[德] 沃尔夫冈·伊瑟尔:《虚构与想象——文学人类学疆界》, 陈定家、汪正龙等译, 吉林人民出版社 2004 年版。

[德] 康德:《判断力批判》, 邓晓芒译, 人民出版社 2002 年版。

[美] R. L. 布鲁特:《论幻想和想象》, 李今译, 昆仑出版社 1992 年版。

[英] 卡莱尔:《英雄与英雄崇拜》, 何欣译, 辽宁教育出版社 1998 年版。

[法] 亨利·列斐伏尔等:《现代性与空间的生产》, 上海教育出版社 2003 年版。

[美] 约瑟夫·弗兰克等:《现代小说中的空间形式》, 秦林芳编译, 北京大学出版社 1991 年版。

[法] 皮埃尔·布迪厄:《艺术的法则:文学场的发生和结构》, 中央编译出版社 2001 年版。

[英] 阿历克斯·英克尔斯:《人的现代化素质探索》, 曹中德译, 天津社会科学院出版社 1995 年版。

[法] 塞奇·莫斯科维奇:《群氓的时代》, 许列民、薛丹云、李继红译, 江苏人民出版社 2003 年版。

[法] 爱尔维修:《十八世纪法国哲学》, 商务印书馆 1963 年版。

[美] 英格尔斯:《人的现代化》, 殷陆君编译, 四川人民出版社 1985 年版。

[德] 卡尔·雅斯贝尔斯:《悲剧的超越》, 亦春译, 工人出版社 1988 年版。

[丹麦] 勃兰兑斯:《十九世纪文学主流》, 李宗杰译, 人民文学出版社 1977 年版。

[英] 福斯特:《小说面面观》, 花城出版社 1984 年版。

[法] 罗兰·巴尔特:《符号学原理》, 生活·读书·新知三联书店 1988 年版。

[德] 西美尔:《金钱、性别、现代生活风格》, 顾仁明译, 学林出版社 2000 年版。

二 中国社会学

国家统计局国民经济综合统计司:《新中国六十年统计资料汇编》, 中国统计出版社 2010 年版。

费孝通：《乡土中国·生育制度》，北京大学出版社 1998 年版。

宋洪远：《农村改革三十年》，中国农业出版社 2009 年版。

孙政才：《农业农村改革发展三十年》，中国农业出版社 2009 年版。

陈锡文等：《中国农村改革 30 年回顾与展望》，人民出版社 2008 年版。

中共中央政策研究室、农业部农村固定观察点办公室：《全国农村社会经济典型调查数据汇编　1986—1990》，中共中央党校出版社 1992 年版。

中国社会科学院青少年研究所：《1983 年中国农村青年调查资料》（内部资料）。

中国农村发展问题研究组：《农村·经济·社会》（第 2 卷），知识出版社 1985 年版。

沉石、米有录：《中国农村家庭的变迁》，农村读物出版社 1989 年版。

中国农村家庭调查组：《当代中国农村家庭 14 省市农村家庭协作调查资料汇编》，社会科学文献出版社 1993 年版。

雷洁琼：《改革以来中国农村婚姻家庭的新变化：转型期中国农村婚姻家庭的变化》，北京大学出版社 1994 年版。

沙吉才：《当代中国妇女地位》，北京大学出版社 1995 年版。

郑杭生；《当代中国农村社会转型的实证研究》，人民出版社 1996 年版。

龚平等：《现代化与农村家庭道德建设》，西南财经大学出版社 2001 年版。

罗静：《农村妇女问题调查》，世界图书出版公司 1998 年版。

国家统计局农村社会经济调查总队：《中国农村贫困监测报告 2000》，中国统计出版社 2000 年版。

肖唐镖：《当代中国农村宗族与乡村治理　跨学科的研究与对话》，西北大学出版社 2002 年版。

国风：《农村税赋和农民负担》，经济日报出版社 2003 年版。

贺雪峰：《新乡土中国》，广西师范大学出版社 2003 年版。

中国社会科学院经济研究所"无保"调查课题组：《无锡、保定农村调查统计分析报告　1997》，中国财政经济出版社 2006 年版。

曾鸣、谢淑娟：《中国农村环境问题研究：制度透析与路径选择》，经济管理出版社 2007 年版。

甄硕：《中国农村妇女状况调查》，社会科学文献出版社 2008 年版。

中国人民大学中国调查与数据中心：《中国综合社会调查报告 2003—2008》，中国社会出版社 2009 年版。

康来云：《中国农民价值观变迁》，河南人民出版社 2010 年版。

李石新：《中国经济发展对农村贫困的影响研究》，中国经济出版社 2010 年版。

国家统计局农村社会经济调查司：《中国农村贫困监测报告 2009》，中国统计出版社 2010 年版。

谭同学：《桥村有道——转型乡村的道德权力与社会结构》，生活·读书·新知三联书店 2010 年版。

陆益龙：《农民中国：后乡土社会与新农村建设研究》，中国人民大学出版社 2010 年版。

国家统计局农业统计司：《中国农村统计年鉴》，中国统计出版社 1985—2009 年版。

三　中国文学

中国社会科学院当代文学研究室：《新时期文学六年》，中国社会科学出版社 1985 年版。

春荣：《新时期的乡土文学》，辽宁大学出版社 1986 年版。

中国社会科学出版社文学编辑室：《小说文体研究》，中国社会科学出版社 1988 年版。

丁帆：《中国乡土小说史论》，江苏文艺出版社 1992 年版。

赵园：《地之子：乡村小说与农民文化》，北京十月出版社 1993 年版。

严家炎：《二十世纪中国文学与区域文化丛书》，湖南教育出版社 1995 年版。

樊星：《当代文学与地域文化》，华中师范大学出版社 1997 年版。

庞守英：《新时期小说文体论》，山东大学出版社 1997 年版。

崔志远：《乡土文学与地域文化：新时期乡土小说论》，中国书籍出版社 1998 年版。

陈继会：《中国乡土小说史》，安徽教育出版社 1999 年版。

许志英、丁帆：《中国新时期小说主潮》，人民文学出版社 2002 年版。

范家进：《现代乡土小说三家论》，上海三联书店 2002 年版。

周水涛：《论新时期乡村小说的文化意蕴》，华中师范大学出版社 2004 年版。

罗关德：《乡土记忆的审美视阈——20 世纪文化乡土小说八家》，天津社会
　　科学院出版社 2005 年版。

李丹梦：《"文学豫军"的主体精神图像——关于农民叙事伦理学的探讨》，
　　春风文艺出版社 2006 年版。

赵顺宏：《社会转型期乡土小说论》，学林出版社 2007 年版。

叶君：《乡土、农村、家园、荒野》，中国社会科学出版社 2007 年版。

陈昭明：《中国乡土小说论稿》，大众文艺出版社 2007 年版。

王庆：《现代中国作家身份变化与乡村小说转型》，华中科技大学出版社
　　2007 年版。

贺仲明：《一种文学与一个阶层——中国新文学与农民关系研究》，人民出
　　版社 2008 年版。

禹建湘：《乡土想象：现代性与文学表意的焦虑》，湖南人民出版社 2008
　　年版。

李莉：《中国新时期乡族小说论》，中国社会科学出版社 2008 年版。

陈国和：《1990 年代以来乡村小说的当代性》，中国社会科学出版社
　　2008 年版。

吴妍妍：《作家身份与城乡书写》，中国社会科学出版社 2009 年版。

赵允芳：《寻根·拔根·扎根——九十年代以来乡土小说的流变》，作家出
　　版社 2009 年版。

黄曙光：《当代小说中的乡村叙事——关于农民、革命与现代性之关系的
　　文学表达》，巴蜀书社 2009 年版。

张懿红：《缅想与徜徉——跨世纪乡土小说研究》，中国社会科学出版社
　　2010 年版。

吴妍妍：《现代性视野中的陕西当代乡土文学》，人民出版社 2010 年版。

王建仓：《中国现代乡土文学的叙事诗学》，中国社会科学出版社 2010 年版。

吴海清：《乡土世界的现代性想象——中国现当代乡土文学的叙事思想研究》，南开大学出版社 2011 年版。

韩春燕：《文字里的村庄——当代中国小说的村庄叙事》，上海人民出版社 2011 年版。

王华：《新世纪乡村小说主题研究》，北京理工大学出版社 2011 年版。

陈国和：《当代性与新世纪乡村小说研究》，南开大学出版社 2012 年版。

丁帆：《中国乡土小说的世纪转型研究》，人民文学出版社 2013 年版。

1979—2008 年的各种文学期刊。

1981—2009 年的中国文学研究年鉴。

后　记

　　1980 年腊月的极为普通的一天，在湘南偏僻山区的一家贫困农户里，一个生过三个女儿后再次身怀六甲、即将临产却又营养不良的农妇强忍着阵痛，拖着臃肿的身体忙碌着；黄昏时实在支撑不住，一屁股坐下来，于是我的生命个体呱呱落地。半昏迷状态的母亲的手在潜意识的指挥下摸到我的胯下，"带把的！哈哈！终于生了个带把的！"极大的惊喜导致半昏迷状态的母亲清醒过来，吩咐大姐、二姐去找乡亲们来帮忙。远在异地偷偷做木工的父亲也被好心的乡亲们当晚不辞劳苦、奔赴数十里而通知到，一家人都沉湎于狂喜中！

　　快乐总是短暂的，生活却常是平凡得不能再平凡、现实得不能再现实。儿子降生的狂喜很快过去，柴、米、油、盐的烦恼依旧——虽然不久的家庭联产承包责任制让父母这样勤苦耐劳、农活娴熟的农民很快解决了温饱问题，但却很难富裕起来。作为原本应该是"万千宠爱集一身"的家里唯一的儿子，我像所有农家孩子一样，从有记忆起就只有忙不完的农活在等待自己去干：从清晨最早的一丝光亮中被父母的吼骂驱赶起来，到月亮升得老高才上床安然入睡。多少次我边干着杂活，边打着瞌睡，最终实在支撑不住就蜷曲着身躯倒在田埂上、稻秸上、门槛上、条凳上呼呼大睡——甚至有时候故意搞一点小伤小病来换得些许闲暇。父母大多时候能够包容我的"无赖"，偶尔忙碌得烦躁不堪的父母也会把火气撒在我身上：记忆深刻的是一次太累的我起床晚了一点，去放牛时被父亲扇了一个耳光，气愤的我扔掉牛绳，号啕大哭着跑了，逃到山林里饿着肚子躺在杂草中睡了一天。奇怪的是一年到头这样忙碌，缴完名目繁多的费税款项后，生活不见

— 256 —

明显的起色：吃的依然是粗茶淡饭，只有年节和来了客人才有荤菜；穿的依然是破破烂烂，常常只有过年时才会置办一两套新衣服。少不更事的我还弄不明白这样勤劳能干的父母为什么一直富不起来的深奥问题，一方面忍不住责怪父母没有能力，嘟嘟囔囔的结果是得到父母的一顿"丝瓜泥鳅"（用竹条把背脊抽打得全是一条条的血印）的惩罚；另一方面幻想着快点长大，长大了考学出去，世世代代不再待在这鬼地方！

　　或许是极端讨厌农活的苦累，我进入学校后马上就喜欢上了学校：从入学时还数不出一百个数、不会读写拼音而招致开学第一天遭到父亲的一顿毒打，很快就成绩一直遥遥领先于全村的同学；并最终导致我少年时代最大的骄傲与自豪就是挣得了家里一墙壁的"三好学生"奖状。到了初中时更是痴迷科学，希望将来以科学技术改变农村的面貌；痴迷科学的最大收获则是以一个农家走读生的身份通过全国数理化奥林匹克初赛，并最终荣获全国二等奖，成为山村里的传奇。

　　初中毕业时，面对艰难的抉择：读中专还是读高中。面对苍老憔悴的父母，我只能埋葬大学梦与科学家梦，选择能够很快养家糊口的中专。中专因为招生时就明确了"哪里来哪里去"的毕业分配原则，加上中专学校普遍存在的僵化体制；所以我浑浑噩噩中度过三年中专生活，《平凡的世界》等一大批乡村小说陪伴我度过了那段苦涩压抑的青春成长岁月。中专毕业后焦急无奈的等待工作分配中，少年时代的同学考上了复旦大学；而我分配到家乡的一所偏僻的山区学校还颇费了一些周折。在偏僻的山区学校里当农家子弟的孩子王时，我走访了很多农村家庭，各种悲喜哀乐触动着心灵，我琢磨着是否可以做一些有价值的事情，例如，像作家一样记录下剧变中的乡村，思考父母、我，甚至我的下一代农家子弟的命运。兴奋中我构思了鸿篇巨制的《百年朱村纪事》；然而写着写着就发现自己很多地方无知得很，写出来的东西轻飘飘的，没有什么深度。加上其他诸多原因，我毅然停止了《百年朱村纪事》的写作，在工作之余抓紧时间自学、备考硕士研究生。幸运的我在 2002 年顺利地考上了硕士研究生，硕士研究生期间因为迷上了叶嘉莹先生的系列专著，兴趣逐渐转移到古代文学上，且幸运地得到叶嘉莹先生的垂青，考上了叶嘉莹先生的博士研究生；南开大学繁重的古代文学学习任务导致当年的那些乡村记忆逐渐遥远，往事只能在梦里萦绕。

2008年博士即将毕业的时候，因为博士学业而筋疲力尽、身无分文又拖家带口的我不知该何去何从，网上搜索就业情况时却看到很多高校不兑现招聘条件而导致新就业博士无奈之下闹事的消息；所以心情十分惘然的我盲信了硕士时期一位据说颇有背景、颇有实权的同门的承诺，天真地以为他工作并掌有一定权力的西部边陲X大学是一个不错的避风港。2008年的五一假期，我特意在百忙的毕业论文答辩前夕抽空去了一趟西部边陲X大学，从学校建筑的精致华美、接待官员的嘘寒问暖和豪爽的口头承诺，似乎该校真是一个非常好的选择；于是被忽悠得晕晕乎乎地立即签订了就业协议。拿到博士文凭的我7月初兴冲冲地赶往X大学领取招聘启事上承诺的房子，以便购置家具安家；不料该大学人事处师资科和文学艺术学院均不接待。多方打听后，方才知道当时该校有领导指示要节俭办学，好事者立即违规出台新招聘人员一律8月底开学时办理相关手续的规定。后在好心人的指点下，坚持不懈地找了该大学人事处处长，在好心的人事处处长的协调下，终于顺利拿到了房子来安家（不久后我就知道了自己的这次"死皮赖脸"有多么重要：学校承诺的那栋原本有很多套房子的博士安家楼到开学办理手续时就没有房子了——稍微有点本事的人都在开学前办理好入职手续、领了房子，剩下的房子被安排住了一些外教和一些莫名其妙的人）。正在为房子庆幸不已的我很快转入了另一种迷惑彷徨：以博士论文为基础填写申报书申请X大学招聘启事上承诺的博士科研启动基金，在开题答辩上被本科出身却具有经济学博士生导师资格的某领导夫人突然提了个稀奇古怪的问题："你的这个研究有什么实用价值呢？没有用的东西，研究它干啥？"在南开大学文学院颇享受过自由和民主、不知道天高地厚的我奋起反抗："文学艺术都是无用之大用！怎么能说没有实用价值的东西就不要研究呢？"耀武扬威惯了的领导夫人没料到我这个不起眼的湖南蛮子居然敢顶抗，立即变了脸色；虽然经过好心人和稀泥，领导夫人不屑于"修理"我，但是枪毙我的博士科研启动基金则是必需的（该申请书几年后成功申报成教育部人文社科项目）。此事过后不久要申报国家社科基金，为了省去不必要的麻烦，同时又迫切需要大课题来证明科研水平的我想到转换专业申报；打印了当年的国家社科基金指南，惊喜地发现有"三农"文学的选题。出身于农民家庭、在大学里感觉类似农民工的我于是猛啃一阵子"三农"研究专著，在一个多月后提交了《桃源·田园·荒原——改革开放三十年农村题材小说研究》课题申报书。几个月后幸运之神降临，课题立项了！

　　"纸上得来终觉浅，绝知此事要躬行。"由于前期资料准备不足、大学图书馆闭馆翻建两年等原因，课题进展很不顺利。无奈中自己拿出重金通过孔夫子旧书网购买收集了一屋子改革开放三十年的多种年鉴、重要的文学期刊和其他相关的学术专著；同时咬紧牙关，通览了与课题相关的数亿字的文学作品、文学评论甚至农村社会学等著作。历经五年，初步梳理、提炼出桃源、田园和荒原三种农村题材小说母题类型，建构起改革开放三十年农村题材小说的主题性想象系统，考察了改革开放三十年的农村题材小说创作及其与改革开放三十年的政治、经济、文化等的关系，探讨了改革开放三十年的农村题材小说创作兴衰成败的原因；力图揭示改革开放三十年农村题材小说创作上存在的问题与不足，农村题材小说对建设社会主义新农村、建设和谐社会主义的独特的价值意义。

　　最终提交给国家社科基金评委鉴定的专著初稿的优点与缺点均十分鲜明易见：优点是对改革三十年农村题材小说的全貌有清晰的梳理和概括，涉及大量作家作品的评述，资料翔实，对作品的阅读充分，能够完整呈现三十年农村题材小说的发展脉络；且尽可能考虑各个民族有影响的作家的代表性作品，使成果更多体现改革开放三十年农村现实题材小说编年史的特色。缺点是虽然涉及了大量作品的分析，但重点不够突出，用力平均，重要的作家作品没有进行重点分析；同时缺乏对农村题材小说艺术层面的阐释与总结，理论深度不够。结题之后的一年里，又继续读了一些专业书，在文字方面做了一些小的修改。虽然因为我个人的文学修养和理论水平有限，使本书还存在不少问题和缺陷；但是我努力为自己少年时代的放牛娃生活和父母一辈子面朝黄土背朝天的农民生活，多多少少做出了一点值得纪念的工作；同时将会进一步深化思考"三农"问题，尽可能为像我和我的父母一样的父老乡亲做出更多值得纪念的工作。

感谢我的爸爸妈妈，正是他们这种吃苦耐劳的工农群众养育了我和这个国家，他们无怨无悔地为子孙后代和国家政府的工农业做了一辈子贡献，过早累垮了身体甚至过早离开人世；然而子孙后代和国家政府却常常不懂得在他们最需要的时候给予些许回报！感谢我的爱人阳海燕女士，正是她的爱陪伴我度过化蛹成蝶的阵痛——从农村放牛娃到知识分子的转变；本书的荒原部分与余论部分近十万字、大多数据和资料的核对查找亦是她亲力亲为！

最后还要虔诚地感谢自从我的生命个体呱呱落地以来，给予过我无数关爱和帮助却无法在此罗列出来的众多好心人，正是你们的关爱和帮助使我这卑贱微弱的生命之树能够茁壮成长至今！即使面对再大的风雨，我也将继续奋力前行！

唐红卫

2015 年 9 月 10 日雁城万卷楼